渔人故事集

於可训 著

百花洲文艺出版社

图书在版编目（CIP）数据

渔人故事集 / 於可训著. — 南昌：百花洲文艺出版社, 2025.4. — ISBN 978-7-5500-5825-5
I . I247.81
中国国家版本馆CIP数据核字第2025WP6577号

渔人故事集

於可训　著

出 版 人	陈　波
策划编辑	程　玥
责任编辑	程昌敏　曲　直
书籍设计	方　方
制　　作	何　丹
封面绘图	张　娴
出版发行	百花洲文艺出版社
社　　址	南昌市红谷滩世贸路898号博能中心一期A座20楼
邮　　编	330038
经　　销	全国新华书店
印　　刷	江西千叶彩印有限公司
开　　本	720 mm×1000 mm　1/16　印张　20
版　　次	2025年4月第1版
印　　次	2025年4月第1次印刷
字　　数	260千字
书　　号	ISBN 978-7-5500-5825-5
定　　价	49.80元

赣版权登字　05-2025-8
版权所有，盗版必究
邮购联系　0791-86895108
网　　址　http://www.bhzwy.com
图书若有印装错误，影响阅读，可与承印厂联系调换。

自序：权当是说个书帽子

这本书的名字叫《渔人故事集》，顾名思义，就是说些与渔人和鱼有关的故事，给诸位逗逗乐子，解解闷儿。

这些故事，都发生在江边湖上，所以，起先也想叫"江湖故事集"，只是这个"江湖"，不是侠客义士行走之地，而是寻常百姓寄生之所。说白了，也就是实实在在的江和湖。这江便是长江，这湖便是在下的故乡，湖北黄梅县境内的太白湖。长江和太白湖起先是连在一起的，都在古彭蠡泽内，后来分开了，成了一个江一个湖。就这样，太白湖的水还是往长江里流，长江有时候激情高涨了，也要来亲候太白湖。

在下从小在太白湖边长大，听过许多太白湖的故事，自己在湖滩上放牧玩耍，在湖水里捕鱼捞虾，也给太白湖增添了不少故事。后来到了长江边上，行走于长江上下，才知道太白湖连着一条更大的水道。这水道让我知道了太白湖的前世今生，来龙去脉，也让我明白了太白湖的广袤无边，深邃浩渺，太白湖的故事于是就加进了许多长江的元素，江和湖又走到一起来了。这本《渔人故事集》就是由江和湖孕育的，经这江湖浸润的人间物事。在下不过是用网子把它们打捞出来，就像小时候从湖水里捕鱼捞虾一样。

这本故事集中的故事，都源自在下的个人经历，或不是亲历，也是由亲历派生出来的想象。即使是发生在过去时代或鱼鳖世界的故事，也是我的见闻和经历的折光。除了见闻和经历，当然也有我的主观意愿。我把见闻、经历和主观意愿，糅进了这些生活故事，这些生活故事呈现在诸位面前，就有不同的色彩。

概而言之，一类故事是见闻和经历的碎片，虽非全是实录，因为只有选材、结构和修辞上的加工，所以大体可以当实录来读，如从《元贞》到《金鲤》诸篇。一类是把见闻和经历传奇化和童话化，就像马克思说的"人类童年时代"，总是对周围的事物充满好奇和探究的兴趣，我把这种兴趣用在我的童年（包括少年）时代的经验上，就有关于《少年行》《男孩胜利漂流记》和《鱼得水变身记》之类的传奇和童话。有一类也涉及到现实社会和历史文化，如《鱼庐记》和"三龟系列"（《龟话》《龟箴》《龟证》），这都是我长大了变老了以后，咀嚼小时候的见闻和经历，生发的感慨和奇想。一个鱼庐经历的百年沧桑，不能不让人感慨；古代的读书人求官和出家人修行，也不完全是书上写的科举入仕和终成正果，也有如书生江春那样的无奈和尴尬，如意得和尚那样"放下"佛门的修行，而求"心无挂碍"。有人说我的《龟话》有生态环保意识，这些篇章多少也是因现实的触动有感而发。

我的童年和少年时代，是一个看重肉身和感官的时代，所以许多事都与人的身体经验和官能的直接感受有关，因此在我的记忆中也就留下了许多肉身的印记和感性经验的碎片，我写下这印记和经验的碎片，不是一个老年人的怀旧，也不是拒绝这个看重工具、技术和理性的时代，我喜欢这个时代，但有时候想起那个时代活泼的肉身和敞开的感官，想起在那个时代的亲历和经验，心里还是有一种暖暖的感觉。

2024年12月2日改定于多伦多列治文山

目 录

龟　话	001
龟　箴	019
龟　证	046
元　贞	074
归　渔	078
精　古	082
生　人	086
追　鱼	089
国　旗	095
鞠　保	102
决　堤	110
金　鲤	118
鱼庐记	144
少年行	209
男孩胜利漂流记	245
鱼得水变身记	269

龟　话

一

　　这地方原来是长江故道，后来江水南移，留下了许多坑坑洼洼，这些坑坑洼洼就成了湖泊。大坑大湖，小洼小湖，太白湖就是这样来的。

　　后来有人说太白湖是因为唐朝的李太白来过这里才得名的。李太白来的时候，长江边上有一个小镇，李太白在镇上住了一段时间，这镇就改名叫太白镇，李太白住过的那条街也就叫了太白街。后来江水涨起来了，太白镇被江水淹了，沉到了江底；再后来，江水南移，太白镇沉下去的地方，就成了一个湖，这湖也就叫了太白湖。

　　这话听起来好像是真的，其实都是后人编的故事。李太白这个人名气大，又喜欢到处跑，后人把他去过的地方，都以他的字号命名，有叫太白县的，有叫太白镇的，有叫太白街太白村的，有叫太白酒家太白楼的，也有叫太白山太白湖的，真真假假，虚虚实实，光叫太白湖的，全中国就有好几个呢。

　　不过，这样叫也有它的道理。李太白是唐朝人，江水南移据说也是唐朝以后的事情，此前的江岸就是太白湖上面一点的小山。江水没淹之前江边有个小镇，李太白到镇上来过，也不足为奇。至于什么时候小镇被水淹了，沉到江底，就不得而知了。江水南移后，太白镇沉下去的地方成了一个湖，也就见不到太白镇了。

　　这事要细说起来，还与我家的祖上有些关系。原来江水南移之前，江中间有一座孤岛，名叫蔡山。蔡山一带盛产大龟，蔡字在古代就是龟的意思。江水南移之后，蔡山露出江面，江上的大龟没有随着江水南移的，也就留在了江北的湖水里，我们那个家族据说就是这样在太白湖留下来的。

说起来这都是一千多年前的事了，我出生的时候，已见不到这些根根绊绊的痕迹了。

我长大后看到的太白湖，是个鱼米之乡。水稻成熟的季节，我趴在田埂高处一望，满畈的稻子像湖水一样打着漩涡，掀着波浪。那时候种的是长秆的江西稻，成熟的稻子被风卷成各种各样的形状，好看极了。秧鸡在卷成漩涡的稻秆里做窝，村里的孩子成群结队地到各家的田里去摸秧鸡蛋，割稻子的时候，镰刀下去，便惊得大小秧鸡扑扑乱飞。

那时候的鱼，要说多，也实在是多。湖里的鱼不用说，水里游着，草里藏着，泥里伏着，都是鱼，就连村外的水塘，田边的水沟，田里的秧棵之间，也是鱼。春雨绵绵，水塘面上麻麻匝匝一片，不知道是天上洒下来的蒙蒙细雨，还是水里的鱼儿在仰起头来吮吸雨点。夏天暴雨过后，田间沟沿便响成一片，但凡有水流动的地方，必有鱼群逆水而上，平缓处摇头摆尾，温文尔雅，遇上高坡低坎，便一跃而起，如扬鬃烈马。雨过后到秧田里薅草间秧，脚下的鱼群便哗啦啦响成一片，连骨牌桌上洗牌也没有这么响。

村里有一户人家的媳妇生孩子，娘家小舅子来送礼，小舅子爱吃黄鳝，一进门就嚷嚷着要吃韭菜炒黄鳝。这家的婆婆便对正在玩弹弓的大孙子说，去，给你舅捉几条黄鳝来，孙子便放下弹弓冲出门。这家的婆婆一把韭菜还未择完，孙子便把一鱼篓黄鳝丢到奶奶面前，又去玩他的弹弓去了。奶奶又说，去，再去弄几条新鲜鲫鱼来给你婶婶发奶，这孩子又丢下弹弓去抓鲫鱼，等奶奶把韭菜炒黄鳝端到他舅面前，孙子已用藤条穿着一串活蹦乱跳的新鲜鲫鱼回来了。村里人吃鱼从来不预备，都是烧热了锅灶才打发人去捉。

这年夏天，连日的暴雨下得塘满堰满，早晨起来，我正在秧田里游玩，就见田埂的一个缺口下面，有一群小鲤鱼正在挤挤攘攘地比着往缺口上跳，小鲤鱼满身金黄，跳一下，身上的鳞片迎着阳光一闪，就像过年放爆竹炸出的金花一样。

一会儿，太阳升起来了，秧田边上的草丛很暖，我从水里爬上来，想凑近缺口看个热闹，忽然觉得自己的背被一只手按住了，又一下被抓起来，丢进一个竹篓里。竹篓里还有别的鱼，见我来了，纷纷跳起来往旁边躲避，过一会儿又围拢来问长问短，问我是怎么被抓进来的，我说，我也不知道，你们去问抓我的人吧。

抓我的人是个半大孩子，我后来才知道他的名字叫川儿，那天早晨正与一个叫元贞的孩子到秧田里捉鱼。元贞是他的好朋友，从小一块儿长大，干什么事都在一起。当下就听川儿说，我奶奶最喜欢给乌龟放生，说乌龟有灵性，知道报德感恩。

那天早上，他们还捉了些小鲤鱼，川儿拿回家去，都交给他奶奶养在水缸里。缸里已经有几只乌龟，年纪有大有小，见我来了，都很高兴。年纪最大的，我叫他们爷爷奶奶；比爷爷奶奶年纪小一些的，我叫他们叔叔婶婶；跟我差不多大的，就是哥哥姐姐弟弟妹妹了。在这个乌龟大家族里，我生活得很愉快，也不缺别的朋友，跟我一起被捉回来的小鲤鱼，也时常游过来，亲亲我的背，用尾巴拨打起一点水花逗我玩。只是他们住的时间都不长，有个爷爷跟我说，川儿的奶奶放生总是先放有鳞的鱼，说他们气性短，不像我们活得长。

我在这个家里生活了很长时间，缸里的鱼，来了又去，去了又来，原来的爷爷奶奶叔叔婶婶哥哥姐姐弟弟妹妹，也换了好几茬，我还是留在川儿奶奶身边。川儿奶奶说我长得好看，性情温顺，又很乖巧，舍不得放我走。每天在菩萨面前烧香念经，总要把我放在一个托盘上，一边念经，一边用一根手指轻轻地敲着我的背脊，像敲木鱼一样。我听着川儿奶奶念经的声音，闻着佛像面前烧的檀香，一会儿就睡着了。现在想起来，我后来就再也没有过个这么静好的日子。

川儿的奶奶还喜欢拿我来算卦，但凡家里有个什么事，都要在菩萨面前问我一下，问过后便看着我的眼睛。我不知道我的眼睛有什么好看的，还像平时一样，想眨就眨，想闭就闭。川儿的奶奶每次总能在我的眼睛一眨一闭中看出些名堂。看过后总是自言自语地说，我晓得了，这事做不得；有时也说，我晓得了，大吉，大吉，好像我也成了佛龛里的菩萨。

村里人有个三病两痛，或出门远行，新屋开基，迁坟择地，有时也来求川儿奶奶。川儿奶奶就让他们跪在菩萨像前，一边念叨，一边看着我的眼睛，看了一会儿，就点点头或摇摇头向来求的人示意，来人在菩萨面前烧完香磕完头便回去了。

川儿的奶奶常对人说，乌龟是个灵物，能知天文地理，吉凶祸福，能看透人间的许多事情。别看他的眼睛小得像绿豆，看的东西比人多得多，也远得多，深得多。他闭眼，就是说，凶，这事做不得；他眨眼，就是说，吉，这事做得。他连眨几次眼，就是说，这事大吉，他要是闭上眼半天不睁开，这事就万万做不得。你要是按他的意思做了，就能遇难成祥，逢凶化吉，你要不按他的意思做，必招祸殃。

川儿的奶奶不要我陪她念经算卦的时候，川儿就带我出去玩耍。川儿常常把我放在他亲手编的一个小竹笼里，走到哪带到哪，遇到有树的地方，就把我挂到树上；遇到有水的地方，就用一根小木棍把系笼子的绳套插在地上，把我放到水里由我玩耍。我跟着川儿见了不少世面，川儿是我跟人交的最好的朋友。

二

这年夏天，川儿带我和他的两个叔叔下湖围套。连着下了几天大雨，湖水涨起来了，湖里的大鱼小鱼，都随着涨起来的湖水到湖滩上来产子吃草。湖滩上有猪粪牛粪，有青青嫩草，还有沙窝土坎，树根刺丛，是觅食安家的好地方。川儿和他的两个叔叔都睡在堤上搭的一个窝棚里面，我住的笼子挂在窝棚的柱头上。听着波涛拍岸的声音，我知道，湖水后退的时候，水族的劫难就要来了。

夜半时分，川儿的两个叔叔把川儿叫起来，说白天围的鱼套，水放得差不多了，现在要合龙了。

围好的鱼套像城墙，圈住了一大片水域，等湖水退了，城墙露出水面，就要去堵住预先留下的龙口，不然，围住的鱼都从龙口跑出去了。堵龙口要卡好时间，早了水势太急，晚了堵不住鱼。川儿的两个叔叔很急，生怕错过了时候。川儿带上我，跟在两个叔叔后面就匆匆出发了。

夜色混沌，星月无光。川儿的两个叔叔，一个提着马灯，一个打着火把，蹚着齐腰深的水向龙口走去。川儿带我坐在一个木排上，木排很小，刚够川儿一个人蹲着，我趴在笼子里，紧贴着川儿的后背，一动也不敢动。

川儿的两个叔叔把木排拉到龙口，把川儿放到露出水面的鱼套上，就开始在水下挖土合龙。从水下挖起来的土块都连着草根，有磨盘那么大，川儿的两个叔叔像砌墙一样，从水里抱起来，一块一块朝龙口里码。近处带草根的土挖完了，就到远处去挖，用小木排拉回来，又往龙口里码。土块越码越高，龙口的水越流越急，就有在水面上游着的鱼趁机随着急流冲出龙口。

我以前见过围套，龙口快要合龙的时候，就要在龙口装上一排鱼笼。鱼笼是竹子编的，腰身上下各安一个漏斗形的进口，漏斗的一头有薄篾片编的笼须，交错攒在一起，上水的鱼和下水的鱼，从漏斗进去后，都不能出来。这排鱼笼装进龙口后，每天定时取鱼，直到鱼套里面的水全部放干，所有的鱼都一个不漏地进了鱼笼，才算结束。

川儿的叔叔这次围的套很大，几乎圈住了整个湖滩。眼看丰收在望，就在要装笼的时候，川儿的两个叔叔却发生了争吵。

争吵的原因是，川儿的大叔叔觉得应该让水再放一会儿，把那些小鱼小虾放走之后，再往龙口里装笼不迟。

川儿的小叔叔却觉得川儿的大叔叔尽干傻事，围套不就是要围鱼吗，鱼围得越多越好，把鱼放走了，还围个什么套。

川儿的大叔叔就说，也不能做这种斩尽杀绝的事呀，把那些小鱼小虾放走了，让他们传宗接代，湖里的鱼才不会断子绝孙，我们才有得鱼吃。

川儿的小叔叔脾气很大，就说，要这样，这龙口也不用合了，干脆把套里的鱼都放了得了，就动手去扒龙口上码的土块。川儿的大叔叔上去阻止，兄弟俩拉拉扯扯差不多要打起来了。

这时候，我不知道是这几天吃多了麸皮，还是见他们吵架，觉得好玩，憋住笑憋久了，忽然放了一个响屁。俗话说，乌龟放屁，龙王生气，我的屁又响又臭，川儿的两个叔叔听到屁响，闻到臭味，就不吵了，也不扯了。川儿的大叔叔过来把川儿抱到木排上，拉着我们又回到窝棚睡觉。

套里的水又多放了几个时辰，到天亮时分才装笼合龙。

事后，川儿跟他奶奶说了这事。他奶奶笑着说，你两个叔叔都不是傻子，他们知道，这时候惹龙王生气不是好事，龙王一气之下，把虾兵蟹将都召了回去，他们就一条鱼也弄不到了。川儿的奶奶还就手撒给我一把麸皮，好像是给我一点奖励。

川儿两个叔叔的这个套，围了半个多月，每天早中晚三次，川儿都带着我一起去帮他的两个叔叔取笼。川儿的两个叔叔拖着小木排，把一个比水桶还大的竹鱼篓放在木排上。从笼里取出来的鱼，都倒进鱼篓里，鱼篓装满了，就抬到小船上运回去。

鱼套里的水越放越少，笼里进的鱼越来越大，看着这些涨水时欢欢喜喜地涌进湖滩的水族一个个束手就擒，我心里很不是滋味。

要是不想他们运回去的命运，取笼还是一件很好玩的事。

早晨取笼，都是隔夜进笼的鱼，这些鱼大半都是无鳞鱼，像鲇鱼黄骨鱼之类。这些鱼喜欢夜晚出来活动，见到水流，就成群结队地顺水往笼里钻，还以为笼里是一个热闹的夜市。星光在头顶上闪烁，落到笼子里，被流水冲成碎片，像雪白的米粒，成了他们追逐的饵食。

中午取笼，大半都是鲤鲫鲢鳙青草白鳊之类的有鳞鱼。这些鱼生性喜温，上午的阳光由弱到强，一点点地把水晒热，他们便各取所好，在不同的水层里缓缓游动。性躁一点的鲫鱼总是浮到水面上，迎接初升的朝阳，他们把身子挤在一起，青幽幽的一片，紧贴着鱼套边移动，像铺开一条青色的缎面。喜阴一点的鲤鱼和青草鲢鳙，就躲在鲫群的阴影下，享受漏射进来的阳光。阳光如片片金箔，在鲫群的影子下晃动，照着他们的鳞片，时不时闪动一下，像云层的缝隙中透出的光亮。

中午时分，日头很晒，水热得烫人，这时候，喜闹好动的鳑鲏开始出来撒欢。这些形如镜片身着彩衣的小家伙，成群结队地在水面嬉闹，忽而朝东，忽而向西，像夏天的阵头雨一样，把水面搞得哗哗乱响。到了龙口附近，看见笼里面的篾影，以为是柳条树荫，又纷纷从笼腰上的漏斗口钻进去，在里面玩耍。等到鱼笼被取出水面，才知道自己已成了俘虏，再蹦蹦跳跳地挣扎，已经晚了。

川儿的叔叔最不喜欢黄昏取的这一笼，觉得尽是些小鳑鲏，再多也不合算。

这天晚上，天气闷热，川儿把我从小竹笼里取出来，放到窝棚外面的草地上，想让我沾点地气，吸点露水。

我在草丛中慢慢爬着，常常碰到些小虫跟我打招呼，蚊子在我头顶嗡嗡乱飞，月光洒在地上，周围静悄悄的，一点声音也没有。

我顺着湖堤，慢慢爬到水边上。鱼套里的水，已经放得差不多了，鱼套中高一点的地方，已经有草皮露出水面。这时候，留在鱼套里的，都是一些个头大点的鱼。先前，他们都深藏在水底下的草丛中，上面发生的事，他们都不大知道，每日里该吃吃该睡睡，还以为是进了一个安乐窝。等到上面的鱼群都没了，才发觉这是一个陷阱，就寻思摸想地要从陷阱里逃出去。

川儿的两个叔叔知道，鱼套围到这时候，湖水退得差不多了，水势逐渐减弱，要让这些个头大的鱼进笼很难，就加强防范，日夜在鱼套上巡逻，不让他们借机逃脱。

我爬到水边上的时候，正碰上川儿的小叔叔跟他的大叔叔巡套交接，川儿的小叔叔对川儿的大叔叔说，小心鱼套下面的洞，时间长了，黄鳝泥鳅、乌龟甲鱼、水蛇田鼠都会在套上打洞，只要有一个洞渗水，冲开了碗口大个窟窿，鱼就会跑得精光。川儿的大叔叔说，这个我比你懂，快回去睡吧，下半夜有我。说完，就扛着铁锹巡套去了。

听川儿两个叔叔说的话，我觉得好奇，就停在水边上想看个动静。一会儿，果然看见一个鱼群向鱼套边靠拢，鱼群挤挤攘攘，乱糟糟地攒在一起，像逃荒的难民。我跟着爬到水下一看，原来鱼套上真有一个小洞，不知是谁留下的。洞很小，不过笔杆粗细，游在前面的鱼钻不过去，又兜了回来，在鱼群中打转，游在后面的鱼满心欢喜地挤上前去，也被堵了回来。

见鱼群乱成一团，忽听水底下有个声音说，这得有个小个子钻进去，用身子把洞撑大，大家才能出得去。听这声音很熟，仔细一看，原来是川儿的奶奶养过的一只老龟，我当时还叫过他爷爷，后来放生了，这次大约也是被川儿两个叔叔的鱼套围住了。当下，我就从水底下爬上前去，自告奋勇地去扩充洞口。爷爷见了我十分高兴，就游在前面把我带到洞口。

我的眼睛还真有点神奇，不光看得清地面上的东西，在水底下也能看得清东西。我跟着爷爷爬到洞口，睁开眼睛朝洞里面一看，见洞壁光溜溜的，就知道是黄鳝打的洞。

我趴在洞口，把头伸出来，慢慢探进洞去，用脑袋的棱角用力撑开洞壁，又伸出两只前爪，在洞壁上拼命抓挠。洞壁扩大后，又用后爪使劲前蹬，把身子也挤进洞口。就这样前钻后挤，前抓后蹬，不一会儿，我就把笔杆粗的黄鳝洞，扩成了一个碗口大的通道。鱼群很快便从这个通道哗啦啦地冲出鱼套，等我爬回窝棚的时候，川儿和他的小叔叔还在呼呼大睡。

三

跑了鱼群，川儿的小叔叔和大叔叔又大吵了一架，幸好川儿的小叔叔只怪他大叔叔巡查不够细，没查出鱼套上的漏洞，没有怀疑是我帮了鱼群的忙，我也就心安理得地听他们吵下去了。

川儿见两个叔叔吵得闹热，就把我从地上捡起来放到笼子里面，一边放一边说，你昨晚跑到哪儿去了，找你半天都没有找到，堤上野狗多，小心被野狗叼走了，不吃你，也咬你个半死。川儿的两个叔叔停下不吵了，都回转身来朝我看了一眼，我生怕被他们看出名堂，吓得心里怦怦乱跳。

以后好多年，到了夏天，川儿还是带我下湖围套，只不过川儿的大叔叔不常去，留在家里照顾川儿的奶奶。川儿的奶奶八十多岁了，依旧吃斋念佛。念佛的时候，总忘不了要加上几句，菩萨显灵，保佑湖里的水物，多子多孙，多福多寿。川儿奶奶把湖里的活物都叫水物。我听了觉得好笑，鱼又不是人，多子多孙还行，多福多寿就不知道是什么意思了，难不成鱼也能升官发财，长命百岁。

仔细想想，川儿的奶奶求菩萨保佑湖里的水族，是有道理的。这些年，我亲眼得见太白湖的水越来越浅，太白湖越来越小。湖水浅了，湖面小了，湖里的鱼自然少了。像以往那样，烧热了锅灶再去捉鱼，是不可能的了，想吃鱼有时候还得打发人上街去买。

川儿的小叔说，鱼不鱼的不重要，有粮食肚子才能吃得饱。俗话说，碗口大的鱼斗米的饭，鱼菜下饭，鱼越多，人的胃口越好，吃的饭越多，糟蹋的粮食也越多，把湖里的鱼都打干净了，填起土来种粮食，几辈子都吃不了。

川儿的小叔叔这些年一直在村里当干部，做什么事都说一不二，村里人也都由着他。加上这几年天旱，老不下雨，湖水只退不涨，夏天也就没套可围了。

围不了套，川儿的小叔叔很生气，发誓要翻遍湖底，把躲在烂泥里的鱼都找出来，一个不留。不达目的，决不罢休。

这年冬天，川儿的小叔叔带着村里的青壮年下湖拉索。拉索的队伍十来个人一组，由两个人牵着索头，牵索头的人把索头斜套在肩膀上，像拉纤一样，一个在左，一个在右，分开数丈远，把长索拉成个半圆形，看上去像一个海大的畚箕张开大口，其余的人都提着赶网，跟在畚箕后面往前走。锄头把一样粗的麻索，浸透了猪血柿油，像钢绳一样重，拖刮着湖底的烂泥，绊着藏在泥里的鱼，稍稍一动，就翻起一朵浑浊的水花，提着赶网跟在后面走着的人，顺着水花探手下去，一条鱼就手到擒来。

拉索和围套一样，都是摆开诛灭九族的架势，围套是鱼群自投罗网，拉索是打鱼的找上门去，都想把围着绊着的鱼群剿干捕尽，一个不留。

这年拉索，我跟着川儿坐在一条运输船上。船上装着干粮和茶水，也有些备用的衣物和渔具，还有几个准备装鱼回去的大竹筐。川儿的小叔叔让川儿摇着船桨，说只要远远地跟在后面就行了，不必用力，也不用把舵，要你的时候，自然会招呼你。

干冷的北风从后山那边刮过来，在湖面上掀起层层白浪，撞得船板啪啪作响。我从竹笼里探头望出去，拉索的人稀稀拉拉地撒在湖面上，像一笼白白的蒸糕上面撒了一把黑芝麻。

拉索是一件力气活，不论是牵索头拉索的，还是提赶网摸鱼的，整日里都要在大胯深的泥水里行走，齐胯根的牛皮长靴，又硬又重，每走一步，就像从吸筒里拔塞子一样。几天下来，村里人就把湖面像梳头一样用篦子篦过一遍。收工那天，都累趴了，连上岸走路的力气也没有。

上岸以后，川儿的小叔叔看了一眼装鱼的竹筐，发现筐子倒是装得满满的，里面正经的鱼却不多，大半都是些乌龟甲鱼，就很生气。他让人把这些乌龟甲鱼都拣出来丢在湖滩上面，还要说，我最讨厌这些乌龟甲鱼，沾上了就跑不脱晦气，来年我一定要把湖水放干，把湖填平，连这些乌龟甲鱼蛋一起埋了，让这些家伙永世不得翻身。

川儿小叔叔的话，我听起来很不是滋味。他哪里知道，遇上了这些龟鳖，不是晦气，是他的运气。我听川儿的奶奶说，太白镇沉下去的时候，当年就有很多龟鳖从蔡山附近的江面游过来觅食，太白镇很繁华，镇上的小吃店和点心铺很多，镇子被江水淹没后，这些点心小吃，就成了龟鳖最好的美食。太白湖离蔡山近，太白镇虽然被江水淹了，在江水没有南移之前，跟蔡山还是连成一片的。从蔡山游来的这些龟鳖吃饱了喝足了，舍不得离开，就在太白镇安家落户，过起了小日子，水下的太白镇也就成了这些龟鳖的家园。后来，江水南移，这些龟鳖已在太白镇留下了很多子孙，太白湖的龟鳖多，就是他们世世代代繁衍的结果，川儿的小叔叔这是遇上贵客了。

说起来，这些龟鳖也确实不同一般。这些天来，我听拉索的人一边把他们抓到的龟鳖往筐里倒，一边说，我就奇了怪了，鱼都到哪里去了呢，往年伸手下去就是一条，今年不是乌龟甲鱼，就是白鳝，连爱趴窝的麻鲤也不多见。他们把吃死尸长大的鳗鱼叫白鳝，把背上长着黑斑的一种鱼叫麻鲤。

川儿见拉索的村人摸上来这么多龟鳖很高兴，就对我说，这下好了，你有伴儿了，就把我从笼子里放出来，送到竹筐里跟这些龟鳖一起玩。因为是同类，我跟这些龟鳖很快就混熟了，他们对我也不怀戒心，我们之间无话不说。就跟川儿奶奶鱼缸里以前养的龟鳖一样，我又有了新的爷爷奶奶叔叔婶婶和哥哥姐姐弟弟妹妹了。

成了一家人，我就问他们湖里的鱼都到哪里去了。有个爷爷跟我说，前几年年年夏天围套，家家户户围套，已经搞得大家心惊肉跳，围来围去，湖里的鱼就越来越少。这几年趁着天旱，湖水都从长港流到长江去了，剩下的鱼也就跟着游走了。只有我们这些龟鳖要冬眠，怕到了南边的暖水里受不了，就在湖里的泥沙中间藏起来了。我们挤了白鳝和麻鲤的窝，白鳝和麻鲤也就少了。

听了爷爷的话，我恍然大悟，就想着这些倒在湖滩上的龟鳖怎么办，晚上下冻，搞不好都要冻死。我把这个意思跟爷爷说了，爷爷说，别担心，我们自有办法。

第二天早晨，川儿带我回村的时候，满湖滩的龟鳖果然都不见了。看着空荡荡的湖滩，我心里难过了好一阵子。

四

又过了好些年，有一年，遇上特大旱灾，水枯湖浅，川儿的小叔叔见填湖的机会已到，就趁机下了狠手。

他带人挖开了湖下游的水坝，又堵住了湖上面的河道，断了水源，又开了出口，上堵下泄，不到半个月的工夫，湖底就现出来了。一片稀汤汤的烂泥中间，只剩下一个一亩见方的深塘。川儿的小叔叔叫人把剩下的这点水也车干了，填上土，来年好种庄稼。

派去车水的人是元贞的爹，元贞的爹叫人扛了几台水车，架到水边上，挖好出水沟，就开始车水。车了半天，水不见浅，好像还越车越多。元贞的爹觉得奇怪，就打发一个水性好的后生下去看看。这后生下去没一会儿，就上来了，说下面黑洞洞的，深不见底，怕有妖怪。

元贞的爹不信，就又打发人下去。这次下去的是元贞的二哥，元贞的二哥是个抛皮①，好吹牛，胆子大，水性也好，当下就跟他爹说，有妖怪我也要把他捉上来，别人怕妖怪我不怕。

元贞的二哥下去之后，半天没有上来。元贞的爹就很着急，怕真有妖怪把他吃了，就拽着系在他身上的麻绳，想把他拉上来。拉了半天，元贞的二哥没拉上来，差点把自己也拽下去了。又过了一会儿，元贞的二哥浮上水面，手里还举着一个东西，对他爹喊道，爹，快拉我上去，我找到宝贝了。

元贞的二哥说的宝贝，是一个带把的酒壶，酒壶浑身乌黑，掂一掂，还有点分量。元贞的爹抓了一把细沙，擦了擦酒壶的表面，立马铮亮地现出原形，原来是个银的。元贞的爹和元贞的二哥都欢喜不尽，众人也跟着欢喜了一场。

元贞的二哥水下得宝的事，一下子就传开了。有人说，这是后山发山洪，哪个富人家的银酒壶被山水冲下来，落到湖里的。有的说，不是，哪有那么巧，后山离这里少说也有几十里，后河七拐八弯的，一把银制的酒壶，分量又重，说不定就在哪个弯弯拐拐的地方搁住了，沉到了水底，哪能直统统地就冲到湖里呢。

元贞的二哥和元贞的爹都吃不准，就拿着酒壶去问他爷爷。元贞的爷爷以前当过族长，已经老得不行，这时候怕有上百岁了。他拿着酒壶看了看，摸着胡子笑笑说，这是李太白喝酒用的酒壶，后山的富户哪有这福气，用得起这把神仙的酒壶。

---

① 抛皮：湖北方言。

元贞的爹就问，李太白的酒壶他怎么不带走呢。

元贞的爷爷就说，李太白这个人爱喝酒，一喝就醉，醉了什么都忘了，何止酒壶酒杯，有时连衣服鞋帽都忘在酒家了。可惜这些东西都不经泡，早已烂在水底下了，只有这把酒壶留了下来。

元贞的爷爷说，再找找看，应该还有酒杯呀，李太白喝酒用的家伙都是银子做的，说不定他身上佩的宝剑也在呢，这些东西都经烂。

元贞的爷爷的话很快就传出去了，村里人说，既然李太白的酒壶能留下来，太白镇上值钱的金银珠宝都能留下来，找到了，就能发一笔大财。

这以后，村里人水也不车了，土也不填了，都到那一亩见方的水下去找宝。有人说，他下到了水底，见到了一条太白街，在街上走了一个来回。街上的房子都关门闭户，被水堵住了，打不开，房顶却被水揭走了，空空的，像人没了脑袋，湖面上的人想找宝，只有从房顶吊下去，才进得了屋。

找宝的人便琢磨着太白街的走向，算计着多远会有一间房屋，算好了，便在湖面上开挖。结果，已经放干了水的湖面，便密密麻麻地挖出了许多深井。

川儿的小叔叔很生气，又禁止不住。村里人都说，你不想发财，不要耽误我们发财，靠种粮食寅年卯月才过得上好日子，别说银酒壶，就是一个银酒杯，也够吃一阵子。

乡里乡亲的，不是共着祖宗就是同着辈分，打也打不得，骂也骂不得，川儿的小叔叔没办法，只好躺在窝棚里生闷气。

村里人在挖洞找宝的时候，川儿就带着我和元贞一起到他二哥那里看热闹。

元贞的二哥得了一把银酒壶，尝到了甜头，就想继续下去找宝。

元贞的爹说，你这样瞎找不是个事，运气不找回头客，不如问问川儿的金龟，他能断财运。川儿的奶奶叫我灵龟，元贞的爹却叫我叫金龟，我还是第一次听人这么叫。

元贞说，菩萨不在，这样问他灵么。

元贞的爹说，灵与不灵，问问看吧。就隔着笼子朝我拜了拜，问我水下面还有没有宝。

我把眼睛眨了眨，元贞的二哥高兴得不得了，当即就从川儿手里夺过笼子说，索性跟我下去，告诉我宝在什么地方，说着就带着我扑通一声跳到水里去了。

水很深，元贞的二哥带我下去之后，我们就分开了。元贞的二哥身上系着绳子，元贞的爹不会让他沉得很深。我一落水，笼子的门就被水冲开了，接着，我就掉进了无底深渊。

水下很黑。开始，我的两眼什么也看不到，就像在一个黑洞里爬行。过了一会儿，我渐渐适应了黑暗，眼前也渐渐明亮起来。再后来，我眼睛里射出的光线，就像两根柱子，把远处的东西也照得雪亮。

水下面的鱼很多，都在街面上游走，像穿梭来往的人群。我仔细一看，在断垣残壁碎砖烂瓦堆中，却有许多龟鳖出没。

见是同类，我就上前去打招呼。龟群中有个老者问了我的来历，眨眨眼说，说起来我们还是本家，都是从蔡山那边过来的，算算你该是我们这个家族的二十八代孙，我比你长两辈，你就叫我爷爷吧。当下就拉我与他们同游，带着我一起去逛太白镇。

路上，爷爷问我怎么到这里来了，我就把经过跟他说了。爷爷说，又是这个李太白惹的祸，好端端地喝酒就喝酒，偏偏说自己不喝凡间的酒，要喝天上的玉液琼浆。酒家没有办法，就照他说的，在酒楼的顶上开了个天窗，天窗上放个托盘，托盘里斜放了一把酒壶，酒壶的盖子打开朝着天上，李太白说，那个方位就是王母娘娘酿酒的瑶池。瑶池的酒从天上流到壶里，装满了就从壶嘴里流出来，李太白坐在天窗下面，一杯一杯地接着喝。

爷爷说，难怪这几天没看见酒壶，原来是被人捡去了。

我说，水这么深怎么也捡得到呢。

爷爷说，这几天，上面不是在车水吗，车急了，就把酒壶吸上去了。

我说，村里人也是想宝想疯了。

爷爷说，真是人心不足蛇吞龟呀，这样找，是找不到宝的。挖了这么多洞，搞不好湖底下的水喷出去，太白湖又还原了。要知道，湖底下的水还是跟长江连着的，江水一涨，湖水就会往上冒，打这么多洞，湖水不漫上去才怪。

又伸伸脖子说，人就是心贪，见识又短，有水的时候，恨不得把湖里的鱼捉得一条不剩，没水的时候，就想把湖填起来种庄稼，要是有一天，江水又移回来了，又把太白湖淹了，太白湖沉到了江底，看他们怎么办。

游到镇子尽头，果然看见一座酒楼，酒楼门前的石牌坊上刻着四个大字，太白酒楼。酒楼建在一座小山上，高高的，像一座宝塔。宝塔顶上果然有一个托盘，只是托盘里面空荡荡的，没有酒壶，看上去像一顶金皇冠摘了夜明珠一样。

五

十几年后，发生了一场水灾。春夏之交，天降暴雨，江水猛涨，湖底下的水果然从那口水塘和泥土稀松的洞口翻了上来。后山陡发的山洪，也冲开了后河的河坝，一泻而下。接着猛涨的江水又从长港倒灌进来，没几天工夫，太白湖又是一片汪洋，和以前一个模样。

这时候川儿的小叔叔已经不当干部了，川儿也已长大成人，从学校毕业后，也回到村里当了干部。

川儿当了干部以后，就想利用太白湖大片湖水开展旅游。他在太白湖中间的一个小山上，照传说中的样子建了一条太白街，在太白街上也建了一座太白酒楼。

新建的太白酒楼也在太白街的尽头，依山面水，有好几层楼高。酒楼的外形也像宝塔，浑身镶着白色的瓷块，瓷块在阳光和湖水的映照下，闪闪发光，远远望去，像天上的宫殿。

这几天，川儿正忙着一件大事。这件大事，就是要为刚建成的太白酒楼举行一个开业庆典。

这天早上，我正在湖水里游荡，忽然被一团湖草缠住了，半天爬不出来。湖草越缠越紧，快把我包成了一个粽子，最后又被一个硬邦邦的东西撞了几下，我就昏过去了。

我醒来的时候，正躺在一个船舱里面。我身上有一团湖草，湖草里还有几条别的鱼，看样子已经死了，有的身上还有一道道红的白的伤口。

我静静地躺着，一动也不动，有人用草棍子戳了一下我的鼻子，我才把头往里面缩了一下。

就听戳我的人说，还是乌龟命大，连螺旋桨都缠住了，他还没被搅死，就把我从那团湖草里清理出来，朝一个小男孩招招手说，小川儿，过来，过来，这只乌龟还是活的，送给你，拿去玩吧。

那个叫小川儿的男孩接过我，把我放在衣襟里兜着，就跑开了。

我知道小川儿就是川儿的儿子，因为一会儿，川儿就来了。

我已经很老了，川儿已经认不出我来了。可是，我还记得川儿的样子，他说话的声音一点儿也没有变。

小川儿把我放在一个小竹笼里，像川儿当年那样带着我到处玩耍。

开业庆典在酒楼的大厅举行，来的人有男有女，有老有少，围着一个像庙里的放生池一样大的圆桌，团团坐定。

圆桌正中有一个簸箕大的托盘，托盘里面按元贞的二哥捡到的银酒壶的样子，用锡箔做了一个大酒壶，酒壶旁边摆了几个也是用锡箔做的大酒杯，银晃晃的，像真的一样。托盘周围摆满了鲜花，外圈才是客人的座席。

我跟小川儿坐在川儿旁边，小川儿时不时夹点东西给我吃，好像我也是请来的客人一样。

酒宴中间，我一直盯着圆桌顶上的一个大吊灯看。这吊灯的样子有点特别，不是我以前见过的圆的灯泡，也不是长的灯管，而是一大堆小辣椒一样的玻璃珠子，编成一个簸箕大的漏斗，挂在圆桌中央。漏斗最下面的一粒珠子，上圆下尖，晶莹透亮，像冬天屋檐下的冰柱化成了水，就要落下来的样子。

我眨眨眼，眼前的吊灯忽然变成了圆桌中间的酒壶，酒壶的口朝着高高的屋顶，屋顶上不知从哪儿灌进来的酒水，正从酒壶的嘴里往下滴。我看见李白等在下面，手把着酒杯，想接住滴下来的酒水，接了半天，却一滴也没有接到。我暗暗为李白着急，就盼着最下面的那一滴酒，赶快掉到李白的酒杯里。等了半天，却一直掉不下来。看着看着，我的眼睛发酸，就趴在笼子里睡着了。

龟　筴

一

我出生的时候，已不时兴用龟甲占卜，占卜大都改用蓍草，蓍草易得，处理起来也方便。不过，龟在人的心目中，还是个灵物，不用龟甲占卜了，喜欢龟的人还是不少，上到王公大臣，下到黎民百姓，有的把龟当观赏把玩之物，有的把龟当馈赠酬谢的礼品，有的把龟供养在家里，图个吉祥，也有的让龟学会几样本领，像猴子那样，送到街头表演，有这些喜欢龟的人养龟，养龟就成了一种风气。

我出生的地方蔡山有一户人家，世代养龟，这家人养龟，不是当玩物，不是当礼品，也不是图吉祥或送到街头卖艺，而是养起来卖给这些把龟当玩物、当礼品、图吉祥、当猴耍的人。

这家人靠养龟吃饭，龟是他们的衣食之源。这家人的祖上，原本是朝廷的贡户，当年朝廷占卜用的龟甲，都是由蔡山进贡的，虽说这都是千八百年前的事，蔡山人说起来，还是一种莫大的荣耀。

蔡山只贡活龟，从活龟身上取占卜用的甲板，是卜师的事，与贡龟的人无关，贡户从蔡山附近的江水中捕到贡龟，由官府押送，从长江北岸进入后河，由后河进后山，由后山入中原，而后送往中原或西部的都城。

我出生以后，不贡龟了，进京卖龟的路线还是这样走。

那时候的长江，还在彭蠡泽中，和彭蠡泽的水连成一片，后来彭蠡泽慢慢缩小，跟江水分开了，长江才成了我现在看到的样子。

我见到蔡山的时候，蔡山已是江中的一座孤岛，这家人就住在这座孤岛上。

虽说蔡山一带盛产大龟，但要捕到一只上色的贡龟，并不容易，朝廷对贡龟的要求很严，大小、颜色、年时、品相，都有具体的规定，纳贡的时候，要一一验明，稍有不符，便原龟退回，管贡龟的地方官员还要受到责罚，所以蔡山的贡户都不敢怠慢。日子久了，蔡山的贡户都练就了一套识龟捕龟的绝活，有的还编成了龟经，传给后代子孙，等到不用龟甲占卜，不向朝廷贡龟，只靠养龟卖钱了，这套传了千八百年的绝活，就成了这些贡户养命的本钱。

我说的这户人家姓梅，男的叫梅老五，女的梅张氏，没有子嗣，只有一个独生女儿，名唤玉姣。玉姣从小就跟她爹在江上打鱼捕龟，练就了一身好水性，七八岁时就敢在风浪里出没，到了十几岁的时候，梅老五把祖传识龟的本领，悉数传授给玉姣，玉姣就成了她爹在江上捕龟的得力助手。

在江上捕龟不像撒网捕鱼，一网下去，捞到便是。捕龟有很多讲究，就算不是占卜用龟，也讲究个成色品相，成色不好，品相不佳的，卖不出好价钱。挑选成色好品相佳的上色龟，就靠玉姣这样的少年，下网之前，先把像玉姣这样水性好的少年从船上用网绳放到水下，让他们跟踪龟群，寻找成色好品相佳的上龟，找到了一只，便拉动网绳，让船上的人下网，船上的人兜头一网，便连人带龟都拉了上来。

这天上午，玉姣像平时一样，口衔芦管，腰系龟食袋沉到水下，在江水中四处搜寻。

日光照着昏黄的江水，像船舱里点亮一盏油灯，暧昧不明，龟食袋里炒熟的麸皮发出诱人的香气，从袋口撒出去的麸皮碎粒，散落在江水中，像游动的虾虫。

龟食的诱惑很快便吸引了一些游龟，游到了玉姣附近。玉姣不动声色地像一条游鱼一样围着这些游龟转动，时而在上，时而在下，时而在左，时而在右，时而在前，时而在后，在上观其背甲，在下观其腹甲，左右观其甲桥，前后观其头尾，看了半天，竟没有一只中意的，就想浮出水面歇息片刻。

正在这时，玉姣突然眼前一亮，发现前方有只龟正朝她游来。等游近了再上下左右仔细一看，只见这只龟振头曳尾，四肢伸展，顶盖如伞，腹平如镜，背色青黛，底板橙黄，知道是一只好龟，就随手拉了一下网绳，只听得耳边哗哗一阵水响，眨眼工夫，自己就和这只龟一起进了船舱。

捕到了一只上色好龟，玉姣的爹娘自是欢喜不禁，就叫玉姣换衣裳吃饭，玉姣就到后舱去换衣裳。

玉姣家的船不大，前舱摆个缸灶，生火做饭，饭熟了端到甲板上去吃，伸手的事，方便，也敞亮。

中舱宽大一点，中间搁个矮桌，供玉姣的爹娘平时做些补网之类的杂活，夜晚撤了就是睡觉的地方。

后舱短窄一些，就成了玉姣睡觉更衣的闺房。

这天中午，玉姣正换衣裳，忽然听见隔壁船上传来读书的声音，那声音很好听，拖腔拖调的，忽高忽低，时短时长，像唱歌一样，玉姣禁不住在船舱口听了片刻，又探头朝隔壁船上望了一眼，只见一个穿袍衫戴幞巾的影子一闪，就什么也看不见了。

玉姣没上过学，村里请了个私塾先生，教族中的子弟读书。玉姣家里穷，又是个女孩，上不了学，有时候就在私塾外的窗户边旁听，听多了，才知道读书跟说话不同，跟唱歌一样。

蔡山脚下是个野码头，什么地方都能靠船，什么船都能靠，有打鱼的，有捕龟的，有经商的，有过路的，也有歇脚避风的，横七竖八，挤挤攘攘，多的时候，密挨密，像村里人家的茅草房一样。

玉姣见两船挨得太近，就把船篷口挂的一件破衣裳拉了一下，挡住隔壁船上的视线，顺手解开了腰上系的龟食袋。正在这时，玉姣突然听到叭的一声，好像有什么东西从龟食袋里掉了下来。

龟食袋是一个漏斗形的布袋，里面装着炒熟的麸皮，下水时系在腰上，麸皮从漏斗嘴上的小孔里慢慢撒出来，馋嘴的乌龟吃得了麸皮，却进不了布袋。

玉姣这天下水的时候，我就盯上了她的龟食袋，时不时上去咬一口，咬着咬着，竟把龟食袋的漏斗嘴咬开了一个大缺口。我见里面装满了喷香的麸皮，干脆一头扎进龟食袋中，躲在里面吃个够，直到玉姣起水的时候，还没有出来。

玉姣见有东西从龟食袋里掉了下来，就伸手去捡，捡起来一看，原来是只小青龟，就笑了笑说，小馋嘴，难怪人说，好吃佬，喂不饱，这大一袋龟食，你还想独吞，说着，便把我丢到一个瓦盆里，换好衣裳，去甲板上吃饭。

我就这样到了玉姣身边。

我到玉姣家以后，玉姣和她爹娘都叫我小青龟，她爹给那天捕到的那只龟起了个好听的名字，叫金镶玉。

我见过金镶玉，我从蛋壳里爬出来的时候，金镶玉正在旁边的窝里下蛋，我从她面前爬过去，她瞪着眼睛看着我，直到我离开了山边的沙地，爬到了江水边，她还在忙着给她刚下的蛋盖上沙土。我俩起先同住在一个水缸里，玉姣的爹说要给我俩换换肠胃，以前吃野食，往后喂家食，不换个肠胃受不了。开头几天，不给我俩吃的，让我俩清空肠胃，后来就天天给我俩喂麸皮，吃了几天，肚子便胀鼓鼓的，在水缸里不停地放屁，水缸面上翻着豆大的泡沫，船舱里到处都是一股带着腥臊味的臭气。

几天后，玉姣就把我从水缸里捉出来，放到一个小竹笼里，挂在腰上，走到哪带到哪，金镶玉还留在原先的水缸里，说是要养毛色，等养得油光水亮，真像黄金底座上镶着一块碧玉，才拿去卖。

乌龟身上又不长毛，不知道玉姣的爹为什么要说养毛色。

二

玉姣家有几块薄地,在半山腰上。说是地,也算不上地,就是石头和石头之间的一些山土,周围荆棘遍布,杂草丛生,每年撒些麦种,收几升麦子,好做龟食,有时也撒些高粱玉米种子,下几棵红苕洋芋秧子,贴补日常食用。玉姣家的主粮不靠这个,靠她爹卖鱼卖龟换的大米。

玉姣家的地块旁边有一座寺院,寺不大,不过是一排三开间的平房,只是中间的堂屋有一座佛龛,供着一尊如来的佛像,两边的厢房,一边住着一位年老的僧人,一边空着做了客房。

寺里的香火不旺,来挂单的僧人也少,平日里显得有些冷清。寺里的僧人却说,这寺的来头不小,是两百年前的一位有名的高僧所建,当年还有些气派,后来毁了又建,建了又毁,就成了现在这个样子。

玉姣到地里干活的时候,就把笼子从腰上解下来,搁到寺里那间空房的窗台上。僧人住的那间房也有个窗台,玉姣不敢放,怕僧人看见了,要她把我送到江里去放生。

我趴在窗台上从笼子里望出去,一边是没人住的空房,一边是满山的杂木乱石,房间里有一张床,床上有枕头被褥,靠床横放着一张桌子、一把椅子,此外就什么也没有了。

玉姣在地里忙着,累了的时候歇口气,也过来看我一眼,顺手朝笼子里丢点吃的,麦子高粱玉米粒子,红苕洋芋秧子,看季节,什么都有,有时也有些蜻蜓蚱蜢之类的小虫子。跟着玉姣,我已经习惯了杂食,吃什么都行,不像金镶玉,再吃杂食就闹肚子。

这天早晨,玉姣正带着我上地里干活,经过那间空房的窗户时,像平时一样,顺手把笼子往窗台上一放,正在这时,我突然听到房间里传来一个人的声音。这声音像唱歌,又像念经,仔细一看,原来是一个书生，正坐在靠床的桌子边，在念他面前放着的一本书。

玉姣本来是放下笼子就走了的，不知为什么，忽然又掉转身朝窗户里看了一眼，之后，就站在那里一动不动地发呆，口里还咕咕哝哝地说着，难不成是他。

我不知道玉姣说的他是谁，就又朝这书生仔细看了一眼，只见他穿着一件洗得发白的圆领袍衫，头上胡乱裹着一条幞巾，身材单薄，佝肩偻背，像好久没吃饱饭一样。

玉姣在窗外听那书生念书，听了一会儿，就下地去干活，中午再来的时候，手上就多了一块烤红苕，连笼子一起往窗台上一放，又下地去干活，干完活后，从窗台上把笼子拿下来转身就走，放红苕的地方连瞄都不瞄一眼，好像什么也没放过一样。

奇怪的是，玉姣放的烤红苕不知什么时候就不见了。红苕就放在离我不远的地方，我也不知道什么时候被人拿走了。除了在房里念书的书生，这里没有别的人，一定是他，他怕惊动了我不好意思，就趁我不注意的时候悄悄地拿走了。

这以后，玉姣中午下地都不空手，有时是一个烤红苕，有时是几个烤洋芋，有时是一根煮玉米，有时是一个芥菜粑，都是来有形，去无影，玉姣都像往常一样，把东西往窗台上一放，听一会书生念书，就下地干活，并不问东西的去向，也不看窗户里面的动静，就像那些香客到寺里来上供，把供品放到菩萨座前，烧炷香，磕个头，许个愿，听和尚念几句经，起身就走，并不过问菩萨是怎么消受这些供品的。

这天中午，玉姣带了几个烤洋芋，正提着笼子往地里走着，半路上忽然碰见寺里的僧人从外面化缘回来。僧人见到玉姣，笑眯眯地把她叫到一边，跟她说了一番话，玉姣这才知道这书生的来历，缘何住在这荒江野寺之中。

原来这书生姓江，名春，字季尚，是江那边一个名叫歇龟坪的小村人氏。江春家境贫寒，祖父和父亲都靠游馆课徒为生。他父亲胸怀大志，学问渊深，原也想谋个一官半职，好光耀门楣，报效朝廷，无奈出身低微，远离高门望族，无人举荐，只能自叹命薄。寻常日子，喜欢念些前人诗句，聊以自慰，郁郁涧底松，离离山上苗，以彼径寸茎，荫此百尺条，世胄蹑高位，英俊沉下僚，地势使之然，由来非一朝。

到了江春这一代，不甘心一辈子就这样郁郁涧底，沉沦下僚，自恃家学深厚，才识过人，就想着也出去结交些鸿儒硕彦、高门望族，说不定能得名家赏识，豪人青睐，只是像自己这样一介书生，寂寂无名，又处在这边远之地，别说叩户登门，只怕连人家的大门朝哪儿开都不晓得，想想就觉得心中烦闷。

这日，江春正坐在家里想得心烦，忽然从自家窗外，望见江对面的蔡山，蔡山像一团绿云，飘落在这滔滔大江之上。山上的景物虽然看不分明，但江春却从书上得知，蔡山一带盛产大龟。古时朝廷占卜用龟，就是从蔡山纳贡的。又听人说，山上有座古寺，是两百年前的一位高僧所建，因为这两样古物，所以蔡山自古以来，就很有名，也引得不少名人游访。自己与蔡山共着江水，隔水相望，村名还沾着一个龟字，竟无缘得访，就想着也去蔡山一游，一来了此天缘，二来也访访前客的踪影，说不定能从中寻得一点蛛丝马迹，借此结交几个贵人，寻个进身之阶，总比坐在家中唉声叹气要强。

次日一早，江春就辞别家人，在江边叫了一条小船，说是要过江去登蔡山，船家都笑他读书读苕了，说蔡山又不是庐山泰山，有个么事登头。有个船家是蔡山人，说愿意渡他，江春背着个小包袱，就上了这个船家的小船。

船家听说他是个读书人，又听说他想出来求官，也笑他是个书痴，说达官贵人都住在京城，离这里十万八千里，就算是到蔡山来过，也就是一阵风吹过，你到哪里去寻他的踪影。要找达官贵人，得到京城，在蔡山是找不到的；要找住处，我倒是可以给你指一个所在，说着用手朝蔡山东面一指说，此去半山腰有一座寺院，寺不大，里面的师父法号支常，好说话，你去求他，他会留你的。

上岸之后，江春就直奔船家说的寺院，寺里的师父果然好说话，见他是一介书生，就留他住下，还说，小寺清贫，平日里靠贫僧化些斋饭度日，没有多余的粮米，只怕你要跟着受苦了。

江春住进寺里之后，每日里都到山上去寻访名人踪迹，余下的时光就趴在客房的桌上念书。山上来过的那些达官显宦名人高士，并无文字记载，当时留下的刻石题壁，也汗漫无形，倒是江边一个渔民无意间说的一番话，让江春突发奇想，茅塞顿开。

那日，江春正跟一个渔民闲话，问些打鱼卖龟之类的事。那渔民说，别看蔡山这地方小，蔡山人见的世面可不小，每年秋后，捕到新龟，但凡有些成色的，都要送到京城去卖，才能卖出个好价钱。从这里进后河，从后河进后山，出后山往西，半月左右就到了京城，你要想见世面，等明年秋上，我带你进京。

听了渔民的这番话，江春自觉找到了到京城去结交达官贵人的路径，回到住处后就把这个念头跟支常师父说了，支常见他主意已定，也不多言，仍留他在寺里读书，等待明年秋天跟卖龟的渔民进京。

寺里不动烟火，支常怕江春跟他出去抹不开情面，就把化来的斋饭带些回来给江春充饥。这些时日见村里的玉姣姑娘时常周济些吃食，知道姑娘心细，怕他化来的斋饭不够两人食用，本想告诉江春这些吃食的来历。又见江春每日里只管从窗台上取来，心安理得地受用，对这些吃食的来路并不在意，就怕说穿了不好意思，又怕惹出男女间情分上的事。这天在路上碰见玉姣，就代江春表示一点谢意；又叮嘱玉姣姑娘，不可用情，说救人急难是善，无端用情是痴，行善是佛，痴则自寻烦恼。

出家人说话总像打哑谜，玉姣懂这哑谜的意思，知道这是支常师父的好意，支常在寺里的时间长，村里的年轻人都当他是长辈，长辈说话总没错，就点点头表示谨记。

三

和支常师父别后，玉姣把手中的笼子和洋芋放到窗台上，也不听书，就径直到地里干活去了，以后天天如此，只送吃的不听书，好像怕这念书的声音钻到她心里不出来了一样。

忽然有一天，听不到念书的声音，却听见有人高一声低一声，紧一声慢一声地哼哼，我朝房里一看，只见江春大热天的裹着一床棉被，蜷成一团，在床上发抖。

玉姣来取笼子时，也看见了床上的江春，就转身到僧房去叫支常师父。叫了半天，没人答应，知道是出去化缘还没有回来，情急之中，玉姣自己冲进房内，伸手摸了摸江春的额头，见江春冷得发抖，却烧成了一团火炭，就疑心江春在打皮寒。

玉姣想给江春喂口水喝，一时又找不到水瓢水碗，急得在房里团团打转。正在这时，支常从外面化缘回来，看这架势，也说是打皮寒，就叫玉姣回去，说他一个人就能对付。

第二天下地，玉姣没带日常吃食，却提了一罐子鸡汤。鸡汤是玉姣的爹娘叫带的。这些时，玉姣的爹娘见玉姣下地，常带些吃食，就知道有事，女儿大了，凡事由她自己做主，也不多问。这日见她说寺里住的一个书生在打皮寒，心里已明白了八九分，嘴上却说，皮寒鬼是饿鬼，吃了就饿，饿了又吃，没有几碗鸡汤是压不住的，只是带鸡汤到寺里去，得让支常师父回避一下。

支常见玉姣带了鸡汤过来，自是欢喜不尽，口里却说，真是机（鸡）

缘巧合，善哉善哉，一边说，一边躬身退出房门，留下玉姣在房里侍候江春。

玉姣一边给江春喂着鸡汤，一边用汗巾为江春擦汗，喝了几口，江春的脸色就见好转，人也缓过气来，就连声称谢。

玉姣说，鸡汤是我爹娘叫送的，我爹说，救人一命，胜造七级浮屠，要谢你就谢我爹娘。

江春说，那是，那是，改日一定登门拜谢。

此后数日，玉姣时不时都要带些汤食过来，除了鸡汤，也有鱼汤肉汤，中午的吃食，有红苕洋芋玉米菜粑之类的粗粮，也有细米白面做的饭食，有时还要配上几样家常小菜，都是玉姣的爹娘精心备办的，一式两份，一份给江春食用，一份留给支常师父，玉姣觉得自己给爹娘添了麻烦，玉姣的爹说，就算是给寺里的菩萨上供，给化缘的师父施斋，我等得佛祖保佑，也是正当名分的。

就这样过了些时，江春的脸色日见红润，也有气力下地行走，有时还到地里帮玉姣干些捡石子拔野草之类的杂活，闲时也教玉姣念书认字，玉姣在江春的房里进出，也没有顾忌，两人出双入对，有说有笑，就像一对恩爱夫妻。

眼见得玉姣和江春越走越近，支常怕在寺里闹出什么事来，有辱佛门，碍着面子，又不好说破，只能在背地里摇头叹气。有一天，来了个游方的和尚，想在寺里借住些时，支常就把这事跟他说了，那和尚说，佛门随缘见空，有缘莫错过，无事放下着，你就当没这回事，我看这对男女孽缘未尽，宿债未了，迟早要闹出事来，他们后面的事还多着呢，佛也奈何不得，你且由他去吧。说罢，便摆动袍袖，扬长而去。

果然不出这和尚所料，没过多久，玉姣和江春便真的闹出事来了。

这天一早，玉姣下地的时候，隔着窗户见江春睡在床上，还没有起来，就把笼子放在窗台上，进房去叫他，叫了半天，江春不应，玉姣就用手去推，这一推不打紧，江春猛地一掀被子，反倒把玉姣连头带尾都裹了进去，玉姣挣扎了几下，便没有动静，接下来一场被窝戏便在我眼皮底下如此这般地开演。

我不敢多看，就闭上眼睛装睡，过了一会儿，真的睡着了，等我醒来的时候，已日上三竿，玉姣已在地里干活，江春仍在房中念书，一切照旧，好像什么事也没有发生一样。

这以后，我便时不时在窗台上看他们演被窝戏，有时候也在没有被窝的野地里，都是支常师父不在寺里的时候，我已经见怪不怪，就等着看这件事如何了结。

转眼就到了秋后，蔡山捕到好龟的渔户，都筹划着进京卖龟，先前答应带江春进京的那户渔民，也来邀江春一起出发。

临到要出发的时候，江春却犹豫不决，原因是这时候他已得知玉姣怀孕，就想回去禀告父母，到玉姣家提亲，等完婚之后，孩子生下来了，明年再随渔民进京。

那渔民不知个中缘由，见江春说明年再去，就说，过了这村就没这店，明年是明年的事，明年我未必能捕到好龟，另找捕到好龟的主儿，未必有我这样的好心。

玉姣也劝江春今年就去，说，我又不是大户人家的小姐，跟你成亲还要三媒六聘，穿金戴银，吹吹打打，只要你日后不要忘了我娘俩，我就知足了，我爹娘也没这么多讲究，你情我愿的事，又不是偷人养汉，也不丢人。

江春见玉姣说得这么实在，也动了起程的念头，临行前，还是想见玉姣的爹娘一面，一来是拜拜岳父岳母，二来也答谢二老的救命之恩，当下便由玉姣带着去见玉姣的爹娘。

玉姣的爹娘好像早有预料，见到江春并不意外，相反，却显得格外亲近，当下便整治饭菜，款待江春。席间，玉姣的爹娘问了许多江春的家事，江春都一一应答，却一句也不敢提与玉姣之间的事。玉姣的爹娘心知肚明，也不为难江春，玉姣的爹说，小女的终身就托付给公子了，但愿公子此番进京，能求得一官半职，玉姣这边，有我们在，你就不用操心。

话说到这份上，江春再也坐不住了，就离席起身，整了整衣巾，扑通一声，端端正正地跪在玉姣的爹娘面前，口里说道，岳父岳母在上，请受小婿一拜，岳父岳母的大恩大德，小婿日后自当结草衔环相报。

玉姣的爹见江春行此大礼，赶紧把他从地上扶起来，又去后屋取来一样东西，交给江春，说，这是我和她娘的一点心意，公子拿到京城去变卖了，好上下打点，求官不比求佛，要使银子的地方多。

江春接过一看，原来是个棉线编织的网袋，打开袋子，里面是一个小竹笼，笼内有一个瓦盆，瓦盆里有沙土，有水草，像铺着一个褥子，褥子上卧着一只乌龟，江春看他时，这只乌龟也伸出脑袋看着江春，好像是两个老相识。

玉姣的爹说，这只龟名叫金镶玉，捕上来已养了大半年了，如今毛色鲜亮，正好出手，原本就是想卖了给小女作嫁妆的，现在正巧用上了，公子随身带着，也省得我进京去卖。

又说，带你进京的那人叫梅老八，是我的一个远房的堂弟，我已经跟他说过了，你跟着他，路上好有个照应。

次日，江春便辞别玉姣，拜谢过支常师父，跟着梅老八出发了。

四

我们出发的那天早晨，天刚蒙蒙亮，江水睡了还没醒，江面上静悄悄的，一点声息也没有，玉姣和她的爹娘都来码头送行，玉姣和江春说话的时候，我看见她手中的小青龟在笼子里瞪着眼睛望着我，好像有点舍不得的样子,我也从江春手中的龟笼里望着他,我们就这样对望着,算是别过了,小青龟还留在玉姣身边,我却要出门远行,我不晓得江春会把我卖给谁,卖到哪里,我以后就再也见不到小青龟了。

从蔡山江面进后河,风平浪静,从后河进后山,顺风顺水,不发山洪,后河水平如镜,从龟笼里望出去,河里的沙子都看得见。行船的时候,同行的渔民都到甲板上来看风景,我不懂风景好坏,渔民也说不出好来,就央江春作首诗,赞它一赞。江春不好意思,就说,我也赞不好,我念一首跟龟有关的诗给你们解闷吧,说罢,就摇头晃脑地吟诵起来:神龟虽寿,犹有竟时;腾蛇乘雾,终为土灰。老骥伏枥,志在千里;烈士暮年,壮心不已。盈缩之期,不但在天。养怡之福,可得永年。幸甚至哉!歌以咏志。

念完,又跟众人解释了一番。不管懂与不懂,众人都拍手叫好,我听江春说话的口气,很有点胸怀大志的样子。

船到了后山深处的一个码头,就该上岸走旱路了,这条旱路,是一条古道,据说当年送贡龟进京,就是走的这条古道,只是送贡龟的阵仗很大,有押贡的官员,有护贡的兵丁,有当差的民夫,有随行的辎重,人喧马叫,旌旗招展,浩浩荡荡,像皇上出巡一样。

到了不纳贡的时候,这条古道便被抄近路进京卖龟的渔民踏出了许多小路,进京的路程也便大大缩短,只是官道易走,小路难行,卖龟的渔民免不了要付出加倍的脚力,好在行装轻便,除了肩上的包袱,就是腰上的龟笼,都是随身带着的,不碍翻山越岭,爬坡上坎,穿林涉涧,行走起来不说身轻如燕,倒也干净利索。

蔡山一带但凡进京卖过龟的渔户,都会编织龟笼。龟笼有圆的,有方的,有上圆下方的,也有上方下圆的,都用软篾编就,外罩线网,取其轻便好看,挂在腰上,就像有身份的人挂的夹袋一样。

江春也把龟笼挂在腰上,从后河上岸后,就跟着梅老八一行在山林间穿行。江春从未出过远门，更没走过这样的山路，不免磕磕绊绊，气喘吁吁，加之穿的袍衫又长，走了一阵，就被路边的荆棘挂出许多道道，像叫花子一样，夜晚歇息的时候，脚上满是燎泡，梅老八帮他挑了，又打了一盆热水，让他洗了上床。

见他这个样子，梅老八叹了口气，说，你这是何苦哟，放着好好的书不念，偏要出来找这份罪受。

江春说，读书不就是为了做官，我吃这份苦，受这份罪，就是为求得一官半职，日后好享荣华富贵，光宗耀祖。

梅老八笑了笑说，那也未见得，你看历朝历代的官，有几个是你这样的穷书生求得的，没听说，如今的官场，是上品无穷门，下品无富户吗？

江春说，是上品无寒门，下品无世族。

梅老八说，都一样，像你这样，无亲无故，无钱无势，要求个一官半职，我看比登天还难。

江春也叹了一口气说，我这不是想试试吗，成不成总比坐在家里终老田园要强。又用手指指龟笼说，就像这金镶玉，留在蔡山，和小青龟一样，不过是玉姣家养的一只普通的乌龟，到了京城，得遇明主，说不定就成为囊中至宝、掌上明珠。

梅老八又笑，说，你也把京城想得太好了，这些年，我进京卖龟，遇到你说的明主，也有，遇到不识货的，或靠龟养命的，就难说了。我就见过我头年卖的一只翡翠绿，被人用绳子拴着，顶线球，叠罗汉，转迷魂圈，在街头卖艺，看着自己养的宝贝这样被人糟践，我想哭的心都有。

江春说，这也是命。

梅老八说，是呀，人有人命，龟有龟命，命里只有八角米，走遍天下不满升，命该如此，何必强求。

江春又说，也不全是命，也看时运，你看当年的贡龟，何等的显贵，如今却成了买卖之物，往后还不知道怎么样呢。

梅老八见江春扯远了，就说，睡吧，睡吧，明天还得起早，就倒头睡下了。

次日早起，卖龟的渔民都说要到一个地方去祭拜。江春问祭拜的是何方神圣，梅老八说，莫问，莫问，去了就晓得了。

一行人翻过一个山头，就到了一个牌坊面前，牌坊前卧着一只石龟，石龟背后，立着一块石碑，上面隐隐约约有些碑文，江春凑拢去看了看，年代久了，字迹模糊，无法辨认，抬头一看，牌坊上的龟陵两个大字，却看得分明，原来是一座乌龟的陵墓。

什么样的乌龟有这么显赫尊贵，配得上如此哀荣，趁众人都到陵前祭拜，江春就向梅老八请教这龟陵的来历。

梅老八说，这也不晓得是哪朝哪代哪年哪月的事，说是有一次蔡山的贡户捕到一只上色的大龟，当地的官员差人报告朝廷，朝廷派卜师来验过，确是一只灵龟，就让当地的官员押送进京。朝廷还派了专门的太医和卜师同行，以防路上有什么不测，谁知走到半路，这只贡龟却得了厌食症，整天蔫头耷脑，水米不进，太医百般调治，也不见好转，不几日竟一命呜呼。朝廷追究下来，自然脱不了干系，就把押送的官员、卜师和太医都杀了，那年月时兴陪葬，就修了这座龟陵，让他们陪葬。后来不兴贡龟，蔡山进京卖龟的人为求灵龟保佑，讨个利市，经过龟陵，都要前来祭拜。

梅老八说，这事信不信由你，拜不拜也由你，你们读书人名堂多，我是要拜的，说完，便转身进了牌坊。

拜过龟陵，出了后山，就是一马平川，不几日，便到了京城。京城的大门很高，进去后里面都是人，看着眼晕，房子也密挨密地挤在一起，像蔡山脚下停的大船小船。房子虽说在路边上排得整整齐齐，路却宽窄不等，长短不齐，宽的地方像棋盘格子，窄的地方像鱼肠子，曲里拐弯，转来转去，走一会就迷了路。

进城之后，卖龟的渔民就各自去寻自己的下处，都是旧门旧店，轻车熟路，梅老八把江春带到一个所在，对江春说，你且在这里住下，我去跟一个主顾谈完生意，就来找你，你的事比我的事要费周折，不像我那样，卖了龟就走，你要求官，初来乍到，两眼一抹黑，我得想法子跟你打听点门道，五哥临走时跟我交代过，我不能丢下你不管，我已经跟这里管事的说好了，你放心住下就是。说罢，就带着江春进了大门。

门里果然有个人在等着，这人也像江春一样，穿着一件圆领袍衫，却把袍衫的下摆撩起来，扎在腰间，露出下身穿的一条裈裆裤，脚蹬一双尖头麻履，头上的幞巾也扎得特别，左右两翅不像江春那样耷拉着，而是支棱起来，像长着两只角，看哪儿都觉得古怪。

怪人把江春领到一间厢房，用手指着一张土炕说，你先歇着，等你安顿好了，我再来找你叙话。

五

这天晚上，怪人果然来了，一进门就大大咧咧地扯张板凳坐下，向江春拱拱手便自报家门说，在下姓隗，名孩，字子婴，人称鬼孩，自号鬼子，你就叫我鬼子好了。

江春也坐下回礼，口里说道，岂敢，岂敢，在下有礼了，说罢也向怪人拱手行礼。

礼毕，江春又说，敢问先生，此处寺不寺，观不观的，究竟是什么所在，也敢问先生在此所任何事。

那个叫隗孩的怪人笑笑说，在下峡东秭归人氏，原本也是个读书人，三年前带着一颗祖传的峡江明珠进京，原意也是求官，不想流落市井，弄成这副儒不儒、侠不侠、僧不僧、道不道的样子，幸得这里的祠守收留，让我做个护灵，才有个安身之处，至于这处所在，说来话长，正好今日无事，我就说把你听听。

傀孩说，这地方名叫灵龟祠，原是古时候天子的一个藏龟室，古时占卜用龟，从南方贡来以后，都要在藏龟室蓄养一年半载，等养到腑脏清净毛色鲜亮黄白明润，可作占卜之用，才选择吉日良辰斋戒，从藏龟室取出来，杀三牲祭祀，用三牲之血把龟灌晕，然后剖龟，取出内脏，制成占卜用的甲板，后来用龟甲占卜渐渐少了，这地方就成了藏龟甲的府库，前朝后代用过的龟甲，上面刻着占卜时的卜辞，藏在此处，自然灵异非常，所以就辟了这灵龟祠，供人祭拜瞻仰。

江春听说，当下便要傀孩带他去前堂祭拜。

傀孩说，不急，等祠守回来再说。

江春说，祠守现在何处。

傀孩说，正在江南访龟，不到入冬，不会回来。

江春不解，就问，既然不用龟甲占卜，访龟又有何用。

傀孩笑笑说，这个，先生就有所不知，接着便说出一番话来，让江春听得目瞪口呆。

原来自渐少龟甲占卜之后，并无人明令禁止，历朝历代仍以龟占为神占，视龟为灵异之物，虽不用作占卜，却以供养灵龟为上吉之事。

说到这里，傀孩扫了一眼厢房的门窗，接着说，今上喜欢供养灵龟，王公大臣投其所好，纷纷上贡，朝廷上下，贡龟渐成一种风气，只是所贡之龟，不是集市所得的庸常之物，而是专访所得的极品，祠守此去江南，就为寻访这种极品。

江春不解，就问，祠守祠守，不是守护这灵龟祠的吗？缘何还要外出访龟。

傀孩说，说来话长，这祠守原本是个道长，有一回在观前用乌龟给人算卦，被路过的京兆尹看见了，京兆尹问是何法，道长说，我这是问龟之法，我有通灵之术，能从龟的眼色动静看出吉凶祸福。京兆尹觉得新奇，回去之后，便命人将道长带到这灵龟祠来，封了个祠守，让他守护祠里藏的龟甲。这几年，京兆尹为王公大臣物色贡龟，又让祠守兼了个访龟的差事，我跟着祠守，也结交了不少进京卖龟的渔民，送你来的梅老八就常来祠中借宿，一来二去的，我俩就成了朋友。

正说着，梅老八从外面回来了，两人招呼过后，傀孩便起身离去。

梅老八喝得醉醺醺的，对江春说，这京城真是一年一个样，养花养草，养猫养狗的多了，养乌龟的也多了，听说当今皇上喜欢养龟，老百姓也跟着学样，龟价一年一涨，我今年带来的是一只杏子黄，比你这只金镶玉差多了，我那个老主顾也给了比去年高一倍的价钱，你这只金镶玉就没得说了，明日我带你到龟市上走走，看你运气怎样，说完便倒在炕上呼呼大睡。

次日一早，江春便带我跟着梅老八来到龟市，龟市说是市，却是一处硕大的庭院，里面没有普通市肆那样的摊板铺面，却有许多精致的亭台水榭、鱼池沙盘，里面有各色各样的乌龟，有歇在台榭上的，有趴在假山上的，有伏在水草中的，有卧在沙地上的，都用围子围着，星罗棋布，散落在庭院各处，供客人观赏。

梅老八说，这一处一处的围子，都是卖龟的大户，这些大户卖的龟，有的是从进京卖龟的渔民手上买下的，也有的是差人从南边的渔户手上收来的，弄到这龟市上，一转手就是白花花的银子，这些年京城时兴养龟，龟市上过手的银子，就像长江的流水，哗哗直淌。

跟着梅老八看了几处围子，江春觉得市上的龟很是一般，着实不能跟金镶玉相比，就想跟梅老八上前问价，正在这时，几个持令牌的皂衣人突然出现在江春和梅老八面前，梅老八来过龟市多次，知道这是执法的监市，就赔着笑脸上前问道，请问监市大人，有何公干。

其中一人指着江春腰上的龟笼说，这是哪里来的。

江春见问，就如实回答说，我自家的，带来市上卖的。

皂衣人不信，说，你自家的？你一介书生，看样子也不像个捕龟人，哪里去捕得这等灵龟。

江春正想分辩，梅老八突然插嘴说，是我捕的，他是我家女婿，是我带他来卖龟的。

皂衣人说，这就更荒唐了，你一个捕龟的，如何招得一个读书人做女婿，你这个捕龟的自己不带龟，却让一个不捕龟的书生把龟笼挂在腰上，不伦不类，你自己说像吗。

江春还想分辩，皂衣人中有个执令牌的突然大吼一声说，别废话，带走，到了府尹那儿不怕他不说实话。说罢，便前呼后拥地把江春和梅老八带出了龟市。

就在江春被人推着转身的时候，我从龟笼里看见一个熟悉的人影一闪，眨眼就不见了，这人把袍衫的下摆扎在腰上，只这一眼，我就认出这人是灵龟祠的那个叫隗孩的怪人。

江春和梅老八被带到衙门之后，就开堂审问，江春实话实说，梅老八也只好说了实情，审问的官员叫把我呈上去验看，验过之后，又叫人把江春和梅老八暂时押下去看管，我就被人带到了后堂。

后堂里也坐着一位官员，看样子比审问的官员要大，见提了我进来，就叫把我从笼子里捉出来，让他验看。

大官仔仔细细验看了我之后，对那个审问的官员说，果然是一个极品，看来那鬼小子的眼力还真是不错。

审问的官员说，是大人深谋远虑，有眼力，有远见，前年让监市收了那小子的一颗珠子，又让他做了眼线，这两年都用上了。

那大官说，我也没亏待他呀，他不是来求官的吗，用一颗真不真假不假的峡江明珠，换得一个护灵的官儿，也值。再说，这两年我也没少给他银子呀，哪一次耳报，不是百儿八十的，该知足了，叫他好好干，探得了一个极品，本府重重有赏。

· 龟 箴 ·

037

听到这里，我这才知道，原来这大官就是京兆府尹，灵龟祠那个叫傀孩的怪人，是府尹的眼线，看样子，也是被逼的，一定是先让监市收了他的珠子，诈他说是偷的，而后又假模假样地让他当个护灵，逼他做了府尹的眼线，照这样，江春和梅老八这回一定是凶多吉少。

在府尹衙门待了几日，我一直没见到江春和梅老八，府尹把我从龟笼移到桌上的一个白玉盆里，供在一个高高的条几正中，盆子中间铺着细沙，周围是软绵绵的水草，水草外边还有一圈清水，从屏风上的影子看过去，就像从地上望见嫦娥住在月宫里一样。

有天晚上，府尹和一个女人围着桌子坐在灯下说话，听口气，这女人就是府尹夫人。

府尹夫人说，夫君打算如何处置那两个渔人。

府尹说，一个是渔人，一个是书生，渔人给几个钱打发了，书生我自会给他一个去处。

那女人说，难不成你又要他到灵龟祠去当护灵。

府尹说，哪能呢，这书生可不是那书生，像鬼小子那样的书生，百无一用，让他当个护灵就不错了，眼下这个书生我自有大用。

府尹夫人问，有何大用，难不成你想举荐他去当个参军，说完就笑。

府尹说，跟参军也差不多，参军不用兵的时候就是个幕宾，我让他在我门下当个幕宾有何不可。

那女人说，那岂不便宜他了，一只乌龟换得一个参军，这生意倒是做得。

府尹说，夫人有所不知，我自然不授他参军实职，只给他一个察访使的名分，让他到浔阳一带去查访灵龟，他是那儿人，这次带来这个极品，下次自然还可访得极品灵龟，祠守老了，也该换换人了。

府尹夫人说，你就不怕他跑了，肉包子打狗，一去不回。

府尹笑笑说，我要是让他成了我的家人，他就不会跑了。

府尹夫人说，我就一个独生女儿，你想招他为婿，还是收为义子。

府尹说，我自然不会把我的宝贝女儿嫁给这个穷小子，收为义子，日后岂不让我的家产落入外人之手，我收个丫头做养女，在正屋旁边赏他一个偏院，照样可以招他为婿，贡了这只龟，我就该是尚书了，做了尚书府的乘龙快婿，那小子还不感恩戴德，以死相报？跑，往哪里跑，只怕赶都赶不走呢。

府尹夫人说，此计甚妙，就起身往内室去了。

听了府尹夫妇的话，我为江春高兴，也为江春感到委屈。

六

这天晚上，我做了一个梦，梦见我也到了京城，见到了进京卖龟的江春和梅老八，也见到了他们带去卖的金镶玉，他们见到我都很高兴，梅老八说，你来得正好，我正跟金镶玉找了个好主顾，等办完他的事，我也给你找个好买家，让你也在京城享享福，我就跟着他们进进出出，像从来没有分开过一样。

梅老八给金镶玉找的主顾，是一个珠宝商人，在京城开着一家珠宝行，商人收下金镶玉，给了江春一大笔钱，对江春说，我也不识龟，就图个乐子，当今皇上玩龟，王公大臣达官贵人也玩龟，他们玩得，我就玩不得么，只是你一个读书人，拿了这钱去求个一官半职，才是正道。

卖龟的事，梅老八还有些门道，求官的事，梅老八就两眼一抹黑，问商人，商人说，这里头水深，你去求个签问个卦，说不定寺里的和尚能给你指条明道。

江春和梅老八就找到京城最有名的寺庙大天恩寺，交过香火钱后，江春在菩萨面前的签筒里求了一签，双手递给当值的师父，当值的师父一看，是一只上上签，解完签文之后，师父就问江春所求何事，江春说求官，师父看了他一眼，沉吟片刻，便说，你且随我来。

江春便随师父进了后殿，梅老八胆小，不敢乱动，就退到大殿门外等候。

过了一会儿，江春出来了，梅老八问，和尚叫你进去做么事。

江春说，里面有个老者，看样子像哪个官家的幕宾，说求官可以找他，他在朝中有人，接着就问我姓氏名谁，何方人氏，家境如何，祖上可有勋功爵位，问完了就让我写个帖子，留在他那儿，先付两成定金，事成之后，再视所授职官大小补足。

梅老八一听，就跳起来说，这是牙子，牙子，官牙子，一定是官牙子，我听人说过，卖鱼有鱼牙子，卖布有布牙子，想不到还有卖官的官牙子，真是开了眼界了。

完了又说，你把定金付了，就不怕他拿了钱不办事。

江春说，不怕，那人说，经他的手荐过的官不少，大大小小的都有，他不在乎这几个小钱，只要日后发达了不要忘了他就好，他为主公办事，不想坏了这个名声，再说，他还给我留了字据，我不怕他跑了。

过了些时，江春果然穿上了官服，还坐上了轿子，骑上了一匹高头大马，梅老八跟着跑前跑后，像个跟班的一样。

又过了些时，江春住进了一栋新宅子，新宅子又高又大，建在一条大街旁边，雕梁画栋，像皇宫一样。

江春到衙门里公干都带着我，整日里趴在桌上抄抄写写，累了就抬头看看我，就像我以前在窗台上看他念书一样。

有一天，我听见江春的宅子外吹吹打打，鞭炮齐鸣，热闹非常，不一会就见一顶花轿抬了进来，两个丫鬟从里面扶出一个新人，新人头上搭着盖头，我看不见新人的脸，只见江春快步迎了上去，把她迎进了中堂。

原来江春要做新郎了，难怪这几天宅子里披红挂绿，喜气洋洋，连梅老八都跟着忙出忙进，不亦乐乎。

婚礼很热闹，来了很多客人，我从没见过这么多人，也从没见过这么大的场面，我不喜欢看这热闹，也没人理我，我正好趴在笼子里睡觉。

这以后，江春的宅子里就多了一个女主人，这女人一定是个大户人家的小姐，唇红齿白，细皮嫩肉，人人都说夫人长得好看，我怎么看都觉得比玉姣差远了。

我不喜欢女主人，也觉得江春没良心，又埋怨梅老八不讲亲情，不劝劝江春，亏得他还是玉姣的叔，比一个外人都不如。

这以后，我看什么都不顺眼，在衙门里，江春看我，我也没给他好眼色，有一天，江春把我交给女主人，说朝廷要派他到南方去办事，梅老八也要跟着去，让她在家好好养着我。

有江春在，我都不想在这个家待下去，江春不在，我就更不想在这个家里待了，好在是做梦，梦醒了就可以回到蔡山了，人说，乌龟的梦，深似洞，我不想把这个梦往深里做，就眨眨眼醒了过来。

我从梦里醒来的时候，就听说江春当了察访使，被派回寻阳一带来访灵龟，蔡山的渔民都奔走相告，说这下好了，捕到上龟不用大老远地送到京城去卖了，在察访使这里准定就能卖个好价钱。

玉姣的爹娘也听到了这个喜讯，就等着江春上门来接玉姣，都走了大半年了，一直没有音讯，一家人正担着心呢。

玉姣的爹说，想不到这江公子的运气还真是不错，说求官就真的求到了，又说他送的那只金镶玉一定起了大用，要不，怎么叫灵龟呢，拿灵龟求官，一定是有求必应。

听她爹这样一说，玉姣也暗暗高兴，玉姣肚子里的孩子，已经出怀，人家的女人怀孩子，肚子像只倒扣的筲箕，玉姣的肚子却像一个圆球，圆咕隆咚的，看上去，像随时随地要蹦出来一样。

玉姣每天下地，都带着我到寺里的菩萨面前磕头，求菩萨保佑，保佑肚子里的孩子平安落地，江郎早点来接她们母子，一家人早日团聚。

· 龟 箴 ·　　　　　　　　　　　　　　　　　　　　　　　　　041

支常师父也帮着念经，为玉姣求菩萨保佑。

等了些时，依然不见江春的动静，玉姣的爹娘就有些着急，玉姣更是心急如焚，就跟她爹娘说，一定是把我娘俩忘了，要不就是另娶了正室，富贵忘前妻的事，多的是，再说，我也没跟他正式拜堂成亲，还不是说不认就不认的事。

玉姣的爹就安慰玉姣说，不会的，江公子是个正人君子，不是那种忘恩负义的小人，不会干出那种伤天害理的事来，一定是公务繁忙，一时抽不出身来，官家的事，不比我们这些平民百姓，耽误不得，不急，再等等，都到家门口了，还怕他不进家门。

玉姣只好听爹的话，又等。

这天，村里的里正来说，朝廷来的察访使传下话来，限本村十日内捕得三只上色极品灵龟交到郡守衙门，捕到的，购以重金，另有重赏，捕不到的，拿里正是问。

里正说眼下秋高气爽，江水澄静，正是捕龟的好时候，就要捕龟的渔户赶紧出船下网，不要误了时辰。

玉姣的爹本不想凑这个热闹，无奈里正催逼甚紧，又想，倘若真的捕得一只上色极品好龟，岂不是给自己的女婿长脸，也好借此机会去见察访使，让玉姣一家人团圆。

主意已定，当下就与玉姣商量办法，玉姣的爹说，我驾船下网，一切如常，只是你身怀六甲，再到水下，多有不便。

玉姣说，也没有么事便不便的，蔡山的女人挺着肚子在江水里捕鱼捞虾的，多的是，就算是要解怀了，在水里生孩子的，又不是没见过，前几年发大水，山脚下一户人家的媳妇，就是在大水中，自己用嘴咬断脐带把孩子生下来的，不要紧，我年轻，没事。

玉姣的爹见玉姣这样一说，就想试试，下水前再三叮嘱玉姣说，水底下的事千变万化，你自己要多加小心，不行就赶快拉网绳，不要硬撑。

玉姣下水前，顺手把我交给她娘照应，看着玉姣口含芦管，腰系龟食袋下到水底，我的心禁不住悬到了嗓子眼上。

这天，江面上风平浪静，江水也比前些时要清，我趴在船沿上，有时候还能看到玉姣在水底下游动的身影，这天水底下的龟好像很多，玉姣已经拉了三次网绳，捕上来的龟成色都还不错，至于是不是朝廷要的上色极品，就只能由察访使说了算。

有这几只龟，玉姣的爹觉得就能对付，就叫玉姣算了，上船回家，玉姣说，她适才在水底下看到一只龟，通体橙黄，看上去比金镶玉的品相还高，可惜被它跑了，没有追上，就想再下去一次，把这只龟捕到，没等她爹点头，玉姣又翻身下到水里，玉姣的爹只好提着网站在甲板上等候。

玉姣这次下水的时间很长，我和玉姣的爹娘都为她捏着一把汗，水底下时不时有些动静，却不见玉姣拉动网绳，好不容易网绳动了，玉姣的爹哗地一下撒下网去，就用力拉扯，扯进船舱一看，里面没有玉姣，只有一只通体橙黄的乌龟和一团白生生的肉球。

玉姣的爹知道出事了，丢下网，就扑通一声跳到水里，玉姣的娘赶紧打开网，抱出那团肉球，仔细一看，原来是个刚生下来的孩子。

孩子满身灰白，不哭不叫，也不动弹，像个死婴，玉姣的娘用巴掌在孩子的屁股上用力拍打了几下，又用手指掐住孩子的人中，口对口地吹了几口气，倒提着孩子的脚抖了几下，孩子忽然哇的一声哭了出来，玉姣的娘这才松了一口气，解开自己的衣襟，把孩子紧紧地抱在怀里。

转身再看玉姣的爹，只见他在江水里时上时下，出没翻转，却不见玉姣的踪影，直到天黑，玉姣的爹才从下游很远的地方爬上岸来，带着捕到的乌龟和孩子回家。

第二天，里正让村里的渔户都停下捕龟去找玉姣，找了三天，还是没见人影，到第四天头上，蔡山东面的一个渔户抬着玉姣的尸首送上门来，说是在一个回水湾里发现的，捞上来的时候，口里还含着一段脐带。

村里人都议论纷纷，有的说，这是遇到江水打漩把人漩晕了，有的说这是缠上水底下的烂网了，也有的说，这是被江猪撞了，江猪力大，能把人撞翻斤斗，村人说，这些事以前都有过，不足为奇，要说晕死前产下孩子，咬断孩子的脐带，还把孩子推到网里，倒是从未听见过的一件奇事。

过了几天，梅老八突然回来了，梅老八说，他现在在察访使跟前当差，也是官家的人了，这次回村，是察访使派他送赏赐来了，说蔡山这次送去的三只灵龟，都是上色极品，其中有一只，就是那只通体橙黄的，更是难得一见，不日就解送京城。

说罢，又从怀中取出一个卷轴，展开一看，上书八个大字，江生大蔡，龟中极品，梅老八说这是察访使的亲笔。

玉姣的爹就问梅老八，察访使为何不回。

梅老八说，大人公务繁忙，夫人又看得紧，不敢妄动，不过察访使临行前对我说，等他回京复命，就派人来接玉姣进京。

里正这时在一旁冷冷地说，只怕是接不成了，就把玉姣的事对梅老八说了一遍，梅老八当即扑通一声跪倒在地，对着玉姣的爹娘一边用双手拍打着自己的脑袋一边哭着说，兄弟该死，兄弟不知情，兄弟该死，兄弟不知情。

玉姣的爹说，你走吧，这不怪你，你回去禀告察访使大人，说我家还有一只灵龟，是上色中的上色，极品中的极品，问他要也是不要。

玉姣走后，玉姣的娘看见我就伤心落泪，玉姣的爹看她伤心，也很难过，有一次就把我带到寺里，跪在菩萨面前磕头，请菩萨恕罪，说自己罪孽深重，不该捕养灵龟，招致这种丧女之祸，完了就要把我送到江里去放生，支常师父看见了，就说，你交给我吧，我来为玉姣超度，玉姣的爹就把我交给了支常师父。

　　支常师父把我放在一个钵盂里，天天带着我在菩萨面前念经，后来又在江春住过的那间客房的窗外，挖了一个水池，说是为我放生，我就在这个水池里一直住到支常圆寂，再也没有见到玉姣的爹娘，也没有见到玉姣的孩子，听村里来上香的人说，是个男孩，玉姣的爹给他取的名字叫梅玉春，还是想把这一家人撮合在一起。

　　支常圆寂后，玉姣的爹娘也先后去世了，村里也没人知道这些事了，朝廷的王公大臣达官贵人不养龟，京城就没人买龟了，蔡山的渔户也不捕龟了，那条进京卖龟的古道也渐渐荒废了，偶尔有人到村里来买乌龟壳，那也是为了熬膏制药，杀龟吃肉的事，就很少听说了，倒是有时候有孩子尿床，村人喜欢用猪尿脬包着乌龟肉，在灶里烧着吃，据说这法子治尿床还真灵，就有人想起当年的灵龟，说灵龟，灵龟，难怪叫它灵龟哟。

　　我以后不知道又活了多少年，到了唐朝的时候，皇上派了一个叫尉迟恭的人重修了蔡山的这座古寺，修得很像个样子，因为蔡山在江中心，这座古寺也便叫了江心寺，尉迟恭还叫人在大殿前挖了一个很大的放生池，把原来放生的龟鳖都移到里面，我又住进了这座放生池。

　　再后来，有个叫李白的人到寺里来游玩过，还登上山顶的一座楼，写了一首诗，刻在石头上，李白很有名，江心寺也跟着有名起来了。

龟　证

一

毛伢那天把我从水缸底下取出来的时候，我已经在水缸底下待了好几年。

几年前，毛伢的爹从镇子的下街头弄回来一口水缸，说今年的黄豆收成好，快过年了，要做桌豆腐给寺里的师父送过去。

水缸弄回来的时候，放在毛伢家的灶屋里，毛伢家的灶屋不大，就搭在正屋边上。灶屋里原本有一口日用的水缸，再加一口，就没有一块平整的地方可放，毛伢的爹站成骑马桩，扒着水缸沿，左扳过来，右扳过去，硬是放不平稳，就想找块石头垫一下，左看右看，一时又找不到石头，灶屋被毛伢的娘清理得干干净净，连块土坯都找不到。

毛伢的爹正急得抓耳挠腮，忽然发现毛伢走了进来，就叫毛伢到外面去捡块石头来。毛伢在外面野了半日，肚子饿了，正想回来找点吃的，见他爹又支使他去捡石头，心里老大不高兴，站在那里一动不动。毛伢的爹见叫不动儿子，就想动粗，无奈手脚都被水缸占住了，动弹不得。

正在这时，毛伢的爹忽然发现毛伢手里拿着个东西，黑乎乎的，像块石头，就换了个口气，和颜悦色地对儿子说，那就把你手上的东西给我吧。

毛伢见他爹要他手上的东西，老大不情愿，又拗不过他爹的眼神，只好上前一步，把手上的东西递过去。

毛伢的爹接过东西，看都不看，就往水缸底下塞，毛伢见状，大叫一声，乌龟，乌龟，我的乌龟。

毛伢的爹一点也不理会毛伢的叫唤，一边塞一边说，我晓得是乌龟，又不是么事珍珠宝贝，过几天我下田去跟你捉一只就是。

碰上这样的爹，毛伢也无可奈何，只好赌气跑出灶屋，找他娘说理去了。

我就这样成了毛伢家水缸底下的垫脚石。

这以后几年，毛伢家的这口水缸，也只在过年做豆腐时用一下，平时只放些麸皮谷糠之类的喂猪饲料，做豆腐时也不用挪动，只把冷浆热浆来回往缸里倒动。我在水缸底下，也就像打皮寒一样，一时冷一时热地跟着缸里的浆水变化。

自从有了这口水缸之后，毛伢的爹每年过年都要做一桌豆腐给寺里的师父送过去，后来寺里的师父自己动手做豆腐，不用毛伢的爹往寺里送了，这口水缸就成了毛伢家专用的饲料缸。

我当这口水缸垫脚石的这几年，毛伢家出了不少事。

起先是毛伢的娘失足落水死了，后来，毛伢家的猪娘又生了一头五爪猪，毛伢的爹觉得不吉利，怕克了毛伢这根独苗，成天到寺里烧香拜佛，求菩萨保佑，久而久之，就变得有点神神叨叨，总说自己前世造了孽，今生要来偿还。渐渐地，家里的几亩薄田也荒废了，原先爷俩还有个温饱，后来就一顿赶不上一顿了。

毛伢有个叔伯的婶娘，见毛伢的爹这样神神叨叨的，有一天，就对毛伢的爹说，五爪猪虽说是人变的，长着人的手脚，你不杀它，就没有罪过，你要是怕克了你家毛伢，我给它找个去处，保管它像人一样，活足阳寿。

毛伢的婶娘给这只五爪猪找的去处，就是毛伢的爹送豆腐给师父吃的那家寺院，毛伢的婶娘是后山人，她儿子就在后山的那家寺院出家。

毛伢的婶娘是个寡妇，毛伢的堂叔死的时候，他婶娘肚子里的孩子还没有出世,是怀了几个月没出怀,还是刚下种,还没来得及发芽,谁也不清楚,他婶娘自己说了也不算。周围的人都想有点故事,哪能就这样轻描淡写地放过去,风言风语就传开了。有的说,毛伢的婶娘过门后,毛伢的堂叔得了病,行不了房事,哪怀得了孩子;有的说,毛伢的婶娘出嫁前有个相好的,一定是那个相好的下的种。总之说什么的都有,都想往偷人养汉上靠。

只有毛伢的娘为他婶娘说话,说毛伢的婶娘跟他叔圆房,第二天早上,是她去收拾的新床,她亲眼看见床单上见了红,又说,毛伢的婶娘跟她就像亲姐妹,毛伢的婶娘身上那点事,她点点滴滴都知道,俗话说,捉贼拿赃,捉奸拿双,无凭无据地嚼舌根,也不怕烂了舌头。

话虽是这么说,要是毛伢的婶娘生个浓眉大眼的小子或眉清目秀的女儿,倒也罢了,毛伢的堂叔长得俊俏,有什么种出什么苗,好种出好苗,自然没得话说。偏偏毛伢的婶娘生的孩子长相奇丑,头颅硕大,前额突出,衬着额头下的小鼻子小眼,就像屋檐底下挂着一串葱头大蒜一样。

这还不说,外加一生下来就哑,不哭也不笑,不叫也不闹,活生生的一堆鲜肉坨子,稳婆又拍又抖,见没有动静,就要往床头的尿桶里丢,毛伢的娘见了,赶紧接过来说,好歹是一条命,你不要我要。就把他抱回自家去喂养,直到满月,才送回毛伢的婶娘身边。

毛伢的婶娘一个寡妇人家,本来就孤苦伶仃无依无靠,生个儿子又这样奇怪,更感此生无望,几次动了轻生的念头,都被毛伢的娘劝下来了。毛伢的娘嫁过来,多年没有生育,也就把毛伢的婶娘生的这个儿子当作自己的亲生儿子,两个女人养着这么一个怪孩子,旁人想嚼舌根也不忍心说。

毛伢的娘给毛伢的婶娘生的这个儿子起名石砣,意思是说他像一个石头做的秤砣,看上去是实心的,放到秤上却能称得出轻重。

石砣长到十几岁还不会说话,但跟会说话的孩子相比,他什么也不少知道，有些事一点就通，比别的孩子领悟得还要快些。别的孩子还没反应过来，他就连连点头，还指指画画地说出他的看法，看他指画的人都觉得这孩子是乌龟吃萤火虫——心里亮。

有年夏天，外湖涨水，湖里的大鱼小鱼都跑到湖滩上来吃草，村里的大人小孩都趁机提着赶网到湖滩上围鱼，有条大鳡鱼冲出人群的包围，在湖滩上到处乱窜。围鱼的人就提着赶网，跟在鳡鱼掀起的波浪后面追赶，追了半天，这条鳡鱼的动静不见了，众人都很失望，提着赶网站成一圈，你望着我，我望着你，都不知道这条鳡鱼跑到什么地方去了。

正在这时，人圈外突然起了一阵响动，跟着就听见有人大喊，哑巴，哑巴，哑巴赶到鳡鱼啦。

原来就在众人围追这条鳡鱼的时候，石砣一直站在人圈外面观察动静，见这条鳡鱼跑得不见影子了，就知道它已经跳出了包围圈，藏在外围的湖草里面。

有人看见就在众人呆望着的时候，石砣却提着赶网悄悄地朝他发现的目标走去，走近了以后，一手猛拍赶趟，一手急按赶网，就把这条鳡鱼稳稳当当地兜在网里了。

毛伢五六岁的时候，石砣已经十来岁了，这些故事都是我在毛伢家那口做豆腐的水缸底下听到的。没事的时候，村里人都喜欢在毛伢家的灶屋里说闲话，灶屋有水喝，点烟方便，还能顺手搞点零食吃，毛伢喜欢在人群里凑热闹，有时候，毛伢的娘听高兴了，也揪着毛伢的耳朵说，你要是有你石砣哥一半的灵醒就好了。

我就这样在水缸底下听着石砣的故事，直到他那年出家当和尚。

说起石砣出家当和尚，也是一段奇缘。

也是村里人在灶屋里说的，有一次，石砣跟别的孩子下湖弄鱼回来，走到半路上，碰见一个化缘的和尚。和尚不知在哪里化到了几个红苕，他用苕藤子系起来挂在腰上，这群孩子见了红苕，就上前去抢，抢来抢去，却怎么也抢不到手，和尚左躲右闪，不让这群孩子近身，只有石砣一个人站在旁边偷笑。和尚问他笑么事，石砣指指和尚腰上挂的红苕，又指指这群抢苕的孩子，依旧在笑，和尚便琢磨这孩子的意思，觉得他的意思是说，一群苕在抢一串苕，用这样的办法抢苕是抢不到的，就是抢到了，也还是个苕。

当下便觉得这孩子有点意思，便向这群孩子打听这孩子的姓名，家住何处，缘何成了哑巴。等得知这孩子的身世和境况，更觉得这孩子是个异数，日后便格外关注，出门化缘的时候，弯也要弯到他家门口，口念佛号，以杖杵地，尽量弄出点响动来，好引起他家人的注意。

就这样过了好些日子，有一次，这和尚来村里化缘的时候，正碰上石砣跟他娘在菜园里摘葫芦，他娘手边没有吃食，便随手摘了一个青葫芦递给和尚，和尚正伸手去接，石砣却抢上一步，用一个舀水的葫芦瓢换下了他娘手中的青葫芦。他娘正要呵斥他无礼，和尚却欢天喜地地接过葫芦瓢，说，这个好，这个好。

后来村里人知道了这件事，便问和尚，为何不能吃的葫芦瓢反倒比能吃的青葫芦好？和尚笑笑说，这你就有所不知了，这孩子是说，能吃的一次就吃完了，不能吃的却能久用，他用个能久用的东西换下个一次就吃完的东西，你说哪个好？问的人顿时大悟，觉得这未必是哑巴的意思，和尚到底是和尚，么事都能够说出个道道来。

再以后，石砣就跟着和尚出家了。

起先，和尚劝石砣的娘把石砣舍到寺里当和尚，石砣的娘还有些舍不得，说我儿哑是哑，好歹手脚齐全，也有些心窍，日后不靠他传宗接代，撑门立户，老了有个三病两痛，身边总还有个端茶倒水的人吧，舍出去了，到时候，我到哪里去找他。

和尚笑笑说，大嫂此言差矣，你儿能侍候你三病两痛，不能保你无病无灾，你把他舍到寺里去侍候菩萨，把菩萨侍候好了，菩萨一高兴，保你儿子修成正果，又保你衣食丰足，无虑无忧，岂不更好。

石砣的娘就让石砣跟着和尚去了。

二

石砣跟和尚去了没多久，毛伢的爹送走了五爪猪，也落水死了，还是毛伢的娘失足落水的那口水塘。落水的地方，也是毛伢的娘从上面掉下去的那块跳板，这跳板原本是村人挑水洗菜用的，塘边水浅，搭块木板伸到离岸远一点的地方，水深了，挑水洗菜就不会搅起浑泥。

毛伢的娘落水是个冬天，跳板上有冰，洗菜的时候脚没踩稳，就掉下去淹死了，毛伢的爹从跳板上掉下去也是个冬天，不是洗菜，是来挑水的。

看见毛伢的爹落水的人后来说，毛伢的爹在弯腰舀水的时候，忽然在水里看见了毛伢的娘，就大叫一声，丢下水桶，扑通跳了下去。等看见的人来救的时候，就救不起来了。村里人后来说，是毛伢的娘在那边孤单，要毛伢的爹过去跟她做伴。

毛伢的爹死了以后，毛伢就成了孤儿，石砣的娘本想把他收养在身边做个伴，毛伢不愿，也吵着闹着要出家当和尚，说石砣哥和他家的五爪猪都在寺里，他要到那里去跟他们做伴。石砣的娘无可奈何，只得着人把他送去后山的寺里。

临出门的时候，毛伢忽然对送他的人说，他家灶屋的水缸底下，还压着一个小乌龟，他以前要取出来，他爹不让，这次他一定要取出来带到寺里去。

送他的人说，这都好几年了，压在水缸底下，不饿死怕也闭死了，取出来也没有用。

毛伢见送的人不肯帮忙，就自己动手去搬水缸，送的人无奈，只好帮他把水缸移开。

水缸一移,我眼前一亮,就伸出脑袋晃了一晃,毛伢见我还活着,一把把我从水缸底下抓起来,塞进他肩上背的包袱里,跟着送他的人欢天喜地地往后山去了。

那时候,后山的寺院很多,最大的是东山寺,东山寺的弘忍大和尚很有名,四面八方的人都来修行问道,后山就建了很多寺院,像山上的树林。这些寺院有大有小,大的红墙绿瓦,很有气派;小的就几间茅屋,跟住家的一样。有的建在山腰,有的建在洞边,山深林密,坡高路险,怪石峥峥,泉水清清。

毛伢跟着送他的人一边走,一边玩,一点也没有出家的样子,倒像是清明节去踏青上坟。我在包袱缝里看着这满山的美景,也觉得好玩,难怪人家说天下的名山美景都让和尚占尽了,这话真是不假。

送他的人把我们带到一处寺院,这处寺院建在一个山洞口上,半边就着山洞,半边砌着土墙,像山里人家的猪圈牛棚一样。

出来迎接的,就是带石砣出家的那个和尚,和尚双手合十,口念阿弥陀佛,善哉,善哉,说,我早知与施主有缘,今日缘到,欢喜不尽,寒寺清贫,施主且将就歇息。说着,就从送毛伢来的人手里接过行李,又让同出迎接的石砣把毛伢带进洞里。

毛伢见了石砣,十分高兴,拉着石砣的手又说又笑,又蹦又跳,石砣却面无表情,一声不吭,只把毛伢带到一个住处,指指这个,又指指那个,让毛伢把带来的行李安放下来,就转身出去了。

山洞里很暗,四壁潮腻腻的,头顶上还时不时有水珠滴落下来,没有桌椅板凳,也没有床铺,只在三面靠壁的地方,各有一个石台。石台上铺着些谷草,就是睡觉的地方,正面和一面侧壁的石台上,是和尚和石砣的睡处,毛伢就睡在石砣的对面,三个石台成"品"字形摆开,三个人也就睡成了一品睡佛。

修行的日子很枯燥，早上天不亮就得起来，石砣和毛伢起来的时候，和尚已在石台上打坐念经。两人脸也不敢洗，尿也不敢屙，胡乱把衣裳扯在身上，也跟着和尚打坐念经，直坐到肚子里打鼓，念得舌头冒烟，才去方便漱洗，准备用斋。

方便漱洗的地方都在洞外，洞外就是山泉，泉边就是菜地，菜地边有个猪圈，猪圈里有个茅厕，扎着篱笆，无人看见。

寺里的斋饭很简单，早饭是一碗细米粥就腌菜，外加一个蒸熟的芋头或红苕，有时也有糯米粑或高粱粑，细米是大户人家施舍的，大户人家吃米讲究，筲筛里漏下来的细米多，自己不吃就施舍给寺里。

腌菜是自制的，头年冬天，把收下来的芥菜晾蔫，用盐揉了，筑进坛子里密封，第二年取出来切碎了炒着吃，又香又下饭。

中午是一顿干饭，糙米或高粱米，下饭的还是腌芥菜，或者腐乳豆豉，偶尔也有一点竹笋豆芽或豆腐干子，那还要等到佛祖生日或过年过节才有得吃。

和尚守着过午不食的规矩，晚饭么事也没得吃的，就靠打坐念经压饿，虽说过午不食，睡前的打坐念经和饭前一样，一点也不能马虎。

毛伢在家里自由惯了，哪里受得了这等约束，早上好不容易被石砣拎着耳朵从被窝里扯出来，按在石台上打坐。打坐的时候，不是摸头，就是挪屁股，好像头顶上罩着纱网子，石台上长着羊毛刺一样。

坐了一会儿，不是挥手赶苍蝇拍蚊子，就是欠起身子去抓飞到洞里来的蜜蜂蝴蝶；要不，就把我从床头的罐子里摸出来，放在脚板心上，看着我在上面爬行。

和尚打坐讲究五心朝上，毛伢的年纪小，骨头嫩，没几天工夫，就练得两个脚板心都能翻过来朝上摆平。我在他的脚板上慢慢爬着，他时不时朝我吹口气，催我快爬，爬得他的脚板心痒了，就把我一脚踹到地上，又假装闭目念经。

和尚听到响声，不睁眼也不说话，继续半闭着眼睛在石台上坐着。石砣却从他坐的石台上站起来，轻手轻脚走到毛伢身边，忽然举起他手中握着的禅杖，朝毛伢的脑袋上重重敲了一下，又轻手轻脚走回去打坐。

禅杖头包着旧絮，像个棉球，打在头上不疼，毛伢吃了这一杖，只好收回心来打坐念经。

毛伢和石砣都没上过学，两个人都认不得书上的经文，就靠和尚口对口地传授，和尚念一句，他俩念一句，听没听明白，懂不懂意思，都不要紧，只要和尚听得到念就行。

和尚也没上过几天学，识不了几个字，他念的经文，也不是从经书上学到的，是从一个老和尚的口里听到的。

和尚原本是个砍柴的，有一天挑着一担柴下山，半路上钻到一个山洞里歇息，忽然听见有人在山洞深处说话，山洞很暗，摸近了一看，原来是个老和尚在对着山洞的石壁念经，他听了几句，觉得心有所动，便在旁边坐着不走。

老和尚念了一会儿经，忽然扭过头来，问他为何坐在这里不走。

他说，我喜欢听你念经。

老和尚问他，为何喜欢？

他说，不晓得为么事。

老和尚说，不晓得为么事喜欢，为何还要听？

他说，想听就听，管他为么事不为么事。

老和尚忽然问他，想不想出家当和尚？

他想都没想就说，想。

他便丢了扁担，跪下磕头，拜老和尚做了师父。

老和尚收下这个砍柴人之后，才知道他是个孤儿，从小父母双亡，靠吃百家饭长大，长大后就跟人放猪放牛，砍柴推磨，风餐露宿，鹑衣百结，原本就没尝过人世间的温暖。听老和尚念经，让他觉得浑身舒坦，像泡在温水里一样，用不着老和尚问，出家当和尚的心其实已经有了。

自此以后，这个年轻的砍柴人便跟着老和尚住在山洞里，一边侍候老和尚的饮食起居，一边陪伴老和尚修行。

山洞里不供菩萨像，不打钟敲磬、焚香点灯，老和尚也不看经书，每日里只是对着山洞的石壁打坐念经。念经的时候，老和尚也不刻意教他，多半是他做完了杂事以后，自己坐到旁边听老和尚念，日子久了，也听明白了几句经文，或没明白意思，却能学着老和尚的声音，唱念下来。

老和尚对他说，出家修行就像老牛吃草，吃的时候，来不及细嚼；咽下去以后，得空了才有工夫倒回来再嚼。人生要受百种苦，遭千般难，受苦受难的时候，来不及想，出家修行才能把受过的苦、遭过的难，回过头来倒嚼一遍。这时候你才能尝得出酸甜苦辣的滋味，你才晓得人生是么样回事。懂不懂书上的经文，都在其次，你只要一心念叨就行，念着念着，酸甜苦辣的滋味都念化了，你的本心也就清净了。

老和尚原本是后山一座名刹的得道高僧，只因与众人的道见不同，才一个人躲到这山洞里潜心修行。过了几年，老和尚见这个年轻人已有所悟，也到了剃度的年龄，就趁朝廷在常度之外，额外发放一批度牒的机会，为他申领了一张度牒，又邀了几位高僧大德，亲自为他削发剃度，还送了他一个法号——意得。

又过了几年，老和尚圆寂了，老和尚圆寂之后，意得就把这个山洞叫作意得寺，自己也便做了这个一个人的山寺的住持。

意得寺没有几多人晓得，晓得意得和尚的人也不多，意得有时候也出去化点斋米，那也是从施主手里取了便走，无人问他的宝刹法号，也不必自报家门。

意得不认得别的寺院的和尚，也不讲别的寺院的那些规矩，他没见过别的寺院做佛事，别的寺院做佛事也没人邀他。寺里缺吃少住，连游方的和尚也绕着走。

意得一天到晚在山洞外的一块山地里劳作，早中晚守着老和尚的习惯，对着山洞的石壁打坐，念着他从老和尚那里听来的几句经文。后来收了石砣和毛伢两个徒弟，在地里劳作的时候，就有两个帮手，打坐念经的时候，也有两个人陪着。

有一天早上打坐，意得看看石砣和毛伢，又指指石砣脚下的五爪猪和毛伢罐子里的我，说，我等五个活物，不管是人还是非人，是鱼鳖还是畜生，是胎生还是卵生，我师父说，众生平等，皆有佛性，成不成得了佛，证不证得了佛果，都在于各自的修行。说完，就闭上眼睛，叽叽咕咕地念经。

这是我进意得寺第一次听意得和尚说修行的事。

三

意得寺周围的山坳里住着十几户人家，都像意得寺这样依山而居，傍着沟沟洞洞、坡坡坎坎搭建几间草房，就是一户人家。意得寺是这些人家的近邻，意得和尚和石砣、毛伢，也就成了这些山里人的乡亲。

山里人都信佛，信佛不为别的，只为保家人平安，平日里也不上寺里烧香磕头，只在年节的时候，给先人辞年，才顺便带上些吃食到寺门前上供。

供品就摆在寺门前的一块条石上，有晒干的豆丝，蒸熟的糯米粑、高粱粑，也有竹笋干、豆腐干、腌芥菜、干豆角和腐乳豆豉之类的，都是些家常的素食，说是给菩萨上供，其实是给寺里的和尚布施，省得师父爬坡上坎，上门化缘。

意得是个心细的人，也懂得乡亲们这样做的心意，他把这些东西收起来，干货挂在寺门前的一个竹筐里，要水泡的糯米粑、高粱粑，找口水缸泡起来，腐乳豆豉就让它在山洞里继续发酵，山洞里湿气重，坏不了，有这些供品，加上园子里的出产，寺里一年的菜品副食都有了。

这年有一天，意得在收检这些供品的时候，忽然发现有一堆糯米粑有点特别，就从条石上捡起一块来，拿在手上仔细观看。只见这家的糯米粑虽然跟别家的一样，也是纯白的糯米做成，但白色的米粑中心，却嵌进一尊紫红色的观音像，观音像的头上，还有些长长短短的线条，像罩着半轮光圈，观音像和光圈用的都是高粱米粉，大约是做粑的人做粑时起意捏成的。

看到这里，意得心生感动，觉得这做粑的人不但心细，还有慧根，日后是可以修行成佛的，就问身边的毛伢，这是哪家供的。

毛伢这时正用一根树棍子逗我在地上爬行，见师父发问，就随口一答，说，哪家的，秋姑家的，除了秋姑，没人捏得了观音，秋姑会用黄泥巴捏观音像，她家里就供了一个观音。

意得就问毛伢，哪个秋姑？

毛伢说，就是黄泥洼的秋姑哇，还有哪个秋姑。

一说黄泥洼，意得忽然想起，意得寺上边的山坳里确有一个叫黄泥洼的水洼，水洼不大，像山下湾子里的一口水塘，水洼边确实有两间草房，住着一家人，单门独户，只是不知家主姓甚名谁，有几口人过日子。意得每次化缘从水洼边经过，总是有意避开这户人家，怕人家拿不出斋米来，让施主为难。

毛伢对这户人家却了如指掌，见师父还要细问，就把我从地上捡起来，托在手里，把秋姑家的事，对师父说了一遍。

毛伢说，秋姑的娘死得早，是她爹把她养大的，除了父女俩，家里没有别的人，秋姑的娘死后，父女俩守着这片水洼，就靠秋姑的爹在水洼边种些庄稼为生。

水洼又深又陡，周边没有浅滩，只能贴岸种些稻子，在高处山边有土的地方，种些高粱、玉米、红苕、洋芋。山里常发山洪，山洪一来，高处的高粱、玉米、红苕、洋芋被冲得七零八落，低处的稻子也淹过了脖颈。遇上好年景，好不容易收了一点粮食，也只够父女俩勉强度日。

自己都吃不饱肚子，还有心礼佛，意得在心生感动之外，又禁不住对这父女俩生了几分敬意，就对毛伢说，你好好把这窝猪儿喂着，长大了，卖几个钱，买点粮米去帮衬人家一下。

毛伢说，这窝猪儿真要卖出钱来，就该分一半给人家，要不是秋姑帮忙，只怕这只五爪猪早就死了。

意得说，你这是何意，不是叫你喂猪吗，你怎么去麻烦人家秋姑？

毛伢说，师父有所不知，山里放猪和我在家里放猪不一样，我在家里也放过猪，一早把猪赶到湖滩上，让它自己找食吃；晚上又赶回来，自己吃得饱饱的，不要人喂。可山里没有湖滩，找不到吃食，就靠人喂，春夏还有些猪吃的野菜，可以挖回来喂；到了秋冬，野菜枯了，就没得挖了；有野菜挖的时候，也不是所有的野菜猪都能吃，有的野菜猪吃了，不是中毒就是拉肚子。秋姑不带着我，我就不晓得哪些野菜猪能吃，哪些不能吃。没野菜挖的时候，秋姑就把她家切碎的红苕藤子分一些给我，让我拿回来喂猪，红苕藤子在她家平时当菜，没吃的的时候，也当饭吃。要是猪儿卖了钱，那还不该分一半给人家。

意得连连点头说，应该，应该。

毛伢说，这窝猪儿出生的时候，还多亏了秋姑帮忙，猪下儿的时候，秋姑怕有晦气，冲了佛祖，叫我把猪赶到她家去，在她家里下。秋姑在她睡的床铺面前铺了一层草灰，草灰上又垫了一层谷草，临产的时候，让猪娘躺在谷草上，秋姑守在旁边，把伸出头脚的猪儿一个一个用火钳往外夹。有的猪儿在娘胎里横住了，秋姑还要伸手进去拉。一窝猪儿下了大半夜，等猪儿都落地了，趴在猪娘肚子上吃奶，秋姑满身草灰，满手血污，也歪在地上睡着了。

说起秋姑来，毛伢就像说自己的娘亲，点滴巨细，知热知冷。意得起先听得连连点头，而后便好像心有所动，望着毛伢，一声不吭，再后来便干脆闭上眼睛，双手合掌，叽叽咕咕地念经。

一直站在旁边看着的石砣，见意得闭目念经，就轻轻地走过来，弯下腰，把我从毛伢手里拿起来，又轻轻地走到意得身边，把意得合着的手掌轻轻地掰开，把我轻轻地塞进意得的两个手掌之间，然后，也坐到意得旁边念经。

意得不止一次把我捧在手掌之间念经，毛伢把我带到寺里来的时候，意得问过我的来历，听说我在毛伢家的水缸底下待了好几年，觉得稀奇，当下便说，乌龟外能负重，内有忍劲，我等要能修得乌龟这样，离成佛也就不远了。

我听意得讲过抱物修行的故事，说他师父在念经的时候，就喜欢把一块白石捧在手掌中间。老和尚说，修行是内求心专，外得物性，抱石得石，抱珠得珠，抱玉得玉。石砣也听意得讲过这个故事，就让我做了意得念经时的抱物。

以后除了每日三朝，遇到什么烦心的事，意得就坐下念经，念经的时候，常常叫毛伢把我放到他手边，一边念一边用手指在我背上敲打，像敲木鱼一样，念急了的时候，干脆把我拿起来，放在两个手掌之间，像捧着一颗佛珠一样捧着我。

我在意得的两个手掌中间，一边听他念经，一边吸着他掌心的热气，有时候，好像还听得见他的心跳。意得念经的时间久了，我就像长在他的手掌心里一样。

意得念了一会儿经，就站起身来，捡起那堆糯米粑，一个挨着一个地在条石上摆成一排，然后又对着这一排观音在地上打坐，合掌念经，直到天黑，才起身离开。

这以后，意得就常向毛伢问起秋姑家的事，毛伢不是说秋姑帮他挖猪菜、喂猪儿，就是说秋姑帮他补衣裳、纳鞋底，还说，秋姑问寺里有什么缝补浆洗的事,她帮得上忙的,只管说。

意得本不好意思麻烦秋姑,奈何寺里就这三个男人,缝缝补补的事,有的还真拿不下来,没办法,有时候还是不得不央秋姑帮忙。秋姑每次都有求必应,像自家人一样,有秋姑帮忙拾掇,意得寺的三个男人出个门赶个集,穿的戴的比别的寺里的僧人都要体面一些。

转眼间大半年就过去了,秋姑接生的那窝猪儿也长大了,意得正想叫毛伢石砣赶到集上去卖了,好买些粮米给秋姑家送去。出门的那天早晨,却见寺门前的山沟里,一股洪水裹着枯枝败叶从上边的山坳里直冲下来,毛伢一看,就知道昨夜发了山洪,难怪炸雷响了一夜,山洞里听不到雨声,只听见炸雷像开山炮一样,差不多要把山洞劈开了。

意得和石砣也看见了洪水,意得正合掌念经,祈祷平安,毛伢却大叫一声说,不好。一把把我塞到意得手里,就冲出寺门,朝上面的山坳里跑去。

过了一会儿,毛伢回来了,满头是水,满身是泥,意得问是么回事。毛伢说,昨夜的山洪把秋姑家的茅屋冲了,洪水下来的时候,秋姑的爹正在屋顶上压石板,怕茅草被风刮走了,结果连人带屋都被冲到水洼里了。

意得问,秋姑呢?

毛伢说,秋姑当时不在屋里,在她家的苕窖里堵漏,躲过了山洪。

意得又问,秋姑现在何处?

毛伢说,正坐在洼边上哭,她爹已从水洼里捞上来了,帮忙的人正在张罗买棺材安葬,我怕师父着急,就赶回来了。

意得说,你回来得正好,快、快、快,快跟石砣把猪儿赶到集上去,不论贵贱,速速卖了,把卖猪的钱都送到秋姑那里,让她买副像样的棺材,把她爹好好安葬了。说罢,便坐在寺门口,合掌念经。

秋姑家的茅屋被洪水冲走以后,帮忙的人在旁边搭了一个茅棚,她爹的灵柩就停放在这个茅棚里面,秋姑满身孝服,在棺前守灵,意得带着石砣和毛伢，在灵前念经，三天三夜，衣不解带，粒米未进，口念干了，就喝口水润一下喉咙，困了，就在原地打个盹儿，三个人就像定在地上了一般。

念经的时候，意得把我紧紧地捧在两手之间，两个拇指顶着我的脑袋，憋得我都透不过气来。我听不清意得念的经文，只听得他口里念念有词，这如何是好，这如何是好。不知道是经文，还是替秋姑今后的日子担心。

过后，意得又带着石砣和毛伢给秋姑的爹做七，从头七到七七，每逢七日，意得就备下香烛纸钱，师徒三人早早地来到水洼边坐下，合掌念经，超度亡灵。做七本来是家人的事，有钱人家才请和尚道士，秋姑请不起和尚道士，意得师徒是和尚，也是秋姑的家人。

七七这天，意得除了照常为秋姑的爹念经超度，晚上还在水洼里为秋姑的爹放了一场河灯。河灯是意得带着石砣和毛伢亲手做的，灯盏用的是水洼里刚长开的荷叶，灯芯是用旧棉纱蘸上一点野蜂蜡，超度水中的亡灵要见绿。山里的土话把绿叫露，露出水面来就有救。

这天晚上有风，风从山上的树林子里吹过来，水面上一浪一浪的，推着河灯向对岸漂去。河灯的光忽明忽暗，忽隐忽现，把水面照成了一锅黄浆。

河灯漂的时候，意得师徒一直坐在水边念经，秋姑在棚子里守着她爹的灵牌。后来，河灯熄了，毛伢和石砣也到棚子里歇着了，意得一个人捧着我，还在水洼边念经。

夜半时分，月亮升起来了，凉气也从水洼里升到岸上，秋姑悄悄地走到意得身边，把她爹的一件旧布褂子轻轻地披到意得肩上。闭着眼睛念经的意得睁开眼，看着眼前的秋姑，想起身站立，又站不起来，秋姑正要伸手去拉，意得的两手一松，我便从他的手掌心里掉了下来。

四

送走了秋姑的爹，回到寺里，意得的魂好像还留在水洼边，还在水洼边坐着念经。

往日里打坐念经，石砣和毛伢都听不清意得念的经文，就算听清了，也不懂经文是么意思，只跟着喊几句佛号，南无阿弥陀佛，南无观世音菩萨，就了了一日的功课。

从秋姑家回来以后，意得念的经文，石砣和毛伢都听得分明，有时是念叨秋姑家的房子被水冲了，到哪里去住；有时是念叨秋姑家的庄稼没得收成，靠么事吃饭；有时又念叨秋姑一个人住在山里，遇到野兽么办；这些年山下闹兵，山里来了很多乱兵和跑反的，又怕秋姑遇着歹人。

石砣像意得一样细心，听师父这样念叨，知道师父是为秋姑担心，有一天，就拉上毛伢，跑到秋姑那里去，指指画画地说要帮秋姑盖房子。

秋姑知道是意得师徒的一片好心，本不想再麻烦人家，见他们来了，又不好推却这个人情，只好让石砣和毛伢帮忙把她家的苕窖拾掇出来，暂且安身。她家的苕窖本来是就着山洞挖成的，门口打个围子，就可以住人。

石砣怕秋姑一个人住着孤单，又指指画画地让毛伢留下给秋姑做伴，自己回寺里去陪师父，于是毛伢就带着我在秋姑家的苕窖里住下了。

白日里，秋姑带着毛伢到山边挖地，到洼边开田，石砣有时候也过来帮忙，不久便在水洼边开起了一垄秧田。在山坡上整出了一块平地，到了栽秧下种的季节，石砣又过来帮忙把育好的秧苗栽下去，把剪好的红苕藤和切成块的洋芋种插进地里，就等着老天爷赏口饭吃了。

这年年成好，收了一季庄稼，秋姑有地方住，有饭吃了，她爹留下的日子又过起来了。

毛伢跟着秋姑，比寺里的日子过得好些，秋姑有时候也让毛伢请石砣过来吃饭，意得不方便过来，秋姑就让毛伢和石砣带些吃食过去，寺里有些缝缝补补的事，做不来的，还是秋姑出手，日子久了，这僧俗两处人家，你帮我衬的，渐渐地过成了一家人。

　　秋姑的生活有了着落，意得就不用操心，念经的时候，也不再念叨秋姑的事了，毛伢时不时回寺里看望师父，也说些秋姑这边的日常，意得听了都很欢喜。有一次，毛伢说，有个说媒的上门来跟秋姑说亲，秋姑不肯，说她要跟她爹守孝，一辈子不嫁人。意得听了后没有作声，只合起手掌来叽叽咕咕地念经。

　　山里的天，断黑得早，天黑了以后，秋姑和毛伢闲来无事，就坐在松油灯下说些闲话解闷。秋姑跟毛伢讲山里和水洼的四季景色、各种见闻，说，春天，满山的野花开了，香得人鼻孔发痒；夏天，水洼里的荷叶绿了，绿得人眼睛发晕；秋天，树上的叶子落了，房顶上像铺了一床棉絮；冬天，水洼里的水结冰了，像屋门口摆着一面大镜子。

　　秋姑说话的时候，两只手像弹棉花一样，不停地在动，眉毛眼睛鼻子嘴巴，都像装了机关，也跟着在动，松油灯的光照在她脸上，随着眉毛眼睛鼻子嘴巴不停地晃动，像天上的星星在闪。

　　秋姑也跟毛伢讲些山上有狼、水洼里闹鬼的故事。秋姑说，狼的眼睛是绿的，鬼的眼睛是红的。遇见狼要学鬼叫，喔喔喔；遇见鬼要学狼叫，嗷嗷嗷。狼怕鬼，鬼怕狼，一叫，就都跑了。

　　秋姑说，鬼她没遇到过几回，狼却经常碰到，每年冬天，山里都有狼出来找吃的，门前屋后，都有狼在打转。

　　秋姑说，有天晚上，我出门倒水，刚把门打开，就看见两点绿光像灯笼一样在闪，我赶紧把门一关，躲在门后，吓得喔喔乱叫，我爹闻声赶来，开门一看，狼却不见了，我问我爹是么回事，我爹说，你学鬼叫，把狼吓跑了，从此我就晓得狼怕鬼叫。

秋姑胆大，讲这些故事一点都不害怕，毛伢却紧紧抓住我，吓得浑身打战，毛伢小时候在家里也听他爹讲过鬼的故事，一听就吓得往他娘身后躲。秋姑见毛伢害怕，就坐到毛伢身边，揽过毛伢的头说，莫怕，莫怕，有我在，莫怕。毛伢靠在秋姑身上，就像靠在他娘怀里一样。

毛伢在寺里很少出门，除了放猪，就是念经，没什么好玩的事讲给秋姑听，秋姑就要他讲讲他们师徒三人的事。毛伢就把他们师徒三人的经历讲给她听。见他们师徒三人都是孤儿，秋姑就说，你们师徒三个像我一样，都是可怜的人，可怜的人才出家，出家的人心都善，我要是男人，也跟你们去出家修行。

毛伢说，是呀，我师父心善，我师兄心也善，你不晓得，你家遭了难之后，我师兄急得嗷嗷乱叫，我师父天天坐着念经，念经也不念别的，就念菩萨保佑，给秋姑个住处；菩萨保佑，给秋姑口饭吃；菩萨保佑，莫叫野兽进屋；菩萨保佑，莫叫歹人上门。

毛伢一边说，一边学着他师父念经的样子，嘴唇紧闭，眉头紧锁，像吞咽一大口苦水。秋姑看着毛伢学的怪样子，眼泪汪汪的，想笑笑不起来，想哭又哭不出声。

哭笑过了，秋姑又向毛伢问了许多他师父的事，从饮食起居到脾气习性，都问个遍，毛伢都一一跟她说了，末了，秋姑要毛伢下次回寺里去，留心把师父和石砣的鞋子量个尺寸，她要给他们做双袜子。

毛伢说，我也要，你也要帮我做。

秋姑用手指一点毛伢的鼻子说，你脚上穿的不就是我做的吗，你个小没良心的，我没给你做吗？

毛伢就笑，说，是，是，是，还是秋姑最疼我。

这年冬天，山里进了一队乱兵，到处抢东西，到处杀人，意得怕秋姑和毛伢遇到乱兵，就叫石砣去把秋姑接到寺里来住，世道不太平，意得也顾不了别人的闲话，讲不了男女授受不亲。再说，山里的寺院也有僧尼同修的，秋姑一个人在寺边搭个棚子单住，就算收个俗家女子来做居士，也无不可。

把秋姑接到寺里来之后，有一天念过晚经，意得突然跟石砣和毛伢讲起了一个俗家女子的故事。

意得说，从前山下有个大户人家的丫鬟，名字里也有一个秋字，名唤秋菊，秋菊是这户人家的粗使丫头，在厨下干些洗洗涮涮之类的杂活。这家有个舂米的长工，是个孤儿，常在厨下出进，跟秋菊相熟，一来二去的，两人就好上了。秋菊见他是个孤儿，常跟他做些缝缝补补、浆浆洗洗的事，有时也从厨下拿些东西给他吃，遇到过年过节，舂米的后生也到厨下帮忙扫地刷碗，两个人相约过年后就成亲，成亲后还在这户人家帮佣。

这家主人见这两个年轻人相好，也乐意成全，还说他们的亲事，他要帮忙操办。

只是天不遂人愿，这年藩王作乱，叛军抢了这户人家的财物，糟蹋了这户人家的女眷，秋菊也未能幸免，还和几个丫鬟一起被掳去了叛军的军营。舂米的后生有幸逃脱，就暗中盯住一个纵兵作恶的叛军头目，趁这个叛军头目有天晚上喝得烂醉，歪倒在酒家门口，就从暗中出来，用一个舂米的石碓，结果了他的性命，事后逃入后山，再也没有回去。

听完师父的故事，石砣和毛伢都目瞪口呆，毛伢还要问秋菊和那后生后来么样了，见石砣对他直眨眼睛，就转过身去，拉开被窝，倒下睡觉。

秋姑住进寺里以后，果然招来不少闲话。有一次，意得在集上碰到他认得的一个施主，说起这事，那施主说，佛家救苦救难，积德行善，人人都懂，只是秋姑在寺里这样一住，往后还有谁敢上门提亲，岂不是要误了人家的终身大事。

意得想想也是，等风声稍缓，就让石砣和毛伢把秋姑送了回去，依旧让毛伢留下跟秋姑做伴，只是叮嘱他们多加小心，一有风吹草动，就赶快回来报信。

山里的乱兵越闹越凶，附近已有几处人家遭劫，也有良家女子受辱的传闻，石砣来看秋姑和毛伢的时候，说师父生怕秋姑这边出事，一天到晚胆战心惊，地里的活也没心思干，就知道求菩萨保佑，在石台上打坐念经。

俗话说，怕什么来什么，意得怕秋姑这边出事，秋姑这边果然就出了事。

这天上午，秋姑在水洼里摘了一篮子莲蓬，叫毛伢送到寺里去，让他师父和石砣尝尝鲜，毛伢提着篮子就高高兴兴地出发了。

刚翻过山坳，毛伢就碰上了几个衣衫不整，扛着长枪，提着板刀的乱兵。这几个乱兵见毛伢提着一篮子莲蓬，其中的一个就上来抢过毛伢手中的篮子说，嗬哟，莲蓬，新鲜莲蓬，老子们可真是有口福哇，刚尝过一个小娘们的鲜，又有新鲜莲蓬吃，真是福分不浅哪。一边说，一边把篮子里的莲蓬分给同行的几个乱兵，然后又一挥手说，你们几个去那边，我到前面的山坳里去转转，说不定还能撞上点好运。

见那个乱兵往前面山坳里去了，毛伢不敢上前阻拦，就趁他们不备，撒腿往山下飞奔，想回到寺里去搬救兵。

意得听毛伢这般一说，知道大事不好，当即操起一根葱担，就往山坳里跑，石砣和毛伢跟在后面，跑得气喘吁吁。

等意得师徒三人赶到秋姑住的窨屋，就见那个乱兵骂骂咧咧地从窨屋里出来，手上还提着垮了半边的裤子，窨屋里隐隐约约地传出秋姑的哭声。

正在这时，我看见意得突然横过手中的葱担，对准那个从窨屋里出来的乱兵，像过年杀猪一样，用葱担头朝那个乱兵的胸口直刺过去，那乱兵没有防备，当即就四脚朝天倒在地上。

刺倒了乱兵，意得就和石砣毛伢到窨屋里去看看秋姑，只见秋姑披头散发，衣衫零乱，两手抱胸，窝在屋角里，像筛糠一样浑身打战，肩膀上有几处漏肉的地方，还在流血，下身的衣服已扯得稀烂，连双腿都盖不住。

意得让石砣和毛伢照顾好秋姑，自己从窨屋里走出来，看了一眼倒在门口的乱兵，丢下葱担，扯起那人的双腿，把他拖到水洼边上，扑通一声推进水洼里，又从地上捡起葱担，也不等石砣毛伢出来，就一个人回寺里去了。

五

秋姑遇到乱兵的事，很快就传开了，周围的乡邻都说，幸亏意得师徒搭救，要是那几个乱兵转回来了，还不知道要出什么事情，搞不好真要闹出人命来，只是秋姑遭这一劫，叫她今后的日子怎么过。

那日意得回寺之后，石砣和毛伢等秋姑从惊吓中清醒过来，帮她烧了一锅热水，让她梳洗一下，整好衣衫，就把她接回寺里，让她在寺里住下。

秋姑住进寺里之后，意得每日进山采些草药，帮秋姑疗伤，意得从前跟着老和尚，常进山采药，懂得几种外敷内服的药草，意得把药草采回来之后，捣成碎茸，供秋姑敷用，又煎些汤药，让秋姑服下，这样调理了半个多月，秋姑的伤痛就渐渐好了。

秋姑伤好之后，意得留她在寺里暂住些时日，帮忙烧火弄饭，做些缝补洗涮之类的杂活，一日三朝，也让秋姑跟着他们师徒三人一起打坐念经。秋姑不晓得么样念经，意得让她跟着坐坐，听他们师徒念诵，就为她求个心安。

这样过去了一个多月，有一天，秋姑忽然对意得说，她要搬回去住，意得问是何故，秋姑却闭口不答，意得问急了，秋姑就当着意得的面哭了起来，意得不明缘故，又不便强求，只好让石砣和毛伢送秋姑回家。

秋姑回家之后，意得还是不明白到底是么回事情，还以为是石砣和毛伢哪里得罪了秋姑，就问毛伢。毛伢说，没有哇，秋姑跟我们在一起，就像一家人，师父是秋姑的哥，石砣和我是秋姑的弟，比一家人还亲。

意得就呵斥毛伢说，胡说，乱了辈分，你和石砣充其量只能算秋姑的侄儿，你们要做了秋姑的弟，岂不与师父同辈？

毛伢就笑，说，师父说得对，我和石砣只能做侄儿，师父跟秋姑才是一辈人。

石砣见师父和毛伢在说秋姑的事，也走过来听，听完了后，就对意得比比画画，那意思是说，秋姑最近吃不下饭，常常呕吐，有一次还到洞后去取坛子里的腌菜吃，不晓得是么事缘故。

意得见石砣比画，顿时恍然大悟，当下就叫毛伢去把坛子里的腌菜都取出来，给秋姑送去，还叮嘱毛伢不要转回，就留在秋姑家跟秋姑做伴，顺便照顾秋姑。

日子久了，秋姑的肚子渐渐出怀，一天大似一天，意得听毛伢回来一说，急得在寺里团团打转，一个出家人，遇上这种事，想帮忙，又无从下手，除了不停地念经，求菩萨保佑，什么事也做不了。

终于等到临盆的日子，意得请了个女施主去给秋姑接生，那女施主知道秋姑肚子里的孩子的来历，临去前，问意得说，求师父发个话，这个孽种要也是不要？

意得说，阿弥陀佛，好歹是一条性命，当然是要。

那施主说，要了也是野种一个，我看不如不要，就在尿桶里捂死算了，省得秋姑日后不好做人。

意得赶紧打掌说，莫，莫，莫，施主切莫动这个心思，佛家以慈悲为怀，救人一命，胜造七级浮屠，还望施主发菩萨善心，把这个孽障接到这个世界上来，让他自去了结这段孽缘。

那女施主只好摇摇头叹口气往秋姑那边去了。

秋姑的孩子生得很不顺利,那女施主一探胎位就知道是横生,费了好大气力,在秋姑的肚子上又是揉又是推,好不容易把胎位扳正,出来的时候又有一只脚卡在里面,女施主只好把伸出来的一只脚推进去,又揉了一阵,两只脚才一齐伸了出来,从中饭后直到点灯时分,孩子才生了下来。听到孩子哇地哭了一声,女施主一屁股坐到地上,口里骂了一句,真是个孽障,喘了口气,又从地上爬起来,剪断了脐带,用布擦了一把,见是一个一头黑发、眼睛大大的小女孩,女施主脸上露出了一点笑容,一边把带着血污的孩子递到秋姑手里,一边说,真是个冤家呀。

女施主接生的时候,毛伢在窨屋门外帮忙烧水,窨屋里的动静,毛伢在窨屋门外听得一清二楚。女施主在秋姑的肚子上使劲,毛伢就在我身上使劲,我被他紧紧地攥在手里,头和尾巴被他的手指顶进身子里,都快憋出尿来了,孩子哇的一声哭起来,毛伢的手一松,我也咚的一声掉到地上了。

意得听说秋姑生了个女孩,欢喜不尽,当下又坐在寺门口,对着后山念经,念完了经,又叫石砣送些化来的碎银子过去,让秋姑买些吃的。佛门不沾荤腥,只能让秋姑自己料理。

转眼间,孩子就做了满月,秋姑让毛伢请意得赐个名字,意得想了一下,对毛伢说,就叫水月吧,人生本如镜花水月,从虚空中来,到虚空中去,秋姑这个孩子,也是水洼中的月亮,这孩子日后要是有缘,成了意得寺的俗家弟子,水月还可以做个法名。

水月长到一岁的时候,那年冬天,后山下了一场大雪,大雪填满了山坳,封住了山林,也断了进山出山的大路小径。秋姑家窨屋的门差不多被大雪堵住了,水洼上结了厚厚的冰,田里地里没事可干,秋姑只好和毛伢在窨屋里逗水月解闷。

但凡大雪封山时节,山里的野兽都要出来找食,小兽靠偷,大兽靠抢，遇到饿急了的狼，连活人都敢咬。

　　这些日子，秋姑和毛伢白天黑夜都听到狼叫，往日里听到狼叫，秋姑一学鬼叫，狼真的就跑了，这几日不论秋姑在屋里怎么学鬼叫，围在窨屋周围的狼群依然在外面嗷呜嗷呜叫个不停，秋姑没办法，只好跟毛伢一起，把桌子水缸都推到门后，用木杠把门顶死。

　　这天天气放晴，路冻硬了，踩得住人，毛伢跟秋姑说要去寺里拿些吃的，就提了根打狗棍，翻过山坳往寺里去了。

　　一路上，毛伢时不时听见林子里有狼叫声，有时还看到林子深处，有点点绿光在闪，毛伢怕狼群围了上来，就一边喊着佛号，一边用棍子敲打路面，给自己壮胆。

　　到了寺里，意得听毛伢说了秋姑窨屋外和路上的狼群，也很着急，意得对毛伢说，狼的鼻子比狗的鼻子还灵，十里八里之外就能闻到奶香，大约秋姑给水月喂奶，让狼闻到了，就从四面八方跑来，围住窨屋，想伺机叼走吃奶的婴儿，你和秋姑要格外小心。

　　叮嘱过了毛伢，意得又转身对石砣说，你带上吃食，跟毛伢一起去，我随后就来，狼这畜生没耐性，看这架势，等不及了怕是要冲进去硬抢，你们先去，我带上葱担就来。

　　石砣和毛伢就带上吃食往山坳那边去了。

　　刚进山坳，毛伢就发现不妙，雪地上满是野兽的脚印，都是朝秋姑的窨屋去的。石砣也知道大事不好，拉着毛伢高一脚低一脚，连滚带爬地往秋姑的窨屋那边跑。

　　好不容易跑到窨屋门口，毛伢和石砣却发现窨屋的门是敞开的，门口的篱笆围子被踩得稀烂，野兽的脚印把雪地搅成了一团烂酱。两人冲进窨屋一看，秋姑不在屋里，摇窝里也没有水月，毛伢当即就一屁股坐在地上哇哇大哭起来，石砣也急得嗷嗷乱叫，一边叫一边把毛伢从地上硬扯起来，又指指门外，意思是到外边去看看。

这时候，意得也提着葱担赶到了，见到只有他俩从窖屋里出来，不用进屋，就明白了大半，立即跟毛伢和石砣说，快，快，快跟我走，秋姑一定是追狼群去了，门口没有血迹，看样子，头狼还没有咬伤孩子，头狼不咬猎物，狼群是不会去头狼口里抢食的，走，快点追上去还来得及。三人就顺着脚印朝山上追去。

追到半山，果然看见了秋姑，秋姑披头散发，正在手脚并用地往山上爬，意得问秋姑是么回事。秋姑说，她到水洼去提水烧饭，冰还未砸开，就听见窖屋那边狼群乱叫，等她丢下水桶，跑到窖屋，就见有只狼口里叼着包被里的水月，朝山上冲去，后面还跟着一大群狼，她来不及拿棍子，就这样空手追上来了。

意得叫石砣和毛伢陪着秋姑，自己提着葱担，朝狼群逃走的方向追了上去，追到山顶，意得忽然发现前面有个断崖，适才还听得见吼叫的狼群都不见了，那只叼着水月的头狼也不见了踪影。

意得正在四处搜寻，秋姑和石砣毛伢都赶了上来，三人跑近断崖，朝下一看，却见包着水月的包被挂在断崖半腰的一根树枝上，隐隐约约地还听得见孩子的哭声。

意得说，一定是那畜生跑急了，到断崖边刹不住脚，摔下去了，孩子的包被却被树枝挂住了；要不就是那畜生刹脚的时候，刹得太急，包被从他口里摔出去，落到了树枝上，总之这孩子的命大。

当下便在山上扯了一些青藤，扭成一根长索，意得把长索的一头系到毛伢腰上，另外一头系到断崖边的一棵大树上，自己把住长索，让毛伢下到断崖边上，扒着断崖的石壁，一点一点慢慢地把毛伢放到断崖半腰。到了挂住水月包被的那根树枝旁边，毛伢一手抓住包被，一手攀着断崖的石壁，意得又慢慢地把他拉了上来。

见水月在包被里完好无事，秋姑意得和石砣毛伢都松了一口气，下山之后，意得便叫石砣送秋姑和水月回窖屋，顺便帮秋姑把窖屋收拾一下，自己和毛伢在窨屋后再守候些时，防止狼群卷土重来。

入夜时分，窨屋的灯亮了，窨屋顶上的烟囱也冒出了青烟，大约是秋姑和石砣收拾好了，开始烧火弄饭，意得和毛伢也在雪地里捡了些枯枝，打着火镰，烧起了一堆篝火。狼怕火，有这堆火，可保秋姑母女今夜的安宁。

意得和毛伢坐在火堆边上，望着窨屋的灯光和炊烟，都对着窨屋在雪地上盘腿打坐，念起经来。毛伢把我从荷包里取出来，从身边捡起一根小树枝，一边在我背上轻轻地敲打，一边喊着佛号，求菩萨保佑。过了一会儿，意得忽然伸出一只手来，把我从毛伢手边取过去，捂在掌心，像往日那样捧着我念经，只是越念越快，越念越急，好像脑子里有个什么念头搅得他心神不宁，想让它安静下来，却又安静不了。

念了一会儿，意得突然停下不念了，对着窨屋，像自言自语，又像跟身边的毛伢说话，我若是走出这一步，就心无挂碍，心无挂碍，无有恐怖，无有恐怖，我也就清净了。

毛伢听不懂师父说些什么，正望着师父的样子出神，意得突然问他道，你说是也不是？

毛伢听师父突然一问，不知如何回答，就说，我不晓得师父说的么事，也不晓得是也不是，我只晓得跟着师父。师父走到哪，我就跟到哪；师父走一步，我也走一步。

意得看着毛伢，摇摇头说，我的个傻徒弟呀，你哪里晓得师父走出这一步有多难。

六

数年后，山外来了一个年老的妇人，向住在黄泥洼的一对中年夫妇打听去意得寺的路怎么走。那对中年夫妇带着一个小女孩，正坐在屋门口剥莲蓬，门边有一群猪儿趴在猪娘肚子上吃奶，不远处有个少年在水洼边放牛。

那男的用手往前边一指，说，前面有一个山包，翻过去，下到半山，有一条沟，顺沟走不多远就是。

说完，又坐下剥手里的莲蓬。

这老妇人看看男子，点头道谢，正要离开，忽然又转过身来，对那男子说，请问大哥，你我可曾相识？

男子道，不曾。

老妇人道，大哥可认得一位叫意得的师父？

男子道，认得，原是意得寺的住持。

停了片刻，又道，世间已无意得其人，意得寺也不叫意得寺了。

老妇人道，那宝刹现改何名？

男子道，意得寺已改名石砣寺，如今的住持法号石砣。

老妇人哦了一声，瞟了一眼门边喂奶的猪娘，又望了一眼水洼边放牛的少年，就转身走了。

元　贞

　　清早起来，元贞的一泡尿，总要送到我的窗户底下屙。这小子尿劲足，只听得窗户底下一阵乱响，不是雨打芭蕉，是雨淋乱草。他挺着小肚子，龇牙咧嘴，一定畅快极了。

　　这时候，妈就开始在被子里用脚蹬我了，起来，起来，元贞都尿了。

　　我就起来了。就着天光穿上衣裤，摸索着拿起鱼篓，冲出门去。

　　元贞在门口等我。

　　顺着田间的小路往前走。我说，你小子真能屙。元贞说，不光是我，我家猪娘也屙。我说，难怪，婆娘屙得破雨淋。元贞说，那是说人。我说，猪也一样，比人还厉害些。

　　很快就到了队上的打谷场。元贞爬上草堆，扯出一捆稻草扔下来，我接着背在背上，相跟着走进旷野。

　　通往湖堤有一条路，把内湖切成两半。湖面上结着冰，看上去白生生的。稀稀拉拉的芦苇、荷叶，长在冰面上，像外公头上的乱发，遮盖不住头皮。

　　天冷得很。元贞走在前面，猴着腰，不停地嗦鼻子。我背着草，背上暖和些，偶尔一抬头，脸上还是有刀锋掠过。

　　元贞猴精，低头走路，眼不闲着。川儿，川儿，快看，快看，冻着了一只野鸭。

　　朝他指的方向看去，湖面果然有个黑点，一动不动，像一堆牛粪。

　　我说，捡吧。他说，不行，让它多冻会儿，早上冷，冻稳了，等会儿好捡。

　　到了下笼的水沟边。把背上的稻草分成两半，一半下水前用，一半上来再用。

元贞掏出火柴,哧的一声点着了草,天地间就跳出一团光亮,照着两个早起的少年,照着少年身边的湖水、稻田,照着湖岸上、稻田里的枯草,把沟里的水也染上了颜色。

我和元贞对面坐着,地上凉,往鱼篓里塞块土,当凳子用。烤了手又烤了脚,烤了前面,又烤了背面。把身子烤暖和了,就开始下水取笼。

笼是竹子编的一种纺锤形的捕鱼器具。腰身上下,对应安装一个漏斗形的须口,须口的尾部是柔软的竹片丛集之处,鱼进去容易,出来很难。将笼置放在流动的水沟中间,或田埂的缺口处,两边用泥堵住流水,让鱼顺水而下,或逆水而上,通过须口进入笼中,而后收笼取鱼。

春夏两季,是水流鱼动的季节,内湖的每一条水沟、每一块稻田都有鱼。把笼随意丢在有水流动的地方,不用两边堵泥,都会有鱼进到笼中。老辈人说,懒人下笼,愿者入内,是姜太公传下的法子。

秋冬两季,游鱼都深藏水底,只有不怕冷的小虾,在水草中闪烁,依旧十分活跃。

脱下鞋袜,赤脚下水那一瞬间,少不得要显示几分豪气。我和元贞吼着叫着跳进水沟,各自提起了隔夜放置的竹笼。一阵哗哗啦啦、喊喊喳喳的水滴虾跳过后,手里的竹笼顿觉沉重。

爬上沟岸,把一笼的小虾倒进鱼篓,又点着了火,烤冻僵了的手脚。还是稻草的火焰,却像针一样扎进皮肉。一会儿手脚麻痒痒的,有无数的虫子在咬。元贞笑嘻嘻地望着我,隔着火,脸像个裂开的石榴。元贞嘴阔,牙白,生就的地包天。他说话,我总怕他的下牙咬了鼻子。

他说,我敢吃生虾,信不信。我说,信。

就随手拿起一只活虾,丢进口里。并不嚼,只张着嘴,让虾在舌面上跳跃。雪白的牙齿像半圈护栏,围着像是猩红地毯的舌头,一个通体透明的精灵在上面跃动。风吹着火焰,发出呼呼的声音,天地都在看着这个含虾的少年。

元贞真的吞下了这只虾。又笑嘻嘻地说，走，捡野鸭去。

踩灭了火灰，朝村里走去。天已大亮，湖面上的景物看得清楚。果然是一只野鸭。昨夜许是贪食，错过了结冰前起飞的时间，如今被牢牢实实地冻在冰面上。

元贞说，我来。就用一根树枝探着冰面，小心翼翼地向野鸭靠近。走了两三丈远，快够着野鸭了，他突然停下来说，你来，你来，我手太短。

我毫不犹豫地冲上冰面，三步两步就到了他身边。他说，再往前走几步，就够着了。你先抓的，你多分一点。说完，就退到我后面。

我继续向前，又走了几步，伸手抓住野鸭的翅膀。突然脚下一阵碎响，冰面裂开了一个大洞，我连人带鸭跌进了深水沟里。

元贞救起了我。我的衣服鞋袜打得透湿，身子瑟瑟发抖，牙齿壳咯咯地打战。元贞说，草没啦，烧不成火，跑吧，跑起来暖和些。

就背起鱼篓拼命地跑，到家了，浑身还是结成了冰枷子。

元贞的妈是我的堂伯母，我叫大娘。大娘说，川儿吃了亏，鸭子多分点。我得了连头颈带腿的半边，元贞那半边没有头颈。妈说，大娘就是精。

元贞送鸭子过来时，我才看清，他这天穿了一身新衣裤。我说，行呀，元贞，就过上年啦。

元贞龇着下牙说，要不是这，你就掉不了沟里啦！

我说，原来你狗日的晓得前面有沟哇。

元贞说，是。我七哥前年穿新的，八哥去年穿新的，今年轮到我，死也不能打湿了。说完，转身走了。那样子，是比往年神气。

元贞走后，妈说，比他妈还精。我说，妈，别怪他，他家人口多。

正说着，元贞家传来叫喊声。是队长找到他家，说烧了队上稻草的事。大娘说，队长，莫怪，我把他的屁股打成两半。

队长说，屁股本来就是两半。说了都笑了。

队长走后，大娘对我和元贞说，小气！烧一捆稻草么样，下次扯两捆，烤暖和些再下水。

归　渔

　　腊月里，临近过年的十来天，村子里有一种奇怪的躁动。

　　女人把砧板刮了又刮，把刀磨了又磨。老人把挑担整了又整，在村口望了又望。孩子们欢天喜地地满村巷乱跑，猫儿亢奋得房前屋后乱叫。

　　连狗也耐不住寂寞，时不时要对着村人汪汪几声。

　　下湖拉索的人要回来了。

　　元贞的嫂子眼尖，头一个瞄见村道上出现的人影。大元，大元，也不管是不是自家男人，就扯着嗓子喊开了。

　　围在村口的人都扯着嗓子喊开了。一个名字被无数次地重复着，用不同的呼号重复着。许多名字被搅和在一起，被不同的声音重复着。从老人、小孩、男人、女人嗓子眼里冒出的热气，在村口漫成一团，随着声波向旷野弥散开去。

　　就有人扛起挑担迎着归人奔去。许多人也扛起挑担紧随其后。

　　各家都准备好了接鱼的人。拉索的人是不带鱼回家的，他们是英雄，英雄是不负责回收战利品的，他们要接受灵与肉的供奉。

　　元贞的哥一进门，就把他嫂子按在床上，屋子里顿时发出一阵厮打之声。元贞的十弟说，我哥又打嫂子了。元贞说，不是打，是杀。

　　这天傍黑，村里的女人都遭遇了一场疯狂的屠杀。村巷里，到处都可以听到各种古怪的撞击声。

　　然后各家的女人从屠场上站起来，拢一拢头发，整一整衣衫，推一把馋嘴的男人，指着桌上的饭菜说，不够吃这个。就提起砧板、菜刀，奔向另一个屠场。

　　队里的打谷场上，已是灯火通明。各家挑回的鱼，堆成了一座一座的小坟包。女人熟练地围着坟包坐下，盘着腿，把砧板用土坯垫着，就开始杀鱼。

她们管杀鱼叫驰，不叫杀。叫杀太凶，叫驰柔和些。驰是刺的别音。刺是古音，读走了就是驰。所以，驰鱼，驰鱼，快点驰，快点驰，就成了这天晚上所有女人最文雅的交际语言。

驰鱼是技术活，也是力气活。女人一边唠着家常，一边开膛破肚。纷飞的鳞片在灯光下闪闪烁烁，不同颜色的鱼杂，被分置在身边的筐篮内。孩子们在鱼堆间穿出穿进，拿鱼当武器互相打闹。各家的猫静静地守候在主人身边，等着随手丢出来的赏赐。也有哪家的猪娘在旁边哼哼，那多半是刚下了仔等着鱼杂作为营养。狗是永远忠实的看守者，尽管不沾一点儿荤腥，依旧这儿嗅嗅，那儿闻闻，不停地在鱼堆边逡巡。

夜半时分，冷月升上高空，灯火渐渐变得昏暗。孩子被老人拉回去睡了。猫饱餐过了，蜷缩在谷垛边打盹。狗也停止了巡逻，半蹲在主人身边，望着已被主人削平了的坟包，耐心地等着送主人回家。

大元的媳妇打了个长长的哈欠，对坐在附近的桂花说，莫闭着嘴，砍个鬼噻，哎呀，困死了。

她们把讲故事叫砍鬼，大约故事里都有鬼，鬼不吉利才要砍。

桂花是山里嫁过来的，人老实，叫她讲，她就讲。

还真的有鬼耶，我家五火讲，他们这次拉索，就遇到鬼。

听说遇到鬼，女人都停下了手中的活计，催桂花快讲。

那天下湖，六火、七火兄弟拉着两个索头，顺水往东南走，麻索吃了桐油、猪血，又硬又重，落在泥水里，拉成个半圆，要多大力气。

莫说，莫说，这个我们都晓得。砍鬼，砍鬼。女人们都等不及了。

五火他们几个提着赶网，跟在后面，穿着齐胯裆的牛皮腰靴，在膝盖深的烂泥里往前赶。

桂花继续不紧不慢地往下讲。

麻索在水下碰到一条鱼，翻起一个水花，就伸手抓到网里，又碰到一条鱼，又翻起一个水花，又抓到网里……

又碰到一条鱼，又翻起一个水花，又抓到网里。你撩我们呀，快讲，快讲，砍鬼，砍鬼，女人们都愤怒了。

桂花笑笑说，莫急嘛，听我讲嚏。五火说，先拉得好好的。突然，湖水在眼前打起旋来，往东南流的水，改西北方向了。水底下的鱼，也不用碰到索，就都翻出水花来了。湖面上哗哗啦啦，闹了足有大半天。

后来呢。女人显然都为自家的男人揪着心。

后来呀，就听到鬼叫，喔喔喔喔——咿咿咿咿，喔喔喔喔——咿咿咿咿，喔喔喔喔——咿咿咿咿，一男一女，还是两个鬼耶，这个叫，那个应，吓死个人。他们越叫，湖水旋得越快，搞得五火他们天旋地转，站都站不稳……

怕是在叫春吧，也太早了呀，这还是寒冬腊月呀，搞那事就不怕冻坏了身子。

是你家五火被女鬼迷了吧，叫几声就软了腿，这要是黏上了，还不变成一坨糯米糖。

接下来是一阵开心的哄笑。笑够了，又接着问，再后来呢。

再后来呀，再后来湖水成了一锅粥，不知是向东南还是向西北，湖面又大，方圆上百里，望不到边，又辨不到方向，就困住出不来了。

那么办呢。女人的神情，仿佛事情正在发生。

么办哪，豆瓣。幸好他们那天干粮带得足，要不，非冻死饿死不可。挨到晚上，才望着天上的星星走出来。

呀，真是见了鬼耶。女人都如释重负地笑了。

不是鬼，是翻湖。

不知什么时候，睡了一觉的男人都起来了。大元冲着桂花笑笑说。

么叫翻湖呀，桂花听不懂。

么叫翻湖呀，我也不懂。听老人说，是有人堵住了通往长江的出口，湖水倒灌，打起旋来，翻起花来，人就晕头转向了。

谁有这么大能耐呀。

谁呀，大元说。我爷爷说，光绪年间，他碰到过一回，是洪帮大爷卢胜堂干的，为的是争一片湖产。我爹说，日本人来的时候，他也碰到过一回，是县太爷邱秉梁干的，学三国上的水淹七军，为的是挡住日本人。这回让我碰到了，就不知为啥。

听说是政府在修水闸，谁家的女人冒了一句。

好呀，修水闸好呀。大元的话显然引不起女人的兴趣，纷纷打着呵欠，伸着腰臂，说，去回吧，去回吧。

各家的男人帮女人收拾完残局，都相跟着回家睡觉。

天麻麻亮，还捞得上睡个回笼觉。

被窝冰凉。大元抱着自己的媳妇，拿起她的手问，驰了一夜的鱼，痛吗？媳妇说，不痛。

媳妇摸着大元的大腿根问，还要吗？大元说，不要，留着吧。睡。

又摸，又问，牛皮靴硬，扎得疼吗？大元说，惯了，不疼，睡。

元贞的十弟屙完尿，钻进元贞的被窝筒子说，我哥不打我嫂了。元贞说，不打了，总打不打死了。

村巷里听不见人声、犬吠、猫叫，都趁着天光补足这一个回笼觉。

精　古

精古不是个文辞儿，是个口音。从不同口里出来的，不一样。精骨、精怪、精瓜、精哥、精狗的，随你怎么叫，都晓得是一个人。这个人就这样没了名字，又有许多名字。

姓甚名谁不晓得，何方人氏不晓得，因何而来也不晓得。不做坏事，也不害人，长年在湖岸上落脚，搭个草棚子，吃睡都在里边。没看见有人来往，也很少外出走动，一年四季在湖边安营扎寨，没人理，没人管，死活队上都不问。查人口的问下来，队长说，他是精古，不是人。

精古是湖上的一道风景。热天脱得精赤条条的，往湖水里扎猛子，屁股一撅，腿一翘不见人，钻出水来，两手都是鱼。把鱼放在鱼篓里，又一个猛子扎下去。鱼篓固定在一块木板上，木板浮在水面上，有一根细绳与他相连，他在水里钻到哪，木板和鱼篓就游到那，像水面一朵流动的睡莲。

冬天摸脚迹是他的绝活。也脱得精赤条条的，不论刮风还是下雪。下水前先对着酒壶喝上几口，然后漫不经心地走进冰凉刺骨的湖水里。永远是小山边的那个湖汊，说是有胶泥，踩下去一个深深的脚印，顺着脚迹插上一根根细长的竹条子，从湖汊这边插到湖汊那边，密密麻麻的，像冬日的芦苇。

照常是在头半夜踩上脚印，插上竹条，天蒙蒙亮就下水取鱼。踩脚印是站着的，齐腰齐胸深的水都有。取鱼时得蹲下身子，伸手到脚印里去摸，人就得整个身子都没在水里。脚印是个窝，有人的体温，鱼把它当了床，蜷在里面，一动不动，只等你伸手去抓。没人看见他什么时候踩脚印，也没人看见他什么时候下水取鱼。但所有人都听见了他下水取鱼时发出的声音，喔喔喔喔，喔喔喔喔，喔喔喔喔，喔喔喔喔，又尖又细又长，像唱，又像叫，初听时说是人声，后来都说是鬼叫。

不管是人声还是鬼叫，这时候，湖汊那边的小山上，就有回声传来。咿咿咿咿，咿咿咿咿，咿咿咿咿，咿咿咿咿，同样又尖又细又长，像人声，也像鬼叫。

山上有个观，又有一座庵，观名清风观，庵名水月庵。观中没有道士，庵里有个尼姑。乡里婆娘爱嚼舌根，就把这喔喔咿咿的声音，派给了湖汊两边的这两个人。不是他俩，能是谁，难不成真有鬼，说有鬼是迷信，你们谁见过。婆娘们这样说，男人也只能点头称是。

有一年清理队伍，一个敌人都不能漏网。村里的都清完了，工作组忽然想起了精古。精古就成了特务，尼姑也成了女特务。敌人实在太狡猾了，他们潜伏得实在太深了，就在我们眼皮子底下还不知道，还不当回事，可见我们丧失了警惕性。工作组长这样说。就把他们抓起来了，押到队上来审问。

村里人见过精古的不多，见过尼姑的没有。把他们押到审问台上，当着面，想怎么看就怎么看。结果上台审问的没话说，台下的后生媳妇倒叽叽喳喳地说个没完。大元说，这娘们年轻时一定俏死个人，你看人家那模样，要鼻子有鼻子，要眼睛有眼睛，哪样都不缺，女特务就是俏。

就都回过头去看大元媳妇，笑她缺鼻子少眼睛。

大元媳妇却看着精古不眨眼，扯扯桂花的胳膊说，你看你看，都四五十岁了吧，胯裆里还有一大坨。桂花说，你就喜欢那，不害臊。

大元瞟了她们一眼说，不看了，不看了，去回，去回。大元媳妇说，去回搞么事呀，看哪，看哪，让你看个够，省得半夜里想起来把我不得了。

审不下去了，工作组就来扭转方向。组长说，谁派你们潜伏的，你们的上级是谁，给你们布置了什么任务，电台在哪里，密码本在哪里，同伙在哪里，通通都说出来。最后领着大家喊口号，坦白从宽，抗拒从严，敌人不投降，我们就叫他彻底灭亡。精古答不上来，尼姑也答不上来。问急了，一个喔喔喔喔，一个咿咿咿咿，学鬼叫呢。还是工作组长英明，说，不斗了，瞎耽误工夫，他们是哑巴，两个死哑巴！

后来有一年，县志办来了人，说是民国年间，本县有一位国民政府的参事，退休后在湖中的那座小山上修了一座别院。参事本人笃信道教，夫人却是个虔诚的佛教徒。为了尊重彼此的信仰，就在山上另建了一座道观，一座尼庵，分请老道、老尼主持，又为这老道、老尼各派了一个弟子。这两个弟子正值青春年少，虽自知是出家之人，却禁不住荡漾春心。整日在一起采莲、荡舟、淘米、打柴，一来二去，日深月久，有一天竟偷吃了禁果。

出了这样的事，师傅蒙羞自不必说，参事本人也叫苦不迭。原以为找两个哑巴可以相安无事，谁知道语不通情通，可见古人言之不谬。就摇头晃脑地念诵起来，情动于中而形于言，言之不足，故嗟叹之，嗟叹之不足，故咏歌之，咏歌之不足，不知手之舞之，足之蹈之也。我怎么就忘了言之不足，还可以手脚并用，一样可以做出那事呢。于是将小道逐出山门，却将小尼幽禁尼庵。这哑巴小道不知在哪儿流浪多年，有一天忽然又跑回来了。好在江山易主，无人追究，就不声不响地在这湖汊边安了家。

这以后，湖汊两边就有了喔喔喔喔、咿咿咿咿的鬼叫声。

听了方志办老师的话，人们自然对这一对哑巴男女多了几分尊敬。觉得他们给乡梓增了光，乡里还计划将他们的故事开发成旅游产品。

后来，精古和尼姑都活到了八九十岁，世道变了，他们没变，也没人要他们变，就这样，年复一年地装扮着湖上的风景。

乡里想趁他们在世时，把这个旅游项目搞成。要在山上大兴土木，重修道观，再造尼庵。又从县里请人下来，规划设计，撰写脚本，忙得个不亦乐乎。

又过了些时,大元下湖回来说,这几天怎么没听见精古的叫声。村长就叫大元打发几个后生去看看。去看的后生回来说,精古不知道什么时候死在湖上了,精赤条条的,平躺在水面,围着山打转,怎么弄都弄不上来。

村长说,么办呢,大冬天的,不把尸体弄上来,就冻在湖面上了。吓都要把人吓死,还搞个屁的旅游呀。

生　人

村里有一男一女两个生人。不是生熟的生，是回生的生。就是煮熟了的米饭回了生的意思。村里人说，明明是好端端的一个人，却要向畜牲学习，学着学着，就忘了自性，沾染了畜牲的习性，与畜牲合了群。他娘好不容易把他生成个人，他却回过头去随了畜牲，就像煮熟了的米饭又回了生，可不就是生人。

村头胜华家有个儿子叫秀，秀就像他的名字一样长得眉清目秀，他娘养的儿子多，缺个闺女，从小就把他当闺女养，穿着打扮，与女孩儿没有两样。秀也就把自己当了女孩儿，举手投足，都向女孩儿学，从不跟男孩儿玩耍，只往女孩儿堆里扎。这一来二去的，等到他成年了，女人的胚子也就养成了，不单从外表上，看不出来是个男的，骨子里也透着那么一股子女人气。

有一年，村里来了个黄梅戏班子。秀家房子多，队长让住秀家，在他家吃供饭。演七仙女的小演员十五六岁，与秀一般大，秀一见就喜欢上了。整天跟出跟进，连早上吊嗓子，晚上练功也相跟着。到睡觉的时候，赖在戏班子的地铺上不走，硬要跟他们挤着睡。好在是大家挤在一起睡地铺，各睡各的被窝，就像北方人的大通炕，没有什么危害性，也就由着他了。

演七仙女的小演员有个癖好，喜欢模拟各种小动物的声音。乡下小动物多，猪狗牛羊、鸡鸭猫鼠的，应有尽有。这小演员就趁着早起练声的机会，到人家的猪圈旁、鸡笼边学这些小动物的声音。秀对村里的情况熟，知道哪家养的多，一大早就带着小演员满村子转悠。渐渐地自己也染上了这个癖好，而且学起来比小演员还快，模拟得比小演员更真实。

有天半夜，睡在地铺上，一个学老鼠，一个学猫叫，硬是把戏班子的人都闹起来了，打着电筒到处赶老鼠。等到黄梅戏班子离了村，秀也就落下了这个毛病，从此不跟人来往，只往家禽家畜的圈里扎，成了它们的队长。到后来，他叫，它们也叫，他不叫，它们就不作声。秀就这样整天跟着这些家禽家畜满村子转悠，乐不思归。秀的妈说，这孩子疯了。村里人说，好在是文疯子，不打人。

村后胜利家有个女儿叫明，明虽然是个女孩，却长得五大三粗，老门老嗓的，说起话来像个男人。像秀的妈一样，明的妈养的儿子也多，也缺个小妞，虽说明像个假小子，有这么个假小子的妞，聊胜于无，就这么养着了。偏偏明的爹习武，是远近有名的教师爷，正愁如今武运不昌，想收个徒弟都难。先前想在儿子中，找一个有根基的，教他习武，好传承自己一身的功夫。可这些不孝之子，不是嫌他的武功不正规，就是说习武不能当饭吃，都不愿跟他瞎耽误工夫。撞上了这么个闺女，正好拿来当徒弟，教她练把式。明自小见惯了爹用武术招式跟她逗乐子，耳濡目染，已有几分喜爱，就真的跟爹当了徒弟，练起了功夫。

明的爹从小习武，并非正宗门派的传人，不过是一般男孩的习性，喜欢舞枪弄棒，挥拳踢腿，显示一点男儿本色罢了。那时节村里常有杂耍班子来，趁机也学了些花拳绣腿。但他最喜欢的，还是自己琢磨的那些动作。这些动作，不属哪家门派，倒与村人见过的猴拳、蛇拳相似。只不过从他的动作中，能看出更多动物的影子。

明爱的，就是她爹自己琢磨的这点功夫。

学了爹的功夫，还觉不够，自己又留心琢磨，乡下孩子没进过动物园，不知狮子、老虎啥样子，就琢磨上了身边的家禽家畜。但凡猫子上房，小鸡啄米，母猪拱土，老牛拉犁，鸭子凫水，公鸡打架，只要这些活物有点动静，都是她琢磨的对象。这样琢磨下来，没几年，明也成了村里家禽家畜的领袖。她走到哪，这些禽畜就跟到哪。她不走了，它们就扎堆攒在一起。明也像秀一样,整天跟着这些家禽家畜满村子转悠,乐不思归。明的妈说,这孩子疯了。村里人说,好在是武疯子,不想女人。

村里有这样两个宝贝,自家人闹心,别人也不好受。两家人到处求医问药,都说不好治。秀的爹埋怨秀的妈没把儿子管教好,明的娘怪明的爹不该让女儿习武。但埋怨归埋怨,终究于事无补。

有一天,村里来了个记者,说是采访禽流感后家禽的饲养情况,无意间听说了秀和明的故事,看到了村里的这幅景象,很感新奇,回去后写了篇文章,题目叫《和谐乡村的变奏曲》,登在报上。不久,县里就有人带着一些专家下来,在村里开了一个现场会,专门研究人和动物和谐相处的现象。开会前,让秀和明与众多家禽、家畜作了现场表演,然后就开展学术研讨。研讨会上专家说的话,村民都听不懂,只知道会后村长传达说,从今往后,我们大家都要向秀和明学习,与各家各户的猪马牛羊、鸡鸭猫狗和睦相处,要待它们像亲人一样,说这有利于建设和谐农村。

就有人问,那以后还杀不杀鸡鸭,吃不吃猪牛羊肉。

村长说,那是自然。要不,还不把人寡淡死了。

大家就笑。

又有一天,秀的妈和明的妈在一起看电视,看到电视上有个人跟羊抵角,抵了半天,也没抵出个输赢。秀的妈就跟明的妈说,可惜电视台离得远,要不,也把咱秀和明的绝活,拿到电视上去秀一秀。

秀和明从没想过要到电视台去秀他们的绝活,他们也不会这样想。他们只是年复一年,日复一日地与村里的这些活物在一起,他们和这些活物是朋友。村里的人过他们的日子,他们和这些活物也过属于他们的日子。他们和这些活物是村里的另一个部落,他们是这个部落的酋长。只有他们才懂得这些活物的语言,只有他们才明白这些活物的行为,知道它们的喜怒哀乐,他们是这些活物的精灵。

追 鱼

村里有个杀脚鱼的，名字叫细火（读虎）。细火是个寡汉条，这儿的人叫孤佬，跟一个傻弟弟一起生活。傻弟弟也没结过婚，两兄弟相依为命，家里虽然缺个女人打理，却不愁吃，不愁穿，比一般人家的日子过得还要安生。

细火有一手绝活，就是杀脚鱼。这儿的人把鳖叫脚鱼，把抓脚鱼的活计叫杀脚鱼。大约是抓脚鱼的人不用网，也不用钩，而是用叉，一叉下去，直透鱼背，岂不是杀。细火抓脚鱼所用的家伙就是一把大钢叉，只是这叉有点特别，人家的叉是五齿，他的叉是七齿，人家的叉长七寸，他的叉长九寸，七齿张开，一字并排，入土九寸，深及泥芯，任多宽的湖滩，多深的烂泥，只要细火的钢叉像篦子一样地来回篦过几遍，偎得再深、藏得再巧的脚鱼，也别想逃脱。细火因此得了一个外号，叫"绝户"。

这"绝户"二字虽然恶毒，但放在细火身上，倒也切合实际。一者自然是说他杀脚鱼的技艺高超，所到之处，鱼户皆绝；一者又显然是暗指他断了香火，后继无人。有这么一个"绝户"在身边，村里人就免不了要编出许多故事。说是细火曾经差点就有个老婆，那是在他二十岁上的时候，家里给他说了一门亲，新婚之夜，新郎新娘行礼已毕，正簇拥着要进洞房，有人在他耳边嘀咕了几句，说是今天早起下湖，看见了一个大脚鱼的脚迹，朝西北方向的许家岔去了，那脚鱼没有十斤也有八斤，来人不无夸张地说，他追了一天没追上，这才回来告诉他，想不到正撞上他的大喜日子，可惜，可惜，实在是可惜。

这事儿要放在旁人身上，就嘻哈一笑过去了，或者要说来人不识相，没见我正忙着吗，你小子存心想冲了我的喜事怎的。可放在细火身上，就不一样了，他一听这事，就像着了魔似的，立马扯下胸前的绣球、头上的宫花，丢下新娘，扒开众人，跑进柴房，抓起他的七齿钢叉，就发疯似的跟着那人跑了。新娘等了一夜，到天亮还没见新郎回来，就被娘家人用一辆独轮车接回去了。

这件事村里人后来传说的是，细火和那人当即就顺着那只脚鱼的脚迹追到了许家岔，又从许家岔追到了桂家墩，从桂家墩追到了吴家湾，从吴家湾追到了张家圩，从张家圩追到了胡家港，从胡家港追到了丁家汊，从丁家汊追到了孔家桥，最后在孔家桥一户人家的菜园里找到了这只脚鱼，拿回来一称，果然有七八斤，细火从此名声大震。

追到了脚鱼，丢掉了老婆，细火并不后悔，逢人便说，这婆娘没福气，本想杀个大脚鱼给她打副首饰，她没这个福分，就怪不得我了。从此不谈婚娶之事，把心思都用在了杀脚鱼上面，早起扛起钢叉下湖，傍晚回来，钢叉上就挑着两只鼓鼓囊囊的大麻袋，兴子起来了，有时候夜半时分还在湖滩上晃悠，天亮了回家蒙头大睡。他这一折腾不打紧，这一带的脚鱼可就遭了大难，村里人说，湖滩上有细火的脚迹，就没有脚鱼的脚迹，老天爷让细火绝了户，细火让脚鱼绝了户。这"绝户"的名字就这样叫开了。

细火杀脚鱼，却不吃脚鱼，他说这东西黑乎乎的一坨，又蠢又笨，像泡牛屎，看着就让人恶心，他是吃不下去的。他杀脚鱼就是为了卖，换几个小钱让他和傻弟活命。可偏偏这地界的人也不兴吃脚鱼，所以细火虽然杀了那么多脚鱼，却一直未见卖出多少，更不要说发财不发财的事了，细火和他傻弟的生活也因此未见有多大改善。

细火的脚鱼生意不旺，除了没有多少买主，还有一层原因，就是细火的傻弟喜欢给脚鱼放生。细火杀的脚鱼多了，家中无处存放，就在院子里挖了一个大水池，囤在里面圈养起来。兴许是水池挖得太浅，也兴许是脚鱼善爬，每到夜半，常常有许多脚鱼从池子里爬将出来，钻到院子的各个角落，有的又顺着院子的杂物爬上窗台，水平高的便从窗台爬进室内，钻进室内的各个角落，甚至藏入屎尿桶内。乡下没有公共厕所，但凡起夜，无论屙屎屙尿，都屙在床头的一只粪桶内。有一次，细火的傻弟起夜，坐在粪桶上屙屎，正屙得起劲，突然觉得自己的屁股被什么东西咬住了，当即大叫一声，疼得站了起来，等到细火掌灯一看，才知是被一只脚鱼咬住了，细火知道，被脚鱼咬了，只有等到天上打雷才会松口，这夜半更深的，皓月当空，想必雷公也睡熟了，哪还管得了人间之事，只好用一把剪刀铰断了脚鱼的脖子，方才把傻弟的屁股从脚鱼口里解救出来。傻弟从此就对脚鱼生了畏惧之心，常常有事无事地要拿着一把大粪勺子，从池子里捞脚鱼出来，捞出来的脚鱼就顺手甩到院外，有那贪便宜的于是打发孩子见天到细火家周围捡脚鱼，细火的脚鱼也就日见其少。等到他有一日发现傻弟这败家的举动，却又奈何他不得。爹娘临终前托付他的事就是照顾好傻弟，不准打也不准骂，可这事，放在他这个傻兄弟身上，不打不骂，又如何阻止得了。细火只好听之任之，由他去了，就算是卖了这些脚鱼，给傻弟添置了衣服鞋袜，再说，他放的还能有我抓回来的多吗，想想也觉得这事儿没必要大惊小怪，说两句也就行了。

可让细火万万没想到的是，傻弟的这个举动不是说两句就能解决得了的，在他警告了几次之后，不但没有收敛，相反却变本加厉。忽一日，有人看见傻弟也像细火一样挑着两只麻袋出门，就问，傻弟，去哪？说，下湖。下湖干啥？说，回家。问的人知道他又发生了逻辑问题，笑一笑就让他走了。到了湖边，打开麻袋，一股脑儿把里面的脚鱼都倒进湖里，脚鱼得了自由，扭动着蠢笨的身躯，很快就消失在蓝色的湖水之中，傻弟望着四散的脚鱼，嘿嘿嘿地笑了。这时候，有一个一直在看着他放生的人走到他身边，问他，小兄弟，你在干啥？说，回家。那人说，对，回归自然就是回家，又夸奖了一句说，看不出来，你还有很强的生态意识哩。傻弟又笑，说，回家，说着就弯腰收拾麻袋，用扁担扛了转身回家。这人这才恍然大悟，自己也像傻弟一样嘿嘿嘿地笑了。

　　细火发现傻弟这个大规模的放生举动，依旧谨遵父母遗嘱，不打不骂，只是收了一应可供放生之用的工具，又在池上加了木盖，自此无事，只是细火的脚鱼生意依旧没有红火起来。

　　又一日，一个衣着光鲜的中年男子找到细火，说是要跟他订购一批脚鱼，条件是一只起码要五斤以上，裙边要厚，他要用这些脚鱼的裙边熬制一种裙胶，医用，大补，吃了可以补阴壮阳，延年益寿。来人开出了一个让细火想都不敢想的好价钱，细火扳着指头一算，就是只卖出一只，他和傻弟也好几年吃穿不愁。

　　这人走后，细火的心上却压了一块石头。他知道这人说的不是一般的脚鱼，而是此地特有的一种旱脚鱼，这种脚鱼不长在湖水里，却长在湖岸上，在湖岸边的土坎里打洞穴居，靠吃岸边的草根为生，因为不食螺蚌鱼虾，渔民便以为它餐风饮露，吸天地灵气，日月精华，久而久之，竟视为异物。细火知道，一般的旱脚鱼大的也不过二三斤重，要找五斤以上的谈何容易，心想，这不是成心为难我吗，这个钱不赚也罢。

　　话虽这么说，可细火终究放不下那个价钱。既存了这份心，每日里下湖杀脚鱼时也就格外留意。功夫不负有心人，终于有一天让他发现了一只旱脚鱼爬行的脚迹，这脚迹印在沙地上，凸凹分明，清晰可见。两行脚迹之间，还拖出了一条差不多与身体等宽的浅槽。见这浅槽，细火心中暗喜，根据他的经验，这注定是只抱蛋的母脚鱼，这会儿正想找一个地方产卵。可说来也怪，偌大的湖岸，高坡低坎，哪儿找不到一个合适的地方，偏偏要舍近求远，朝那高地上爬，又转念一想，这莫非就是传说中的脚鱼朝山，要是那样，想逮住这只脚鱼可就难了，老人说朝山的脚鱼有时候会爬行百十里，直到遇见一座大山为止，至于为什么要这样折磨自己，谁也说不清楚。有人说是为了朝拜山神，保幼仔平安；有人说是越爬得远，幼仔出壳越快。总之是要追到这只脚鱼，得带足干粮，作长途跋涉的准备。

　　细火从家里出发的时候，是夜半时分，日间他记住了脚鱼往高地爬行的路线，不用细看，就知道它爬行的方向。到天色大明，已来到一片树林，树林里杂草蓬乱，灌木丛生，须得拨开荆棘乱草，仔细查找，方才得见脚鱼爬过的痕迹。出了树林，又见一座裸露的山丘，虽然光秃秃的山石间容易辨认脚迹，却让细火汗湿了几层衣衫。下了土山，就是一片稻田，平畴千里，一望无边，细火就像一条小鱼，游弋其间，顺着田间小道，跨过沟沟坎坎，终于走到了岸边。出了这片稻浪翻滚的大海，又上了一条人来车往的公路，翻过公路，就见一方水塘，绕过水塘，又是一条羊肠小道，顺着羊肠小道过去，走到尽头，竟是一座小庙。细火认得，这就是远近有名的八卦山山神庙，到了，到了，追了一天一夜，终于追到了，听老人说，朝山的脚鱼，爬到这儿，就不再往前爬了。细火抬头一看，山神庙后，果然是一座大山，原来传说中的脚鱼朝山，朝的就是这座八卦山。细火心中一喜，顿觉身疲脚软，就想着要坐下来吃点干粮，抽几口黄烟，歇歇气再收拾这要命的冤家。

　　山神庙前有一片沙地，此刻，那只身躯硕大的旱脚鱼正钻头不顾屁股地把半个身子埋在一堆沙砾之中，翘起的短尾下，湿润的后窍在轻轻蠕动，一只脚鱼蛋正要夺窍而出，整个沙堆都在摇动。细火低头看得真切，心想，下吧，下吧，把肚子里的蛋都下干净了吧，就当你拉空了屎尿，我少赚几个就是。反正我也追到你了，你也朝过山了，咱俩谁也不用跑了。

　　正自言自语地说着，细火突然听见山神庙后有脚步声传来，等他抬起头来，只见一条大汉站在自己面前，冲他笑眯眯地说，老哥，好运气呀，见者有份，让兄弟也沾点儿光。细火一听，顿时急火上顶，情急之中，不由分说，便举起手中的钢叉朝脚鱼的颈脖处一叉下去，把那只正在下蛋的母脚鱼稳稳地钉在地上。那大汉一见，吃了一惊，俄顷又嘻嘻一笑说，老哥，下手太狠了，杀下蛋的母鳖，要遭报应的，说完，又哈哈大笑，转瞬就消失不见。

待细火惊魂甫定，突然发觉天地间有些异样，抬头一看，只见天上阴云四合，有隐隐雷声从远处传来，山间的冷风也飕飕飕地从四面八方卷地而起，他知道，一场酝酿了半日的风暴就要来了，适才只顾得了脚鱼，却忘了这半日的闷燥。正思谋着找个躲处，却见一束强光在天地间拉开了一道豁口，紧接着是一声炸雷劈头盖脑地砸将下来，插在脚鱼颈上的那柄钢叉就像被人平地拔起，嗖的一声从细火的头顶划过，杀到近旁的一棵树上，细火紧紧地抱住这棵大树，刚刚稳住脚跟，又是一道闪电，一声炸雷，噼啪呼啦，呼啦噼啪，细火抱住的那棵大树顿时被劈成两半，一团火光冲天而起……

数日后，县报登了一篇特稿，是省城来的一位环保人士写的，内容是呼吁保护本县一种特有的鱼类品种——旱脚鱼。文章还提到了他在湖区考察时与一位智障人士的对话，说连这位智力尚未完全开发的老弟都有一种天然的生态意识，况我等自称全智全能的正常人乎。

国　旗

国旗出生在1949年10月1日，出生那会儿，他父母还不知道数千里外的天安门城楼上，正在升起一面五星红旗，后来找小学的老师给他起名字，老师掐指一算，才发觉他出生的日子好生了得，就把这国旗二字送给了他。

国旗小时候颈上长满了疬子，像一个个小老鼠爬在脖子上，后来送去开刀，就留下了一圈疤痕，看上去像戴着项链。戴项链的国旗不喜欢上学，就喜欢捉鳝鱼。他捉鳝鱼也是受他爹影响，那时节正闹初级社，各家各户的田地还没有全部归公，国旗家土改时分得的那几亩水田，主要还由自家打理。这几亩水田地势较高，虽然过水还算方便，但却蓄不住水，常常莫名其妙地流失得干干净净，这让国旗的爹十分苦恼。到了稻子灌浆的时节，就整日里扛着一把铁锹，沿着田埂到处堵漏洞。堵到后来他才发现，原来这打洞放水的活物，竟是生性温和的鳝鱼，于是就放下铁锹，改捉鳝鱼。起先，国旗帮他爹打下手，提个鱼篓，跟在他爹身后，他爹捉到哪，他就跟到哪。后来，见他爹捉得一板一眼，有滋有味，也想试试。他爹也乐于把这点手艺传授给儿子，儿子学会了捉鳝鱼，田里的水就保得住，饭桌上还多了一道菜，该是多好的事。偏偏这国旗学别的东西汤水不进，学捉鳝鱼却无师自通，说是他爹教他，其实他早已心领神会，在他爹的指导下没捉过几条，就说出了一大堆心得体会，让他爹不得不刮目相看，没多久便将这主捉的位置禅让给儿子，自己改做了跟班侍卫。后来办高级社，自家的田地彻底归公了，捉鳝鱼的事就再也不用自己操心了。这本来是件省力省心的好事，没想到他爹却当上了高级社长，除了原属自家的田地，还管着更多的田地，捉鳝鱼的业务无形中也就跟着扩大了百十倍。因为事关社里的收成，把这事交给别人委实放心不下，还是交给自己的儿子可靠。反正这小子也不是块读书的料，家里有他姐读书也就够了，既然迟早要回来扯牛尾巴当社员，不如就让他兼着这活儿，好歹为家里挣几个工分，也省得他放学回家到处乱野，国旗于是就做了这兼职的保水员。

这事儿虽说是兼职的，国旗却做得比正式的社员还要尽心尽力。放学回家，一有空闲，就背上鱼篓到田畈去巡查。高级社田多地广，无数条田埂阡陌纵横，密如蛛网，像座棋盘，又像迷宫。国旗一条条地走过去，又走过来，看过了田埂的左边，又看右边，有时还要深入到稻田腹地，追根寻源，找出鳝鱼进出的洞口所在。到了暑假，除了一日三餐，几乎都不落屋。他娘说这孩子得了魔症，他爹却说，像个社员的样子，从小就要把集体的事放在心上。

说话间到了1958年，这年国旗九岁，上小学二年级。有一天，村里来了一帮人，住在他家后面的仓库里面，男男女女一大群，滚地铺，吃食堂，嘻嘻哈哈，有说有笑，国旗很喜欢跟他们在一起。这时候，国旗的爹已经当了公社二大队的大队长，管着湖区几个村的事。这帮人找他爹要个向导，说是要下湖去考察，队上的男人都上了各种会战工地，他爹就把这差事派给了他。他本来就不喜欢上学，这些时学校天天在炼钢铁，搞劳动，不正经上课，他也乐于接受这份新差事。

这差事其实极简单，比捉鳝鱼轻松，也比捉鳝鱼好玩。他只要带着这帮人在湖滩上到处转悠就行。他也不知道这帮人到底要干什么，一时问问湖里出产哪些鱼，一时问问湖里长了些什么草，哪一种鱼爱吃哪一种草，各种鱼的习性，在什么时候产卵，最大的有多重，哪个季节哪种鱼最多，村里人用什么工具用什么方法捕捞，还问他喜欢吃哪些鱼，他娘怎么弄给他吃，等等。反正与湖里的出产有关的东西，他们都问了个遍。虽然这些问题他平时从没想过，但就像一日三餐吃喝拉撒，不用想他也答得出来。这帮人就像逗他玩儿一样,东问一句,西问一句,张三问一句,李四问一句,他都对答如流,一点儿也不紧张。有个人对他捉鳝鱼的事还特别感兴趣,问得也特别仔细。既然问到了他的专长,他也就眉飞色舞,不厌其烦地给这人讲了个够。这帮人于是就夸他真聪明,真能干,还说他是小小的鱼类学家,捉鳝鱼的高手。这些话他听了自然高兴,从此干脆与这帮人滚在一起,日里夜里都不回家。后来这帮人走了,他心里好久都空落落的,不是个滋味。他爹说,人家是来搞教育革命的,哪能总住在这里不走。从此他就盼着哪一天这帮人再来搞一次教育革命。

　　说来也巧,过了不久,这帮人当中,真的有一个又回来了。还是找的他爹,但这回不是要他派向导,而是要带国旗去省城,说是让他去现身说法,参加教育革命大辩论。这人跟他爹说的话,他一句都听不懂,也不想听,但让他去省城,他却是求之不得,连做梦也没有想到,当下就要跟那人出发。他娘不放心,要让他姐做个伴,他姐那年念初二,正好放假在家,就跟他们一起走了。

　　一路上的新奇按下不表,单说那天的辩论会场。一个大屋子里坐满了人,没有一千,也有八百。带他们去的人让他姐弟俩坐在台上,他虽然没见过这世面,但左顾右盼的,并不心慌。他见过队里开社员大会,乌泱泱的一大片,纳鞋的抽烟的,说笑的打闹的,乱七八糟,像赶庙会,谁讲话也听不见。这儿的人都规规矩矩地坐着,讲话一个一个地来,没轮到的就伸长脖子、张大嘴巴听别人讲。带他们去的那个人嗓门最大,话讲得最多,还时不时要回过头来问,小同志,你说是不是这样。他只顾看新奇,来不及回答,他姐就代他说,是。有时候,他听他姐说完是以后,还多说了几句,这人就特别高兴,还带头鼓掌,弄得他姐红着脸,低下头,很不好意思。有一次,台下有个年轻姑娘问,小同志,你捉鳝鱼碰到蛇吗,你怎么知道哪是蛇洞,哪是鳝鱼洞呢。这回不用他姐代答,他就脱口而出说,这也不晓得,蛇洞口是糙的,鳝鱼洞口是滑的。那姑娘紧追不舍说，为什么呀，他说，这也不晓得，蛇身上有鳞，把洞口刮糙了，鳝鱼身上有涎，洞口不就滑了。说着还要站起来比画，说他第一次错把蛇洞当成了鳝鱼洞，被蛇咬住的样子，弄得台下笑成一片。

国旗姐弟俩的这次省城之行，后来上了省报、县报，他俩的名声越传越大，事迹越传越神。说是他们用铁的事实，打破了权威的结论，破除了对书本的迷信，证明了实践出真知，教育要革命。还说他们为编撰一本叫作《水产志》的书作出了贡献，是参与这项工作的小专家。最后弄得老师也不敢教了，学校也不敢留了，就打报告到县教育局、省教育厅，想让他们跃进到更高级的学校。不久，上面果然批示了意见，同意当年暑期，由所在学校破格保送到更高级的学校深造。刚好这时候，县里办了个水产技校，省里办了个水产学院，姐弟俩这年暑假就分别被这两所学校破格录取，一个从小学跃进到技校，一个从初中跃进到大学。

拿到这两份录取通知书，国旗的爹娘没高兴一顿饭的工夫就犯了愁。再怎么穷也得为儿女办一套上学的行装，这一个到县上，一个到省城，不是说回家就能回家的，总要有一床被褥，两套衣服，几双鞋袜，还有洗脸毛巾，牙膏牙刷什么的，加上一口木箱，再少也得几百块钱。可这几百块钱到哪儿去找，队上的钱不敢动，亲戚朋友一样穷，卖田没田卖，卖房没人要，两口子合计到天亮一夜没睡觉。

第二天早上起来，国旗见爹娘愁眉不展，知道是为他姐弟俩上学的事犯愁，就说，这有何难，不就是几百块钱的事吗，捉鳝鱼卖去，我就不相信捉一个暑假的鳝鱼卖不到几百块钱。国旗的爹一听，觉得有理，心想，这小子人小鬼大，心眼不少，口气不小，就让他试试，好歹也是个历练。就说，好，从明天起，你捉鳝鱼不计工分，捉了让你姐帮你去卖，不够爹再帮你凑凑。

从这天起，国旗就背着个鱼篓，像游魂一样满田畈转悠。为避免重复，他用柳树枝制作了一些路标，已走过一遍的田埂，都插上标记。六月的田野，骄阳似火，刚翻过的早稻田，耙得平平整整，被犁耙搅得晕头晕脑的鳝鱼喘息方定，就忙着钻洞栖身，平整的泥毯上很快就出现了许多圆圆的小孔，国旗要的就是这孔中的活物。国旗当保水员的时候，主要捉的是在田埂上打洞的鳝鱼，并不经常深入稻田，这会儿的鳝鱼大多在稻田中间，每捉一条，都要拖泥带水，跑上跑下。刚割过不久的稻茬子埋在泥水下面，还没有腐烂，硬饧饧的，像锥子一样刺人。没几天，国旗的双腿就被戳得稀烂，血淋淋的伤口插入被骄阳晒得滚烫的泥水，钻心地疼。国旗忍着疼痛，睁大眼睛四处搜索，不放过田间的任何蛛丝马迹，眼睛看久了，被泥水的反光蒙上了一层荫翳，脑袋也像吹足了的气球一样发胀。终于有一天，他感到天旋地转，眼前一黑，就栽倒在一处田坎下面。等到家里人找到他，紧掐他的人中，又灌了几口凉水，才苏醒过来。望着满田满畈的绿色标记，国旗的爹娘不禁悲从中来，国旗的姐想到年幼的弟弟为了上学，吃这般辛苦，遭这般活罪，干脆放声大哭起来。

捉了一个暑假的鳝鱼，国旗晒成了一团黑炭，人也瘦了一圈，跟画上的非洲人差不多。他姐把卖鳝鱼的钱一清点，足有三百多元，够他们姐弟俩上学的路费和置办行装了，国旗的爹娘既感欣慰，又觉心疼，看看暑假将尽，开学在即，一家人就忙着作上学的准备。

临行那天，队上男女老少都到村口相送，公社和大队也来了一些干部，又敲锣鼓，又放鞭炮，还给他姐弟俩一人胸前戴了一朵大红花，这该是多大的事呀，百年不遇，千载难逢。有人说是国旗家的祖坟埋得好，有人说是国旗的名字起得好，也有人说，这都是讲迷信的老话，还是今天"大跃进"的时代好。只有国旗的爹心里知道，说到底，是自己从小教儿子捉鳝鱼捉得好。昨天晚上，一家人在灯底下说了一夜的话，国旗的爹始终不信，两个孩子就这样歪打正着鬼使神差地到县城省城上了学，直到这会儿，他心里还在犯嘀咕，难道天上真能掉馅饼，世上真有这么好的事儿。

国旗的爹让国旗先送他姐到省城，回头再到技校去报到。姐弟俩一路上又坐车又坐船，还住了一晚上旅店，这些国旗先前跟那个带他到省城的人都经历过，所以并不特别新鲜，他姐却好像是大姑娘上轿头一回，看什么都新奇，看什么都激动。一路上，她跟国旗谈大学，谈理想，谈毕业后的打算，自己谈得模模糊糊，也把国旗搞得一头雾水。国旗想，这都不要紧，只要姐姐高兴就行，他从小就佩服这个比他整整大六岁的姐姐，姐姐说什么他信什么，姐姐走到哪他跟到哪，村里人都说他是他姐的跟屁虫。现在，他又跟他姐去上学，虽然一个在县城，一个在省城，一个是技校，一个是大学，但此刻只要有他姐在就行。两个乡村少年就这样怀着满心的梦想，千里迢迢地来到了省城。

省城的码头很高，从船上下来要走很长的跳板，上了岸又要爬很多的台阶，姐姐挑着行李，他提着包袱，都气喘吁吁。终于到了码头的出口，就听见人声嘈杂，大呼小叫，乱哄哄地闹成一锅粥。通知书上说，学校有人到码头来接，只要看见一条写着江湖水产学院的横幅，就可以跟他们走。姐弟俩找了半天，也没找见横幅，就找码头上的人打听，那人指着墙上贴的一则告示说，怕是撤销了吧，你们自己看看。等他们挤进人群，见那告示上果然写着，接上级通知，对本省新建大学作如下调整，决定撤销的学校名单如下，如下中间就赫然写着江湖水产学院。姐弟俩把这几行字一个一个地钉进自己的眼睛里，来不及看下面的内容，就一屁股坐到地上。

回到家里，国旗的爹娘并没有什么不高兴，国旗学校的老师来说，这是上面搞的小调整，这一年的教育"放卫星"，上得太猛，学校办多了，就像人吃多了一样，消化不了，恐怕国旗也要作好思想准备，我在县里开会，听说水产技校也要撤销。老师说得很婉转，国旗的爹却听出了话音。老师走后，就对国旗说，我说吧，天上是不会掉馅饼的，你小子就是个捉鳝鱼的命。我看，你还是把队里的保水员兼上得啦，国旗于是又老老实实地干起了他的老本行。

我最后一次见到国旗是在三十多年以后，那时节，他已经是远近有名的养殖专业户，这天，他把我带到他的鳝鱼养殖场，指着星罗棋布的养殖池说，还是我爹说得好，我就是个捉鳝鱼的命。顺着他的手指看过去，在阡陌纵横的养殖池边沿上，插满了许多柳树的枝条。这枝条又让我想起那个捉鳝鱼的少年，我仿佛又看见了我身旁的国旗，背着鱼篓，赤着双脚，在一片插满绿色标记的田埂上奔跑。

鞠　保

我在小说里写过鞠保，名字是真的，故事是我编的。其实，鞠保家还有很多不用编的故事，写出来也像小说。

鞠保是个牵猪的，牵猪的意思不是像牵牛牵马那样牵着猪走，而是给公猪和母猪牵线搭桥，让它们交配，繁殖后代。说白了，也就是他养一只公猪，给别人的母猪配种。这种公猪在这儿叫狼猪，也就是种猪。

鞠保家养狼猪已有三代的历史。他爷爷原来在江西樟树的一个猪行里做伙计，看见成千上万的猪仔从江北卖到江南，而后又转卖到广东、广西、福建沿海一带，虽然没见卖猪的发多大的财，但一窝猪卖下来，少说也有个百儿八十的，心想，庄稼人要有这一窝猪，一家人一年的吃穿用度就不用愁了。于是就留心打听了一下，结果发现，这简直就是为他家准备的一个生财之道。他的家在湖区，不缺米粮，又有螺蚌鱼虾，鸡米菱藕，蒿芭芦根，各色水草，都是猪的绝好饲料。养一只母猪，正常情况，一年要产两窝猪仔，卖了这两窝猪仔，该是多大一笔财喜，还用得着我在这儿起早贪黑累死累活地做伙计。当下就用辞工结算的工钱买了一只草猪仔（小母猪），连夜赶回湖北老家，开始做起了衣食丰足的发家梦。

鞠保的太奶奶那时还在，见儿子侍候这只小母猪，比侍候自己还要周到，一日三餐，变着法儿给它配饲料，荤素搭配，干稀适度，时不时还要给它洗个澡，清理清理身上的泥水污垢，只差晚上没有抱着它睡觉，这只小母猪因此被鞠保的爷爷拾掇得油光水亮的，人见人爱。鞠保的太奶奶因此闹了点小心眼，逢人便说，我哪是他娘，那小畜牲才是他娘。听的人当时只当是句气话，后来鞠保的爷爷养母猪养出名气了，他娘把母猪叫猪娘也叫习惯了，提到她家母猪，就说我家猪娘，猪娘，猪娘，就这样在当地叫开了。

鞠保的爷爷因为养猪娘发了一点小财，日子过得富足，就有许多人纷起仿效，不到三年工夫，沿湖的村落就像发鸡瘟一样，也都跟着养起了猪娘。这猪娘的养法不同于外乡，也是鞠保的爷爷创下的模式，除了刚畜的幼仔，一般不需要专门的饲料，蕴藏丰富的湖滩，就是它们的放场。清早起来，各家各户的老人小孩把大猪小猪赶到湖滩，让它们自由觅食，傍晚时分，再把它们召唤回来，通往湖滩的大路小路上，一早一晚就挤满了这黑色的精灵，奔涌着，呼吼着，像一道道黑色的水流。有好事的文人把这番景象连同湖滩上放牧的牛羊，一起编进了本县十景，起了个文绉绉的名字，叫平湖牧野，养猪娘的在得了实惠的同时，又上了县志，就别提有多美气了。

得了实惠的村民想表示一点心意，也想保佑自己日后得到更多的实惠，就鼓捣着修了一座猪娘庙。这猪娘庙里供的神明，不是天上派的，也不是凭空想的，而是鞠保的爷爷这个实实在在的大活人。他们从后山请来了一位专塑城隍土地的师傅，比着鞠保的爷爷的真身，塑造了一座跟真人一样大小的雕像，供在猪娘庙的正中，又在他爷爷的雕像前面雕塑了一只猪娘和一群小猪，外地人进了这座猪娘庙，不明就里，乍一看，还以为是进了哪家的猪圈，直到看清了迎面坐着的鞠保的爷爷的塑像，才知道上面还供着一位从来也没有见过的尊神。

接受生供固然是一种殊荣，但明明是一个大活人，却被人拓了模子，放在庙里供着，死不死活不活的，总有些不自在。鞠保的爷爷从此很少出门，窝在家里一门心思琢磨养猪娘的事，久而久之，竟有些恍恍惚惚，神神叨叨，村里人都说这是神灵附体，玉皇大帝来招，鞠保的爷爷就要列入仙班了。从此，鞠保的爷爷名声越来越大，事情越传越多，越来越神，引得远远近近养猪娘的农户都来朝拜，猪娘庙的香火也就更加旺盛了。

忽一日，有在樟树猪行共过事的一位熟人路过本县，听说了鞠保的爷爷的故事，特意登门拜访。因为彼此都心知肚明，也就不提乡民传说的那些神神鬼鬼的事了，寒暄过后，来人就单刀直入地发问，你如今既有如此名声，何不也开个猪行，坐地收猪，转地发卖，既可以赚钱发财，又方便了乡亲四邻，该是一件多好的事，那人说鞠保的爷爷如有此意，他愿意合作，共襄此举。鞠保的爷爷一听，顿时如醍醐灌顶，大梦初醒，当即便与那人讨论了开猪行的进行办法和具体细节，不到一月，万事俱备，猪行即择日开张。那年正逢江南大熟，谷米丰足，上门来收猪的贩子如过江之鲫，不用转地发卖，在家门口就赚个盆满钵满。那人和鞠保的爷爷经营猪仔生意都是轻车熟路，加上鞠保的爷爷和猪娘庙的名声影响，当年就攒下了一笔不大不小的资产。后来两人各立门户，不到几年工夫，鞠保的爷爷就成了本县屈指可数的富户。

这说的都是同治光绪年间的事，到了宣统年间，民变四起，国事蜩螗，加上江南江北，水旱灾害不断，兵连祸结，民不聊生，哪有余钱余粮畜养牲猪，鞠保的爷爷猪行的生意也就渐渐淡了下来，到最后无论买的卖的，都不上门，偌大个猪行只剩下自家养的几头猪娘在装点门面。放在别人身上，懂得盛极而衰、曲终人散之理，见好就收，这门生意也就到此罢手，偏偏鞠保的爷爷像他娘说的那样，天生是个犟种，到这份儿上还不死心，还在到处求门问道，想让他的猪行起死回生。

终于有一日，他在猪娘庙遇见了一位高人，这人原本是来寻访他的，却不期在猪娘庙相遇。来人指着猪娘庙的雕塑，问，这是何意，是视你为猪娘之父，还是视你为猪娘之夫。鞠保的爷爷听不懂他这话的含意，仓促间也没有绕过父夫的弯子，就用他在生意场上学到的一点半文不白的话说，乡民所为，乡民所为。那人却一点敷衍的意思也没有，依旧一本正经地说，就是没有天灾兵祸，你的猪行也维持不久。他听了一怔，随口用那人的话反问道，这是何意。那人说，你但知人要传宗接代，有什么种出什么苗，有什么葫芦结什么瓢，就不知猪也要传种接代，猪的种不好，出的苗，结的瓢也不会好，再多也挡不住猪种一代一代退化，最后成了老鼠，就彻底没人要了。现今沿海一带养的都是洋种杂交猪，江北的土猪没人要，卖不出去，所以江南的贩子也不来收了，你的生意做不下去的原因，天灾兵祸只是其一，猪种不好才是最主要的。这人最后的意思，是劝他改弦易辙，由养猪娘改养种猪，由做猪仔生意，改做育种生意，并说他可以无偿给他提供种猪，条件是杂交母猪的选择和交配育种一应事情，都要接受他的指导。

这人的这番话，鞠保的爷爷并没有完全听懂，但却隐隐感到，这是老天爷指给他的一条生路，更何况人家答应免费提供种猪，就当是招了一个不要陪嫁的上门女婿，虽然是个洋玩意儿，但生出来的儿女总还传着本乡本土的血脉，这样无本万利的事，又有何不好。只是要接受他的指导这一层，鞠保的爷爷心中略有滞碍，但转念一想，就是招个上门女婿，也得找个媒人相相，看看新媳妇长个什么样子，挑肥拣瘦也属正常，至于接受指导什么的，无非就是场面上的一个说法，想操心就让你操心去吧，我落得个轻松快活，难不成公猪母猪干那勾当你也要指导不成。当下就答应了那人的要求，把一个即将废弃的猪行，改成了一个种猪场，不久，那人果然送来了一只骨架高大的种猪，鞠保的爷爷也就一门心思地养起种猪来了。

这一晃就过了两个年头，这两年间，那人每逢种猪交配时节，都要到鞠保的爷爷的猪场住上一阵子，做完了媒婆，又做接生婆，张罗完了媳妇生孩子，又张罗着给孙子选媳妇，总之是一茬接一茬地忙得个不亦乐乎，真的连公猪母猪干那勾当都管上了，鞠保的爷爷除了伺候这些畜牲的一日三餐，吃喝拉撒，就只能在他忙活的时候打个下手，跑跑腿，打打杂，到这会儿，他才明白了那人当初说的那个"指导"二字的意思。直到有一天，那人说他要带走一头猪到省城化验检查，看新育品种的成色如何，从此杳无音信，因为来无影去无踪，鞠保的爷爷也无从打听，只好由他去了。好在这两年间，鞠保的爷爷虽说没有把那人的看家本领全部学到手，也有个八九不离十，此后也就放开胆子独自干起来了，等到他年迈力衰，要把这个猪场传给鞠保的父亲，他已经能够手把手地传道授业，是一个信心十足的育种专家了。

这个种猪场传到鞠保的父亲手上没几年，发生了一件怪事。一日，鞠保的父亲在猪场接待了一位来访的道士，这位道长自称是受人之托，来跟他商量一件事。这事说怪也怪，说不怪也不怪，说是此去东南方向，湖那边有一个狄家庄，庄上有一个富户，这个富户说起来鞠保的父亲也略有耳闻，人称敌（狄）半县的便是。他家不光有良田百亩，在沿江码头还开着十数家店铺。只是这狄家三代单传，狄老先生如今年过半百，膝下虽有一子，先后也娶过三四房媳妇，却没有留下一个子嗣，这让狄老先生很是忧心，到处寻医问药，求神拜佛，都不见效果，后来听说道长精通阴阳之术，能知过去未来，福祸寿夭，就用重金请他出山。道长在狄老先生的房前屋后里里外外看过一遍，忽然失声大叫，说，哎呀不好，距先生华宅西北方向，有一团秽气，盘踞多年，尽吸周边阳精，以求自壮，故此处人畜，多患失精之症，贵公子无嗣，即遭此物吸精所致。狄老先生惊问，可有破解之法，道长便说，待我掐指算来，看这股秽气从何而起，算的结果便是鞠家庄上鞠保家的种猪场。道长的破解之法，是让狄老先生出资盘下这个种猪场，让他的公子经营，而且要他的公子亲自住进种猪场，日观阴阳交合，夜收天地元气，将此物所吸阳精，凝于自家体内，只有这样，才可消彼方秽气，狄家子嗣才有指望。道长说，不入虎穴，焉得虎子，为今之计，只能让先生破财公子受累了。狄老先生一听，顿时喜出望外，当即便把这购买种猪场的事托付给道长，说事成之后，另有重谢。

道长开出的条件倒十分优厚，狄老先生虽然出重资买下了种猪场，但这种猪场仍归鞠保的父亲打理。狄公子住进猪场后，也只是遵道长嘱咐，于种猪交配之时，在一旁守候，静观默察，精骛神游，并不插手具体事务。至于夜收天地元气，无论狄公子如何按照道长传授的一套功法操练，仍然不得要领。好在狄公子受过新式教育，并不太在乎传宗接代之类的事，也不太相信道长的说法，所以不管有没有效果，他都处之泰然。倒是鞠保的爷爷结交的那个人在鞠保家留下的一些书籍资料，引起了他的浓厚兴趣，漫漫长夜，灯下翻阅，才知此人当年正留学英伦，学的是种猪的繁殖培育之学，因为撰写博士论文想得点一手材料，就回到本乡本土做杂交育种实验，他所用的洋猪父本，正是产于英国巴克夏郡的巴克夏猪，只是这种猪不是由英国直接引进，而是由德国侨民带入中国饲养的品种。那位洋学生最后的结论怎样，他自然不得而知，但他当年建议鞠保的爷爷开办种猪场的事，却给了他很大的启发，心想，我何不也在沿江的商号附设一个育种站，一来是个赚钱的生意，二来也好借此机会把这位洋学生培育的新品种，在长江一带推广。倘若沿江一带都流行这个新品种，我正好乘机开一个猪行，这岂不是一个财生财利转利的好事，就回家与狄老先生商量。事情到了这份儿上，狄老先生也只得硬着头皮答应下来，当下就请了鞠保的父亲做个技师，选了狄家在九江的一处商号附近开了一个育种站。

这家育种站开了三年，就变成了育种公司，狄公子饮水思源，把这家公司命名为娘庙种猪育种公司，鞠保的父亲也由技师升为襄理。又三年，九江就解放了，此前，狄老先生已变卖了家乡田产，把资金悉数投入公司经营，趁着改天换地之际，扩大了数倍的规模，到了新政府搞公私合营的时候，娘庙种猪育种公司几乎垄断了长江中游一线的种猪生产，而且真像狄公子当初设想的那样，在育种的同时，又开起了猪行，自产自销，成龙配套，狄公子很快就成了远近闻名的大老板。

俗话说，人怕出名猪怕壮，狄公子后来的命运，就与这个大老板的大字有关。起先，作为资方代表，在自家的公司猪行中，还算有权有利，公家的人对他也还算客气。但是到了后来，有人不知从哪儿弄来了一份材料，说是世纪初年，国外有人以中国的娘庙猪为第二代种源，育出了新的猪种，还上了英国的种猪品种登记协会名单，据说这娘庙猪就产在猪娘庙地界。里外一查，很快就落实到鞠保的爷爷和那位神秘人物身上，据说这位留学英伦的神秘人物就是本县大地主王马五之子王奇功。可这两个事主一个死了，一个远在国外，无论死活都够不着，这笔账自然就算到了狄公子和鞠保父亲头上，于是在原有的罪行之外，又给他们加戴了个里通外国的帽子，把他们发落到各自老家的农村改造。那时节，狄老先生早已过世，老屋经过土改，也荡然无存，能够收留他的，只有鞠保一家，鞠保的父亲也就趁着下放回乡之际，把这个无依无靠的老人带回了自己的老家。好在这时候鞠保已是十几岁的少年，虽然因患有小儿麻痹症，腿脚不很方便，但协助父母照顾这个风烛残年的老人，尚能胜任，狄公子因而在去世前几年，并没有吃多大的苦。但是不久，狄公子就去世了，遗嘱将公家归还的家产和补发的利息，悉数留给鞠保，鞠保的父亲看过了狄公子的人生，担心日后鞠保也像狄公子那样，为钱财所害，就转手将狄公子的捐赠悉数交还公家，只要了一只种猪给鞠保喂养，一来是为鞠保寻个谋生之道，二来也给自己留点念想。不久，鞠保的父母也弃他而去，就这样，鞠保从十几岁上就独自养起狼猪来了。

　　我在小说里编的那些故事，都发生在鞠保养狼猪之后，都是假的，但有一件真事，应该写进小说的，当时却怎么也编不进去，我现在补写在这里，算是给鞠保一个交代。说是有一天，公社和大队的干部陪着一个穿西装的人来到鞠保的猪棚，来人一见鞠保，就拉着他的手说，哎呀，这就是鞠老先生的后人呀，幸会，幸会，又围着那头狼猪转了半天，说，果然是娘庙猪的真传。说完，就从随身携带的手提箱里拿出一块牌匾，说，我遵先父之命，要将这块金匾送给你的祖父，可惜他和令尊都已作古，现在就只有请你代收了。鞠保一看，在这块一尺见方的金匾上，端端正正地刻着五个大字：娘庙猪之父。众人当时就撺掇鞠保把匾挂上，鞠保说，等我到我爷爷的坟上敬了香再挂。待一干人等走后，鞠保把匾上的字又看了一遍，心下就犯了嘀咕，自己对自己说，这放的哪家洋屁，我爷爷成了狼猪的父亲，我爹和我都成啥啦。

决　堤

　　1954年，本县大水。内圩湖堤就在我家门前豁开一个大口子。那时，我们正租住着一对老夫妇的两间茅草房。那一瞬间，我们已坐到一条船上。房东大爷打算把我们先送到高处，再回来搬运大件行李。只有房东大娘还守在屋子里，她说她还要"等一等"。

　　那一瞬间发生的事情，除房东大爷外，船上的人都看得明明白白。起先是一声枪响，声音很闷。我看见房东大爷的身子一抖，像是被击中了似的，手中的桨划得更快了。接着是一片炸鞭似的锣响，就见堤上的人像举行拔河比赛，一拨子东倒，一拨子西歪，麻麻匝匝的两条黑龙在堤上扭动，较着劲儿，就是不接近那道白亮的龙口。"糟了！"母亲终于把多少天来一直忌讳说的话喊出了口。所有的人都像遭了雷击一样，瞪着眼，张着口，说不出话来。只有房东大爷在剧烈地摆动着身子，把桨摇得杀猪也似的嚎叫。天阴沉着脸，苍白的云块正从东南方向低低地扑压过来。

　　接下去，又是枪声、锣响，"砰！""砰！""汤汤汤汤……"已经有人向那道白亮的龙口冲进去了。一群，又一群，后来便像下饺子似的，一会儿便将那道白亮的龙口堵得密密实实。又是枪声、锣响。忽然一阵撕天裂地也似的呐喊，那道白亮的龙口又豁开了。紧接着是房东家那三开间茅屋的屋顶被一个浪头高高地举起来，又重重地扔向白汪汪的水面。船上的人都如泥塑木雕一般眼睁睁地看着一条长龙被截成两段。豁口愈撕愈大，终于拉成一条白亮的水带，把豁口两端的人挤到天的尽头，堆成两块黑点。

　　就在这时，划船的房东大爷突然丢开手中的桨，扑的一声跳进水里朝豁口游去。船顿时在原地打着旋儿，两支木桨陡地立了起来，豁口冲过来的暗流用强力撞击着船的底板，船身在剧烈地颤抖。我们眼睁睁地看着房东大爷在一片白汪汪的水面上下颠簸，谁也没有跳下去搭救他的勇气。

十几天前，长江干堤吃紧，连月的大雨，已经把人心都下得麻木了。从内圩湖堤上开向长江干堤的民工队伍愈走愈长，愈过愈多。人们戴着斗笠、草帽，撑着纸伞、油布伞，披着草的、棕的蓑衣或蒙着油布、帆布，挂着草袋、麻袋，推着独轮车、拉着板车、赶着牛车，抬着、挑着、扛着各式各样的防汛器材，顶风冒雨朝前方开过去。谁也没有心思闲磕牙，心像扛湿了的麻包一样沉重，除了一片唧呱唧呱的脚步声，这四乡八圩莽莽荡荡的天地间，就只有风声雨声在肆虐。

最后几天过去的民工，车上装的、肩上扛的，已经是一块一块厚实的门板和被陈年的油烟熏黑的碗口粗的檩条，也有来不及砍去枝叶的生树，在风雨中不屈地晃动着青绿的躯干。七月十六日，江堤决口的前一天，有人看见一辆板车上架着一口一人多高的通体漆黑的寿材，那是只有后山四十八家世代山民才有的出产。人们为了这场生死搏斗，已经砍断了最后一条通往另一个世界的路。

那几天，我和房东大爷日夜守在他的三角形的鱼棚里。鱼棚在湖堤外侧，紧挨着渡口的大闸。这儿据说是伍子胥过昭关的出口，当地人说那位吴国大夫就是在这里一夜之间急白了胡子头发的。现在，"昭关"关门大开，三孔闸门大张着口，日夜向外倾吐着堤内的积水。但是，愈到后来，排水愈加困难。江堤决口的前几日，从堤内放下一只苇船，竟有半日在闸门内外盘桓，不能离开。闸口的水缓缓地向前涌动着，在两岸留下尺厚的浪渣和泡沫。房东大爷说："湖水封喉了。"

房东大爷架在闸口的一大一小的两张罾已有几天没有扳动了。罾架将四肢扎在水里，被浪渣和泡沫簇拥着，纹丝不动。房东大爷每隔半个时辰就要走出鱼棚一次,他要到闸口去看他设置的测量涨水的标志。标志是一长一短的两根苇秆,短的一头插在泥里,一头与水面平齐,长的高出水面一截。每次测量,只须在短杆以上量出长杆淹进去的部分,就是涨水的高度了。每次测量回来,房东大爷都阴沉着脸,话愈来愈少了,最后几天,竟至一言不发。无事的时候,就坐在鱼棚里闷头抽烟,或趁大雨停歇的片刻,走出鱼棚,望望天,又望望白汪汪的水面,再回到鱼棚里闷坐,抽烟。

这几日,湖水涨得厉害。房东大爷不再在鱼棚里抽烟闷坐了。每次量完涨水标志,他就沿着闸口两岸的堤沿逡巡,两眼在附近的水面上扫过来扫过去,像在寻找什么。晚上,吃过饭,提着马灯,又出去了。又是走来走去,又是在水面上到处搜寻。有时还要把马灯高高地举过头顶,晃来晃去,像给水中的什么人打着信号。

我说:"大爷,找什么呢?"

"小伢子家,别多嘴!"

他不要我跟在他后面,我只好一个人回到鱼棚里蜷曲着身子,听风雨扑打着棚壁和水鸟凄厉的叫声。四周一片漆黑,只有房东大爷的那盏马灯放着光亮,把水面照成一团惨白。我感到无聊极了。我想起我和房东大爷在这座鱼棚里度过的那些美好的日子。那些听不完的故事和喝不完的香喷喷的鱼汤,还有在起罾的时候那泼刺刺跳动的鱼儿和日日夜夜从脚下轻轻地滑过去的那蓝幽幽的湖水……

就为这场该死的大水,这一切都成了过去。大爷说,这是本县八大圩的第一道圩,这道圩一破,其他七道圩断难保全。全县十有八九要成为水乡泽国,成为龟鳖鱼虾的世界。想到这里,我也禁不住忧心忡忡起来。

可是,大爷,你找个什么呢?你这样日夜转悠着,水就不会涨了吗?

这天深夜,雨突然停了,一阵风过,密密层层的阴云罅开了道道裂缝,露出了星月的微弱光亮。渐渐地,大块的云团向东南方向缓缓移动,不一会儿，就让出了片片的蓝天，星光皎洁，闪烁其上，让人感到从未有过的舒畅和快意。只是月亮还泛着隐隐约约的红晕，像刚刚哭过了似的，满眼的血丝还未完全消退。

我惊讶于瞬间发生的这个奇妙的变化，跑到闸口对着水面大喊："哦，天晴啰！天晴啰！大爷！大爷！天……"

我忽然发现就在我脚下匍匐着一个人，是房东大爷。他向着水面跪伏着，星月的光辉投射在他披挂着的棕毛蓑衣上，把他照成了一团寒气森森的阴影。几天没有扳动的那张大罾不知什么时候被绷出了水面，网底擦着水，呈锅形兜着。就在那锅形的底部，卧着一条大鱼。星光下，那鱼的三只大角呈三角形展开着，顶上的一角上指如王冠的金顶。有两条圆而滑腻的长须十分随意地在水面上漂浮着。鱼嘴阔大，双眼突出，额上有雀斑，鱼身虬曲，通体金黄，状如卧龙。

我见过这条鱼，多少次房东大爷把它从水里网起来又恭恭敬敬地放回去。我曾经问过为什么，房东大爷说"那是龙"，就不愿多说了。我觉得好笑。那不过是一条王角鱼罢了。就因为它长着三只角像戴着王冠，当地人才叫它王角鱼，与龙有什么关系呢。我还想到王角鱼的肉质细腻，味道鲜美，没有那些难理的丝刺，吃起来方便，我可爱吃了。这条王角鱼尤其大，该有四五斤重吧，够吃好几顿了。为捉放这条鱼，我还和房东大爷闹过几次别扭呢。有一次告到房东大娘那儿去，房东大娘不等我说完，就说："小伢子家不好乱说！"

我知道他们都怕吃这条鱼。

我今天晚上也怕这条鱼。光它那大模大样的架势和一双咄咄逼人的眼睛，就叫你望而生畏。不是龙又是什么呢，至少是一条怪物。看着房东大爷那顶礼膜拜的架势，我只好退回鱼棚里躺着。也怪，刚刚天晴这条鱼就出来了。兴许是这条鱼出来了天才晴的呢。难怪大爷整日整夜地找呢，该莫是要请这位"龙王爷"出来镇水吧。也好，只要不再涨水了，就把这条王角鱼当作"龙王"也可以。谁叫它长得与一般的王角鱼不一个样儿呢。这么长，这么长……

我这么想着，渐渐地入了梦乡。

醒来的时候，大约是下半夜。先听到说话声，睁开眼一看，除房东大爷外，房东大娘也在。小凳上还坐着一位穿黄军装的年轻人。只是没戴军帽，也没有任何标志，不像是解放军。年轻人很黑，很瘦，头发茬短短的，像还俗不久的和尚。他们在小声说话，只听房东大爷说：

"你这么跑了，抓回去还不要枪毙！战场上不能临阵脱逃，这防汛堤上就是战场呀！何况……"

"可是，我听说调我们上去是拿活人堵口子的，不往下跳就枪……"年轻人嗫嗫嚅嚅，满脸惊恐。

"胡说！新社会了，不兴这个！再说你就是为防汛死了，也可以将功折罪。总比这样抓回去当逃兵枪毙强！"

"我说伢他爹，别总是死呀活的，说得吓人。让伢吃点，换件衣服，还让他去赶队伍就是。"房东大娘一边抹泪，一边把小方桌上的一碗饭和一双筷子塞到年轻人手里。桌上还有一碗鱼汤，已经不冒热气了，汤面上结着一层油皮，皱巴巴的，像房东大娘那张愁苦的脸。

原来这是他们的儿子。我好像听说过他们有一个儿子，因为合伙盗卖粮站的芝麻被判了徒刑，关在县牢里。可这是……我忽然想起这几天从堤上过去过几批穿黄军装的人，确像眼前这位年轻人的装扮。有人说他们是县牢的犯人，换了这身旧军装，是开到长江干堤上去抢险情的。莫非大爷大娘的儿子是半路上逃回来的！难怪……

我不敢再往下想了。房东大娘见我醒了，指指年轻人说："这是你强哥。"

我点了点头。年轻人含着饭也朝我点点头。我看见他的那双眼睛很细，眯着，看不见眼白和瞳仁。

吃过饭，房东大娘帮儿子换了一件衬衣，又塞给他一双袜子，一副鞋垫，就和房东大爷一起送儿子走出鱼棚。我跟在他们后面走出来，想着这位第一次见面的强哥此去吉凶未卜，心里顿觉沉甸甸的。

　　走到闸口，他们停下了，房东大爷拉过儿子的手，把他牵到那张"养"着"龙王"的大罾面前，说："强子，给龙王磕个头吧，请他老人家保佑你平安！"

　　强子果然跪下去磕头。那位"龙王爷"依旧大模大样地接受人间的朝拜，它踞伏着，纹丝不动，冷眼看着人间的悲欢离合。

　　强子向"龙王"磕过了头，又回身向父母双亲扑扑地磕了几个头，就踩着泥泞追赶队伍去了。临走时，我看见他也朝我点了点头，虽然星光很亮，但我仍然看不清他的眼白和瞳仁。

　　从那天夜晚以后，房东大爷除了测量涨水标志，就是对着"龙王爷"呆坐。或者跪在潮湿的泥地上朝"龙王爷"磕头，口中还念念有词，大约是求"龙王爷"保佑他儿子平安归来，也保佑大水早退，免除灾难。

　　但是，在那天天亮前，西北风又改成了东南风，不久便满天阴云密布，早饭时分，大雨又倾缸倒盆地泼洒下来，一连三日，下得四乡八圩的人都乱了方寸。房东大爷设置的涨水标志已经不起作用了。湖水已经漫到鱼棚脚下。"龙王爷"的宝座虽然升了一次又一次，但依旧没有压住暴涨的湖水。忽然有一天，从上游冲下一副屋架，穿闸而过，顺便扯破了房东大爷一大一小的两张罾网，"龙王爷"也随之消失在茫茫水荡之中。第二日便传来了长江干堤在姚家嘴决口的消息。

　　我已经记不得长江干堤决口后的第几天内圩湖堤才在我们家门前豁开那个大口子。总之是那以后一连几日，不断有大队大队的人马从长江干堤上撤下来。撤下的人大半都被挡在我家门前的湖堤上参加内圩防汛抢险。其中也有穿不带标志的旧军装的囚犯。不断地有人到房东家来喝水，起火弄饭，房东大娘干脆烧起了两架大铁锅，日夜不停火，为人们提供开水热水，也让他们烤烤被雨水打湿了的衣物。只是一有闲空，房东大娘就向长江干堤上撤下来的人打听儿子的消息。人们大半都来不及细说江堤决口时的详情，或许他们当中有许多人根本就没有亲眼得见。有一次她问到一个穿旧军装的囚犯，那人正要开口，就被一个持枪的军人喝住了。老大娘不敢向那位军人打听儿子的消息。自此以后，她只是看，在来来往往的人群中仔细辨认，希望从中认出儿子的身影。

强子的身影始终没有在房东大娘面前出现，但湖堤就要决口的消息已经在防汛抢险的民工中暗暗传开了。这天后半夜，所有的人都被召到湖堤上站成一道厚厚的人墙。湖水就在人们的脚底下狠命地撕咬着已经被木桩、沙袋和石块、泥墙弄得残破不堪的堤面。马灯、汽灯、手电筒和火把的光亮到处乱窜，报警的枪声、锣声和风浪的呼吼声响成一片。但是这道人墙却是沉默的，已经连发号施令的声音都听不到了，人们仿佛在静静地等待着什么，这似乎真的是面对着风浪筑成的一道石头的城。

天亮时分，房东大爷从防汛抢险指挥部弄来了一条船，船上已坐了好些人，都是镇上机关商店的职工家属。我们都上了船。但是房东大娘说什么也不肯上船。她扶着门框站着，直瞪瞪地望着堤上那道人墙，仿佛她的儿子就站在里面。

那一瞬间的事不过是我们乘坐的这条船离开房东大娘之后的几分钟内发生的。几天后，我们在一个回水湾找到了大娘的尸体，已经泡得肿胀了，只能大致辨认出她的模样。房东大爷埋葬了大娘后，就想着到县牢去打听儿子的消息，但因那次惊吓和跳水后所受的风寒，竟一病不起，终于不能成行。这年冬天，大水退后，县法院有一纸公文下到昭关乡政府，告知该乡原判盗窃犯冯火强因参加长江干堤防汛抢险表现突出，被减刑二年，由五年改判三年，已于本年七月十七日服刑期满。因救灾在即，未及通知家属，特为补告云云。乡长向房东大爷告知这个消息时还带来了强子的几件遗物，计有钥匙一串，夹衣裤两件，布鞋一双，鞋垫一副。

前三样是他收监时留下的，鞋垫则是那天晚上房东大娘给他带走的那双，还是新的，没穿。房东大爷依稀记得，他儿子确曾是三年前七月某日捕去的。是否是十七日，阳历，他记不准，但十七日是长江干堤决口的日子，他没有忘记，那也是他儿子的忌日。世界上的事真有许多巧合。

　　大水退后，我们一家人另租了一处住房，但我依旧常常光顾房东大爷的鱼棚。只是我不久便上学了，不能日日夜夜和房东大爷在一起。每次我去看他，他依旧让我守着那架小罾，给我讲故事，熬鲜美的鱼汤。一切似乎都和从前一个模样。唯一不同的是，直到我后来到很远很远的地方去读书，永远离开了房东大爷的时候，我再也没有听他提到过那条"龙王"，再也没有见过那个长着三只角的"龙王"的威风凛凛的模样。

金　鲤

一

细女喜欢一大清早起来站在自家的鸭棚外抹澡。

细女家的鸭棚搭在一片湖滩上。湖滩一马平川，它的边缘接着一片白汪汪的湖水，像镶着白色的裙边。站在这里抹澡，四野无人，她觉得安全。她喜欢用一条白色的大布毛巾，蘸着冰凉的湖水，轻轻地在周身涂抹，就像城里的姑娘向身上涂抹脂粉。冰凉的湖水刺激着温热的肌肤，即使是在炎炎夏日，也禁不住要打几个冷噤。

细女家在这片湖滩上放鸭，已经有些年头了。起先，是她爷爷帮一家地主放鸭，后来土改了，这鸭群就归了她爷爷，她爷爷就带着她爹在这片湖滩上放鸭。细女十岁那年就没了她爹，后来又没了她娘，她就和爷爷相依为命，继续在这片湖滩上安营扎寨，侍弄这些鸭群。村里都合作化了，一大群人在一起，早出工，晚收工，有说有笑，过上了热热闹闹、有白有黑的日子。她和爷爷却依旧守着这群不会说话的鸭子，没日没夜地照应着它们，整天听它们嘎嘎嘎嘎地叫着，却一句话也插不上。细女偶尔有些为难的事烦心的事对它们说，得到的回应依旧是嘎嘎嘎。好像天下再烦再难的事，只要嘎一嘎就都可以解决一样。跟这群鸭子待久了，细女的爷爷也沉默寡言，一天到晚说不上几句话。细女长大了，不想过这种没人说话的日子，就要她爷爷去要求入社。她爷爷回来说，人家说她家世代没人种田，入社干不了什么，上面的精神，养鸭的可以单干。细女和她爷爷就这样一直单干下来。

湖那边也有一家单干户，是靠打鱼为生的水伢家。水伢家的渔船就停在对岸的湖汊子里面，他的爹娘也死得早，水伢打记事起，就跟着他爷爷在湖上打鱼。清早起来，爷爷要带他到湖上撒网。湖太大，水太深，平常日子，一天打不到几条鱼，有时还会打空手。水伢的爷爷就在打鱼之外，找些副业贴补。水伢的爷爷会打排铳。排铳是把许多铳扎成一排，里面填上铁砂，点燃火药后喷射出去，打下来的大雁野鸭就是一大片。

水伢不喜欢下湖打鱼，他喜欢跟爷爷一起打猎。爷爷带着猎狗来富走在前面，他推着排铳紧随其后。秋天的湖岸，芦苇渐渐黄了，去南方过冬的大雁野鸭成群结队地歇在芦苇丛中，是一年打猎的好时候。爷爷说雁群和鸭群都很精，歇在芦苇丛中都要派出哨兵。猎人要想接近它，不能弄出任何响动。一有风吹草动，被哨兵察觉了，就扑棱棱地飞得干干净净。所以，要是发现了一个雁群或鸭群，就得屏息静气，不声不响地摸到它的附近。这时候，爷爷会轻轻地拍一下来富的头，让来富在他身边匍匐下来，然后，爷爷会从荷包里掏出一块小石头，用力朝雁群或鸭群抛出去，就在雁群或鸭群突然受惊飞起的那一瞬间，水伢会用事先准备好的火绒点燃火药捻子，手中的排铳同时发出砰的一声巨响，就见远处随风摆动的芦苇丛上空，被击中的大雁或野鸭，就像黑色的冰雹一样从天上砸下来，散落在芦苇丛中。这时的来富，也像伏在战壕里的战士听到了冲锋号声，呼地一下从爷爷身边冲出去，兴高采烈地把大雁或野鸭一只一只地衔回来。爷爷说，只有在大雁或野鸭起飞的那一瞬间，排铳才能打得着，迟了早了都不行。排铳不能平射，也不能低放，打不着水面上的东西。跟着爷爷打了几回铳，水伢也想成为爷爷那样的猎手。

这年秋天，水伢的爷爷病了，他一个人打不了鱼，就想打些大雁野鸭回来，换钱给爷爷看病。早晨，他带着来富出发，悄悄摸到湖对岸一处芦苇丛附近。探头一看，晨雾朦胧中，有一群野鸭就歇在芦苇丛边的湖滩上，偶尔还能听到几声嘎嘎嘎嘎的叫声。水伢就学着爷爷，让来富匍匐下来，然后掏出石头朝鸭群抛过去，随手就点燃了排铳上的火药捻子。砰的一声巨响过后，就见来富箭一样地从自己身边射出去，却没有看见一只打中的野鸭从天上掉下来。水伢正感到纳闷，就见来富垂头丧气吭哧吭哧地跑回来，身后跟着一个跟自己差不多大的小姑娘。小姑娘长着一双好看的大眼睛，扎了一根粗大的辫子，像芦花穗子一样，垂挂在脑袋后边。小姑娘手里提着一个竹篮子，竹篮子里装满了青幽幽的鸭蛋。她走到水伢跟前，露出满口白牙，冲水伢笑了笑说，我爷爷叫你拿到街上卖了，拣药给你爷爷看病。水伢奇怪她爷爷怎么知道自己的爷爷病了，小姑娘说，来湖上收鱼的和收鸭蛋的是一路人，是他们说的。水伢接过篮子，不好意思地笑了笑，就带着来富推着排铳转身回去了。

　　从那天以后，水伢就记住了细女的样子。有事没事，总要朝湖那边张望。爷爷知道水伢一个人孤单，不像村里的孩子有许多小伙伴，就对水伢说，你想找细女玩，就自己去。水伢得了爷爷的允许，就带着来富驾起小船划到了湖对岸。

　　细女见了水伢，也很高兴。因为上次错把细女家养的家鸭当野鸭打了，水伢还有点不好意思。细女的爷爷说，不碍事，家鸭飞不起来，你打不着。又问了他爷爷的病，就让细女撑着自家的溜子，跟水伢到湖上玩儿去了。

　　湖上长大的孩子与村里的孩子不同，他们玩不了过家家，捉迷藏，也玩不了打弹子，敲梭子，上不了树，掏不了鸟窝，挖不了洞，逮不着田鼠。他们能玩的，会玩的，只有水和水里生水里长的东西。

　　细女的溜子在前，水伢的小船在后，一直朝湖荡深处划过去。水伢听爷爷说过放鸭的溜子，却从来没见人划过溜子。看到细女站在一个头尖尾平的小划子上，用一根细长的竹篙撑得像飞一样，他感到十分稀奇。细女的溜子在水面上划出一道白色的水线，像射出的一支泥弹，一会儿就成了一个模糊的黑点。水伢用力摇动双桨，怎么追也追不上，急得来富蹲在船头汪汪乱叫。突然,来富扑通一声跳到水里,一边叫一边顺着水线追过去,好像要跟水伢比赛一样。寂静的湖面,在这追逐声中,顿时热闹起来。

等水伢追到湖荡深处,细女早已躺在溜子里吃莲蓬。她仰面朝天,左右开弓摘着伸到溜子两边的莲蓬,把莲子一个一个从里边抠出来,又一粒一粒送到嘴边。莲子从左边嘴角进去,右边嘴角就吐出了绿皮,眨眼工夫,一个莲蓬就剩下了一些撕裂的空洞。水伢在湖心岛上见过松鼠吃松果的样子,他觉得细女此刻就是一只松鼠,看她吃莲子,像看松鼠吃松果一样,让他着迷。

细女见水伢追上来了,就说,我们比赛吧,看谁吃得快。水伢自知比不过细女,就说,我摘鸡头苞你吃。说着,就扑通一声跳到水里,抓住一个开着紫色花朵的鸡头苞,用力揪了下来。细女正说,小心,刺。水伢已经把一个拳头大的鸡头苞紧紧握在手里。细女又说,快丢了,扎人。水伢却笑嘻嘻地把那只握着鸡头苞的手伸到细女面前,那个拳头大的鸡头苞已经被水伢捏成了两半,里面露出石榴籽一样的鸡头米。细女拉过水伢的双手一看,见上面布满了厚厚的老茧,就说,难怪扎不疼你。水伢说,摇桨摇的。我从小就帮爷爷摇桨,爷爷说我已经练成了一双铜钱手,不怕扎。细女就伸出自己的双手,说,我也有,没你的厚。水伢说,竹篙子滑溜,木桨把毛糙。你撑溜子早出晚归,我整天在湖上摇桨,你当然没我的厚。细女没占着上风,就顺势把水伢的双手一拉,两人失去重心,扑通一声都掉到水里。细女一手抓住自家的溜子,水伢一手勾住身边的船帮,两人一边喷水,一边嬉笑。来富围着他们在水中打转,仰起头来对着天空汪汪乱叫。

明亮的天空,有一层荫翳在缓缓移动,给这一对嬉闹的少年悄悄罩上了一层薄薄的纱幕。

二

　　细女喜欢撑着溜子追赶天上的荫翳。她说天上的荫翳是仙女姐姐的裙摆，仙女姐姐在天上走动，她的裙摆张开来就成了一片云彩，云彩遮住了太阳的老脸，从天空投下一片阴影，在炎热的夏季给地上带来一片清凉。老人把它叫作过天阴，细女却喜欢叫它仙女姐姐的裙子。仙女姐姐走到哪里，她的漂亮的裙子就飘到哪里，细女撑着溜子追赶着仙女姐姐的脚步，觉得自己也在跟仙女姐姐一起玩耍。溜子撑进湖荡，荷叶芦苇拍打着船舷，细女说是仙女姐姐在穿过一片树林。溜子在水面穿梭，身边浪花飞溅，细女说是仙女姐姐在蹚过一条小溪。天上的云雀叫了，细女说是仙女姐姐在高兴地唱歌。水鸟在湖面翻个跟斗，细女说是仙女姐姐掉下了一只花荷包。仙女姐姐离开了湖面，那些漂亮的裙子飘过了田畈和山冈，细女还要站在溜子上眺望半天，目送仙女姐姐渐行渐远。

　　有时候，仙女姐姐走得乏了，要在湖上歇息一会儿。这时候，细女就把溜子停靠在一处湖埂边上，弯下腰去看仙女姐姐的倒影。湖水像镜子一样平静，照着仙女姐姐的裙子，泛着幽幽的光。不知什么时候，有一群小鱼出现在镜面上，像被仙女姐姐的裙子罩着，又像被仙女姐姐的裙子兜着，忽忽悠悠，麻麻匝匝，在仙女姐姐的裙子上绽开了一朵黑色的牡丹花。细女知道，这是一群黑鱼的幼仔，没有一万，也有八千，看上去足足有一个簸箕那么大。这群幼仔长大了，就是这片水泊中的好汉，可现在却要在它们的母亲保护之下。它们的母亲就在附近的湖草中游弋，一旦发生险情，就会从湖草深处冲出来保护自己的孩子。渔民常常抓住这个机会诱捕这些黑鱼幼仔的母亲，细女却觉得这些人的心太狠。她不愿意看到这些黑鱼的幼仔也像自己一样失去亲人。遇上这样的人，就算是她爷爷的朋友或客人，她也不会搭理他。她虽然做不了这群黑鱼幼仔的姐姐，但发誓要当它们的保护人。谁要伤害它们，谁就是她的敌人。

水伢有一回就差点成了她的敌人。这天中午，细女正撑着溜子追着仙女姐姐玩耍，突然发现水面上有一根芦苇在缓缓移动，就停下溜子仔细观察。仙女姐姐好像也发现了这根会移动的芦苇，也停下来用她的裙摆罩着这片湖面，在湖面撒下了一片薄阴。正午时分，空气和湖水都熬成了一锅浓浆，滋滋地冒着热气，只有不远处的荷丛中，一群活泼的小生命，正在这片薄阴中自由嬉戏。这根会移动的芦苇就是冲着那片薄阴去的。细女正想靠近这根芦苇，突然从芦苇下面冒出一个人来，紧接着就见一条黑影嗖的一声朝那片薄阴冲过去，水面上顿时发出一片哗啦啦的响声，被惊散的黑鱼仔像密匝匝的雨点落在湖面，溅起无数晶亮的水花。这时，就见水伢朝细女的溜子游过来，额头上洇着一片殷红的血水。细女用竹篙拍打着水面，不让水伢靠近，水伢只好跟在细女的溜子后面游向岸边。快到岸边的时候，细女抬头看看天空，发现仙女姐姐已经走远了，那些漂亮的裙子在遥远的天边飘动，把偌大一片湖水全留给了暴躁的太阳。

为了让细女消气，水伢把所有好玩的东西都带给细女玩，又摘了许多菱角莲蓬鸡头米，扯了许多蒿芭芦根藕带送到细女面前，细女还是不愿意搭理他。直到有一天，细女亲眼看见水伢从一条鳡鱼口里救回了一条鲤鱼，才同意跟他和好。

这年夏天，山洪来得早。六月初头，山水就顺着后河劈头盖脸地向湖中倾泻下来，霎时漫遍了湖滩。在深水里窝了一个冬天的水族，受了这股山洪的挑逗刺激，纷纷爬上湖滩，或觅食，或嬉戏，成群结队，像赶庙会一般。每到山洪暴发的季节，水伢的爷爷都要带着水伢在河口垒起鱼围子，好圈住漫上湖滩来的大鱼小鱼，等山洪过了，湖水退去，再用大笼小笼兜住那些随着湖水退去的鱼群。这是他们的丰收季节，一个夏天收获的鱼虾比一年打的鱼还要多。

这天早晨，细女和爷爷站在鸭棚门前看着渐渐退去的湖水。露出水面的鱼围子像蜿蜒的长城，把面前的湖滩围成了一个半圆形。细女和爷爷都盼着湖水快点退干，早些现出湖滩来好放鸭子。细女的爷爷一边望着湖滩一边自言自语地说，水退得差不多了，水伢家的鱼围子今夜怕是要下笼了。下了笼以后就不能离人，一直要守到天亮，你去帮着守个夜吧。水伢爷爷的年纪大了，身体又有病，怕是熬不住。见细女没有回应，爷爷知道她还在生气，就不作声了。过了一会儿，又禁不住说，水伢也不是故意的，他就是想看个稀奇。是你自己说谁要靠近黑鱼仔，黑鱼妈妈就要跟他拼命，他才想着要去试试的。这不，果然伤着了，这回该信了吗。细女心里说，活该，还是没有应声。爷爷就不再说了。

突然，细女指着河那边的湖滩说，爷爷，爷爷，你看，你看，好像是疯鱼发癫。这儿的人把那些洪水季节在湖滩上戏水的鱼儿叫疯鱼，把在湖滩上没来由地乱窜叫发癫。爷爷顺着细女指的方向，手搭凉棚，眯着眼睛看了半天，才说，是个大鳡条子在抢食。这畜生饿了一冬天，这会儿见鱼就咬，只怕是见了人也要咬上几口，前年村里就有一个半糙子伢被它咬伤了。听爷爷一说，细女就为那条被追的鱼儿担着心。正想问爷爷有什么解救的办法，就见远处的鱼围子上，正在堵口子为下笼作准备的水伢，突然丢下手里的铁锹，朝那条正在疯跑着的大鳡鱼追过去。细女和爷爷见状，也飞快地跑下湖堤，站在河这边观看。只见水伢跑上湖滩，顺手从水里捞起一根木棍，就去迎头追打那条鳡鱼。谁知这条发疯的鳡鱼不但毫不退缩，反而朝水伢胯下直冲过来。水伢一个趔趄，竟被它撞倒在地。汹涌的洪水从水伢身上漫过，把水伢冲出了一丈多地。等水伢挣扎着从水里爬起来，却见那条鳡鱼咬着一条鱼的尾巴，正要张口吞噬。水伢冲上前去，挥起手中的木棍就打，那条鳡鱼摆动身子，也来迎战。隔着河水望去，只见水伢追着那条鳡鱼，忽而左边，忽而右边，忽而上下腾跃，忽而原地转圈，把个湖滩搅得水花乱溅。最后，大约是那条鳡鱼被水伢追得乏了，四窜的速度渐渐慢了下来，水伢拄着手中的木棍，干脆一翻身跨到鳡鱼背上，把它紧紧压在身子底下，任它驮着自己奔跑，一边用木棍狠狠地抽打它的头部。鳡鱼的身子大，水伢的个头小，水伢的木棍打得鳡鱼不停地挣扎，有几次，差点把他从背上颠落下来。直到这条鳡鱼被水伢打晕了，不能跑了，这场人鱼大战方才停了下来。

水伢从腰上解下随身带的鱼绳，穿住鳡鱼的腮口，把它拖到河边，又从水里摸起一块石头，系在鱼绳的另一端，朝对岸嗖的一声扔过去。细女和爷爷接过绳头，用力把鳡鱼拖了过来。一看，这条鳡鱼比细女的身个还长，总有百把斤重。难怪水伢花了这么大劲才制服了它，细女不禁对水伢暗暗生出几分钦佩之情。回头再看水伢，只见他赤着上身，双手举着一个布包，正从河那边蹚水过来。细女把他拉上河岸，打开布包一看，原来里面包着的是一条金黄色的鲤鱼。鲤鱼的尾巴上带着伤，尾鳍已被咬去半截，渗出斑斑血痕。细女指着脚下的鳡鱼说，是它咬的。水伢说，是。这条鲤鱼被它咬了，吓得躲在水草丛中，我伸手捉它，它以为鳡鱼又来了，身子直往后缩。细女从水伢手里接过鲤鱼，一把抱在怀里，用脸贴着鲤鱼的腮帮，轻轻地抚摸着鲤鱼的背鳍，一边抚摸，一边不停地念叨着，不怕不怕，水伢哥哥已经把坏蛋抓住了，它再也不会咬你了。水伢无意间听见细女叫他哥哥，觉得很难为情。那条金色的鲤鱼却在细女怀里瞪着大眼，翕动着嘴唇，像有很多委屈要对细女和水伢诉说。

三

细女给这条鲤鱼起了个名字叫金鲤，细女姓金，她说金鲤是她的妹妹。水伢让金鲤在自家的鱼舱里养好了伤，就把她放到了附近的湖汊里。金鲤在养伤的时候，水伢找来了许多水草，为她布置了一个水底的迷宫，让她自由自在地在那里遨游。又从浅水滩上捞来了各种各样的鱼虫，让她尽享美食。没多久，金鲤的伤就全好了。水伢舍不得金鲤，又养了一段时间，才把她放回湖里。这段时间，细女撑着溜子，也来看过几次，还带来了一些喂鸭子的食料。金鲤很喜欢这些香喷喷的食料，吧嗒吧嗒着嘴吃得十分香甜。水伢的爷爷看了说，嘿，想不到你还会挑食。就这样，金鲤在水伢家的鱼舱里度过了一段神仙般的日子。

要放回湖里去了，细女和水伢都恋恋不舍，水伢爷爷的眼里也噙着泪花。金鲤在水里游了一个来回，就围着水伢家的渔船转圈，再也不愿离开。水伢只得把她重新从水里捞起来，用船送到湖心岛附近的湖滩上，再放下水去。湖心岛上林木茂盛，山石耸立，有一股清泉流到湖滩上，终年不息。金鲤碰到这股泉水，就泼剌剌地迎着水流朝纵深游去，倏忽就不见了影儿。看着金鲤消失的水面，细女和水伢这才摇着船放心回去。

又过了些日子，一天夜里，细女和水伢正在听水伢的爷爷讲古，忽然听见一个细小的声音在脚底下摩挲，水伢的爷爷趴在船舱底一听，说，是鱼咬船板。水伢说，又不是鱼汛期，深更半夜的，哪来的鱼咬船板。水伢的爷爷也觉得好生奇怪，就用力晃动船身。晃了一会儿，又和细女水伢举着马灯到船舷边仔细察看。昏黄的灯光中，就见一个窈窕的黑影在朦胧的水色中游动，还不时地浮出水面，张开嘴巴吞吐湖水。细女说，是金鲤，金鲤，金鲤回来了。水伢取过捞网，就要把金鲤捞上船来。水伢的爷爷说，别捞了，湖里比船上自在，别让她跟我们坐水牢。细女和水伢就眼睁睁地看着金鲤游远了。

后来，金鲤又回来过几次，都是在深夜时分，水伢和爷爷听她轻轻地摩挲船底，久久地不肯离去，心里都很感动。水伢怕惊动金鲤，不让爷爷摇晃船身，等船底没有声音了，他才走出船舱，举起马灯，照着金鲤游回湖水深处。有时候，听见金鲤摩挲船底的声音，水伢就把自己的半边脸紧贴在船板上，静静地谛听。他觉得这是世界上最美妙的声音，听着这样的声音，他好像在听着一首催眠曲，觉得自己死去的母亲就坐在身边，再也不感到孤单了。有时候，就这样听着听着，真的睡着了。有一次还做了一个奇怪的梦。梦见自己和金鲤脸挨脸地睡在一起，金鲤冰凉的腮帮贴着自己滚烫的脸颊，舒服极了。正在这时，细女不知从哪儿冒出来了，她用手指着水伢说，跟女伢睡觉，不害羞，我再也不理你了。水伢突然一惊，伸手就去抓身边的马灯。等他举起马灯朝湖上张望，才发现金鲤早已游远了。

水伢决定邀细女一起去看金鲤。这天中午，出发的时候，湖面上没有一丝风，天气格外闷热。水伢的爷爷说，小心点，怕是有风暴。水伢应了一声，就和细女划着小船出发了。湖心岛望着不远，可要划到那儿得有一会工夫。船行一半，果然天上扯起了乌云，凉风飕飕，夹带着丝丝雨滴，朝水伢和细女面上扑来。一会儿，就有大滴的雨点零零碎碎地倾洒下来。雨点越来越密，越来越大，最后竟有元宵节吃的汤圆一般大小，密密匝匝，哗哗啦啦，朝细女和水伢身上乱砸，冰凉冰凉的，砸出了许多鸡皮疙瘩。水伢一看，说，不好，跑雹了。六月天下冰雹，细女还是头一回见到，水伢却跟着爷爷在湖上见过多回。这冰雹有时候会有鸭蛋大小，砸到人身上，生疼生疼的，时间久了，体内会有瘀伤，弄不好要出人命。前几年就有个放牛孩子被冰雹砸伤了，至今瘫痪在床，不能起身。冰雹越下越大，像密集的弹雨从高空向地面扫射。水伢见细女抓着一个鱼篓，顶在头上，抵挡着冰雹的扑打，整个身子却依然暴露在枪林弹雨之中，就丢下手中的船桨，冲过去，猛地把细女扑倒在甲板上，四肢张开，用尽全身力气，紧紧地压在细女身上，自己的后背却承受着冰雹无情的扑打。细女正要挣扎起身，突然一阵狂风袭来，把小船兜底掀翻，细女和水伢都跌落水中。在水中摸索了一会儿，细女和水伢的手又拉到了一起。湖面上的水很凉，湖水深处却很温暖。细女和水伢各自把头露出在倒扣的船舱内，以便自由地呼吸，两个人的身子却在水下紧紧地扭在一起，共同抵御风浪的冲击。细女感到水伢的身体里有一股热气，正源源不断地朝自己的体内灌注，水伢也感到细女的身体里有一股涓涓细流，在轻柔地漫过自己的身体。两个少年就这样在水下依偎着度过了那个漫长的中午。等到冰雹过去，又下起了瓢泼大雨，水伢怕爷爷担心，加上又冷又饿，就把船划回去了。

　　水伢的爷爷见水伢和细女平安归来，很是高兴。水伢对爷爷说了遇上冰雹的事，爷爷说，那是金鲤不想让你们去看她。过不了多久，她就要产子了。这个季节她要吃饱肚子，攒足力气，到时候好顺利产子。她这会儿住在湖草深处，你们去了也看不到她。水伢和细女听了都很失望。爷爷说，过些时你们再去看她吧，她产子的时候才好看呢。你们去看她，她准定高兴。水伢和细女就盼着这一天早点到来。

　　终于有一天，夜半时分，水伢的爷爷轻轻把水伢和细女叫醒。这些时湖田的稻子在灌浆，细女的爷爷怕鸭子糟蹋了禾苗，就在鸭棚里圈着养。不用撑溜子了，爷爷放了细女的假，细女没事，吃睡都在水伢家的船上。水伢的爷爷说，你们不是要看金鲤产子吗，我看今晚就会。你们看，月亮多圆，星星多亮，湖上还有雾气，这时候正是鲤鱼产子的好时候。要看，就得熬夜，产子的时间大半都在天蒙蒙亮的时候，你们要把船停在远处等着，不要性急，等湖心岛下的湖滩上有了响动，水面像镜子一样闪光，那八成就是金鲤在产子了。鱼产子就像女人生孩子一样，只能远听，不能近观。切记，切记。水伢和细女也学着爷爷讲古里的侠客，双手一拱说，遵命，就摇着小船出发了。

　　临近天亮时分，湖面上蒸腾着浓浓的雾气。圆圆的月亮像一只巨大的青油灯盏，支在西边天上，它的光芒照彻湖上的浓雾，让整个湖面变成了一座热气腾腾的豆腐房。湖水像一锅正在变稠的浓浆，托着水伢的小船缓缓向前滑动。细女坐在船头上，目不转睛地盯着前方。突然，她看见前方的水面有波光在闪，忽而是散金碎玉，忽而是银盆白练。紧接着，她又听到了哗哗的水声，知道那是湖心岛上终年不息的山泉。听水伢的爷爷说，母鲤鱼在产子前，会有许多公鲤鱼跟在她们后面追尾。她们会逆流而上，让这群傻小子吃点苦头，跟着她们去寻找一个合适的产房。直到找到了一块沙砾清亮水草丰茂的温暖的浅滩，她们才会停下来静静地产子。这水面上的波光大约就是那群鲤鱼追尾溅起的水花。

细女让水伢停下船桨。水面风平浪静，小船像粘在湖上一样，一动不动。细女对水伢说，你说那产子的鲤鱼就是金鲤吗。水伢说，不是它，就是它的姐妹。我爷爷说，金鲤也到了产子的年龄。细女说，金鲤还没有找婆家，怎么就要生孩子呢。水伢说，她生的不是小鲤鱼，是小鲤鱼的种子。细女说，小鲤鱼又不是秧苗，是从种子里长出来的吗。水伢也搞不大懂，就有点不耐烦地说，你见过母鸡下蛋吗，小鸡就是从鸡蛋里长出来的。细女哦了一声，自觉听懂了一点，又似乎没有全懂，正想继续追问，突然，水伢推了她一下，用手指着湖滩说，你看，你看，金鲤产子了。细女从船头站起来一看，只见不远处的湖滩上，像煮开了一锅稀粥，在月光和雾气中，泛着黏稠的白沫，发出咕咕咕咕的响声。细女要水伢把船再靠近些，好看得更清楚一点。水伢说，你忘了我爷爷说的话啦，只能远听，不能近观。细女只好拉着水伢并排坐在船头细听。听了一会儿，水伢发觉远处咕咕咕咕的响声，变得越来越清亮，像有人从天上朝水面泼下一盆清水，哗啦啦地响成一片。细女说，这是水烧开了，翻花了，刚才是闷着的，像煮粥。这时，月亮已有半个身子沉下湖面，初露的晨光正在淘滤水面的雾气。等到雾气渐渐澄清，水伢和细女这才发现，不远处的湖滩上，总有上千条鲤鱼挤在一起，头攒尾摇，熙熙攘攘，比元宵节赶会还要热闹。鱼尾相击发出的声音，噼噼噼噼，叭叭叭叭，像有人在水底炸开万响鞭炮。鞭炮的碎末从水下飞溅出来，散成一片银花。银花铺洒在湖滩上，像随风飘动的芦絮。又过了一会儿，太阳出来了，它从东边的湖面射出一排金光，收尽了月亮的余晖，把整个湖

·金 鲤·

滩都染上了一片黄金的颜色,也把这两个少年染成了两尊黄金的雕像。湖滩上金光闪闪,像铁匠炉里飞溅的火花。有一朵火花突然腾空而起,在湖面留下了一条漂亮的弧线。水伢和细女不约而同地从船头跳起来,大声喊着,金鲤,金鲤,又扑通一声跳下船,奋力向湖滩游去。受惊的鱼群一哄而散,像无数支金箭朝四面八方射去。等水伢和细女游近湖滩,湖滩上已经风平浪静,只留下一些生命的种子,像乳液琼脂,漂浮在沙砾水草之间。

四

夏天过去了,荷叶蔫了,芦苇黄了,湖田的稻子收过了,细女和爷爷也忙碌起来了。清早起来,细女要打开鸭棚,把鸭子赶到湖田里,让它们自己觅食。刚刚收割过的湖田,散落的稻粒像月饼上的芝麻,稀稀落落的,夹杂在湖草和稻梗之间。鸭子用它的长喙在水下嗫弄,寻找这难得的美食,遇上窝藏在湖草稻梗间的螺蛳蚌壳,和游走其间的小鱼小虾,还能意外打一回牙祭。放出了鸭子,细女就开始在鸭棚外抹澡。看着自家的鸭群像一片浓云一样,在一望无际的湖田中游动,细女的心里别提有多高兴。高兴了,细女就想唱戏。她虽然没跟人学过,但听爷爷天天哼唱,也学到了不少,就扯起嗓子唱开了:

小女子本姓陶呀子依子呀,
天天打猪草依嗬呀。
昨天起晚了嗬啥,
今天要赶早呀子依子呀。
呀子依依子呀嗬啥,
今天要赶早呀子依子呀。

正这样唱着,细女突然听见鸭棚外的芦苇丛中好像有什么动静,就赶紧扯过衣裤穿上。还没穿好,就见芦苇丛中窜出一条狗来。细女一看,认得是水伢家的来富。正感纳闷,却见自家鸭棚前的来福也冲了过来。这来福和来富本是一对孪生兄弟,当初有个人到细女家收蛋,送了个来福。到水伢家收鱼,又送了个来富。养狗的人家有个讲究,不能要买的,只能要送的。这来福来富虽然分养在两个家庭,但一有机会,就要凑在一起玩耍。平常时节,来福要在细女家的鸭棚前守候,防止生人野物。来富却守着水伢家的渔船,不到下湖打猎,很难有机会外出。这天早晨,水伢见爷爷的气喘病又犯了,就安排他吃药躺下,自己却带着来富,推着排铳,想去芦苇丛中猎些大雁野鸭。走着走着,不知不觉便到了细女家的鸭棚附近。正想大声招呼细女出来打猎,却听见细女在苇林那边唱戏。水伢觉得稀奇,便扒开面前的芦苇朝那边观望,却见细女光着上身,正在自家的鸭棚外边抹澡。有一线晨光从水伢的背后斜射过来,透过芦苇的缝隙,照到细女身上,在细女黝黑的皮肤上闪闪发亮,把细女弯着的身子照成了半边镀金的月轮。有一缕黑发散落其间,是月中朦胧的树影,一对新莲倒扣于月轮之上,是月中凸起的山形。细女正弯腰掬起一捧湖水,拍打到自己脸上,清亮的水珠从她光滑的两颊滴落下来,又流向裸露的前胸。细女用雪白的大布毛巾接着,在身上慢慢擦拭,像一片白云在细女的胸前游动。水伢从来没见细女赤裸着身体,当下便呆在那里,进退不得。偏偏这时匍匐在身边的来富,似乎闻到了来福的气息,突然朝细女家的鸭棚冲去,水伢只好拨开芦苇跟了出来。细女见是水伢,就嗔怪他说,大清早的做鬼吓人,也不叫一声。水伢说,听你唱戏听迷了。细女就红了脸说,乱唱的。水伢说,乱唱的也好听。细女说,你也会唱戏。水伢说,也会几句。细女说,那你说说看,我唱的什么戏。水伢说,《打猪草》。你唱的是陶金花出场,下面还要跟金小毛对花呢。细女就

·金 鲤· 131

不说话，带着水伢朝自家的鸭棚走去。

听见来福的叫声，细女的爷爷也跟了出来，看见来富和来福在一起嬉闹，又见水伢跟在细女身后向鸭棚走来，就明白了几分。细女渐渐大了，爷爷几次跟她说，叫她不要再在鸭棚外抹澡，让人看见了不好。细女不听，爷爷也把她没办法。好在水伢不是外人，真要让外人看见了，那还不丢死人了。当下就有点生气，当着水伢的面，又不好发作。就问了水伢爷爷的病，又跟水伢说，大雁和野鸭怕生，不敢在有人的地方歇脚。这边的芦苇荡离鸭棚近，除了自家养的鸭子，从没有大雁野鸭停留过。要打到大雁野鸭，得像你爷爷那样，到西边的落雁滩去。水伢正为刚才无意间看见细女抹澡心跳不止，又想起上次错打家鸭的事，就红着脸说，我来邀细女打猎。细女的爷爷就对细女说，去吧，早去早回。水伢吃喝上来富，转身推起排铳，就跟细女一起奔落雁滩那边去了。

落雁滩是一个半岛形的湖滩，伸到湖水中的部分像一个有颈的葫芦。葫芦的底部因为挨着湖水，长满了芦苇。芦苇丛中，浅水滩上，有丰富的水草，游动的鱼虾，和附着在芦根上的小螺小贝。大雁和野鸭在南飞途中有这么一个补给站，都乐意停在这里中转，吃好了歇够了，再踏上漫漫征途。这落雁滩的名字便这样叫开了。

水伢和细女到达落雁滩的时候，大雁的先头部队已经出发，只留下一群迟飞的还停在芦苇丛中。大约它们出发的时间也快到了，雁群中已有轻微的骚动。水伢不敢怠慢，赶快让细女捡起一块石头抛出去，自己同时点燃了排铳。一声铳响，天上果然有许多击中的大雁掉了下来。正当来富欢快地扑向这些猎物，突然，从苇丛四周冒出一群半大小子，冲上来跟来富拼抢这些大雁。细女认出是村里的那帮坏小子。为首的一个叫荣华，是村长的儿子。平时为非作歹，专爱欺负女孩子。细女听村里的小姐妹说，荣华常到河边偷看女孩子洗澡，还把她们的衣服藏起来，让她们天黑了才敢回家。细女就想到，刚才她抹澡时，芦苇中也有动静，莫不就是荣华领着这帮坏小子在偷看。就上去和他们理论。细女说，水伢打的大雁，你们凭什么要抢。荣华嬉皮笑脸地说，凭什么说是水伢打的，有记号没有，我们天不亮就跟上他了，见者有份，天上掉下来的，谁都能捡。细女说，你再看看天上，还能不能掉下来。荣华一脸的坏笑说，我不看天上，天上有什么好看的，我就看你，看你光身子抹澡。细女气得说不出话来，冲上去就要跟荣华打架。水伢在一旁拉住她的胳膊说，算了，算了，我明天再打一铳，看他们还敢来抢。荣华说，是呀，明天细女再来抹澡，水伢再打一铳。又趁势领着那帮坏小子起哄说，细女抹澡，水伢打铳。细女抹澡，水伢打铳。等水伢真的推出排铳来吓唬他们，他们却在荣华的带领下，呼啸一声，四面散去。

　　细女再也不敢在鸭棚外抹澡了，水伢来邀细女打猎，也听不到细女唱的戏文。每次走到鸭棚附近的芦苇丛中，想起那天的情景，水伢都有一种莫名的失落之感。村里的那帮小子又来闹过几次，都让细女的爷爷给轰走了。细女的爷爷原想给细女在村里找个人家，免得跟着他过这种漂泊不定的日子。看了这帮小子的德行，想到自家是单干户，像样的人家瞧不上，也就断了这个念想。又想水伢倒是个合适的人选。虽说一样是吃水上饭的，可这孩子的品性好，靠得住，跟细女又玩得来，细女要嫁就得嫁这样的人。心里想着这事，就常在细女面前说水伢的好处。细女也有十五六岁了，男婚女嫁的事，多少也听村里的姐妹说过。听爷爷说得多了，就明白爷爷的意思。口里却说，你要是真的喜欢水伢，就干脆收他做你的孙子。爷爷说，水伢是他爷爷的孙子，我只能分他一半。人家说，女婿半儿，他做我半个孙子就行。爷爷的话，说得细女耳热心跳，就不停地顿脚喊着，爷爷，爷爷。爷爷只好停下了不说。

　　过了几天，细女的爷爷拎了一瓶烧酒，煮了一些鸭蛋，带着细女一起去看水伢的爷爷。水伢爷爷的气喘病，春秋两季都犯，按说不该喝酒。可奇怪的是，每次喝了一点酒，水伢爷爷的气喘反而平和了许多。细女的爷爷就笑话他说，你这哪是气喘病，是馋酒病。水伢和细女又去湖荡采了些下酒的菱角、莲蓬、藕带。当天晚上，皓月当空，水伢和细女在船头的甲板上摆开酒菜，水伢爷爷和细女爷爷就你一杯我一杯地喝了起来。酒过三巡，两人的话逐渐多了起来。细女的爷爷虽然不会作诗，但说出来的话却像诗一样。他端起酒杯跟水伢的爷爷轻轻地碰了一下，汲拉了一口酒，半是问人半是自问地说，你说世界上什么东西最深。水伢爷爷以为是在问他，就随口说，眼前的湖水最深哪。细女的爷爷说，不对，湖水再深也深不过人的心思。水伢的爷爷就说，那你说说看，人的心思怎么个深法呀。细女的爷爷又汲拉了一口酒，望着水伢的爷爷笑眯眯地说，那你就猜猜我的心思看，我今天是干什么来啦。水伢爷爷说，不是看我来的吗，我病了，你来看我，请我喝酒。细女的爷爷说，那倒也是。我还有一层心思，你猜得出来吗。水伢的爷爷说，鬼晓得你还有什么心思，你的心思，我怎么猜得出来呢。细女的爷爷就说，我说人的心思深吧。就我这点心思，你都猜不出来。水伢的爷爷说，我猜不出来，那你自己说说看。细女的爷爷就让水伢的爷爷附耳上来，在他耳边轻轻说，我想跟你结个亲家。水伢的爷爷突然哈哈大笑说，就这点心思呀，也就一桨水，有什么深不深的，还要人猜。我的心思跟你一样。明年春上，我就下聘。细女的爷爷说，我不要聘礼，只要人。两人端起酒杯，又叮地一下碰了个碎响。

这下，细女的爷爷高兴了，就端起酒杯，晃晃悠悠地走到船头，朝湖上观看。水伢的爷爷怕他喝醉了，就上去扶他。两人颤颤巍巍地站在船头，朝湖面指指点点。细女的爷爷又唱起了戏文，沙哑的声音随着水波在四周荡漾。水伢的爷爷不会唱，只会嘿嘿嘿嘿地痴笑。突然，水伢的爷爷用手指着脚下的湖水说，看，金鲤，金鲤回来了。细女的爷爷顿时停下不唱了，弯下腰去看湖中的金鲤。水伢和细女听说金鲤回来了，也从船舱里跑出来，趴在船头跟金鲤拍手招呼。月光把四人长短不齐的倒影投射到湖面上，照着金鲤窈窕的身影在他们中间穿梭游动，像在跟他们玩一场捉迷藏的游戏。

五

第二年春天，连着下了几场暴雨，湖水猛涨，没几天工夫，就淹到了湖心岛的半山腰。湖心岛是一座由湖中的沙砾堆积起来的小岛。不知从哪一代开始，也不知是哪一位神仙，从哪儿搬来了一些巨石，放在湖水中间。有人说是女娲娘娘补天时踏脚用的，也有人说是大禹治水打的坝基。每年春夏季节，从后山下来的山洪，冲到这些巨石之间，就要打一阵回旋，而后掉头向东，沿着长港泄往长江，却将从后山带下来的泥沙，留在这些巨石之间。久而久之，就淤积成了一个小岛。这小岛上虽然长满了各种灌木，在高处也有一片参天大树，但毕竟根基不牢，低处的泥沙常常滑坡。这滑下来的泥沙就成了环绕小岛的一圈沙滩。沙滩上长满了水草，又有经年不息的山泉汩汩流淌，是鱼儿栖息的好地方，也是鱼儿交尾产卵的理想处所。每年春夏季节，成群结队的鱼儿，相跟着从深水处溯流而上，拖着饱满的腹部，到这片浅滩上来挥洒生命的种子。这是这片湖滩一年中最热闹的季节。但有经验的渔民知道，这也是一年中，这片水域最危险的季节。虽然鱼儿交尾产卵，都在皓月当空风和日丽的天气，但老天爷也常常有突然变脸的时候。有时候正当鱼儿沉醉于喷洒生命的种子，突然阴云四合，暴雨倾盆。被连日暴涨的湖水浸泡的泥沙，哗啦哗啦地一涌而下，直扑这片湖滩，让这些正在播种生命的鱼儿，顷刻葬身泥沙之下。水伢的爷爷说，鱼产子的时候，是静止不动的。母鱼肚皮朝上，一掣一掣地喷着鱼子，公鱼围着母鱼，也在向外喷射鱼白。这时候，无论公鱼母鱼，都不防人，就常常有渔民趁这个机会下网捕捞。水伢的爷爷说，这是害性命的事，要遭报应的。所以这个季节是鱼儿的生门，也是它们的死穴。听爷爷这一讲，细女和水伢每年春夏季节，都要为金鲤担着心。

这年夏天，细女和水伢见入春后暴雨连连，就想到湖心岛去看看。自从得知两家的爷爷跟他们定了亲以后，细女和水伢就渐渐长了这方面的心思。两个人虽然依旧玩在一起，却没有以往那样自在。水伢在前面走着，细女在后面跟着，两个人足足隔了丈把远的距离。正午时分，没有一丝风，阳光从高处树叶的缝隙间投射到灌木丛上，一动不动，留下了密密麻麻的斑点。林间小路上，细碎的沙粒在他们脚下发出叽叽嘎嘎的响声。走得乏了，水伢便小声哼起了戏文：

> 郎对花姐对花，一对对到田埂下。
> 丢下一粒籽，发了一颗芽，
> 么秆子么叶开的什么花？
> 结的什么籽？磨的什么粉？
> 做的什么粑？此花叫作
> 呀得呀得喂呀，
> 得儿喂呀，
> 得儿喂呀，
> 得儿喂的喂喂，
> 叫作什么花？

细女听见水伢在唱，就势接了上去：

> 郎对花姐对花，一对对到田埂下。
> 丢下一粒籽，发了一颗芽，

红秆子绿叶开的是白花。

结的是黑子，磨的是白粉，

做的是黑粑，此花叫作

呀得呀得喂呀，

得儿喂呀，

得儿喂呀，

得儿喂的喂喂，

叫作荞麦花。

……八十岁的公公喜爱什么花？

八十岁的公公喜爱万字花。

八十岁的婆婆喜爱什么花？

八十岁的婆婆喜爱纺棉花。

年轻的小伙子喜爱什么花？

年轻的小伙子喜爱大红花。

十八岁的大姐喜爱什么花？

十八岁的大姐喜爱一身花。

面朝东什么花？

面朝东是葵花。

头朝下什么花？

头朝下茄子花。

节节高是什么花？

节节高芝麻花。

一口钟什么花？

一口钟石榴花。

两人就这样你一句我一句把《打猪草》中对花的戏文唱了一遍。唱到最后，细女学着戏文的结尾说，小毛哎，到我家了。水伢也接上说，到你家啦，那我要回去了。细女又说，哎你莫走，我去看看我妈在不在家，我妈要不在呢，我就打三个鸡蛋泡一碗炒米把你吃。水伢跳出戏外说，你妈肯定不在家。细女却接说，小毛哎，我妈真的不在家吔，吃鸡蛋炒米去哟。水伢应和着说，吃鸡蛋炒米去哟。说完，两人笑成一团。笑过以后，水伢就问细女，我要真的是戏里的金小毛，你真的会弄鸡蛋泡炒米我吃呀。细女说，是呀，一定会。水伢学着戏里的口气说，那你真是我的好媳妇哟。细女就啐水伢说，不要脸。两人又笑。笑声惊动了林间的栖鸟，引得它们在树上乱飞。

　　两人沿着山边走了一圈，水伢突然发现山体有些异样，原来像围墙一样围着的一圈石头，现在只剩下一些大坑小坑，像拔过门牙留下的一圈空洞。空洞内外裸露的泥沙，像残破的牙床，悬挂在半山腰上。失去护持的半山泥沙，正对着山下的湖滩虎视眈眈，像随时要俯冲下来一样。水伢听爷爷说过，早年在山上建湖心寺的时候，曾沿山用石块垒了一圈护坡。如今湖心寺人去楼空，砌护坡的石头也不翼而飞。要是连降暴雨，山体坍塌，金鲤和她的姐妹们就别想安心产子，弄不好性命不保。

　　水伢和细女回去后，就把这事跟水伢的爷爷说了。水伢的爷爷说，是村里人挖的。听收鱼的人说，要修水渠，没石头，就派人上岛去挖。细女听说，就更加担心。水伢说，不怕，有我呢，我守着。细女说，你守着有什么用，雨下长了，山要垮还是会垮，你想挡也挡不住。水伢说，挡不住我就喊呀。细女说，喊有什么用，山又不听你的。水伢说，山不听我的，我喊金鲤快跑呀。细女说，爷爷说了，金鲤产子时不想动。水伢说，那我就用篙子赶。细女说，这还差不多。可又一想，这样很危险，万一跑不及，垮下来的泥沙把自己埋住了怎么办。水伢的爷爷在一旁听他们说得热闹，觉得虽然有点孩子气，但眼下也没有更好的办法。就轻轻地叹了一口气说，这些时正是鲤鱼产子的时候，但愿老天爷开恩，不要下雨，要下，就下点小雨，千万别下大暴雨。

六

从这天以后，水伢果然天天到湖心岛下的湖滩守候。细女自告奋勇，给水伢做伴。每天夜半时分，两人带上干粮，摇起水伢家的小船，就向湖心岛附近的湖面进发，一直守候到第二天正午时分，产子的鱼儿散尽才摇船回家。一连数日，湖上都是朗月晴空，风平浪静，水伢和细女坐在船头上，一边啃着干粮，说着闲话，一边看鱼儿从四面八方向湖滩附近集结。初看鬼影幢幢，形单影只，像幽灵一样从湖水深处升上湖面。继而成群结队，摩肩接踵，像迎亲的队伍一样拍拍打打涌上湖滩。而后便是你追我赶的交尾，晕头转向的甩子，就像新郎新娘拜过天地，入了洞房，先前的热闹都甩在身后，只剩下两个身子在烛光下赤裸裸地面对。水伢和细女虽然没读过多少书，没有文人墨客那样的雅兴，也不懂得拽文，但看这些鱼儿采天地灵气，汲日月精华，在自己眼前化育生命，心里仍禁不住涌起阵阵感动。

这天后半夜，湖面上凉风习习，吹得人昏昏欲睡。一连守候了几夜，细女觉得倦了，就铺了一张凉席在船头的甲板上躺了下来。水伢坐在她身边，指着天上的星星说，我要是天上的星星就好，就能看得到湖滩上的鱼儿产子。细女就羞他说，真不要脸，女人生孩子你也想看。水伢又忧心忡忡地说，也不知金鲤产过子没有。细女说，产不产都一样，你又不光是为了金鲤，金鲤怕泥沙埋了，别的鱼也怕。水伢说，也是。不过，我还是担心金鲤。细女说，也难怪，金鲤是你救的，你对她有感情。正说着，细女感到背上奇痒难耐，就要水伢帮她抠抠，水伢犹豫了一下，就把手伸到细女衣服里面。抠了半天，细女又觉得不是痒在背上，要水

·金　鲤·

伢往别处去抠。水伢不敢把手伸到别的地方，就要细女自己抠。细女抠了半天，也抠不着痒处。正急得抓耳挠腮，水伢突然觉得自己身上也痒了起来，正要伸手去抠，却像被人迎面撒了一把细沙，感到有无数小虫在脸上扑打。再看看四周，铺天盖地的小虫，像随风刮起的沙尘暴，遮天蔽月，已弥漫了整个湖面。有团团碌磙大的黑影，在沙尘暴中四处游动，发出嗡嗡嗡嗡的响声。水伢说，不好了，要起风暴了。我爷爷说，蜢子集成堆，暴雨不用催，蜢子集成球，天上雷打头。说话间，细女就听得远处天边，果然有隐隐雷声传来。湖上的风息了，闷热难耐。刚才还在疯狂肆虐的虫阵，瞬间消失无形，四周一片漆黑。

　　细女从来没见过这样的场面，感到十分害怕。她一把抱住水伢，不敢松手。水伢说，别怕，别怕，有我呢。就在黑暗中，凭着平时头脑里留下的印象，水伢摇船把细女送到湖心岛下的一处山脚躲避，自己却从船上操起一根竹篙，跳下船朝湖滩方向奔去。

　　水伢走后，细女更加害怕。她担心水伢这样黑灯瞎火地往外跑，会遭遇不测。又担心风暴来了，像上次那样，会把小船掀翻。水伢临走时叮嘱她不要进船舱，就趴在船头的甲板上。这样，风浪来了，不会把自己撞伤，船翻了也不会把自己倒扣在里面。她照水伢说的，把身子摆成一个大字，像水伢上次扑在她身上保护她的样子，让胸部和肚皮紧紧地贴着船板，双手张开，死死扣住船板两边的水槽。湖面上又起了风，一阵紧似一阵，湖上的浪头也一浪高过一浪。在骤起的风浪中，小船像失去控制的风筝，任由风浪抬举摔跌，推拉摇拽。细女对身边的一切，已失去知觉，她的脑子里只有水伢在风雨中奔跑的身影。雨下来了，湖面已有了微光。闪电把暗夜撕成道道豁口，也把湖面照得透亮。借着闪电瞬间投射的强光，细女睁大双眼，想看清水伢的去向，却依然只见远处的树木在风雨中摇晃。突然一声炸雷，就在细女的头顶爆响，细女顿时觉得劈头盖脑的暴雨，就像那次遇到的冰雹，在自己身上砸出了一个个的大坑小洞。她不能像上次那样，有水伢扑在身上保护自己，茫茫湖水，又无处躲避。说不定今天就要死在这里，再也见不到水伢了。细女越想越伤心，越想越害怕，禁不住放声大哭起来。就在这时，她突然听见远处有一个沉闷的声音传来，不像是雷声，也不像是风声，细女的心顿时提到了嗓子眼上。她睁大眼睛，看着湖滩的方向。一个闪电突然像萤火一亮，就在这一瞬间，她看见一道金黄的瀑布，正从湖心岛上倾泻下来。闪电熄了，细女眼前一黑，顿时昏死过去。

　　细女醒来的时候，已是当天晚上。头天后半夜，水伢的爷爷听见湖上风雨大作，就担心水伢和细女出事。等到天亮，水伢的爷爷匆忙从旱路赶到细女家的鸭棚。细女的爷爷也很担心，两人就到村里去叫上一些乡亲，又从社里借了一条船，风风火火赶到湖心岛附近。在湖心岛附近，他们找到了被风浪推上湖滩的小船，救下了已昏死过去的细女，却怎么也找不到水伢的身影。有人在湖滩上发现一根竹篙，像旗杆一样插在一个土堆上面。水伢的爷爷认得是自家撑船的竹篙，就让人扒开土堆，却在土堆下面发现了水伢的尸体。

　　这事发生后，村里人议论纷纷。村长报到区里，区里还派人下来调查。调查的人说，鱼对雷电是有感应的，即使是在产卵期，暴风雨来了，也会像人一样躲避，不会等着山洪冲下来淹没自己。这起事故是乡民缺少科学知识所致，要加强科学知识在农村的普及。村里人也埋怨水伢的爷爷大意，不该让两个孩子去做这样的事。要去，也要叮嘱孩子们，风暴来了快跑。硬要在山洪下来时，去给鱼通风报信，那还不是送死。这些话，水伢的爷爷和细女的爷爷都不敢让细女听见。细女清醒过来以后，就守在水伢旁边，不吃不喝，没日没夜，一步也不肯离开。细女的爷爷发现，有时候，细女会把手伸到水伢的衣服里面，一边轻轻地抓着，一边咕咕哝哝地说，你痒，蠓子咬你吧，我帮你抠，别不好意思。这儿，这儿，不是。那是这儿，也不是。不是，那是哪儿。抠痒，抠痒，不痒

·金　鲤·　　　　　　　　　　　　　　　　　　　　　　　　　141

不抠，不抠不痒。越痒越抠，越抠越痒。我不帮你抠了，你自己抠吧。就这样，有时要抠上大半天，说上大半天，细女的爷爷担心，细女这孩子怕是要疯了。

自从水伢出事以后，水伢的爷爷就老得不成样子。腰也弯了，背也驼了，双手扶不住拐杖，走路跌跌撞撞，口里像拉风箱一样，呼呼呼呼地有进气没有出气。细女的爷爷来劝过他几次，都不管用。他翻来覆去地只说一句话，我只想他们在一起玩，没想到他们真干这种傻事。细女的爷爷就宽慰他说，人死不能复生，就算是干傻事，也是一片好心。

又过了些日子，水伢的爷爷撑不住了。这年冬天，连日不停的气喘把水伢爷爷变成了一个虾弓。水伢走后，他身边没人照料，细女爷爷就叫细女搬到水伢爷爷的船上来住。这天，细女爷爷又来看水伢爷爷，水伢爷爷拉着细女爷爷的手，勉强挤出一点笑容，一边喘着粗气一边学着细女爷爷的腔调说，你说说看，世界上什么东西最浅。细女爷爷笑了笑说，都什么时候了，你这老东西，还有这份心思跟我闲磕牙。水伢的爷爷坚持说，你说呀，世界上什么东西最浅。细女爷爷就要水伢爷爷自己回答。水伢爷爷停了片刻，等稍稍喘定了才说，要我说呀，世界上人的眼睛最浅。细女爷爷也学着水伢爷爷的口气说，那你说说看，人的眼睛怎么个浅法呀。水伢爷爷又喘了一阵说，要不是眼睛浅，怎么会把护坡的石头挖走呢，没有石头，湖心岛就完了。细女爷爷知道他还是放不下水伢的事。就安慰他说，你放心，完不了，女娲娘娘和大禹爷还会送来呢。水伢爷爷伸出干瘦的指头朝细女爷爷点了点，就轻轻地闭上了双眼。

七

又是一年春天。

清晨，细女一个人撑着溜子来到湖心岛下的湖滩上。湖面上水平如镜。不知从什么时候起，有一条金黄色的鲤鱼，不声不响地从湖心深处升起，悄悄地跟着细女的溜子，来到长满水草的湖滩之上。一会儿，她的身后跟上了一群同样是金黄颜色的鲤鱼。这群鲤鱼跟着细女来到湖滩上，就开始围着先前的那条鲤鱼转圈。圈子越转越小，越转越小，最后把先前的那条鲤鱼围成了一个簸箕大小的圆圈。先前的那条鲤鱼停在圆圈的正中，轻轻地翻转身子，把镶着金边的雪白肚皮，朝向天上的一轮明月。一会儿，便从肚皮下方那个神秘的小洞中，一阵一阵地向外倾吐着淡黄色的琼脂。围在她周围的那群鲤鱼，也像接受了这条鲤鱼的神秘暗示，同时侧转了身子，也从肚皮下方的小洞中，向外喷射着白色的浓浆。不到顿饭工夫，又相跟着游回湖水深处。湖滩上只剩下一片鹅黄蛋白，漂浮在沙砾水草之间。

细女坐在埋葬水伢的沙堆上，手里拄着长长的竹篙，望着远去的鱼群，轻轻地叫了一声，金鲤。

鱼庐记

一

想生家的鱼庐已传了四五代人了。

他太爷爷开这个鱼庐的时候,刚从武昌回来。那年是辛亥年,革命党刚在武昌起过事。想生的太爷爷在武昌读书的时候,就参加了革命党。起事前,想生的太爷爷常被人追得躲躲藏藏,有时候也跑回家来,从他娘手里取点银子。怕他爹知道,总是夜半翻墙进来,天明前又翻墙出去,来无影去无踪,跟说书人说的夜行侠一样,全然不像一个读书人。有一次翻墙的时候,正碰上他爹上茅房,被他爹逮了个正着。他爹年轻时习过武,有手劲儿,一把薅住他的后脖领,把他掼到院墙下的一个花坛上,搜出了他身上的银子,低声喝道:"好小子,都当上家贼了,老子花钱送你读书,你就长这点本事呀,说,快说,你偷银子干什么?"到这时候了,想生的太爷爷情知少不了一顿皮肉之苦,就梗着脖子说:"不干什么,干什么,说了你也不懂。"想生的太爷爷的爹一听,顿时火冒三丈,说:"么嚏,你说老子不懂,四书五经,老子哪样不懂?你跟老子说说看,你这些年在外头花了老子那么多银子,都学了些什么玩意儿?"想生的太爷爷见逼急了,就回了他爹一句说:"英格里希,你懂吗?"想生的太爷爷的爹说:"僧格林沁,谁不知道哇,死了多少年的老王爷,你学他干什么呀,看你这点出息。"话未说完,想生的太爷爷就趁他爹不备,一个鹞子翻身,手扒院墙跳出去了。想生的太爷爷的爹见儿子的动作这般利索,望着院墙摇头笑笑说:"这倒像我。"又把手中的银包呼地一下甩到了院墙外头。

想生的太爷爷再回来的时候，就不用翻墙，而是大摇大摆地从正门走进。他现在是革命功臣，众人都敬着他，连他爹也得让他三分。他爹说："你们造反成功了，得了天下，你小子也该混个一官半职，上对得起祖宗，下对得起我那大把的银子！你放着大官不当，跑回来搞么事？"想生的太爷爷说："狗屁的天下！一群乌合之众，江山还没坐稳，就狗扯羊腿，你争我夺。我看不出三天，天下还得还给人家。我才不当他什么狗屁的官，眼不见为净，让他们争去扯去，我回来图个清静。"他爹搞不懂外面的事，听儿子这样一说，也只有望着他干哈气。

想生的太爷爷回来的时候，是这年的腊月。不久，他就做了一件惊天动地的事，让四乡八里的人都知道了革命党的厉害。十冬腊月，泥干水枯，正是开挖鱼庐的季节。想生的太爷爷的爹早就想为自家挖一个鱼庐，好在过年的时候车干了水，取出里面的龟鳖鱼虾、莲藕蒿芭，供一家人食用。只是自己年岁大了，家里除了在外面浪着的想生的太爷爷这根独苗，就没有别的男丁，只有眼羡人家腊月里头大担大担地往家里挑水鲜，自己却不得不打发人上街去买。现在好了，儿子回来了，可以派上用场了。革了一场命，没捞到一官半职，保住小命回家来挖鱼庐也不错，总比丢了脑袋还要回家来挖坑埋强。当下就跟儿子商量，鱼庐选在什么地方，挖多大多深，什么时候开挖，用多少人工，上水的时候，要不要办几桌酒席，请一下本房的族人等。谁知想生的太爷爷的爹说了半天，想生的太爷爷就像没听见一样，只顾低头想心思，一声不吭。想生的太爷爷的爹就拿手中的烟管戳了一下他的脑门心子说："你倒是放个屁呀，现在命也不革了，革命党也当不成了，还摆个狗屁臭架子呀？"想生的太爷爷冷不丁被烫了一下，就像被蝎子蜇了，猛地从坐着的板凳上跳起来说："你干什么呀，这些事还用得着你瞎操心，也不看看你儿子是什么人，到时候你只管去看热闹就是。"想生的太爷爷的爹被儿子这样一顶，只有干瞪眼，正想狠狠地教训教训这没大没小的臭小子一顿，手上的水烟壶举起来，在半空中画了一个圈，又轻轻地放下了。

鱼庐开挖这天，是个大晴天。一大清早，想生的太爷爷就领着他从武昌带回来的两个勤务兵和村里的一帮青壮，扛着洋镐铁锹，来到内湖草滩的一块空地上，分内外两圈依次站定，而后便开始排兵布阵。他先把站成两圈的人分成小组，命他们在自己站立的位置开挖，挖出一个簸箕大的洞口后，又要这些人往深处掘进。等到有人跳进洞口，报告说已到齐肩深了，才命人把一个油纸包着的四方小包，放入挖好的洞内，在每个洞口插上一面小旗，敷上干土，指挥这些人后退。

响午时分，闻讯赶来看热闹的村民，把现场团团围定。起先以为像往常一样，搭一个香案，烧几炷香，放一挂炮仗，朝四方拜一拜就开挖。看了半天，既不见摆香案，又不见有往里挖开的迹象，却只见挖了一些坑坑洼洼的小洞，就有点摸不着头脑，不知想生的太爷爷要搞什么名堂。想生的太爷爷的爹也端着个水烟壶站在人群中间，起先也是一头的雾水，渐渐地便看出了一点眉目，等到挖洞的人退出现场，现场只剩下一些在寒风中摆动的小旗，细细一数，共有一十八面，分内外两圈，九九对应，像十八颗小星在寒风中忽闪，想生的太爷爷的爹便全明白了。心想，你小子还真把这片湖滩当成革命起义啊！你以为挖鱼庐就比革命造反容易呀，我看你小子往下怎么弄。正这样想着，却见人群一阵骚动，原来是赶大家上堤，要大家站到安全的地方去，想生的太爷爷的爹于是也跟着人群往堤上移动。刚到堤顶站定，就听得堤下一声号令，接着便是一阵惊天巨响，堤下的湖滩上霎时冲起根根泥柱，像从地底下蹿出的大树，箭一样射向天空，堤上顿时发出一阵欢呼。没等欢呼声落地，这些冲天的大树，又如瞬间遭遇强风，未及伸展枝叶，便颓然倒地，零落成泥。守候在堤下的村民，顿时一拥而上，铲土的铲土，推车的推车，挑担的挑担，半天工夫，眼前就出现了一个比晒场还大的天坑，挖出的泥土堆在天坑的边沿上,围成一道堤围子,鱼庐的外廓便大功告成。接下来,便见有几个砌匠师傅下到坑底,就着已搬到坑底的一堆青砖,蹲下身子,在掏掏砌砌,看热闹的人不知就里,也觉得乏味,便渐次散去。

吃中午饭的时候,想生的太爷爷的爹就问想生的太爷爷:"你小子到底要干什么,你那是开鱼庐吗,你那是在挖鱼塘,摆这么大阵势,连炸药也用上了,我家用得着么大的鱼庐吗,难不成你小子想开鱼行卖鱼不成?"想生的太爷爷往口里扒了一口饭,望着他爹笑笑说:"我说你不懂吧,你老人家还生气,你晓得我开挖的时候摆的是个什么阵吗?"他爹说:"什么阵,狗屁的阵,不就是从你们那个九角十八星旗上搬下来的九角十八星阵吗?你以为我真不懂哇?糊弄糊弄村里人还行,想糊弄你老子,你小子还嫩了点!居正早就告诉我了,说那是你们起事时举的义旗,还给我看了《申报》上登的照片。"想生的太爷爷知道父亲跟居正熟,是多年的老朋友。居正是邻县人,同盟会的元老。见爹这样一说,想生的太爷爷就说:"知道就好,那你知道我为什么要摆这个九角十八星阵吗?"想生的太爷爷的爹说:"谁知道你想的什么鬼心思,我又不是你肚子里的蛔虫。"想生的太爷爷就又端起架子说:"居正先生也该跟你说过吧,这九角十八星都有个说道:中国古分九州,所以旗上有九角;汉地有十八行省,所以旗上又有十八颗星,合起来的意思是,十八省联合起来,共建九州。"想生的太爷爷还要说下去,他爹却打断他说:"你小子用不着给我上课,这些居正也都跟我说过,直说吧,你小子到底憋的什么屁?"想生的太爷爷见他爹什么都知道,就干脆大声说:"我想挖个公庐,供族人共同使用,以实现民族共和、天下为公。"想生的太爷爷的爹就问:"这鱼庐是一家一户之物,又如何共得?"想生的太爷爷说:"你没见我让那些砌匠师傅下去,就是在公庐里给一家一户砌私庐的,内圈三十六,外圈七十二,合天罡地煞之数,本族正好也有百来户人家,都在一个公庐里,公庐广种蒿芭菱藕荸荠鸡头慈姑水芹，私庐蓄养龟鳖鱼虾黄鳝泥鳅螺蛳蚌壳，公庐的共享，私庐的私有，公私兼顾，家家富足。"听到这里，想生的太爷爷的爹这才恍然大悟，就笑笑说："你小子少跟我装神弄鬼，我就知道你断不了革命党的那点天下大同的念头。"接下去便埋头吃饭，不再说话。

二

想生的太爷爷开公庐的事，传得很广，连县城里的人都知道了。这知道的人当中，就有时任知县金心异的大小姐金慕华。辛亥首义这年，新成立的军政府还来不及制定新的官制，旧有的县官还知县知县地叫着。首义后，金心异率先反正，表示反对帝制，拥护共和，所以便继续留任。金心异的这个女儿也在武昌上过学，上学的时候也是个热血青年，钦慕女侠秋瑾，好读邹容的《革命军》，也参加过共进会和文学社的一些外围活动。听说有个从武昌回来的革命党开了一个公庐，就想下乡去看个稀奇。金心异觉得现在天下未定，最后鹿死谁手还是个未知数，自己反正不过是个权宜之计，女儿就没有必要和革命党搞得太近，所以就不同意她去蹚这趟浑水，凑这个热闹。偏偏这金慕华从小养成了一副大小姐的脾气，那点拗劲一上来，谁也挡不住，就是亲娘老子也不行。这天，她便瞒着家人，一个人出了县城，直奔想生的太爷爷开的公庐而去。

金慕华从小在城里长大，从未一个人到过乡下，出了县城，就不辨西东。好在她还记得父亲说过"路在口边"这句俗谚，就一路找人打听，好不容易找到想生的太爷爷开鱼庐的那个湖区，却又见白茫茫的一片冰湖横在面前。原来想生的太爷爷开的鱼庐，是在这片冰湖的那边，与这片冰湖隔着一道大堤，堤的那边称为内湖，堤的这边称为外湖。从这个方向要去内湖，要穿过外湖的这片湖水，平时都靠渡船，否则就要弯十里八里旱路。金慕华站在这片冰湖面前，举目四顾，阒无人迹，顿感束手无策。正是向晚时分，寒风呼呼，寒气逼人，不知道从什么时候开始，大片大片的雪花已纷纷扬扬地从半空飘落下来。金慕华只穿了一套紧身的棉衣，没有带上冬日出门时常披的丝绒大氅，一会儿工夫，头上脸上，都布满了冰凉的雪花。她跑了大半天路，没有进食，腹内空空，早已是饥肠辘辘。金慕华觉得，像这样又冷又饿，前进不能，后退不得，一会儿非冻死在这里不可。正在这时，她突然发现不远处的湖面上，有一个黑影，看上去像一堆土，但又似乎时不时在动，就扯开嗓子大喊了一声："喂，是人吗？是人应一声。"许是顺风，这一喊，那个黑影果然就变成了人。虽然应没应金慕华，完全听不见，但分明看见他朝自己这边跑了过来。临危得救，绝处逢生，金慕华也禁不住跳上冰面，迎着那人飞跑过去。谁知没跑出几步，就踩塌了冰面，呼啦一声掉进了湖水之中。等到那人跑到跟前，金慕华已在一个冰窟窿里没抓没挠地胡乱扑腾。幸好岸边水浅，那人只一伸手，就把金慕华拽出了冰面，然后不由分说地往自己的肩上一背，像扛着个包袱一样，朝堤岸那边飞奔而去。翻过湖堤，进了一个窝棚，又找了些枯枝残荷，点上一堆篝火，那人就背过身去，一边脱下自己身上的棉衣棉裤，一边让金慕华宽衣解带，把自己脱下的棉衣棉裤换上。等到两人都收拾停当，坐到火堆边上，这才发觉模样都有点古怪，一个冬着夏服，一个女扮男装，都有点不伦不类。换上了干衣服，烤了一会儿火，金慕华的脸上已恢复了惯常颜色。这时候她才想到要问恩公的尊姓大名。这一问不打紧，直把金慕华惊得半天说不出话来，这真叫"踏破铁鞋无觅处，得来全不费工夫"，世上真有这等巧事，可见万般皆有上天安排。

原来救得金慕华性命的不是别人，正是她要见的那个修公庐的革命党。当下便学着革命党的江湖做派，拱手道谢。听金慕华说她一天未曾进食，想生的太爷爷又去找了些荸荠蒿芭，丢到火堆里，烧熟了给金慕华充饥。这些野生的荸荠蒿芭，风干了，放蔫了，烧了吃格外香甜。金慕华一边大口大口地吞食这些她从未吃过的野物，一边细说原委。想生的太爷爷说："你这样冒着性命危险来看这个稀奇，不值当。"金慕华一边嚼着口里的食物，一边说："有什么值当不值当的，人生一世，难得见到几件稀奇事！我在武昌读书的时候，也想参加革命党，可惜没有人引荐，又是个女儿身，人家觉得是个累赘，所以错过了首义这个旷古未有的稀奇事。如今有你这个参加过首义的革命党回家来修鱼庐，还修的是个公庐，我再要不来，就永远也见不着这世上的稀奇事了。"想生的太爷爷被她说得不好意思，就说："你言过了，我不过是厌倦了人事，看不惯那帮旧权新贵文人武夫的明争暗斗、你争我夺，这才跑回家来寻个清静。想不到中山先生的大同理想才开了个头，就这样四分五裂，还能指望以后有什么好日子过？正好我爹要我修鱼庐，就想到拿这件事来做个试验，让金小姐见笑了。"金慕华真的就咯咯咯咯地笑了起来，而后又一脸正经地说："你就是真的试验成功了，也是一族一姓之事，未必能适用天下。天下为公，人各有私，这事自古就难，要不大同理想写在《礼记》里，一两千年了，到现在还没见到大同天下。"想生的太爷爷想想，也是，就不再作声，只望着那堆篝火出神。金慕华见想生的太爷爷不作声，就赶紧岔开了话题，半是玩笑半是认真地说："这大冷天的，你趴在冰面上干什么，难不成也是在试验你的大同理想？"想生的太爷爷见问，就回过神来冲金慕华笑笑说："不瞒你说，还真与这事有关。"就把他趴在冰上做的事跟金慕华说了一遍。

原来这开鱼庐有个讲究，就是新开的鱼庐，须有拱庐之物。所谓拱庐，皆因新开的鱼庐，土质板涩，不易生长鱼虾，也不易深藏龟鳖，须有活物拱动。这活物就是湖中出产的一种鳗鱼，体扁皮白，人称白鳝。这白鳝传说是吃腐尸长大，湖上风高浪急，常会翻船死人，所以白鳝家族便饮食无忧，子息绵绵。因为沾着这个晦气，一般人都不敢进食，只作拱庐之用。白鳝牙坚喙利，体态灵活，刚健有力，平日里好拱烂泥，无烂泥处则喜欢打洞深藏。新开的鱼庐，放上几十条白鳝，任多板涩的黄泥，过不了多少日子，就到处都是大洞小洞。再等野生的蒿芭荸荠慈姑水芹长成了，烂泥深处繁密的根须，就是白鳝最好的藏身之所。白鳝性好迁徙，像喜鹊做窝，每搭新窝，必弃旧巢，这旧巢就成了各色鱼虾的免费住房。尤其是喜欢深藏的乌龟甲鱼、鲇鱼黄颡、黄鳝泥鳅，更把这根须深处的住房，当成了它们的盘踞之所。所谓鱼庐，大半是指这种洞穴。历年的洞穴不断加深扩大，所藏鱼鳖也就不计其数。有时一庐的出产，就有百十来斤，供一家人过年食用绰绰有余，所以这一带的村民，家家都要开一个鱼庐。

听到这里，金慕华顿时就对白鳝来了兴致，便急着问想生的太爷爷："你大冷天趴在冰上，就是在抓白鳝？"想生的太爷爷笑笑说："不是抓，是钓，抓是抓不到的。"金慕华立即接口说："哦，我知道，鳝鱼身上有涎，滑，抓是抓不住的，我见过我家厨子杀鳝鱼。"金慕华本想表明自己并非完全外行，谁知想生的太爷爷却笑着纠正她说："不是滑，是刁。"刁，怎么个刁法？白鳝又不是人，难不成还会放刁？这让金慕华顿觉大惑不解。想生的太爷爷说："不是有意放刁，是生性便刁。平常时节，你在这偌大的一片湖水里，是看不到白鳝的，都躲到丈把深的烂泥里去了。只在入冬之后，冰封雪盖，它才从烂泥深处冒出一个头来，一来是吐吐气，顺便也吞吃一些螺蚌的腐肉。这时候，你在冰上凿一个碗口大的窟窿，用钓钩挂上一些游食，才有可能钓它上来。"金慕华便问："你今日钓得几条？"想生的太爷爷说："几条？一天能钓一条就不错了，有时候连钓几天都打空手。"金慕华又问："这又是为何？"想生的太爷爷说："白鳝刁就刁在这里，你放下去的游食，只要还在动，它是不会吃的。只有这些游食静止不动了，过了半日，它才咬食。有时候鱼食是咬着吃了，却不着钩。就算是钩着了，它头摆身子摇的，也容易挣脱。只有它的上半身进了冰窟窿，没法挣扎了，才能钓它上来。这样一来，钓上一条白鳝,往往要跟它纠缠大半日,有时甚至要花上一天的工夫,才能引它出洞。"听想生的太爷爷这样一说,金慕华更觉得眼前的这个革命党好生了得,连钓条白鳝、修个鱼庐,都有这么多说道、这么些讲究,真要把天下交给他治理,一定是一个勤政爱民善于谋事的好官。心里这样想着,眼里就禁不住放出了一种异样的光彩,加上烤了这半天火,又填饱了肚子,藏在一个男人的棉衣棉裤下的那点人之大欲,就不经意间在轻轻拱动,周身上下顿感燥热难当。想生的太爷爷对着一个陌生女子讲了半宿,起先只当她是一个闲极无聊,跑到乡下来寻找新奇刺激的官家小姐。由她那专注的神情、幼稚的问话,看出了她的单纯和天真。这单纯和天真,透过她一双秀美的大眼,便钻进了自己的心灵,渐渐地便生出了一丝情愫,把被那堆篝火烤热了的胸腔,撩拨得奇痒难禁。眼见得那堆篝火渐渐地由明变暗,由热变凉,却禁不住这一对陌路相逢的男女心里另有一堆野火烧得正旺。夜半时分,这两堆野火终于合到了一起,在鱼庐边这个堆放杂物的小窝棚里,烧得火星四溅,噼啪乱响。

三

辛亥前后,是一个半新不旧的年代,那时的百姓还守着旧规,变局中的青年已渐染新潮。金慕华在武昌读书期间,就和邻校的一个男生交往过,只是这个男生也和想生的太爷爷一样,是个革命党。交往了一阵,已渐入佳境,正欲谈婚论嫁,这男生忽然不见了人影,只留下一封短笺,说已献身革命,不当有家室之累、儿女之情,尔等女性,亦不当以柔弱之躯而涉险境云云。金慕华心灰意冷,便辍学回家,但心中的那点怨恨,却愈积愈深。听说有个放着大官不做回家修鱼庐的革命党,就想看看这个古怪的革命党是不是也是这副德性。原以为他也像那个男生那样,染了红尘,又想洗净,回乡来逃避责任。没想到,经过那一夜之后,她发觉这个革命党不但满腹经纶，也有一腔侠骨柔情，于是整日里就想着他坐在火堆前的那副模样，茶饭不进。最后干脆找个借口，一个人跑到临湖的一个小镇上去，借住在金心异的一个同年家里，闭门读书，说是不到想回家的时候，决不回家。

金心异的这个同年曾留学日本，思想较为开明，对金慕华的这种出走行为，并不以为怪，相反，却宽慰金心异说："令爱在我这儿，就如同在你身边一般，我必待她如亲生女儿，你只管放心就是。"金心异虽然比他的这个同年老派，但遇上这样一个我行我素的新派女儿，也拿她没有办法。那天只问了她一句，"你昨晚到哪里去了，为何一夜不归"，就触动了她的大小姐脾气，自己把自己关在房里，几天不跟家人照面。怪只怪当初不该让她出去读书，不如留在身边跟着塾师学点三从四德，在自家屋里修习德言容功，反倒省心一些。但事已至此，也别无良法，只得由她去了。金慕华便在这个年伯家中住了下来，一边读书，一边扒拉着她那个早已打好的如意算盘。

金心异的这个同年原以为金慕华的离家出走，不过是年轻人的意气，过了三五日，顶多十天半月，也便回心转意，那时候再好言相劝，送她回家。谁知金慕华住在这儿，吃喝有人侍候，进出无人管束，比在自家屋里还自在，压根儿就没有回家的意思。金心异的这个同年原本不过是想尽一点同年之谊，并不想像管教自己的儿女那样，约束金慕华的行动自由，但后来服侍她的一个老妈子却来禀报说，金小姐常常披着一身白袍出门，头天出去，第二天才回，她不敢问，又怕出了什么事，自己担当不起。金心异的这个同年一听，顿生警觉，就打发一个长工，在金慕华出门的时候，远远地跟在后边，看看她到底干什么去了。盯梢的长工回来说，金小姐出门之后，就直奔镇外的大湖而去，湖上结着冰，金小姐到了湖边，一步不停就上了冰面，一直走到很远的地方才停了下来。金小姐停下来的地方，有一个黑点，像人又不像人，冰上太亮，容易暴露，再跟下去，就会被小姐发现，只好回来如实禀报。金心异的这个同年就想，这不是散心，这是出去跟人幽会。冰上的那个黑点，一定是个青年男子。又一想，就是幽会，也没必要选在这个大冷天，冰天雪地，四野茫茫，又在一片冰湖之上，如何柔情蜜意？难不成这女子是个异物，或是狐魅花妖所变，缠住了那个男子，令其不觉？当下便把这份狐疑存在心底，只嘱咐那个长工，以后金小姐每次外出，必得跟去跟回，绝对保证小姐的安全，只是不要被她发觉便是。

就这样冬去春来，不知不觉，金慕华在她的这个年伯家里，一住就是半年，只在过年时回去过几天，年后来拜年时又赖着不走，说她早已把这儿当作自己的家了。金心异的这个同年也无法拒绝，只好让她继续住下去。好在金慕华平日里温良恭谨，对年伯夫妇也极孝顺，上上下下都喜欢她。

说话间就到了第二年的春夏之交。去年冬天，想生的太爷爷在湖上已钓了数十条白鳝，都放到公庐里去了。公庐也上过水了，上水的那天，想生的太爷爷虽然没按他爹的意思，办几桌酒席，但也请了族里的长老和各户的当家，在鱼庐边上摆了香案，插了高香，放了炮仗，围着鱼庐转了三圈，拜了三拜，又撒了鱼鳞，泼了鳝血，捉了两只乌龟甲鱼当场放生，扎了几把蒿芭秧子凌空抛撒，而后便让各家各户认领公庐中已经砌好的私庐，在私庐上立碑为记。完成了这个仪式，想生的太爷爷便让人扒开堤围，往鱼庐里灌水。等到鱼庐水满，这个公私兼顾的大同天下便告功成。站在鱼庐边上一望，想生的太爷爷觉得，这个公庐看上去就像一个八卦图形，外圈是天圆，自不待说，中心的那个山包虽不成阴阳鱼眼，但也有虚实之分，实者为土，虚者为庐，日后待蒿芭荸荠慈姑水芹长成，绿禾覆盖，又有连藕菱芡周遭环绕，俨然庐中一座仙岛。像这样的一族和合、万物共生的理想之境，到哪里去找！想生的太爷爷想到这里，顿觉心旷神怡激情飞涨，他此刻的心情，只有跟首义的弟兄们把九角十八星旗插上蛇山才能相比。

这年的汛期来得早,刚过立夏,顺着后河下来的山洪,沿着长港倒灌的江水,就让消瘦了一冬的外湖顿成汪洋。陡涨的湖水漫上湖堤,通过湖堤上的闸门泻进内湖,把内湖的塘塘堰堰沟沟坎坎都填得满满当当,内湖顿时也成了一片泽国。成群结队的水族,随着这股汛期的潮水涌进内湖,在内湖的塘堰沟坎里寻找合适的地方安营扎寨,生儿育女。等到这股潮水退去的时候,它们已经繁殖了一个庞大的家族,早已把这里当成了它们的温柔之乡安乐之国。一年一年的湖汛,退去的是水,留下的是各类水族,鱼庐里的龟鳖鱼虾,也就是这样留下来的。留下来的龟鳖鱼虾虽然被圈养在鱼庐之内,但鱼庐里有各种水草和蜉蝣虫藻,足够他们就近取食,胜过在大风大浪里颠簸沉浮。日复一日,年复一年,这些伴着湖汛涌入鱼庐的龟鳖鱼虾,便成了上天赐给湖区人的一笔天然的财富。

四

自从有了公庐之后,想生的太爷爷吃住都在公庐边的一个窝棚之内。这个窝棚原本是开挖鱼庐时一个堆放杂物的地方,自那夜跟金慕华缠绵之后,想生的太爷爷就让人拾掇成一个能住人的处所。头年一整个冬天,想生的太爷爷都在湖上钓白鳝,钓上的白鳝放到鱼庐里,他就听这些白鳝在鱼庐里打洞。白鳝打洞,不像鳝鱼一样悄没声息,而是头翘尾巴摇的,搅得泥水一阵乱响。想生的太爷爷听着这样的响声,就像听首义之夜的枪炮一样开心。这时候,常常有一个白色的身影,伴随在他身边,跟着他在窝棚里出出进进,或是围着鱼庐转着圈儿,有时好像是在向鱼庐里投食,有时站在鱼庐边,又好像是在指手画脚地说些什么。谁也没见过这白色的身影,连一日三餐送饭的长工也只是隐约知道有这么个人。只是想生的太爷爷倘若吩咐明日要送两份饭食,长工就知道那人又要来了。但临到这天,想生的太爷爷在窝棚门口接过饭食之后,又不让长工等着收拾碗筷,就让他回去,说是明日送饭时再收拾不迟,依旧见不到人形鬼影。长工好生纳闷,就回去跟想生的太爷爷的爹说了。想生的太爷爷的爹知道儿子的脾气古怪,行为乖张,就笑笑说:"他钓了一冬的白鳝,一定是被白鳝精缠上了,你别理他,也别问他,他叫你干什么,你就干什么,白影来的时候,你也不要靠近,他身上有枪,我见过的,小心情急中他打你一枪。"长工一听,就更加紧张,自此无论白影来与不来,都不敢多看多问。

后来,长工把想生的太爷爷的爹说的话传了出去,村里人就都知道想生的太爷爷被白鳝精缠上了,又听说他身上有枪,就更不敢靠近鱼庐边的那个窝棚,也不敢随便打听,怕想生的太爷爷知道了见怪。这样,鱼庐边的这个小窝棚,在村人眼里,就成了一个谁也不敢沾边的神秘处所。好在这是一个涨水季节,湖水四溢,鱼鳖乱窜,村人既不能下湖打鱼,也就没有谁无事找事地去接近这个窝棚。直到潮汛期过,湖水平定,鱼鳖落窝,才有人陆续下湖,打鱼的打鱼,看水的看水,窝棚里的那点秘密,才为众人所知。

这天晚上,送饭的长工因为要顺带着给几处湖田看水,回去得晚,转着转着,夜半时分,就转到了窝棚附近。月光皎洁,四野清明,正是各色鱼类忙着生产的季节,周围的浅滩杂草间,一片泼剌唧咕之声。长工爱看这夜色,爱听这声音,他觉得世界上最好看的景致是万物生长,最好听的声音是阴阳交合。有时候,为了看稻子拔节生长,他可以在田埂上铺上一张草席,趴在地上眼睛眨都不眨地盯着稻秆的长势,虽然这种微妙的变化肉眼看不出来,但他觉得稻秆在他的注视下已然长了一截。有时候,为了看蜻蜓交尾,他可以追着两只首尾相接的雌雄蜻蜓,满田畈乱跑,虽然听不到空中传来的任何响动,但他却觉得它们在一起咂嘴的声音,一定十分好听。现在,他站在清朗的月光下,放眼四望,到处在这荒郊野外，又是深更半夜，如何会有猫儿跑到这里来叫春？举头四望，发现不远处的窝棚里透着一丝亮光，这声音就是从那里传出来的。长工觉得奇怪，就大着胆子向窝棚靠近。越靠得近，那声音越响，嘿哈嘿哈，噼噼啪啪，竟像有人在里面厮打。长工禁不住好奇，就走上前去轻轻扒开窝棚的草帘，偷偷地朝里面窥看，原来是两个赤条条白生生的男女肉身扭在一起，正在行那好事，旁边有一堆柴火烧得正旺。那男的是自家的少爷自不必说，那女的想必就是老爷说的白鳝精。长工虽然也是有家室的人，但从没见过男女间的事搞得如此轰轰烈烈，你死我活，别说湖滩上的鱼儿交尾没有这么癫狂，就是猪牛配种也不像这样发疯。长工不敢多看，放下草帘就一口气跑回家里。第二天一早，就把他昨晚看到的一幕原原本本地向想生的太爷爷的爹说了一遍。谁知想生的太爷爷的爹听了，并不以为怪，只淡淡地说了一句："他这是在给鱼儿催情，不信你看，今年鱼庐里的鱼虾保险比往年多。"

想生的太爷爷给鱼儿催情的事，村人很快就知道了。有那眼馋的后生禁不住心痒，每到白鳝精要来的日子，常常深更半夜地爬起来，溜到窝棚边去看稀奇，凑热闹，比在洞房外扒窗户听墙脚还起劲。看过了，听过了，第二天还要绘声绘色地跟村人描述一番。前村有个去偷看过的后生说："难怪满湖滩的鱼儿要欢蹦乱跳，就是千年的乌龟万年的鳖，也要发情。说起来怕吓死你，我就从没听说过做那事还要明火敞亮的，生怕人家看不见。不怕你们见笑，自打媳妇娶进门，到如今我还不晓得我老婆的皮肉是白是黑，是老是嫩。"众人便笑这说话的后生说："那你今晚就回去点个灯照照。"后生说："照照？只怕灯没点亮就得满地找牙。"众人又笑。

这事一传十，十传百，很快就传遍了四里八乡。乡下的日子过得沉闷，除了讲古，就是张家长李家短，听多了也没意思。像这种大油大荤的事，又发生在本乡本土，百年不遇，千载难逢，说书的人想编都编不出来，那还不添油加醋地四处传扬？果然没过多久，这事便通县上下，妇孺皆知。事情传到金心异的耳朵里，金县令自然是颜面扫地，但又想不出善法。自己的女儿是绝对不能惹的，搞不好会出人命。惩办对方吧，又没有正当的理由。毕竟现在已经是民国了，连自己的官称也已改叫知事，不再叫知县了，无端办人，弄不好会激起民变。

金心异正左右为难，忽一日，他的那个同年突然出现在他面前，说是上门请罪。事到如今，罪不罪的都无所谓，金心异就想让他的这个同年给他出个主意。金心异的同年沉吟片刻，说："主意倒是有一个，就怕委屈了令爱。"金心异就催着他的同年快说。同年说："为今之计，只有就汤下面，顺水推舟，成全了他们的好事。"金心异说："那有何不可，听说对方也是个乡绅人家，县令的千金嫁个乡绅的公子，也算不得委屈，皇帝的女儿有时候还要招个寒门出身的状元做驸马呢！何况人家也进过学堂，又是首义功臣，要说，还高攀了呢。"当下便说定由金心异的这个同年出面说合，择日完婚。这事也便这样尘埃落定，烟消云散。

金心异的这个同年从日本留学回来之后，闲散多年，仗着有些家资，吃穿不愁，既无意出仕，也不想课徒，只在家中吟诗作赋，间或也写些笔记杂文，自得其乐。这日无事，便把这则催情故事写进了他的《乡俗记趣》。说是乡俗，实则是为亲近者讳，免得县令的千金日后遭好事者闲话。不想这则乡俗故事，后来竟被人收进了补修的县志，真的成了本县湖区的一个民间风俗。只是这风俗在想生的太爷爷离家出走之前，就已渐渐地发生了变化。虽然在鱼儿发情的季节，窝棚里还有人值守，值守的后生有时也带着年轻的媳妇做伴，但无论做没做那事，都与催情无关。盖因年来人心不古，一些村民趁着夜色，常常对公庐里刚长成的整窝小鱼下网，有时连同它们守候在旁的父母都一网打尽。窝棚里有些光亮和响动，偷捕的人就不敢轻易下手。

五

  想生的太爷爷离家出走的时候，想生的爷爷已长成了个大小伙子。想生的太爷爷跟金慕华完婚后，第二年，想生的爷爷就出生了。想生的太爷爷要他爹给儿子取个名字，他爹想都没想就说："就叫白鳝哪，白鳝精生的，不叫白鳝还能叫青蛇呀？"到这时候，想生的太爷爷才知道，去年把这个野合的媳妇娶进门，老爷子碍着县知事的面子，虽然当时没说什么，但憋在心里的那口恶气，至今还未消尽。事到如今，生米煮成了熟饭，儿子都出生了，再计较也没有意思，就认下了这个名字。回到房里，夫妻俩一琢磨，觉得叫白鳝也挺好哇，百善孝为先，百善，白鳝，叫起来是一回事。不如大名就叫孝先，小名才叫白鳝，这大名小名，不都有了吗。只是想生的爷爷终其一生，都以白鳝行世，这孝先的大名，反倒被人忘了。这是后话，按下不表。

  白鳝天赋异禀，从小就跟别的孩子不一样。家里还未请塾师之前，就能识文断字。有爹娘教着，自不消说。但那没人教的装笼捕鱼、下网捞虾、翻泥鳅、抓黄鳝、钓乌龟、叉甲鱼，却无师自通。爹娘教认的字，要背的书，不消半宿，便滚瓜烂熟，早起还能倒背如流。背完了书，便跟长工骑在牛背上，赶着一窝猪仔下湖。到了湖滩上，长工也像放猪牛一样，把他野放了。湖滩上有很多像他这样野放的孩子，他跟这帮孩子玩耍，也把爹娘教认的字、教背的书，转教给他们，做他们的小先生。这教书的地方，就在鱼庐边的窝棚里面。孩子们在湖滩上打闹乏了，也跟着白鳝摇头晃脑地背诵诗文。后来村里人想办私塾，想生的太爷爷干脆把窝棚改建成一明一暗的两间平房，外间教书，里间住人。教书先生也便一身而二用，一边教书，一边帮忙看着这群野孩子。

  教书先生姓程，是后山的一个落第秀才。人家落第，是因为四书五经读得不熟，圣贤的意思领会得不深；程先生屡试不第，却是因为他压根儿就没把四书五经当回事，把圣贤的意思看作有亦无。程先生的家靠着后山一座寺庙的山门，从小就跟庙里的和尚交好，一下学就跑到庙里去听那些和尚讲经，看那些信徒修禅，有时候也跟庙里的几个小和尚一起上树抓鸟，下河玩水，到溪涧里翻石头，像跟村里的孩子一样，在一起玩耍。程先生的父亲是庙里的一个长年的施主，庙里的师父都说这孩子有慧根，有意为他剃度。程先生自己也想，当了和尚，就可以名正言顺地住进庙里，日日听师父讲经，天天跟小和尚玩耍，省得进庙来玩还要偷偷摸摸躲躲藏藏。无奈程先生的父母一心要程先生金榜题名，光宗耀祖，说什么也不情愿。万般无奈，程先生只好自己让自己落第。大比之年，程先生也不刻意准备，坐进考场，看了一眼考卷，不待破题，便自由发挥。程先生发挥的，大半都是从庙里听来的那些半生不熟的佛理，儒佛异道，结果就难免你说东，我说西，你说南，我说北，你说林中有鸟，我说天上打雷。每次大比回乡，县学的先生问起，常常气得暴跳如雷。程先生的父亲也自知作孽太深，只好在菩萨面前重新发愿，不敢再求菩萨保佑儿子金榜题名，但求保佑儿子迷途知返便好。如此再三，直到家道中落，程先生的父亲看儿子成龙无望，便给他娶了一门亲，彻底断了光宗耀祖的念想，只要他能为老程家传宗接代便好。

有家无业的程先生不久便干起了设馆课徒的营生。程先生的特立独行，后山一带，无人不知，无人不晓。但众人也都知道他肚子里装的学问，是和尚庙里的学问，不是天子庙堂的学问，所以都不愿意把自家的孩子送到他门下来学当和尚，学馆的生意就不免清淡。正好这时候想生的太爷爷着人到后山延聘塾师，去的人不知就里，只听说程先生有名，就把他请了回来。等到程先生发觉这塾馆竟设在荒郊野外，自己竟成了湖滩上一群野孩子的孩子王，便生悔意。但转念一想，既然人已经来了，就不好坚辞不受，再说，家里还等着米下锅，过了这村就没这店，再找一家愿聘他的塾馆，想想也难，于是便抱着一点"既来之，则安之"的意思，半推半就地在主家吃了一顿接师酒。

这顿接师酒倒也不怎么丰盛，都是想生的太爷爷家的长工媳妇做的一些家常饭菜，不过是按当地的规矩应个景儿罢了。但吃完了这顿接师酒之后，程先生就再也不想悔不悔的事儿，铁了心留下来。原来这程先生爱吃水产，但他吃水产有个讲究，不吃有鳞有鳍的青草鲢鳙、鲤鲫鳊鲌，就爱吃无鳞有壳的黄鳝泥鳅、乌龟甲鱼。这倒不是因为程先生家有多么殷实富足，从小吃惯了这些稀罕物儿，而是程先生从小就跟这些无鳞有壳的生灵打交道，它们给程先生的童年带来了无尽的乐趣，也免不了要成为程先生这些山里孩子的囊中之物，满足他们的齿牙口腹之欲。原来这后山干旱少水，每年夏季的山洪穿山而过，只留下一些残汤剩水，顺着山间溪涧，绵绵不断地流淌。但就在这些溪涧中，顺着山洪冲下来的碎石底下，却藏着无数的小生灵。这些小生灵以茶杯盖大小的乌龟甲鱼和螃蟹居多，有时也有细如笔杆的黄鳝泥鳅，在其间繁衍生息。秋冬季节，翻开这些大大小小的碎石，如囊中取物，不到半日工夫，就成扎累串，篮满桶满，大获丰收。抓回来的这些小生灵，小和尚不敢拿到庙里，程先生也不敢带回家中，就想着法子装进肚子里，回去了谁也见不着。有壳的龟鳖螃蟹，用黄泥和着茅草一裹，放在火里烧了，剥开来香喷喷的，吃得连壳都不剩。无鳞的黄鳝泥鳅，用石头拍碎了，切成段儿，扯几根野葱，放在石板上一炒，比家里的炒鸡蛋还香。就这样，年复一年，竟惯了程先生的肠胃，以后但凡过年过节，程先生放着大鱼大肉不吃，就吵着要吃乌龟甲鱼、黄鳝泥鳅。偏偏这些东西，在乡下人眼里，平日里因为少见，看得稀罕，到了年节，那副黑不溜秋、形如蛇蝎的模样，就不免要视为秽物，是从来不上正席的。吃不上这些宝贝，程先生就觉得这个年节没过好，年节后的日子，还一直想着，实在馋得急了，就撺掇庙里的小和尚偷了池子里放生的乌龟和佛前上供的香油，躲到山里背着人造孽。结果仍不免被庙里的师父发觉，害得小和尚挨罚不说，程先生自己也免不了一顿皮肉之苦。

现在好了，老天有眼，终于把他带到了一个泥鳅黄鳝之国、乌龟甲鱼之乡。以后别说过年过节，只怕一日三餐，都少不了有这些爱物消受。看着满桌的菜肴，不是红烧乌龟、清炖甲鱼，就是小炒黄鳝、干煸泥鳅，程先生禁不住心花怒放，不等主人说请，就急忙下箸，连吃带喝，一刻不停，嘴里还要一迭连声地夸赞："好吃，好吃。"想生的太爷爷本不会待客，见程先生这样旁若无人，一个人吃得高兴，就乐得坐在旁边看热闹。看了一会儿，渐觉无趣，说了声先生慢用，便起身离席。正在兴头上的程先生也不以为意，还要举起酒杯说："有偏，有偏。"依旧埋头苦干。先前还担心用这些杂鱼待客，怕慢待了程先生的长工媳妇，到这时候才长舒了一口气，在厨下偷偷地对长工说："看样子，这先生也好招待，用不着大鱼大肉。"长工笑笑说："别的好东西没有，这乌龟甲鱼、黄鳝泥鳅，湖田里多的是，只怕他吃腻了不想吃。"

说来也是程先生口福不浅，想生的太爷爷家的长工这些时正为这满湖田的黄鳝泥鳅乌龟甲鱼犯愁。湖田不比平地上的稻田，平地上的稻田，每到春种秋收的季节，也少不了有黄鳝泥鳅乌龟甲鱼混杂泥水之间，等到犁翻耙耖过了，泥平水静，就在其间偎泥打洞，所以春秋二季，平整过后的稻田，不出半日，一眼望去，泥水之间，就布满了大大小小的洞口，看上去就像一张麻脸。这是看得见的，看不见的，就是偎在田埂边的龟鳖，都在等着田里的稻子长起来，好啜食其间的鱼虾浮藻虫蚁花粉。这倒也不是什么稀罕事，俗语云，地上有一棵草，天上就有一滴露水，万物求生，都有自己的活路。只是这黄鳝的洞要是打过了田埂，龟鳖的窝要是做到了田埂底下，就不免要把田里蓄着插秧的水漏个干净，或留下一个碗大的窝巢，成了日后稻田跑水的一大隐患。所以，农人在整好稻田之后，必得细心修整田岸，堵住每一个漏洞，填实每一个窝巢，方能保证田水不至外泄。在平地上的稻田里做这些事不难，也易生实效，但在湖田里要想堵住这些洞穴，却千难万难。盖因湖田经常淹水，大水过后，老田埂子冲垮了，都要再垒新的田埂。湖田泥烂，极易黄鳝打洞，龟鳖做窝，新垒的田埂就提供了极大的方便。偏偏湖田里的黄鳝泥鳅乌龟甲鱼又多，这就苦了想生的太爷爷家的长工，整日里围着田埂子打转，东填西补，防不胜防。

程先生来了以后，长工看先生爱吃这些杂物，心中暗喜，就跟先生商量，习字背书之余，留点屙屎撒尿的时间，让学生伢帮着他到湖田里去把这些乌龟甲鱼黄鳝泥鳅，捉来与先生下酒。程先生一听，自是欢喜不尽，当下就说定上下半日，各一个时辰，塾馆里的学生听长工调遣。这些在塾馆里关久了的孩子，听说先生要他们去捉乌龟甲鱼黄鳝泥鳅，都跃跃欲试。时间一到，长工一声号令，就像燕子一样飞出塾馆，撒向周边的那片湖田。湖边长大的孩子，多精此道，自此而后，程先生果然餐餐都有这些爱物消受。捉得多了，一时消受不完，长工就让学生把捉来的乌龟甲鱼黄鳝泥鳅，都放到公庐里养起来，先生要吃，随时去捞。

六

拿着主家的束脩，又享了这等口福，程先生觉得这比中个举人进士，给皇帝老儿当差要强，从此乐不思蜀，连四时八节的假日也不回去，一年四季都待在塾馆里面。渐渐地，程先生发现，当初以为主人慢待于他，是冤枉了主人，新式人物就是这样的做派，随心所欲，不拘格套。再说，主家给的束脩还算优厚，主人对他也很客气，只要在家，还常常要过来与他说些闲话。次数多了，程先生便发现，这家的主人也像自己一样，一肚皮的不合时宜，总对现在的东西不满意，总想去改变点什么，结果却什么也改变不了。就说这几年外面发生的变乱，本来与他这个功成身退归隐田园的闲人无关，但他却又放心不下那点革命胜利的果实；就像割回来的稻子，堆在打谷场上，总怕被人家偷去了，抢去了，所以但凡外面有个什么响动，他都要出去看看。袁世凯称帝，蔡锷护国，张勋复辟，段祺瑞讨逆，他都自备马匹，自带川资，南下云贵，北上津京，追随蔡段，护国讨逆。转了一圈，不知道为什么，又转回来了，依旧是去时的一匹瘦马、一口皮箱。家人问他，也永远是一句话："好啦，没事啦。"程先生觉得这人有趣，便问他为何如此，想生的太爷爷说："我也不晓得为么事，到时候就有人在耳边唤我，我也就去了。"后来有一天，想生的太爷爷又觉得耳边有人唤他，就又牵出马匹，带上皮箱，朝村外的大路去了。这一去，就再也没有回来。

　　想生的太爷爷出走之后，程先生就成了这湖滩之主。上学的孩子像湖滩上野放的猪牛一样，早出晚归，看水的长工也像放猪牛的村人一样，随来随去，只有他这个教书先生，吃住都在这湖滩上。别说主家的村子是大是小，他全然不知，就连去村里的那条大路，自从来到塾馆以后，就再也未回头走过。这时候，想生的太爷爷的爹娘已先后过世，想生的太奶奶见丈夫一去不归，也无心管理家业，整日里吃斋念佛，只叫长工守住几亩湖田，先生帮着管好鱼庐，能供母子二人吃喝穿用便好。这金慕华原本也是个新式女子，对家事从来就不过问，这时候只要有人能帮她替事就行，教书的先生和看水的长工，于是就成了她的蒲团座前一文一武两个护法尊神。

　　日子就这样过下去，倒也平平静静。只是这世上的事，也像一湖春水，平静久了，就不免要生波澜。忽一日，想生的太奶奶念经念得乏了，说是想出去转转。乡下没有好转的地方，长工媳妇就把她带到了内湖滩上。好多年没到这地方来了，物是人非，鱼庐还是当年的鱼庐，窝棚却成了如今的塾馆。看着满湖滩的猪拱地牛吃草，听着塾馆里传来的琅琅书声，想生的太奶奶禁不住心有所动。只是她的这颗心早已皈依佛门，任世间多少情事，自信不过是微风拂面，激不起半点涟漪。偏偏她这时候正站在公庐边上，眼睛刚好落在密密匝匝的水面，但见水面上有群鱼攒动，头摇尾摆，状若游蛇，形如白鳝。想生的太奶奶禁不住大吃一惊，心想，这鱼庐开了多少年了，鱼也不知道吃了多少茬了，为何还要这拱庐的白鳝？想起与白鳝有关的前情种种，一念既生，想生的太奶奶一时把持不住，竟心旌摇动，便问身边的长工媳妇，这是何人所为，为何还要白鳝拱庐？长工媳妇见问，就回答想生的太奶奶说："太太您看仔细了，那不是白鳝，是黄鳝，白鳝比这要大。里边还有乌龟甲鱼，喏，那些只露个头见不着身子的，就是乌龟甲鱼。天阴了这些日子，黄鳝泥鳅乌龟甲鱼在烂泥窝里憋不住，趁天晴都跑出来透气。"又顺口把这满鱼庐的黄鳝泥鳅、乌龟甲鱼的来历，跟想生的太奶奶说了一遍。想生的太奶奶听罢，顿时长叹一声说："作孽啊，作孽，佛门放生，此处杀生，佛门皆有放生池，此处竟成杀生地，真是作孽呀。"一边说着，一边双手合十，对着鱼庐不停地念经，弄得旁边的长工媳妇不知所措，也只好把两个巴掌合在一起，跟着太太，口中不停地念着，阿弥陀佛，阿弥陀佛。

有了这件事，想生的太奶奶就再也静不下来。每日一坐上蒲团，脑海里便浮现出鱼庐里的那番景象，心想，白鳝的父亲当年功成不居，回乡来修这个公庐，供族人共同使用，原本是想试行未竟的理想，不想而今竟为满足一人的口腹之欲，而让万千生灵碎身刀俎，这岂不也是作孽？又转念一想，世间万事，皆有因果业报，今为刀俎，明为鱼肉，原本也脱不了轮回之道。今既不能断人口腹之欲，也不能立免这些水族的无妄之灾，何不每日里念些经文，一来为这些葬身口腹的鱼鳖超度，二来也广施佛法，让众生得免轮回之苦。她想起《金光明经》中的一则故事，说是有个叫流水的长者，他的儿子有一次救了一个即将干涸的水池中的鱼，给它们水和食物，又跟它们讲说大乘经典，让它们死后同升忉利天，共成正果。于是，就在每日夜间，让长工媳妇陪她到公庐边上，设坛打坐，对着水面念诵往生、大悲、波罗蜜多诸经咒，一年四季，风雨无阻。遇上雨雪天气，就让长工媳妇给她戴个斗笠，披上蓑衣，口中照样念念有词。这样，过了一些时日，水面上探头探脑、摇头摆尾的鱼鳖果然少了许多，又过了些时日，居然风平浪静，满公庐的鱼鳖，都不见了踪影。长工媳妇觉得好生奇怪，回去就跟长工说了，长工说："怕是信了太太念的经，也躲到鱼庐里修炼去了。"有天夜晚，月朗星稀，风平浪静，想生的太奶奶像寻常日子一样，又在公庐岸边打坐念经。念了片刻，长工媳妇忽然发现，那些躲起来了的黄鳝泥鳅、乌龟甲鱼，又浮出了水面，只是不再像以前那样，摇头摆尾，藏身露脑，密密匝匝的，乱成一团，而是都朝着太太打坐念经的方向，上上下下地忽闪，就像听人说话，在点头应答一样。长工媳妇就想，难不成它们真的听懂了太太念的经文？就轻轻地推了太太一下，示意她朝水面看看。等到想生的太奶奶睁开眼睛朝水面一看，水中的那些黄鳝泥鳅、乌龟甲鱼，竟齐刷刷地朝着她不停地点头。想生的太奶奶见此情景，便想起生公说法、顽石点头的故事，于是就对着这些黄鳝泥鳅乌龟甲鱼说："尔等既已领受佛法，就当各自随缘，无须在此盘桓，速速去吧。"说完用手一挥，不消片刻，水面竟动静全无，明澈如镜，就像被月光融化了一样。

想生的太奶奶在公庐边打坐念经，对近在咫尺的程先生视而不见，听而不闻。连对夜间陪想生的太奶奶念经，每日里仍然少不了要做这些鱼鳖给他吃的长工媳妇也问都不问一声，让程先生照样享他的口腹之欲，仿佛压根儿就没有这事一样。一向嘴紧的长工媳妇终于有一天忍不住把她见到的奇观跟程先生说了，程先生哦了一声，仍不以为意。心想，这不过是礼佛之人自炫其诚，心生幻觉罢了。直到有一天，程先生发觉饭桌上少了他最喜欢吃的那道菜肴，才禁不住问做饭的长工媳妇，这是为何。长工媳妇没好气地说，这大冷天的，钻洞的钻洞偎泥的偎泥，哪还见得到黄鳝泥鳅、乌龟甲鱼！程先生遭这一顶，就像吹足了气的猪尿泡，突然被人扎了个洞，连回句话的气都提不上来，只好一个人站在那里嗫嗫嚅嚅地唧咕："那……那……那以后就吃不到了。"长工媳妇说："也不是吃不到，到过年干庐就有吃的了，想吃几多就吃几多，只怕到时候太太不要我杀生，你就吃不成了。"见还存有一线希望，程先生也不管太太到时候让不让，就急切地问："何谓干庐，为何要等到过年？"长工媳妇见先生这样急切，就有意逗他说："干庐你也不晓得，到过年你就晓得了。"听了这句车轱辘话，程先生哦了一声，还是不明就里。从此以后，就像三岁孩童一样，日里夜里都盼着早点过年。

七

说话间，就到了十冬腊月，年关在即，家家户户，无论穷富，都在忙年。当地风俗，每到年关临近，有鱼庐的家庭，都要用水车把鱼庐里的水车干，取出里面的龟鳖鱼虾、莲藕蒿芭，供过年食用。想生的太爷爷的爹当年就是眼羡人家鱼庐里的出产，才决意要儿子也为自家挖一个鱼庐，岂料儿子的心大，挖的竟是一个合族共用的公庐。这公庐在养成之后，想生的太爷爷的爹生前也见过几次干庐。鱼庐里的水车干后，总是由族里的长老出面，先分了鱼庐里公共的出产，这些出产大半是在公共的水域里繁殖生长的各色鲜鱼，水下的莲藕和长在公庐岸边、庐中岛沿的蒿芭荸荠慈姑水芹之类的水菜。想生的太爷爷说，这是公产，理应由族人共同享用。公产之外的，就是各家各户私庐里的出产，谓之私产，理当归各家各户所有。与公共水域的出产不同，私庐里的出产，大半都是些黄鳝泥鳅、乌龟甲鱼。这是因为，私庐都是单个的洞穴，又有蒿芭荸荠慈姑水芹的根须密布其间，适合黄鳝泥鳅、乌龟甲鱼深藏，游鱼很少入内。藏量的多少，并无定数，全凭各家运气。干庐的程序是先分公产，后取私产。分完公产，取尽私产之后，照例也要抢庐。这是湖区的百姓年前最后一个狂欢节日，比年后舞狮子耍龙灯要狂野得多。

抢庐也是当地的风俗，一来是图个热闹，二来也是讨个喜庆。干庐是为年饭备料，像吃年饭一样，是件大事，也讲究个年年有余。主家把鱼庐里的水车干以后，一般都不将庐中鱼鳖取尽，而是有意留下一些来供人哄抢。哄抢的时候，主家着人在岸边用掀板朝人群泼洒烂泥，抢的人便在泥水中打滚，嘻嘻哈哈地闹成一团。待到抢完之后，不论所得多少，都兴高采烈，心满意足，仿佛人人都抱回了个金元宝。有那细心的主家，看那抢得少的，或打空手的，还要送上几尾鲜鱼，说是捡他抢漏了的，这样，便皆大欢喜。往常时节，抢的都是各家各户的小鱼庐，所得有限，这回听说要抢一个全族人共有的大公庐，想必大有收获，所以除了本村的人之外，四乡八镇还来了不少专程前来的抢庐之人。来人聚集在公庐岸边，像车水的水车一样，把鱼庐团团围定，只等一声呼喝，便扑进鱼庐。

响午时分，太阳金晃晃的，想生的爷爷脱光了衣裤，只在腰间围了一块围裙，手里提着个木掀板，站在公庐中间的小岛边上，看看岸边跃跃欲试的人群，突然大喝一声："开抢！"人群便像江堤决口，呼的一下冲进鱼庐，鱼庐里顿时泥水飞溅，抢庐的人拉拉扯扯，推推搡搡，你争我夺，搅成一团。想生的爷爷居高临下，左一掀板右一掀板地朝人群泼洒脚下的烂泥，一边寻找那些重点关注的对象。有那搅成一团的，就连着送去几大掀板烂泥，意在助兴，也伴作驱赶。有那缩手缩脚，试试探探，生怕跌进泥水，污了衣衫的，就瞄准了，劈头盖脑地洒上一掀板。都成了泥人儿了，不怕你不豁出去抢。也有那个子小的，气力弱的，抢了半天，不但一无所获，还常常被人群挤得站立不稳，跟跟跄跄的，这时候，想生的爷爷就撮起几条鱼，借着泼泥之机，准确地送到那人脚下。精明点的往往心照不宣地望想生的爷爷笑笑，以示感谢，也有那实在不开窍的，得了鱼还要抬头望天，不知道这天上的馅儿饼是怎么掉下来的。站在岸上看热闹的，就攒足了劲起哄，想生的爷爷每洒出一板烂泥，不管泼到哪里,都要发出一声喝彩,就好像戏台上的角儿出台亮相一样。

这日天上无风,想生的爷爷赤着上半身,不但丝毫不觉得冷,相反,泼洒了半日烂泥,自己也成了个泥人儿,被这满身的泥袍一裹,自觉比穿着衣裳还要暖和。向晚时分,鱼庐里的鱼抢得差不多了,抢庐的人也意兴阑珊,除了不死心想捡漏的还恋恋不舍,都跟着看热闹的家人先后散去。想生的爷爷也扛起掀板,准备上岸。但就在他转身的一瞬间,忽然发现一个半大孩子在他脚下的一个蒿芭丛边摆弄一条黄鳝。这条黄鳝不过笔杆粗细,因为沾了烂泥,滑溜无比。抓黄鳝的孩子看样子也不内行,不是用指爪去套,而是用巴掌去捧,结果就不免一次次从他的掌中滑脱。想生的爷爷在旁边看了着急,就伸出手去,用中指猛地卡住黄鳝的腰身,又用食指和无名指同时发力,那条黄鳝就像被铁钳钳住了一样,被想生的爷爷稳稳地抓在手里。想生的爷爷一边把手中的黄鳝放进孩子随身带的布袋里,一边说:"快回去吧,不早了,晚了大人着急。"谁知这孩子却朝着那蒿芭丛后边一指,意思是蒿芭背后的鱼庐里还有。想生的爷爷适才放黄鳝的时候,看这孩子的布袋里空空如也,就想到一定是怕打空手回去挨骂,就说:"好,好,好,我帮你再抓几条。"于是就伏下身子,用两条臂膀扑扇着泥水,像两把蒲扇一样,朝鱼庐里鼓荡,一会儿,鱼庐里果然又跑出几条黄鳝,想生的爷爷都一一抓起来,装进孩子的布袋里,这才拉着孩子的手,一起爬上岸去。直到这时,想生的爷爷才感到先前还暖和的身子,适才被冰冷的泥水一泡,浑身上下,到处都冷飕飕的。

这天,因为鱼庐的事忙得晚,程先生就留想生的爷爷在塾馆里一起吃晚饭。塾馆里平时只为程先生一个人开伙,想必十分孤单,想生的爷爷也就答应留下来陪陪先生。他正想到灶间问问弄饭的长工媳妇有什么好吃的,却见一个年轻姑娘端着饭菜从灶间走了出来。想生的爷爷正感吃惊,程先生却指指想生的爷爷,又指指那姑娘说:"都见过了,见过了，你们是相见不相识，我还是来报个家门吧。"接着就指着那姑娘对想生的爷爷说："这是小女，大名慧梅，小名灵儿。"又对慧梅说："这是你的师兄，就是帮你抓黄鳝的那人，大名孝先，小名白鳝。"那姑娘听了，禁不住扑哧一笑说："刚抓了黄鳝，又碰上白鳝，想必我跟鳝鱼有缘。"想生的爷爷也笑，却笑得满脸通红。

三人一边吃饭，一边说话，言谈间，想生的爷爷才知道，原来程先生的女儿是来接父亲回家过年的。来了以后听说父亲这些日子吃不上他的心爱之物，心有戚戚，又听说今日干庐，抢庐时说不定能抓到几条黄鳝泥鳅，捉到几只乌龟甲鱼，就瞒着父亲，提了一条布袋，跟着人群来到公庐边上。山里长大的慧梅，不知道抢庐是怎么回事，等到稀里糊涂地跟着人流来到公庐边上，还没站稳，听得一声呼喝，就被人流挤进了鱼庐，而后又不断有泥水劈头盖脑地泼洒过来，不到片刻工夫，就被浑身的烂泥裹得严严实实。慧梅本来个子就小，让烂泥一裹，不辨头脸，分不清男女，也看不出年纪大小，最后躲到一个角落里想抓一条黄鳝，竟被想生的爷爷误认为是哪家的小子。现在，这小子就坐在自己面前，原来竟是一个长得这么好看的山里妹子。湖区的姑娘长年遭风吹浪打，很少有像慧梅这样长得细皮嫩肉的。想生的爷爷一边埋头往口里扒饭，一边趁搛菜之机偷看慧梅，扒一口饭，看一眼，又扒一口饭，又看一眼，好像慧梅也是碗里的一道菜，不夹一筷子，这口饭就不能下咽。一来二去的，看得慧梅不好意思，就借口收拾锅灶，起身去了灶间，把程先生和想生的爷爷撂在饭桌上，半天都不出来。

想生的爷爷偷看慧梅，程先生都看在眼里，等慧梅进了灶间以后，程先生就问想生的爷爷："么样，看得中吗？"想生的爷爷这时候满脑子还是慧梅，没醒过神来，听先生突然这样一问，不知如何回答，只望着先生呵呵呵呵地傻笑。程先生也笑着说："别不好意思，师徒如父子，你那点心思我看得出来。不瞒你说，我也有意把小女许配于你。慧梅从小没娘,是我一手拉扯大的,吃得苦,下得地,屋里屋外的事,样样都会,你今天吃的这桌饭菜,就是她亲手弄的,她来的这几天,我就让她接手弄饭,怎么样,还吃得吧?"到这时候,想生的爷爷才想起来,适才的饭菜,确实很对自己的胃口,菜里面竟有一盘韭菜炒黄鳝,莫非就是他帮着抓的那几条?就随口问了一句:"那盘韭菜炒黄鳝也是她做的?"程先生见问,就提高了声气说:"当然。这是我们老程家家传的一道菜,起先是我娘在做,后来是慧梅她娘在做,现如今轮到慧梅亲自动手,只是少了野葱,换成韭菜,味道淡了不少,日后叫慧梅从山里带些野葱炒给你吃,保险你放不下筷子。"听先生说话的口气,都成一家人了,还有什么好说的!再说,自己的父亲四海云游,浪迹天涯,母亲全心礼佛,不问世事,先生如父母,他老人家的意思,也就是父母之命,想生的爷爷就在饭桌边站起身来,对程先生深深地鞠了一躬说:"全凭先生做主。"

听长工的媳妇说想生的爷爷应了慧梅这门亲事,想生的太奶奶的心里只咯噔了一下,就复归平静。儿子大了,婚姻大事,本该由他做主,就算还在前朝,不是民国,也轮不到她这个礼佛之人操心。只是,一瞬间,她又想到了那一池子的黄鳝泥鳅、乌龟甲鱼,从此就不免永堕口腹之狱,万劫不复。想生的太奶奶不敢往下多想,就止住念头,口中不停地念道:"我佛慈悲,众生普度。去彼岸界,得大菩提。揭谛揭谛,波罗揭谛。波罗僧揭谛,菩提萨婆诃。"

八

想生的爷爷应下这门亲事的时候,不过十七八岁的年纪,慧梅也就十五六岁。乡下人结婚早,程先生本想当年就把他们的婚事给办了,不想这年夏天,发了一场大水,就耽搁了下来。大水期间,湖区人没个去处,纷纷到上乡的山地躲水,有了这层关系,想生的爷爷自然就想到了程先生在后山的家，于是就收拾了些随身衣物，把自己的母亲送到程先生家暂避。程先生虽然家道中落，但山地还有几亩，房屋还有几间，加上自己的课徒所得，日子也还过得过去。平日里有本房的叔伯兄弟家帮着种那几亩薄地，照应慧梅的生活，他也不太操心。现在好了，未来的女婿和亲家母都来了，虽不是入赘上门，也算是在一起过日子了。想到日后还得跟着女儿女婿养老送终，程先生觉得这场大水成全了两家的好事，来得正是时候。

安顿了母亲之后，想生的爷爷就想着回去封盖一下鱼庐。自从父亲开了那个公庐之后，自家也就成了公庐之主。村人各家有各家的事，在这个公庐中的私庐之外，也有各家自己另开的鱼庐，难免不怀着各自的私心，没有非要他们帮衬不可的事，平时一般都不要他们出钱出力。现在，大水来了，就更别指望他们了。慧梅听说想生的爷爷要回村去盖鱼庐，就自告奋勇地跟去帮忙。程先生也乐意他们搭帮干点事，日后好在一起过日子，虽然也担心慧梅不会水性，想想还是让她去了。

封盖鱼庐是有鱼庐的人家在发大水的时候，必定要做的一件事。一般是趁水头还未完全到来的时候，就在鱼庐周围打下木桩，再用麻绳或铁丝纵横交织编成一个大网，然后又在这张大网上密密麻麻地敷上破旧渔网封盖起来，以便大水过后重启鱼庐，不至于被泥沙填实。这年的大水来得急，各家各户的鱼庐还未来得及封盖，内湖外湖就汪洋一片，村民只好顶着风浪，在深水中下桩盖网。

慧梅从没下过湖，也没坐过船，更不用说坐船在风浪中颠簸，上船以后，就头晕眼花，站立不稳。到了鱼庐附近，想生的爷爷就抱着木桩下水，让慧梅坐在船上不动，等到鱼庐周围都打上了木桩，才让慧梅帮着把船上的铁丝放下来编织成网。想生的爷爷把着木桩的那头，一根一根地固定铁丝，慧梅在船上比着对应的木桩，按需要的长度剪断铁丝，等着想生的爷爷固定了那边以后，再来拴牢这边的铁丝。两人就这样配合着把鱼庐上面的铁丝网都编织好了，正要把船上的那些破旧渔网卸下来敷到铁丝网上，突然一个浪头打来，慧梅在船上站立不稳，一个趔趄，竟从船板上栽了下去，等到想生的爷爷从鱼庐这边拼命划到小船旁边，慧梅早已不知去向。湖滩上各家各户开的鱼庐很多，都未来得及封盖，大水来了以后，内湖外湖连成一片，风推浪涌，流急涡旋，不知道到哪里去找。找了半日，见无结果，看看天色将晚，想生的爷爷只好驾船返回，连夜赶往后山。

慧梅的死，对程先生来说，有如晴天霹雳，五雷轰顶，不久便病倒在床，一蹶不振。想生的太奶奶一向认为程先生作孽太深，迟早要遭报应，这时候也心有不忍，天天在菩萨面前念经，为慧梅的亡灵超度。还特意到后山庙里去请师父为慧梅做了一场法事，自己又陪着念了一场经。庙里的师父有些是当年跟程先生一起玩耍的小伙伴，听说是程先生的女儿，也格外用心。后来，大水退了，慧梅的尸身找到了，原来是被大水卷到了一个鸭笼里面。鸭笼是一个酒甑大小的竹罩，慧梅静静地躺在里面。看见的人说，鸭笼上还沾满了水草，爬满了水蛇黄鳝，远远看去，就像把戏班子搭的棚子。想生的太奶奶觉得这事这样蹊跷，必定有菩萨显灵，就在去庙里行香的时候，跟一个与程先生相熟的师父说了。师父说："这是自然，程先生虽然好食鱼鳖，杀生无数，但与慧梅姑娘无关。众生平等，各结善缘。再说施主为程先生的口腹之业，竭尽慈悲，广布佛法，也当得果报。"想生的太奶奶说："我不过是为公庐里的黄鳝泥鳅、乌龟甲鱼念了几部经典，怎么就报到了慧梅姑娘身上，让这些水族都去护持慧梅姑娘的尸身？"师父说："善哉，佛法无分别之心，施主既已让公庐里的黄鳝泥鳅、乌龟甲鱼开悟，焉知其他水族就不能证悟佛法，既悟佛法，则我佛慈悲，众生普度，护持一下慧梅姑娘的尸身又有何奇？"师父的这番话，想生的太奶奶并未完全听懂，她自知自己的根底太浅，修炼不深，还未得佛法要领，就决意在庙里跟从众师继续修炼，稍得佛法，便行剃度。庙里的师父说："施主既发此愿，就可在这寮房住下，潜心修行，做个常住的居士即可，不必剃度。"想生的太奶奶后来就一直住在庙里，再也没有下山。大水过后，想生的爷爷见程先生孤身一人，无人照顾，就带着他一同回到村里。

最先发现慧梅的尸身的，是邻村的一个放鸭的姑娘，名字里也有一个慧字，名叫慧芹。慧芹家的鸭棚就搭在湖滩中间的一块高地上。大水过后，慧芹想把大水冲垮的鸭棚收拾一下，重新搭建起来。走近鸭棚，发现住人的茅棚和圈鸭的篱笆，都被冲得七零八落，但鸭棚中间的空地上，却有一个罩鸭子的鸭笼立在那儿，纹丝不动。走近一看，见鸭笼上面沾满了水草，里面还爬了些水蛇黄鳝之类的活物，鸭笼里面的泥地上躺着一个人。虽然面目不清，但从那披散一头的长发，却看得出是一个年轻姑娘。那姑娘显然已死去多日，但尸身却完好无缺，像睡着了一样躺在一摊烂泥中间。烂泥中有小鱼小虾，有泥鳅螃蟹，蹦蹦跳跳，好像要逗醒她，陪她玩耍一样。慧芹知道鸭笼内外的这些水蛇黄鳝、小鱼小虾和螃蟹泥鳅，都是因为水退得急，一时跟不上水头退去，留在这鸭笼内外暂时栖身的，就轻轻移开鸭笼，把这些水蛇黄鳝、小鱼小虾、螃蟹泥鳅用篓子装起来，倒到附近的一个鱼庐里面，而后再打一桶清水，细细地擦洗那姑娘的尸身。等到擦洗完毕，又脱下自己的罩衣给姑娘穿上。经过这一拾掇，这姑娘就像又活过来了一样。慧芹让她躺在自己身边，再转身去收拾鸭棚鸭圈，还时不时回过头来，跟躺在地上的姑娘说几句体己的话，就好像自己的亲姊妹一样。慧芹说："我也不晓得你是谁家的媳妇还是谁家的姑娘，看你这身段轮廓、眉目头脸，生前一定是个俏姐儿，怎么就这么没福气呢。你那口子要是晓得了，还不哭死，就是没出嫁，你的心上人也要伤心得背过气去。还是我这样好，心里没有个人，无牵无挂，哪年大水把我卷走了，我就去给你做伴儿去。"

正这么说着，慧芹忽然听见身后有脚步声响，知道有人来了。回头一看，原来是自己的冤家对头，邻村的后生白鳝，就没好气地说："你跑到我的地盘上来干什么？"白鳝也没好气地回答说："你把我要找的人藏起来了，还问我到你的地盘上来干什么，干什么，找你要人。"慧芹一听，顿时火冒三丈，就冲着白鳝说："谁藏起来啦，谁藏起来啦，人不就在这儿躺着吗，她是你什么人哪，是你媳妇哇，还是你的相好哇，还找我要人，真是'狗咬吕洞宾，不识好人心'，不是碰上我，她就该烂在泥巴里了。"慧芹的这一顿乱棒，打得白鳝既无招架之功，更无还手之力，只好嗫嗫嚅嚅地说："还不是我媳妇，也不是我相好，是程先生的姑娘。"慧芹一听是程先生的姑娘，满肚子的火气顿时烟消火灭。她没入过学，但认识程先生，也知道程先生的姑娘跟白鳝订婚的事，就说："未过门的媳妇也是媳妇呀，不看好自家的媳妇，怎么让她淹死在湖滩上啦，亏你还是个男人。"白鳝说："帮我封盖鱼庐被水冲走了。"慧芹一听鱼庐，刚压下去的火气，噌地一下又蹿上来了，就又没好气地说："帮你封盖鱼庐，还好意思说！你那头公骡到底要害多少人才够？害了我的鸭子瘸腿不说，如今又害程先生的姑娘丢了性命。"白鳝说："不是公骡，是公庐，我的公庐又碍着你什么啦，你的鸭子到公庐里吃了我的鱼苗，我还不该管管哪？"慧芹说："管哪，管哪，这下管得好吧，把自己的媳妇也赔上了，再管，我看你自己也得搭进去。"白鳝说："借你的吉言，到时候就等你来帮我收尸哭坟。"慧芹说："美得你，到时候就让你在这湖滩上，听野狗拖，猪娘拱，老鸹啄。"说完，自己禁不住笑起来了。发泄过了，就又和颜悦色地说："说吧，你打算么办？"白鳝说："么办，只能在这堤坝上找个地方埋了，我娘留在庙里，程先生我带回来了，往后只有我为他养老送终。"慧芹说："这样也好，有我们跟她做伴，她也不孤单。"白鳝当下就回村里去把这事跟程先生说了，怕程先生伤心，也没让他去看，就择个日子把慧梅葬下了。

九

　　说起来，想生的爷爷和后来成了想生的奶奶的这个慧芹，还真是一对冤家。两人虽然不同村，但一年四季，几乎天天见面。慧芹从小就没了父母，跟着爷爷长大，一直在鸭棚里陪爷爷放鸭。慧芹家的鸭棚和想生的爷爷读书的塾馆，就隔着一个公庐。慧芹每天看那些学生出出进进，听塾馆里传出来读书笑闹的声音，眼羡得要命，有时就故意使坏，趁他们不注意的时候，把鸭子赶进公庐，让它们在里面觅食。鱼庐里，春夏有昆虫鱼虾、水藻浮萍，秋冬有芡实菱米、螺蛳蚌壳，还有莲藕芽子、蒿苣心子、荸荠根子、水芹蔸子、慈姑禾子，都是鸭子爱吃的食料。只是鸭子进庐，就像鬼子进村，凡是它喜欢吃的，不管该不该吃，吃的是时候不是时候，都扫荡干净。对鱼庐的主人来说，损失一点鱼虾倒不打紧，还可以留下点鸭粪做鱼的食料。把鱼庐的水搞浑了，种的东西踩烂了，也不要紧，等水清了，过些时再长起来就是。唯独在母鱼撒子公鱼放白，或乌龟甲鱼下蛋的季节，倘若让鸭子进了鱼庐，把沾在蒿苣荸荠慈姑水芹和各种水草叶子上的鱼子鱼白都撮着吃了，或把乌龟甲鱼蛋也踩碎吞了，那就是做了一件断子绝孙的事，鱼庐的主人要是发觉了，就要跟你拼命。慧芹有时候就免不了做下了这种让公庐的水族断子绝孙的事，所以想生的爷爷有几次都想把慧芹抓住痛打一顿。无奈想生的爷爷从小嘴巴就笨，每每事到临头，还没等动手，嘴巴就吃了败仗。慧芹也就乐得把这个笨嘴笨舌的白鳝当作下饭菜，时不时要找点事逗弄他一下，自己寻了开心，却要给他找点不痛快。

　　让白鳝不痛快的慧芹，做梦也没有想到，白鳝不敢给她找不痛快，有人却饶不了她，这人就是白鳝家的长工。长工虽然也知道慧芹姑娘有时候是跟白鳝逗着玩儿的，但在鱼撒子鳖下蛋的季节，放鸭子到鱼庐里糟蹋鱼种，他却不能不管，于是就去湖堤上砍了些猫儿刺，敷到公庐中的小岛上。鸭子到公庐觅食，必在岛上盘桓，或从岛上经过，都要踩到这些猫儿刺。踩上之后，轻则破皮，重则穿洞，雄赳赳的鸭阵就免不了要成为瘸腿的残军。慧芹自然要把这事怪到想生的爷爷身上，想生的爷爷本来口拙，这时候更是百口莫辩，搞急了，只好赌咒发誓说："我要是害了你的鸭子，日后就让你的鸭子把我啄死。"

日久天长，慧芹和想生的爷爷就这样冤家对头地好上了。过了几年，想生的爷爷就由程先生做主，把她娶了过来。慧芹过门以后，好几年没有生育，程先生就托人在后山抱了一个孩子，这孩子后来就是想生的爹。帮忙抱孩子的是个稳婆，这稳婆知道想生的爷爷有个亲娘在后山的庙里修行，抱孩子下山的时候，就留了个心眼，特意绕道到庙里去跟想生的太奶奶知会一声。稳婆对想生的太奶奶说这事的时候，想生的太奶奶还在念经，对这事并不在意，只是在稳婆要她跟孩子取个名字的时候，才抬头看了孩子一眼。看这一眼的时候，想生的太奶奶的口里还念着经，稳婆正好听到想生的太奶奶口里吐出卵生两个字，以为这就是想生的太奶奶给孩子取的名字，于是就抱着孩子欢天喜地地离去了。到了想生的爷爷家，稳婆把孩子的奶奶给孩子取的名字告诉了家人，还绘声绘色地把当时的情景描述了一番。想生的爷爷和慧芹都觉得莫名其妙，生孩子又不是母鸡下蛋，还能从卵里爬出来呀，都说是稳婆听错了。程先生在一旁却说："想必老太太当时正在念《金刚经》，《金刚经》的经文中说，'诸菩萨摩诃萨，应如是降伏其心：所有一切众生之类，若卵生，若胎生，若湿生，若化生，若有色，若无色，若有想，若无想，若非有想，非无想，我皆令入无余涅槃而灭度之'。"稳婆一边听一边眨巴着眼，听到若卵生三个字，就把巴掌一拍说："是，是，是，就是这个，老太太就是这样说的。"程先生说："既然是从孩子的奶奶口里说出来的，管他么事，就叫卵生吧。抱人家的孩子，等于是到人家的鸡窝里取蛋，不是卵生还能是自家的肚子里掉下来的呀？"说得慧芹满脸通红，也不敢作声。

卵生十来岁的时候，世道就变了，田地归到一起，鱼庐也不准私有，公庐也就名副其实地成了公家的鱼庐。成了公家的鱼庐之后，合作社还是让想生的爷爷代管，卵生于是就跟着他爹成了鱼庐的管理员。说是管理员，其实既没有什么可管，也没有什么可理的。合作社加固了内外湖之间的堤坝，又整修了内外湖通水的水闸。湖汛来了，打开水闸，想往内湖灌多深的水就灌多深的水，外湖的鱼鳖少不了要跟着潮水涌进来。等外湖的水退了，打开水闸，内湖的水一样是想放多少就放多少，留下来的鱼鳖都落了窝，照样跑不了。想生的爷爷只要带着卵生看看水情，管好水闸就行。慧芹的爷爷已过世多年，跟白鳝成亲以后，娘家没了人，慧芹就把鸭棚带过来入了社。没有鸭子祸害，鱼庐就更没有什么事可管了。合作社扩大升级，成立人民公社，想生的爷爷不久就当了生产队的大队长。当了大队长以后，想生的爷爷就把公庐的事都交给了卵生，卵生也就顺理成章地当起了公庐的管理员。

卵生当公庐管理员那时节，各家各户的鱼庐都填了，种上了稻子，队里的劳力一年四季都扎根在稻田里，没工夫下湖捕捞，过年过节吃鱼，就得靠这座公庐。公庐的出产少，一年就干一次，遇到临时来个客人，办个红白喜事要吃鱼，还得着人上街去买。有一次卵生上街买鱼，跟一个外地来的鱼贩子搭话，问他的鱼是从哪里贩来的，鱼贩子说，不是贩的，是自家养的。卵生在湖边长大，从小到大，只知道吃鱼就到湖里去打捞，没听说还有自家养的，就向鱼贩子打听了一些养鱼的知识，回去以后就琢磨着在公庐里养鱼。那时候还没有人工繁殖技术，卵生就照鱼贩子说的方法，到沿湖的河沟港汊去找鱼苗，找到一群鱼苗就小心翼翼地舀到桶里挑回来。挑回来的鱼苗倒进鱼庐以后，卵生就天天守在鱼庐边上，盼着它们长大。只是过了一些日子，鱼庐里的鱼苗不但未见长大，有一天却见水面上漂满了白花花的死鱼。鱼贩子明明说，养鱼不难，把找到的鱼苗倒在塘里养着就是，怎么轮到我就养不活了呢？这让卵生大感不解，于是就带上干粮四处打听养鱼的方法。湖区的人像卵生一样，只知道水里的鱼自生自长，很少见过捞鱼苗来养的，更不晓得是怎么个养法，卵生在外面转了好些日子，走遍了偌大一片湖区，一无所得，只好打道回府。

  这日天色将晚，卵生正在一个湖汊子里走着，忽然发现不远处的湖岸边，搭着一个水棚，就想进去讨口水喝，借住一晚，明日再接着赶路。卵生知道，但凡在湖边搭水棚的，多半是些怪人奇人，不是脾气古怪的，就是身怀绝技的。脾气古怪的，跟常人不能相处，有时连家人也不能容，就到湖边搭座水棚，离群索居，一个人过日子。身怀绝技的，大半是无儿无女，世代传下来的捕鱼绝活，不想传给外人，像怀揣秘籍宝典的武功师傅一样，一个人躲在湖边操练。卵生就听说过一个外号叫精古的老人，七十多岁了，大冬天的还打赤膊下湖，摸脚迹抓鱼，莫非这水棚里住着的，就是精古？正这样想着，就听见水棚那边有人喊叫："嗨，我说过路的，要过夜吗，正好，我这儿有酒，快过来陪我喝几杯。"卵生听唤，便加快脚步，朝水棚奔去。

  进得水棚，见刚才唤他的，果然是位老者。老者见了卵生，也不答话，就把倒得满满的一杯酒递给卵生，说："喝，喝下去再说话。"卵生赶紧摆手说："我喝不倒酒，这杯酒喝下去就说不了话了。"老者冲卵生嘻嘻一笑说："嗨，哪儿的话，酒有么事喝得倒喝不倒的，喝了不倒才好，哪有年轻人喝不倒酒的，我像你这个年纪，喝了就倒。"卵生知道老者在故意跟他逗笑，就接过酒杯，轻轻地抿了一口。这一口下去不打紧，直把卵生的五脏六腑都快呛出来了。老者见状，也不理会，只顾一个人在旁边自斟自饮，等到卵生咳定了，才放下酒杯，像没事人儿一样，冲卵生一笑说："酒可是个好东西呀，酒能强身壮胆，就是数九寒天，你给我一碗酒，我也敢打赤膊下湖。"听说数九寒天敢打赤膊下湖，卵生禁不住脱口就问："老人家想必就是精古，我今天算是遇到神都是忙着交配的鱼群，到处都有摇头摆尾哑嘴撒子的声音。就在公庐中间那个小岛的浅滩上，一群公鲤正围着一条母鲤在月光下旋转，等到转成了一个圆圈，圆圈正中的母鲤就把肚皮翻转过来，朝水面喷出许多淡黄色的鱼子，围在周边的公鲤也把肚子里的鱼白排挤在水面上。等到这些鱼子和鱼白搅和在一起，都沉落到水下的草叶和沙砾上。过不了多少时日，就会有成群结队的鲤鱼幼仔从浅滩上游下来，成为公庐的第一批居民。鲤鱼的个头儿虽大，但交尾却很文静。有一次，看鲤鱼交尾，想生的太爷爷对长工说，鲤鱼交尾就像洋人跳圆圈舞，中间一个女的，周围都是男人，女的张开裙子转圈儿，男人不停地朝圈里踢腿，跳完了各走各的，连碰都不碰一下。长工没有想生的太爷爷见的世面多，不知道洋人的圆圈舞怎么跳，但说男女碰都不碰一下，他听得懂。鲤鱼交尾公母就不碰，大庭广众之下，面对青天明月，从不藏着掖着。不像黄角鱼，正经八百地生儿育女，搞得像野汉子偷情。公的先在低洼处用胸鳍挖个巢躲起来，等着母的到来，母的悄悄地来了以后，完了那事扭身就走，留下公的守着一窝孩子，直到它们长成形了游出鱼巢才离开。说起来这公的也不容易，成天守在鱼巢边，一有风吹草动，就冲上前去跟人拼命，生怕人家抢走了他的孩子。长工就被这看孩子的公黄角鱼刺过一回。不管怎么说，这两种鱼在鱼类中，都算有德性，不像那些浪荡的大板鲫，母的漫天撒子，公的就地播种，砂石水草芦根蒿丛间，到处留情。生得多，死得也多，生了又死，死了再生，湖滩上就到处可以听到鲫鱼撒子的声音。要说热闹，就算这公母俩干这事最热闹。

送饭的长工在鱼庐附近的湖田边转着，一边听着这满湖滩各色鱼儿的交尾撒子之声，一边给这块田堵堵漏，给那块田挖个口，水少了招旱，水深了涝秧，他得像伺候孩子那样照看好这片湖田。正在这时，他耳边突然传来一种异样的声音，像人哭又不像人哭，像鱼叫又不像鱼叫，嗷儿嗷儿的，就像猫儿叫春，听起来让人瘆得慌。长工顿感毛骨悚然，心想，仙啦。"说完，竟端起酒杯，把剩下的酒喝得干干净净。见卵生放下酒杯，不咳不喘，老者就说："么样，会喝了吧？酒合人性，你不想喝它才呛你，你想喝了，它就让你舒服得像神仙！我不是神仙，是不是精古也不要紧，我这个人有点精古精怪，这倒是真。"

酒过三巡，老者自认卵生已成了他的知音，就当着卵生的面，讲了他的一段精古精怪的故事。老者说，他原本是不远处的许家汊一个佃户的儿子，帮着他爹租种几亩湖田，平日里也下湖捕鱼捞虾，贴补家用。他爹的东家姓许，很有钱，是沿湖一带有名的大财主。听说许财主的祖上是吃水上饭的，杀人越货，干了不少伤天害理的勾当，积下的财富传到他这一代，生怕遭到报应，就想做些好事讨好菩萨，得知这个佃户的儿子天天下湖弄鱼，就让他帮着抓些乌龟甲鱼放生。许财主在湖边修了一个大水池子，抓来的乌龟甲鱼都养在这个池子里，等积得多了，就择个黄道吉日，请了和尚道士做起法事，到湖上放生。

这件事本来与抓乌龟甲鱼的孩子无关，你让我抓我就抓，抓来了是杀是剐，是放是留，悉听尊便。偏偏这孩子从小就精古精怪，什么事都要过脑子想一想。就想，这些乌龟甲鱼活得好好的，偏要把它抓回来，抓回来不吃，又要放回去，还装神弄鬼搞得这样闹热，这不是"脱裤子放屁——多此一举"吗？就趁有一次放生的时候，把这个疑问跟做法事的一个小师父说了。小师父一边念经，一边扭过头来说："按理说，放生是行善事，应当随缘，不可刻意。佛言，若见世人杀生，就当方便救护，解其苦难。哪有捉了放、放了捉的道理，这不是放生，这是作孽啊。"小师父说完，又怕主家听见，就赶紧转过身去念经，从此以后，这孩子就留了一个心眼，把捉来的乌龟甲鱼让管家看过之后，又背着管家都放了。等到有一天东家请来了和尚道士，搭起了高台准备放生，却发现水池里空空如也，就找来孩子拷问。孩子也不抵赖："是我放的。"东家说："你为何要放？"孩子说："你放我放不都是放，你放得，我就放不得？"遇到这样的犟种，东家也无可奈何，就把租给他家的几亩湖田都收回去了，一家人衣食无着，气得他爹把他痛打了一顿，丢给他一张破席，就把他赶出了家门。孩子在外流浪的时候，碰到了一个养鱼花的怪人，学了养鱼花的本领，成年回来后就在这里搭了个水棚，也以养鱼花为生，合作化了，也不回去。

卵生见过荷花、菊花，也听说过梅花、桂花，却不知道鱼花为何物，为何还要人养，就问老者。老者也不答话，径自起身说"你随我来"，就把卵生带到了水棚外面。水棚外面有高低两道塘堰，低处比湖面略高，两边朝湖面敞开，中间有一片浅滩，高处连着一条通向湖汊的小河，里面蓄满河水。老者说，春夏季节，湖鱼产卵，会顺着低处的塘堰，游上浅滩，浅滩上有碎石水草，适合鱼卵孵化。到湖水退去，就用细网拦住低处的堰口，让高堰的河水不断冲击浅滩，让孵化成形的小鱼在活水中长大。长到麦芒粗细，水面上密密匝匝的一片，像撒满了花瓣，这就是鱼花。鱼花出来以后，就有外地的鱼贩子来买，挑回去卖给养鱼的人家。老者只卖个衣食钱，其余的都决开堰口，放到湖里去了。

十

从外面转了一圈回来以后，卵生才知道鱼是不好养的。鱼贩子不过是随口一说，并没有认真教他。养鱼也像养孩子，得有许多讲究。于是就照老者的说法，清理了鱼庐，修整了围岸，引入了活水，又在岛上铺上碎石细沙，用线草扎成鱼巢，还准备了鱼爱吃的麸皮、豆饼、碎米、谷糠和新鲜草料，一切准备就绪，就等着到时候鱼撒子、鳖生蛋。老者说，野生的鱼花在江湖里好活，捞回去以后，一路颠簸摇荡，又换了一个地方，像人一样，认生，活起来就难，不如自家塘里的鱼产的子更好养。这年春夏，到了鱼撒子，鳖生蛋的时节，卵生的公庐里果然鱼翻鳖伏，你追我赶，泼剌连声，唧咕一片，热闹非凡。过了些日子，水面上就像入春的柳芽，密密匝匝地铺满了鱼花，小岛的沙滩上，也有小指甲盖大小的龟鳖幼仔，满地乱爬。看着这番景象，卵生就想，这也是天意，自己是抱来的，轮到自己养鱼，却是自家养的，难不成老天觉得亏欠了我，要给我一点补偿？鱼苗多了，公庐里养不下，队上就挖开了先前填上的几家鱼庐，分开来养，管的鱼庐多，卵生也就成了大队的副业生产队长。

卵生养鱼的事，很快就传出去了。沿湖一带的生产队，都派人前来参观取经，也想回去自己养鱼，扩大副业生产。县里还办了一个学习班，特意请卵生去传经送宝。卵生说，他刚学会养鱼，谈不上经验，也没有宝贝。学习班的老师说："你就照实了讲，你是么样想的，又是么样做的就行。"卵生于是就实话实说，在学习班上讲了一下他自己摸索的养鱼的门道。卵生觉得自己讲得不好，讲完了以后，看见满教室的人都傻呆呆地望着他，就想赶快从讲台上逃走。正在这时，耳边突然响起了哗哗的掌声，他只好又转过身来，不停地朝台下鞠躬。

学习班上有个叫月秀的姑娘，是县水产学校的学生，听说有这么个学习班，就跑来旁听。课堂上讲的都是空对空的理论，她想实打实地看看，鱼到底是怎么养的。听完了卵生的介绍以后，还不满足，硬缠着卵生带她下去看看。卵生从小害羞，怕跟女孩子打交道，被缠得没法，只好在学习班结束后，把月秀带到公庐边上，仔仔细细地讲了养鱼的过程和方法。月秀觉得眼界大开，以后就不停地把学校的同学往卵生这儿带，卵生的公庐于是就成了水产学校的实验基地。

过了不久，上面传来精神，说科学家实验成功了人工繁殖鱼苗，要推广人工繁殖技术，扩大渔业生产。县里于是又办了一个学习班，通知卵生去参加学习。这回的学习班不同上回，不是普及知识、介绍经验，而是现场演练，以便大家学了回去就能用。"大跃进"年代，时间不等人，要争分夺秒。学习班的学员由水产学校的学生带领，下到各大队的养鱼塘，

· 鱼庐记 ·

一对一、手把手地教大家操作。这些学生先前已经过培训，现场教学也是一种锻炼。月秀因为去过卵生的公庐多次，自然就成了他的教学搭档。在县里集中了一天以后，卵生就带着月秀一起回到公庐边安营扎寨。

　　乡下人见过猪牵种、狗连筋，也见过公牛趴在母牛身上，公鸡踩着母鸡干那事，却从来没听说过人帮鱼配种，就当作一件稀罕事四处传扬。到了鱼儿交尾的时节，还特意从四面八方赶来看热闹。在公庐里养得肥肥壮壮的种鱼，公的母的都挺着个鼓鼓囊囊的大肚子，在鱼庐边上新开的孵化池中，头交尾接，你追我赶，搅得水花四溅。有一公一母捉对儿追的，有几条公的追一条母的，有时候还要互相蹭蹭对方的嘴唇，拱拱对方的下腹，当着众人的面在撩骚调情。用情专一的追起来像打架斗狠，一边拼命向前，一边左右泼打，弄得被追的只顾夺路奔逃，想追的只得退避三舍。花心点的，追了这个，又追那个，结果都成了人家的追逐对象，自己只好没着没落地随着大家转圈儿。也有那生性轻浮浪荡的，就这样追着还不尽兴，还要就着转弯儿的势头蹦个高，抖出一身水花，讨得一阵喝彩。就这样追逐了一阵之后，池子里的母鱼公鱼都先后翻过肚皮，或侧过身子，向水面喷射卵子精液，等到满池的卵子精液都搅和到一起，沉入池底，沾在预先布好的沙砾草叶和鱼巢上以后，过些日子，就有芝麻大的黑点在受精的鱼卵中晃荡，再过些日子，黑点增大，渐成条状，现出鱼形，便放入公庐和挖开的鱼庐中喂养。

　　卵生在这边厢干得津津有味，他爹在那边厢也忙得昏天黑地。上面要求农林牧副渔全面发展，都要夺高产，"放卫星"，他就得准备发射这些"卫星"的燃料和火箭。农林牧副渔五颗"卫星"能不能都放上天，他没有把握，但粮食和渔业生产这两颗"卫星"，是非放上去不可的了。领导说："湖区的田多，水里的鱼多，这两颗'卫星'你们不放谁放，难不成要让山里人去放？要田没田，要水缺水，放个屁呀。"忙了这大半年，把所有劲儿都用上了，把所有的家底子也都搭上去了，看稻子的长势，放颗大"卫星"不敢说，放颗把小"卫星"，还是有把握的。只是这渔业生产的"卫星"，实在是不好放。别看自家的生产队靠着湖，靠湖的生产队少说也有百八十个，都把各自的船队派到湖上去了，大钩小笼，拖网旋网，早就把湖面像箅子一样箅过几遍，连小鱼小虾、乌龟甲鱼、黄鳝泥鳅也不放过。为今之计，就看卵生管的这几口鱼庐，能不能早点养些家鱼出来，好歹也为这颗渔业"卫星"添点燃料，凑个数目。心里这样想着，有一天，他爹便转到了公庐边上。说是来看看卵生，实则是催他快搞。

　　好久没有见到爹了。爷儿俩都忙得脚不沾地，卵生吃住都在公庐，半年回去不了几天。他爹整个人都卖给了大队，连公共食堂的三餐饭，也是人家吃尽了才去凑合着扒一碗。见爹的眼里挂着血丝，卵生就说："我这里是急不得的，选种鱼要工夫，鱼交尾要等日子，交尾前要打针，交尾后要喂鱼苗，鱼苗长成了，才能放养。放养的鱼苗，也不是吹口气就能长大，少则一年半载，多则两年三年。指望我养的鱼帮你'喂火箭'，'放卫星'，我看，难。"他爹就说："我也不是要你的鱼长大了去压秤，凑斤两，只要长成鱼形了，能计个尾数就行。大鱼论斤两，小鱼论尾数，都可以'放卫星'。"卵生说："这个不难，你看看我这池里的种鱼，母的公的，哪个不是挺着个大肚子，等着产子放白，我给它们加把劲就是。"说着，就顺手从池里捞起一条肚子胀鼓鼓的母鱼，放在手心轻轻地摩挲。正这么摩挲着，他爹突然指着卵生的手说："看看，看看，子都流出来了，羊水破了，孩子下来了。"卵生低头一看，手里的母鱼果然从生门处流出了许多淡黄的鱼子，就冲他爹说："这批鱼我还没有打针，这是早产。"他爹就从他手里夺过这条母鱼说："生都生了，管他早产晚产，你还真把它当成人啦，早产晚产都一样，只要产出鱼子来就行。"于是就一挥手，让在一旁围观的社员用网把池里的种鱼都捞起来，人手一条，放在掌心，用手轻轻地往下挤压，孵化池周围顿时就像屋檐滴雨，淅淅沥沥地滴着白的鱼精黄的鱼子。不到顿饭工夫，水池里就混沌一片，像漂着还没完全煮熟的蛋花。

他爹走后，卵生只好小心翼翼地收拾残局。挤过了的种鱼虽然还可以继续喂养，但大半都受了伤害，要恢复生养的元气很难。恰好这几天月秀回学校去有事，没在现场，卵生没个人商量，也想不出挽救的办法，只好抱着一丝侥幸，但愿挤出的鱼子鱼白在孵化池中也能受精就好。又想，退后一万步说，就算是这一池种鱼都糟蹋了也就糟蹋了，清了池子再换上一批就是，公庐和别的鱼庐里养的还有，不至于取了卵真的就把鸡都杀干净了。可是卵生却万万没有想到，他爹从这次手工排精挤卵中，看到了"卫星"上天的希望，也自认找到了一个加快放"卫星"的办法，于是干脆一不做二不休，又带人去把公庐和别的鱼庐里养的种鱼，包括那些性腺还没有完全发育成熟、还不能做种鱼的成鱼，都打捞起来，让社员把大小的鱼庐团团围定，不通过孵化池，直接向鱼庐里排精挤卵。队里的社员都没做过这事，又没人教他们怎么做，一时间，就免不了手轻手重，拿捏不住分寸。轻了的，挤不出来；重了的，连肠子都挤出来了。挤过了的鱼，随手一丢，又不好好归置，结果便尸横遍野，满地狼藉。等到月秀从学校回来，看见卵生蹲在公庐边不停地拍打自己的脑袋，竟像傻子一般张着嘴巴四处张望，半天说不出话来。

这件事对卵生和月秀的刺激都很大。卵生是猝不及防，不说制止，他爹连个商量一下的机会都不给。月秀看着这些时日自己的心血和努力都毁于一旦，痛不欲生，连跳湖的心都有了。为了安慰月秀，也想跟月秀发发怨气，吐吐苦水，卵生这天有意到月秀的房里去坐了一会儿。月秀的家和学校都在县城，天气好的时候，都是早来晚回，遇到刮风下雨下雪，才在这里留宿。新中国成立后，取消了私塾，塾馆的孩子都上了民办小学，这一前一后的两间平房，就成了卵生和月秀歇脚的地方。平时怕人说闲话，两人都不在对方的房里出进，这次实在是事发突然，卵生好歹都得给月秀有一个交代，就想到月秀的房里坐坐。月秀这时候正憋着一肚子委屈，要哭不得嘴巴扁，见到卵生，就扑上去紧紧地抱住他，像个挨了骂的孩子，趴在他的肩膀上，抽抽泣泣地哭个不停。卵生从未见过这阵势，起先吓得直打后退，见月秀抱住他哭成这样，又不忍心，只好伸过手去，轻轻地拢住她的双肩，摸摸她的头发，说几句宽慰她的话。等月秀慢慢地平静下来，才扶她到床边坐下。这一夜，卵生一直陪着月秀，直到天亮，才失魂落魄地走出房门。

十一

这年夏天，卵生他爹好不容易把一颗粮食"卫星"放上了天。这时候天上已像节日的气球，布满了大大小小的"卫星"，他爹放的这颗"卫星"，不过是个小兄弟，就像一篮子鸡蛋里面，放进了一个麻雀蛋。渔业生产"卫星"没放上去，公社的领导很恼火，就让卵生他爹把那些挖开的鱼庐又重新填平，插上双季稻，就连公庐也不放过，指望到了秋天，双季稻的"卫星"放得再大一点。看着队上的社员一担一担地往公庐里填土，卵生就想起村里的老人们传说的，自家的爷爷当年用炸药包开公庐的壮举，心里有说不出的酸楚。

月秀走了，留下卵生一个人收拾残局，怎么想怎么不是滋味。这天夜里，就像戏里唱的，卵生心中烦闷，对着酒壶喝了几口，趁着酒兴，就走到了公庐边上。天上月色朦胧，星光暗淡，往日里活蹦乱跳的鱼庐，如今成了一片寂寞的坟场，想想埋在土下的生灵，又想想爷爷的心血毁于一旦，卵生禁不住举起手中的酒壶，对着公庐洒了一巡，又洒一巡，口中还念念有词，说："这是敬公庐里的龟鳖鱼虾的，这是敬我那不知生死的爷爷的，哪天重开公庐，我一定给你们立个牌位，天天烧香磕头。"正这样自言自语间，卵生忽然觉得有个高大的人影正站在自己对面，耳边同时传来一个含含糊糊的声音："会的，会的，天下为公，终归是天下人共享共有。"卵生正想喝问是谁，那身影却瞬间消失得无影无踪。

第二天回家，卵生把这事跟家里人说了，他爹说："你这是对平庐改田有抵触情绪。"程先生说："那是你喝多了看花了眼。"卵生又说："我还听见爷爷说话了。"程先生说："那话是村里的老人当年从你爷爷那里听来的，你爷爷当年是不是这样说的还不一定。"卵生还要争辩，他娘就说："鱼庐平也平了，事情过都过去了，你就别再胡思乱想了，还是想想你自己的事要紧，都老大不小了，村里跟你一起玩大的几个都当爹了，就你，还是寡汉条一个。"见卵生不作声，他娘又说："月秀姑娘么样，看得上吗？"卵生说："人家是干部子弟，又是城里人，还看得上吗，我搭梯子也够不着。"他娘只好摇摇头，背转身去轻轻地叹了一口气。

鱼庐填平后的二十多年间，村里人吃鱼又要到湖上捕捞，经过围湖造田，湖面越来越小，最后只剩下湖底的一汪深水，比水塘大不了多少，还由县里的水产公司管着，也不准捕捞。后来联产承包了，就有人想起当年的鱼庐。承包了内湖水田的人家，于是就大着胆子挖开了鱼庐，像当年一样，自家养鱼。上面虽然知道这不符合政策，但为了让农民手上有几个活钱，也为了解决吃鱼难的问题，也就睁只眼闭只眼，随他去了。过了几年，鱼庐养鱼竟成了村里的一项副业，不少家庭都因此致富，上面才下来总结经验，到沿湖的村里推广。

承包湖田的时候，卵生有意要了当年的公庐所在的田块，合同签了以后，也想当即挖开来养鱼。后来又转念一想，现在不比以往，以往是全族人共有，有公私之分，现在归一家所有，不分公产私产。既然如此，也就没有必要顾及族人四时八节的需要，花色品种样样俱全，不如只养一个值钱的鱼种，像报上说的那样，做个养殖的专业户。于是就留心搜集各种养鱼资料，想找到一个适合养殖的品种。卵生没读什么书，文化水平不高，但介绍农业生产知识一类的书，还是看得下来的。

有一天，卵生在县农科所的一个小报上看到一则消息，说甲鱼有很高的营养价值和药用价值，现在有很多人都在养殖甲鱼，有人专程上门收购，拿去制药或在市场上出售，还有一种营养品就叫鳖精，都很值钱。卵生就想，公庐里当年什么都养，尤其是乌龟甲鱼、黄鳝泥鳅，更是公庐里为各家各户砌的私庐里的主要出产，不如挖开了公庐以后，把这些私庐都掏出来，专门养殖甲鱼。甲鱼喜洁好静，公庐水域深广，日照充足，正好适合甲鱼生长，于是就把这个想法跟他爹说了。十几年前，卵生就接替他爹，当了大队长，农村实行队改村以后，便又改当村长。卵生他爹老了以后，不爱管事，屋里屋外的事，都是卵生说了算，他顶多帮忙出出主意。听卵生这么一说，就淡淡地笑了笑说："你这不是把鱼庐变成甲鱼池子了。"卵生说："管他什么池子，现如今只要能来钱，就是王母娘娘天上的瑶池子。"他爹又说："钱难赚，屎难吃，甲鱼也不是好养的，你得找人教你。"

说到找人教，卵生就想起当年的月秀，这时候要是月秀在身边该有多好。一晃二十多年了，从那以后，他就没有见过月秀，也不敢跟她联系。水产学校是早该毕业了，毕业后又干什么去了呢，难不成还是去教人养鱼？这些年农村有很多赤脚技术员，跟赤脚医生一样，教农民科学种田，也有教人养鱼的，但又没听说呀。沿湖一带会养鱼的就这么些人，张三不熟李四熟，总该留点蛛丝马迹。又想，要是没有那事，遇到这种养殖技术上的难题，自己也许会上门去找月秀。可那种事又是避免得了的吗，孤男寡女，深更半夜，同处一室，月秀当时又像受惊的兔子，恨不得钻到他怀里躲起来，叫他又如何忍心看着不管。卵生至今也想不明白，自己为何最后跟月秀做了那事。那天早晨离开月秀的房间，他不敢回头再看月秀一眼。月秀当天回县城的时候，也没有跟他打招呼，两人就这样咫尺天涯隔断了二十多年。这二十多年来，媒人踏破了家里的门槛，爹娘只差拉个姑娘来跟他拜堂成亲,他都心如止水,不为所动。他娘知道他心里还记挂着月秀,就说:"人家孙子怕都有了,你还想她有什么用？"他爹有时气急了,就吼他娘说:"再别劝了,也别找了,接了媳妇添了孙子,也是外姓人,不是自家的种。"卵生知道,爹这是在说气话,从小到大,他又何曾把自己当个抱来的孩子养。村里人都说,你爹你娘,把你捧在手上怕摔了,含在口里怕化了,比自己的亲生骨肉还要亲。

　　为了让穷怕了的农民尽快发家致富,县里又办了一个学习班,让各村的负责人参加,专门给大家介绍各种各样的致富门道。学习班上的老师都是来自县农业局、林业局、水产局和下面的一些农技站的专业技术人员,也有从省里请来的专家。从省里请来的专家中,有一个姓陈的年轻人,是省里一所农学院水产系的青年教师。他说,他这次回来,一来因为他就是本县人,想用他所学的知识为家乡做一点贡献；二来是因为他现在正在研究中华鳖的人工养殖问题,中华鳖的食用价值和药用价值都很高,市场需求量大,光靠野生捕捞,供不应求,他们就想通过人工养殖扩大产量。家乡湖泊遍布,宜于中华鳖生长,想借这个机会,回来做点实地考察,条件适合的话,在这里建一个基地,专门养殖中华鳖。那时节,中华鳖的人工养殖才刚刚起步,许多关键技术还没有得到解决,所谓人工养殖,也就是把野生的鳖苗捞回来放在人工池中喂养,产量还是极为有限,在喂养和鳖池管理上也存在很多困难,于是他就想到了家乡的鱼庐。家乡的鱼庐在湖汛过去之后,有大半年的沉淀,水质澄清。鱼庐在野外,常年日照充足。鱼庐里有小鱼小虾、螺蚌虫草,食物丰富。蒿芭荸荠慈姑水芹的根部,可以做窝,适合冬眠。有的鱼庐中间,还筑有小岛,可供中华鳖爬滩晒背。总之,是天然的养殖场地。还说,他知道有个村有座公庐,就是他说的这个样子。

　　听他讲得头头是道,下课后卵生就问:"老师是下乡湖区的人？"年轻人说:"不是。"又问:"你见过鱼庐？"年轻人说:"没见过。"

再问:"你去过你说的那个公庐?"年轻人说:"没有。"又再问:"没去过,你是么样晓得的?"年轻人说:"我妈跟我说的。""那敢问令堂尊姓大名?"卵生紧追不舍。年轻人笑笑说:"我跟我妈姓,我妈姓陈,尊讳月秀。"卵生本想再问,那令尊呢?突然,脑子里像被人打进了一排子弹,轰的一声,红白飞迸,就不再作声。年轻人见他戛然不语,又笑着问他:"大叔还有什么问题吗?"卵生这才醒过来,连连摇头说:"没有,没有。"

自那以后,但凡这个年轻人讲课,卵生就听得格外认真。一边听一边还要盯住这个年轻人的前身后背,反复打量。身材高矮、体形胖瘦,脸形五官,衣着打扮,举手投足,都要看个仔细,比相新女婿看新媳妇还上心。看着看着,口里还要一时像,一时不像,摇头点头地跟自己说小话,弄得坐在他后边的学员听讲和看黑板都不自在。就有人拿钢笔狠狠地戳了一下他的后背说:"你真是个卵生哪,听个课就像裤裆里摆乌龙,左摇右晃的,一点都不安生。"

终于有一天,卵生自己跟自己打的这个哑谜揭晓了。学习班结束不久,陈老师果然到下乡的湖区来实地考察鱼庐,同行的还有县水产局的领导。领导是个女同志,副局长,也姓陈,一见到卵生,就大大方方地握住他的手说:"卵生同志,还记得我吗,我是月秀,当年跟你一起养鱼的月秀哇。"卵生一听,脑袋又像被人打进了一排子弹,把嘴巴和眼睛都穿了个大洞,半天合不拢来,手被人家握住抖了又抖,才结结巴巴地说:"记……记……记得,记得。"陈副局长又说:"记得就好。"又拉过站在身边的陈老师说:"他,你恐怕就不记得了吧?"卵生以为领导在跟他开玩笑,就说:"领导说笑了,他是我们的老师,前几天还跟我们讲过课,怎么就不记得了呢?"陈副局长就笑,陈老师也笑。笑得卵生摸不着头脑,不知道哪句话说错了。停住了笑,陈副局长就对陈老师说:"叫哇,叫。"见陈老师犹豫,陈副局长又说:"怎么,当了面就不敢了，叫哇。"陈老师这才像个孩子一样，怯生生地叫了一声："爹。"这一叫，卵生又听见脑袋里轰的一声，这回不像打进了一排子弹，而是有人往里面丢了一颗手榴弹，炸得他灵魂出窍，七孔生烟，半天才醒过神来。见陈副局长和陈老师都看着他，才对着陈老师，轻轻地回了一声："哎。"陈副局长这才如释重负地笑了笑说："好，认了就好，接下来我们就该谈工作了。"说着，用手一指，就要卵生带路，到鱼庐去转转。卵生只好带着她娘俩一个鱼庐一个鱼庐地转过去。爷俩本来就有一样的想法，转完了以后，不用细说，就一拍即合，决定在这里合作建立中华鳖养殖基地。双喜临门，月秀自是说不出的高兴。

那次学习班通知来学习的学员，是月秀定的名单。定名单的时候，月秀第一个想到的，便是卵生。这不光是因为他们当年有过在一起养鱼的经历，还因为她觉得他们父子俩也到了该相认的时候了。那天晚上过后，回到县城不久，月秀就发觉自己怀了卵生的孩子，就把这件事告诉了她的父母。月秀的父母都是县委的干部，觉得这件事事出有因，情有可原，不能怪道哪个，都主张不要惊动卵生，就这样把孩子生下来，他们帮着养大，日后再让他们父子相认。月秀在水产学校毕业后，一直在县水产局工作，"文化大革命"后才提拔当了副局长。儿子赶上了恢复高考招生，考上了省城的农学院。这次让他回来授课，也有点公私兼顾的意思，没想到她还未来得及安排，卵生就有了警觉，在课后对儿子反复盘问，人说父子连心，看来不假。二十多年过去了，自己和卵生都人到中年，儿子也已长大成人，听人说，卵生也像自己一样，一直守着单身。就想，这样也好，有个儿子连着他俩，又何必朝朝暮暮地厮守在一起。她给儿子起了个名字叫想生，是让他不要忘记给予他生命的这个人，也是纪念她自己的生命中那个不期而遇的美好瞬间。

听说卵生认了自己的亲生儿子，一家人都很激动。他爹说："难怪这小子稳得像八万，原来早就下好秧子了。"他娘说："管他早下秧，晚下秧，只要长出谷子来就行。"卵生是程先生托人抱来的，程先生自然是一样的高兴，就说："俗话说，瓜熟蒂落，水到渠成，该你有的你就有，不该有的莫强求，亏得你们天天逼着卵生相亲，要是真的相上了一个，我看这个孙子你们认还是不认。"说得卵生的爹娘只有呵呵呵呵地傻笑。

十二

认了亲，又定下了实验基地，想生就准备放手大干。他向学校申请了一笔科研经费，对确定为养殖池的鱼庐按需要进行了改造，特别把公庐作为改造的重点，他要让它成为野外养殖池的样板，将来好在别的地方大面积推广。为方便工作，又把公庐边上的那两间平房重新整修了一下，作为他和参与实验的学生的临时住所。一切准备就绪，就等着举行揭牌仪式。

县里和想生的学校对这个基地的建设，都很重视。揭牌这天，县里派来了一位副县长，也让想生的妈代表水产局参加。想生的学校也来了一位副校长，到时候都要在揭牌仪式上讲话。跟想生学校的副校长一起来的，还有一位嘉宾。这位嘉宾是个美国人，美国的名字叫Jenny（珍妮），另外还有个中国名字叫珍珠。珍妮说，这个中国名字，是一个中国老人给起的。老人说，珍妮和珍珠，都可以简称珍，叫起来既方便又好听。珍妮这次到中国来，是到想生的学校参加一个学术会议，这个学术会议虽然与中华鳖养殖没有直接关系，但与她感兴趣的生态和环境问题有关。因为是外国来的贵宾，乡下人没见过外国人，又是个女的，金发碧眼，觉得格外稀奇。为了满足群众的好奇心，也为了表示这件事连外国人都很重视，所以在双方领导发表了致辞之后，又破例安排这位外国友人讲几句话。珍妮不懂中国的规矩，一上来，既不表祝贺，也不提希望，而是讲那个给她起名字的中国老人的故事。

珍妮到中国留过学，会讲中国话，但又时不时要插进一些英语单词，弄得听的人像听道士念咒、和尚诵经，一脸子的懵懂。好在大家不是为了听讲，而是为了看人，所以会场上倒也安安静静，比听领导讲话有秩序得多。

珍妮说，这个中国老人是她家的一个邻居，她不知道他的中文名字，只知道他的英文名字叫 Duckweed，翻译成中国话，就是浮萍的意思。珍妮说，Duckweed 是一个很 unique（特别）的人，以前当过国民政府的外交官，驻在中东的一个小国家，后来国民政府跑到台湾去了，走的时候忘了通知他们，他就在一个朋友的帮助下，到了美国，办了一个 chicken farm（养鸡场），靠卖鸡肉鸡蛋为生，赚了一些钱。后来年纪大了，关了 chicken farm，买了一个带 pond（池塘）的 house（小别墅），晚年就以池塘养殖为乐。

珍妮常去他的池塘，因为专业的关系，也常常谈一些动植物的生态和环境方面的问题。珍妮发现 Duckweed 的池塘非常特别，里面不光长满了各种常见的水生植物，养了品种众多的鱼虾，还有些她很少见到的乌龟甲鱼黄鳝香鳅和田螺河蚌等水生物。Duckweed 说，可惜有些物种美国没有，否则，他的池塘还要热闹。因为地方偏僻，环境幽静，生态保持得好，所以常有各种鸟类来此栖息，邻近的加拿大雁，更是池塘的常客。Duckweed 的池塘虽然不大，但水面泥下，林间苇丛，到处都有各种生物在繁衍生息，就像一个小镇上的居民在一起过日子一样。珍妮觉得，Duckweed 的养殖理念，符合她所坚持的生物多样性原则，自然生长，相互为用，是实践她的生态平衡和环境保护主张的理想场所。她说："Duckweed 的中国池塘，是我心目中的 paradise（桃花源），我到中国来，就是为了寻找这样的中国池塘。听说你们这儿有这样的中国池塘，我就来了。我希望我看到的不光是一个养鳖池，而是一个远离杀戮和污染的动植物的 paradise。"

不管听不听得懂,珍妮的讲话都博得了一片热烈的掌声,主持人还就珍妮最后的话发挥了几句说:"是的,要像这位国际友人说的这样,爱护动物,不能杀生,也不要污染环境,鱼都污染了,还怎么杀着吃?"主持人的这个不伦不类的发挥,又博得了一片热烈的掌声。

揭牌仪式搞得很热闹,上上下下都很满意。虽然珍妮最后说的那句话,让想生听起来不顺耳,但又一想,珍妮毕竟是个外国人,不懂得中国的国情。中国现在正在搞改革开放,温饱是第一要义,总得让人的肚子吃饱了,荷包有钱了,才能去搞你那个远离杀戮和污染的paradise。这一想,又心下释然。等珍妮从台上下来,赶紧走上前去握住她的手说:"谢谢,谢谢,你讲得真好。That is great, wonderful!"珍妮也不谦虚,一边心安理得地听着想生的夸奖,一边跟想生提出一个要求说:"我想参加你的这个项目,可以吗?"刚才还说不想看到一个养鳖池,现在又想要参加这个项目,想生一时想不明白珍妮的葫芦里究竟卖的是什么药,只好客客气气地敷衍说:"好,好,欢迎,欢迎。"

搞完揭牌仪式之后,月秀没有马上回县,而是陪着想生去看他的爷爷奶奶。听说卵生认了自己的亲生儿子,白鳝和慧芹已是欢喜不迭,又听说自己的儿媳妇,竟是县里的一个副局长,现在就要上门来看望他们,更是受宠若惊,迎进门来端茶让座之后,竟不知道说什么为好。好在想生把喜欢看热闹的珍妮带在一起,于是众人就把说话的重心转移到了她的身上。听说珍妮在会上讲了一个中国老人的故事,大家都很感兴趣。想生的爷爷说,照这姑娘的意思,她见到的那位中国老人,莫非就是想生的太爷爷?想生的奶奶说:"像,也不像,她说的那个中国池塘,不就是想生的太爷爷当年修的公庐吗,怎么不说是鱼庐,偏要说是中国池塘,有这样的池塘吗?"见爷爷奶奶说起自家祖宗的事,想生倍感亲近,这时候就忍不住插嘴说,外国人不会发鱼字的音,把鱼念成油,说池塘他们才能懂。想生的奶奶见孙子这么有学问,就哦了一声,不再作声。

这时候，坐在一旁的程先生却慢悠悠地说："按说，没有这么巧。不过，想生的太爷爷最后一次离家出走，我记得是民国十六年。那时候，北伐军刚打到湖北，他说他要去一个叫什么桥的地方，就再也没有回来。"月秀见程先生记不住地名，就说："一定是贺胜桥，要么是汀泗桥。"程先生说："对，对，贺胜桥，贺胜桥。"又说："太爷爷当年参加了北伐，又是首义功臣，后来在国民政府当个外交官，也够资格。"想生的爷爷说："那后来为么事不回来找我们呢？"想生的奶奶就说："太爷爷那个人你还不知道，年轻时就是个抛生，后来又在国民党那边，去了外国，叫他么样找？"想生的奶奶见大家都看着她，自知这句话说过了点，就赶忙补救说："掌嘴，掌嘴，我是说太爷爷年轻时不顾家，没别的意思，没别的意思。"众人就笑。抛生在当地是说一个男人只管自己在外面浪荡，吃喝嫖赌，不顾家人。珍妮不知道抛生是什么意思，也不知道大家为什么要笑，也跟着大家咯咯咯咯地笑了起来。

想生的中华鳖养殖基地搞得很成功。成功的原因，一是这种大学和承包户合作的模式，不光是乡下人没见过，就是大学和科研单位，也是头一回，大家的积极性很高，地方和学校的支持力度都很大。二是得益于这期间中华鳖人工控温养殖技术的实验成功。和所有的鳖类一样，中华鳖也喜欢冬眠，所以一年之中，只有气候温和的季节，才适合中华鳖繁殖生长，天气冷了就不行，严重影响了养殖的产量。实行人工控温以后，改变了中华鳖的冬眠习惯，在寒冷的冬季，也可以交配产卵，繁殖生长。虽然这时的人工控温技术还不是很成熟，鱼庐的环境和条件，也不利于人工控温。想生就想办法让他爹带人在鱼庐边修起围墙，在围墙上搭盖顶棚，通过围墙夹层的火沟给围墙加热的方式，控制棚内的温度，第一年就实现了中华鳖的全天候养殖，大大提高了中华鳖的产量。加上这期间市面上各种鳖精产品流行，有一种鳖精产品，就叫中华鳖精，喝了它不光强身健体，包医百病，听说还有一个赛跑队，队员喝了它，跑出了好几个世界冠军,中华鳖的销路由此打开。想生的中华鳖养殖基地一时风生水起,成了农村经济改革和高校科研体制改革的双重样板。

既搞了科研又赚了钱的想生,自然踌躇满志,想进一步扩大中华鳖的养殖规模,就把眼睛瞄准了沿湖各村的鱼庐,想成立一个鱼庐养鳖的联合体。为此,又登记成立了一家公司,自己干脆停薪留职,专门打理这个公司。公司成立的时候,珍妮正好在中国访学,听到这个消息,专程从北京赶来祝贺,还缠着想生,要他兑现承诺,让她参加他的团队。说要跟他学习中华鳖的人工养殖技术,研究鳖科动物从野生到人工养殖过程中,生态和习性的变化。想生被缠得没法,只好让她跟着团队活动,有时也给她派点活儿干,让她当个见习生。

珍妮的性格很活泼,也很开放,没过多久,就跟所有的人都混得精熟。大家都亲热地叫她珍珍,她有时也用珍珍的谐音(真真)开玩笑回应说,不是假假。因为经常出去做田野调查,所以,对鱼庐养殖这种野外作业,珍妮并不陌生。泥里水里,轻的重的活儿,她都干得来,干上瘾了,连饭都顾不得吃。乡下没有面包,有时放不下手里的活儿,就一边嚼着饼干,一边随手掰个蒿芭,扯条藕带,或用脚指头在泥巴里抠个野荸荠往口里塞,弄得嘴巴上黄一块黑一块的,就像糊了一坨鲜牛屎。遇到在棚子里干活,闷得满头大汗,热得满身湿透,就当着众人脱下衬衫,卷巴卷巴,在头上身上胡乱擦一把,只穿一层贴身内衣,又继续干活。干完了,跳进鱼庐里哗哗啦啦地游一圈,出来换上一身干衣服,又问想生要活儿干。乡下人见过泼辣能干的野丫头,没见过像珍妮这样野又这样能干的,都说想生要是娶了这样的媳妇,这辈子就受用不尽了。就有人当着珍妮的面问:"珍珍,找婆家没?"珍妮说:"你是问我找没找男朋友,是吗?"问的人说:"对,对,对,找了没?"珍妮说:"找了,找过几个。"问的人就说:"哦,那就算了。"珍妮见问的人很失望,又说:"有问题吗?"问的人说:"没问题。"珍妮说:"那你,为什么要问我?"问的人说:"我是说,找了就算了,要是没找,就嫁给我们想生得了。"珍妮这才明白他的意思,就哈哈大笑说:"我愿意呀,只怕你们的想生看不上我这个黄头发蓝眼睛的洋妞儿。"

十三

说话间就到了1998年。这年鄂东大水,肆虐的洪水不但吞噬了房屋农田,也淹没了养殖基地的鱼庐。大水将来之前,想生就要珍妮赶快回北京去,说留在这里危险。珍妮却坚持要留下来跟想生一起并肩战斗,还说她没有参加过他们美国的密西西比河的防洪,参加一次中国的伟大河流长江的防洪斗争,也是一个光辉的历史。想生说,长江离这儿还远着呢,一时半会还不会有事,我们只要保住后河的大坝就行。珍妮说,那我就留下来跟你参加保坝斗争。珍妮这些年常来中国访学,她跟北京的一所大学,还有一个合作项目,想生这里也就成了她的行宫别院,时不时要来住上一段,撵也撵不走。撵急了,就嬉皮笑脸地跟想生说:"除非你把我娶了,否则,我就缠住你不放。"想生被她缠得没法,也只好由她去了。

长江的水涨得快,后河的山洪也下来得猛,数日工夫,便平了坝顶。后河的大坝一破,不待长江决堤,内湖就成了一片泽国。虽然村里的地基挑得高,房屋尚可保全,下湖的鱼庐就全翻花了。村里人这些年都外出打工,留在家里的青壮劳力,本来就不多,都由想生的爹带着,跟着当地干部和外面调来的部队,上了长江干堤。想生的基地因为是合作单位,没有编入当地的防汛大军,他和珍妮于是就跟着村里的老人和妇女,防守后河的堤坝。

后河的堤坝有一个拐弯,形状就像豆腐坊吊浆的布袋,袋底正对着内湖的村子和农田。里面兜满了水,外面胀鼓鼓的,如喂奶的母牛身子底下吊着的乳房一般。一波一波的山洪在里面不停地冲刷，冲得坝身颤颤悠悠的，别说推土的人车行走，就是在外面加点沙袋木桩，也怕把这个布袋搞炸了。村里能用的材料都用上了，门板窗户，板凳饭桌，衣柜床架，楼板木箱，都拿去挡浪，就差把房子全拆了。女人豁出被单去做沙袋，老人豁出棺材去筑土牛，就连农具渔船，紧要关头，也都忍痛填上去。先堵水，后活人，这是祖祖辈辈传来的章程，无论男女老少，连眼睛都不眨一下。

想生和珍妮从来没见过这阵势，既感到新鲜刺激，又觉得有几分悲壮。想生就想，这么大的事，自己除了出这点劳力，还得做点物质上的贡献。现在出钱去买防汛物资，已来不及，买了也运不到，自己的家不在这里，也没有什么可以往外拆拿，唯一的只有鱼庐那个养鳖的保温棚，拆下来也许还能顶点用，就和珍妮带着几个人去拆保温棚。

走在路上，想生便想着这几年基地和公司的运营情况。中华鳖养殖在赚到第一桶金后，想生便把全部资金投入保温棚的改造，完全按照人工控温养殖要求，拆换更新了土法保温的设施，基本上把传统的鱼庐改造成了现代的温室，同时也进行了技术上的更新改造，使人工控温养殖更合规范，更加有效。正当基地的事业蒸蒸日上，中华鳖的市场突然遭遇严霜。起先，想生就听人说，鳖精产品保健养生是骗人的，有人还跟他讲了一个故事，说是一家鳖精生产厂家，用一口大锅熬制鳖精，只放了一只鳖，熬到最后，揭开锅盖一看，发现这只鳖在里面闷得难受，早就趁加料的机会跑了，结果就用这些糖精香料熬的水装罐，贴上商标冒充鳖精卖钱。还有的说，这只鳖兑水熬了十几年还没用完。有的干脆说，这只鳖只养在池子里供人参观，压根儿就没下锅。想生当然不听这些乡民胡编的故事，但是，后来有人说，当年自称喝了中华鳖精，跑出几个世界冠军，捧红了中华鳖精的运动队，涉嫌服用兴奋剂，却是白纸黑字写着的，你不能不信。中华鳖精的销路，就此一蹶不振，想生的中华鳖养殖实验，通过与承包户联合，带动农民致富这条路，也走到头了。虽然这以后，基地还在维持运转，但收益和双方的热情，都大不如前。有许多合作的农户，都恢复了传统的鱼庐养殖模式，种上了莲藕菱角荸荠蒿芭慈姑鸡头水芹，放养了青草鲢鳙鲤鲫鳜鲌和乌龟甲鱼黄鳝泥鳅螺蛳蚌壳，跟老式的鱼庐和珍妮说的那个中国池塘，没有两样。保温棚既然已经成了聋子的耳朵，这时候拆了，还能救急，派上用场，等将来自己烂了垮了，那才真叫死得难看。

　　拆棚的工作量很大，来帮忙的都是些老弱妇孺，只能打个下手，真正爬棚上顶，大拆大卸，只有靠想生和珍妮这两个强壮劳力。不到半日，两人便累得筋疲力尽。这天正在拆卸公庐的棚顶，突然听得坝上传来一阵当当当当的锣响，站在棚顶的想生朝锣声响起的方向一望，就见坝上坝下的人，像燕子一样往两边飞奔，人流像一匹撕裂的黑布，豁开的口子中，突然蹿起一股白色的巨浪，落下来就像半空中投下的一颗炸弹，把堤坝炸开了一个缺口。接着便有轰轰隆隆的声音，像旱天的闷雷一样，隐隐传来。想生说声不好，出事了。话音未落，就见水头贴着地面，像一层厚厚的地毯，起起伏伏磕磕碰碰呼呼啦啦地席卷过来，说话间，就已到了珍妮脚下。珍妮在旧金山的贝克海滩冲过浪，见过这种汹涌而来的水头，一边弯下身子迎着水头扑过去，一边对着想生大喊："Jump（快下来），jump！"想生见状，也来不及回应，就一松手，呼的一下，从棚顶跳了下来。想生落地的时候，正好一股水头卷着珍妮冲进鱼庐，两人都想伸手去拉对方，结果便被撞在一起，你扯着我，我扯着你，围着鱼庐的边沿不停地转圈儿，等到水头过去了，水势稍稍平缓，两人才挣扎着爬上围岸，放眼一看，那两间平房还在，就跌跌撞撞地跑了过去。

　　房子里已有些人，都是来帮忙拆棚子的。想生说："你们往屋里躲，就不怕房子倒了压着你们啊？"内中的一个老者说："不会的，别看水头来得猛，那是吓唬人的，其实硬劲早就消了，听过打雷没有，听到雷声就打不死人，要打死人早就打死了。"想生无心理会老者的道理，就说："只要人没事就好，鱼庐完了就完了。"刚才说话的老者又接嘴说："鱼庐也完不了，说不定比现在还要好些。"想生知道老者在宽慰他，就说："您老说得巧，棚子也拆了，鳖池也翻了，还怎么比现在好些？"老者说："鱼庐本来就不是养甲鱼的，要不，就叫甲鱼池子得啦，还叫个么事鱼庐？祖宗传下来个鱼庐，就是龟鳖鱼虾的村子，有村子就有住人的房子，房前屋后就要养猪养牛，种瓜种菜，笼里有鸡，塘里有鸭，还得插个杨种个柳的，看上去爽眼。光养个人，那不叫村子。光养猪牛鸡鸭，也不叫村子，那叫猪圈牛栏鸡埘鸭棚，村子就得什么都养，那样，日子才过得有滋味。"末了，还要笑眯眯地问想生说："你说是不是这个理？"想生一时答不上来，就点点头说："是的，是的，您老快带人回家吧，回晚了怕家里人担心。"老者一边招呼众人离开，一边也叮嘱想生说："你们也早点回，鱼庐毁就毁了，东方不亮西方亮，天无绝人之路，想开些。"望着这些村人渐渐远去的背影，想生这才觉得老者的话里有话，一时竟傻站在那里，半天没有回过神来。

　　房子里到处都是水，连个坐的地方都没有。想生和珍妮只好面对面地站着，你看着我，我看着你，像大雄宝殿里的两尊泥塑。适才在鱼庐里打转，两人就像进了一个洗衣桶，被汹涌的水头冲激着，不由自主地旋转，身上的衣服都被搅成了面卷儿，大片大片的皮肉都露了出来，无论怎么抻扯，也遮挡不住。乡下人见惯了男人打赤膊，却很少见过女人像这样近乎赤身露体的，何况还是一个外国女人。所以，在想生和老者说话的时候，都躲躲闪闪地拿眼睛看着珍妮，看得珍妮有点莫名其妙，不知道自己身上到底有什么异样。等那群人走后，就问想生："他们刚才为什么要看我？"经这一问，想生才认真看了珍妮一眼，发现这时候的珍妮，就像他看过的一幅外国的油画，画面上是一个半裸的姑娘，手里举着一面旗帜，正在号召身边的人跟着她前进。丰满坚挺的乳房，像她的头颅一样高耸着。被风掀动的长裙,包裹着她健壮的大腿和赤裸的双脚,显得既悲壮又迷人。面对这样的画面,想生一瞬间竟萌发了拥抱珍妮的冲动,刚要伸出手去,却又停在原地说:"你好看呗。"珍妮说:"你也这样认为吗?"想生本来想随口说声是的,突然一想,这一说,便中了珍妮的圈套,就改口说:"我要是这样认为,刚才也会看你。"珍妮说:"你现在不也在看我吗?"想生正想说我看了吗,突然见珍妮猛地往上一跳,顺手抓住他的胳膊,大声惊叫着:"Snake(蛇),snake!"想生朝她脚下一看,没见有蛇的迹象,就扶住她的肩膀说:"别紧张,别紧张,没有蛇,没有蛇,有蛇也不怕,水蛇咬个疱,一边走一边消。"珍妮听不懂中国的谚语,仍然紧紧地抓住想生的胳膊不放,想生只好半扶半抱着珍妮的腰肢,珍妮也顺势搂住想生的后背,两人就这样你搂我抱地朝门外走去。直到走出房门,珍妮还忍不住要往后看上一眼,生怕身后有条蛇追了上来。

  门外已是一片汪洋。后河的山洪从坝上的缺口冲下来以后,起先是像瀑布一样朝湖滩上倾泻,而后,便在滩上的湖田和鱼庐间打转,不到顿饭工夫,湖田里正灌浆的稻子都齐了脖颈,莲藕蒿芭菱角慈姑鸡头水芹都沉入水底。鱼庐里的龟鳖鱼虾,经过大水的翻搅冲击,也从安乐窝里奔逃出来,四处流散。珍妮刚才说的蛇,其实就是这些四处流散的游鱼在她脚下冲撞。想生知道,这就是老人说的泛湖翻庐,泛湖的稻子瘪谷多,莲藕菱角蒿芭慈姑吃起来不爽糯,就连鸡头苞秆子水芹叶子,炒熟了还带着水生味。鱼庐里的龟鳖鱼虾,就更不用说了,住进鱼庐的龟鳖鱼虾轻易不会出来,逃出鱼庐的龟鳖鱼虾,就别想收回去了。当地人说,泛湖翻庐,爹哭娘愁,爹哭谷瘪,娘愁鱼游。看来,经过这一次山洪,基地要恢复元气,怕不那么容易。正这么想着,珍妮突然指着不远处的水面说:"Look,UFO(飞碟),UFO!"顺着她的手指看过去,想生果然发现了一个簸箕大小状如飞碟的黑色圆盘,正在不停地游动,忽而向东，忽而向西，一时散开，一时聚拢，散开时像一条长龙，聚拢来又像一扇磨盘。随着圆盘的变动，隐隐约约还能听到哗哗哗哗的水响。想生知道，这就是传说中的鳖咬尾，听村里的老人说，这样的奇观，百年不遇，以前是发大水的时候，在水面上游累了的甲鱼，怕被卷走了，沉入水底，就互相咬住对方的裙边，一个连着一个，抱成团浮在一起。这一次怕是养在鱼庐里的中华鳖，趁着翻庐跑了出来，呼啦一下碰到一起，扎成一堆，为抵抗山洪的冲击，在相互帮衬，相互救助。看到这幅景象，想生禁不住感叹说，难怪老人说鱼庐不是甲鱼池，甲鱼有甲鱼的活法，看来甲鱼真不是人养的。

十四

　　这年大水过后，内湖果然是别一番景象。大水之前，从来只种稻子的湖田，许多承包的农户都改种了经济作物。这经济作物也不是什么稀罕的物种，而是鱼庐里常见的莲藕蒿芭菱角慈姑鸡头水芹之类的水生植物。只不过原先在鱼庐里长着，是龟鳖鱼虾的深宅大院，单种在湖田里，就是能换钱的天然食品。这些年人的口味都发生了改变，野生的东西，不论动物植物，都是酒席饭桌上的珍品，所以身价倍增，种植的农户也趁机赚了个盆满钵满。因为不再做中华鳖的人工养殖实验，想生也中断了与鱼庐农户的养殖合同，将他的基地改名为湖鲜生产基地，公司也改行经营这些湖鲜产品。跟着想生经历过这次大劫的珍妮，也无意回国，就办了一个来往中国的长期签证，干脆在想生的公司长驻下来，她说，她也要让她的研究来一个转型，由研究生物的多样性问题，转向研究食物的多样性问题。

　　这年夏天，换岗到县旅游局当了局长的月秀，有一次下乡调查旅游资源，专程来到了想生的湖鲜基地，想利用这里得天独厚的环境和条件，像沿湖其他的村庄一样，发展乡村旅游事业。月秀在村里开了一个座谈会，召集村里的老人和农户代表，要他们谈谈对这件事的看法。村里的老人很多人一辈子都没出过远门，更不知道旅游是怎么回事，听说有人来玩还要收钱，就觉得不厚道，说这种事做不得，做过了要遭人议论。被在外面工作的儿孙接出去玩过，有过旅游经历的老人就说，这有么事稀奇的，哪有让人白逛白玩的事，到外头去玩，走一圈，看一眼，都要交钱，有时上个茅房，屎尿让人家拿去做肥，还要收你的钱。有个儿子在大学当教授的老人，在城里住得久，见的世面多，懂的事理也多，就率先表态说："我举双手赞成，如今搞旅游，不是想生的太爷爷当年修公庐，全族的人共有共享，他那个想法现在行不通，我儿子说，那是'乌龟邦'，空想。"月秀见说到想生的太爷爷，就笑着纠正他说："是乌托邦，不是乌龟邦。"众人也跟着笑了起来。等大家笑定了，月秀就说："乌托邦也是一种理想，有理想总比没理想好。乌托邦也是可以实现的，想生的太爷爷修的公庐，我们几代人不都受用了吗？现在我们的这片湖产，也是一座公庐，我们搞乡村旅游，就是要像想生的太爷爷那样，把这座公庐修起来，有吃有住，能玩能耍，让天下人共享。不过，在享受的时候，得交点钱，付点代价，这也符合公平交易的原则嘛。"

月秀的这番话，在座的人听得半懂不懂，但大家都明白一个意思，就是今后湖田里种的，鱼庐里养的，不论是什么东西，也不管是吃下去的，还是看一眼的，都得花钱，吃得多的，看得久的，花钱就多，要想住下来久吃久看的，那就得花更多的钱。这样赚钱似乎很简单，农户们听了都很高兴。想生就顺势把自己的湖鲜生产基地，转向经营乡村旅游，把湖鲜生产贸易公司，改为乡村旅游文化公司。为了纪念自己的太爷爷那点未竟的理想，想生给公司起了一个大气的名字，叫大道乡村旅游文化公司，以示大道之行，天下为公，也表明发展乡村旅游，是一条让农民脱贫致富、走向小康的光明大道。公司的经营方法，也沿袭太爷爷当年开公庐的理念，股份共有，经营自主，像当年一样，在共有的公庐里经营各家的私庐，公庐的共享，私庐的私有，公私兼顾，家家富足。那时节，正碰上流行农家乐，于是在内湖的鱼庐旁、湖田边，各家各户搭盖的水棚旅店，修建的湖鲜餐馆，就像天上的星星一样，点缀在青禾白水之间。看到这番景象，珍妮也觉得实现了她的理想，她希望自然界的各种动物植物，都能在一个自然的空间里自由自在地生长，就像大水过后，翻了庐的龟鳖鱼虾，再也不受鱼庐的约束，在湖田里与水稻和其他水生植物混养一样。各家各户的鱼庐，也成了珍妮理想中地地道道的中国池塘，物种多样，立体养殖，生态平衡，同生互补。唯一让珍妮感到遗憾的是，游客的浪费太大。多样性的食物本来是为了营养的均衡，结果反而造成了多余的浪费，这让珍妮十分痛心，就在想生面前抱怨，还建议想生学习西方人的分餐方式，让游客各吃各的。想生笑笑说："你这个建议好是好，就是没这么多洗碗工，只怕农户赚的那点小钱，连买碗买碟都不够。"珍妮知道想生不会接受她的意见，又遭了挖苦，就学着那些性子泼辣的女孩，拿一根指头恨恨地戳着想生的额头，用标准的当地方言说："你这个木鱼（芋），真拿你冒得法。"

那天开完座谈会后，月秀特意取道经湖边的小镇回城。自从与卵生有了那层关系，月秀就十分留意卵生的家族故事，也听人讲过想生的太奶奶和太爷爷的那段私情。如今，两位老人都各有所归，想生的太奶奶后来真的出了家，前些年在后山圆寂，活了九十多岁。想生的太爷爷虽然不知去向，大约也就是珍妮讲的那位中国老人的归宿。由想生的太奶奶太爷爷，又想到撮合这一对野鸳鸯的金县令的那个同年，老先生要是健在，该有一百多岁高龄。她真想见见这些老人，听他们讲讲人生，讲讲历史，她这个旅游局局长不能光管人家吃喝玩乐，还得有点文化修养、历史知识。

汽车沿着湖边的公路，一直开到小镇。进了小镇之后，很容易便找到了想生的太奶奶那个年伯的家。老先生早已作古，他的后人在镇上开了一家小店，专门经营旅游产品。这些年，来湖区休闲度假的人越来越多，小镇是必经之路。在这里，买些游泳救生或垂钓用品，租一顶帐篷或一条小船，补充点食品饮料，就可以找一家农家乐，或在湖滩露营，度过一个美好的周末或长假。小店也经营一些旅游纪念品，这些纪念品与外面的旅游景点上卖的千篇一律的小玩意儿不同，都是些捕鱼器具的微缩模型，也有一些介绍本县历史文化民情风俗的小册子。月秀一边浏览一边与店主攀谈，店主见月秀对自己的老太爷爷很感兴趣，就从柜台里面拿出一本发黄的线装书，指着上面的书名说，这是我家老太爷爷手写的《乡俗记趣》，都是原稿，里边有些文章还上了县志。老祖宗只留下这点遗产，算是我们家的一件传家之宝。月秀听说过这本记载了那则催情故事的书，还特意到县志办去查访过。县志办的人说，年代太久了，当时只是做了些纲目提要，并未选录全文，未必留有原本。今天竟在这里得睹真容，说来也是有缘，当下就向店主借阅。店主听随从的司机介绍说这是县旅游局局长，就答应让月秀带回县城去看，可以日后再归还。月秀当即谢过店主，就捧着这件宝贝回了县城。

  这天夜晚，在外面跑了一圈，看了无数景点，开了无数大会小会的月秀回到县城，稍得空闲，就翻开这本《乡俗记趣》，细细阅读。书不厚，满纸繁体的蝇头小楷。月秀上学的时候，汉字虽然还没有简化，但后来一直用的是简化字，乍一看繁体，就觉得面生。老先生写得很随意，大都是乡野流传的趣闻逸事，加上自己的一些议论感想，并非严格的民俗知识。这样的书，有个好处，就像书名上说的那样，读来有趣，常常让人忍俊不禁。月秀一边读，一边做些笔记，以备日后要用时参考。读到那则催情故事，月秀禁不住笑出声来。月秀记得，县志上的这则故事，只言其事，粗陈梗概，不免直白简陋，经过老先生随意点染，敷衍成文，竟妙趣横生。其文曰：

  天地有阴阳之分，阴阳合而生人；人有男女之别，男女合而人欲成。

夫男女和合，人之大欲。泄之者，如江河之水；滞之者，如塞川之堰。世间万物，凡有生者，莫不如是。龟鳖鱼虾，其有外乎？去岁年杪，有人告余曰，乡人见有男女野合，赤身露体，明火朗照，你推我迎，辟驳有声。人皆以为不齿。余曰，见有水族交尾乎？曰，然。见有水族衣冠交尾乎？曰，不然。余又曰，见有水族交尾，遮天光而蔽日月乎？曰，不然。余曰，故人亦如是，何来水族如是而人则非耶？况于万物发情之季，水族交尾之期，人欲助成其事，不与媾而自媾，岂非常理，又何来不齿？欲助成其事，又熄灯灭火，遮天蔽日，其情之状，其欲之力，又何以达于水族？故乡人所言野合，不关风化，实为催情，异类同喜，人鱼共乐，乃吾乡之良俗也。

月秀怕毁了书页，不敢复印，也不愿拍照，就一字一句工工整整地把这篇文章抄了下来，后来有一次下乡，见到想生，就把这篇文章交给他，要他也仔细读一读。想生读了，也觉得有趣，又一字一句把中文的意思给珍妮讲了一遍，还让她用英文翻出来，日后带到国外去，让洋人也乐一乐。珍妮一边听讲，一边翻译，听到译到要紧处，也禁不住笑出声来，就跟想生说："你们中国人真行，连做爱也讲个物我同一，同喜共乐。"想生说："这难道不好吗？"珍妮说："好是好，只怕到了鱼儿发情的时候，没有这么多人想做爱，要是没有人催情，满肚子的鱼精鱼子岂不是像塞川之堰，要把鱼憋死？"想生知道珍妮在有意报复他，就故作生气状，大声说："叫你翻你就翻，哪来这么多废话，又没让你去催情，你着哪门子急呀？"哪知珍妮却嬉皮笑脸地回答说："要我去催情也得搭上你呀。"想生见这玩笑开过头了，就不再理她。

这年夏天，正是旅游旺季，远远近近的游客，把各家各户的农家乐都塞得满满当当的。湖滩的干地上，有人支起了帐篷，在外面露营。有钱的人家，开着房车，停在鱼庐边，就地取材，过起了小日子。入夜时分，到处灯火闪烁，人声喧闹，放眼望去，就像《三国演义》里写的蔡珸、张允的水军大寨。

　　这天夜晚,珍妮挽着想生,行走在水寨之间,两人边走边说些闲话。想生说:"你就这样打算一辈子赖在中国不走了?"珍妮说:"一辈子赖在中国不走,是肯定的,就这样,那就未必。"想生说:"不这样,你还想哪样?"珍妮说:"你想我哪样,我就哪样。"想生说:"你要哪样,也得我想呀?"珍妮说:"你现在不想,将来也不想吗?"想生说:"那就等将来再说吧。"珍妮说:"这就对了。"说着,趁想生不注意,猛地转过身来在他的脸上亲了一口。想生正想避开,突然发现不远处的堤坝上,有一台亮着警灯的警车呼啸而来,就拉着珍妮朝坝上奔去。

　　来人是镇上派出所的警察小李,跟想生很熟,想生问:"出了什么事?"小李说:"有人举报你们公司的农家乐在放黄色录像。"想生就问是哪一家,小李用手一指说:"就是那一家,过足瘾。"想生知道那是县城下来的一个承包户开的农家乐,当初起这个名字的时候,想生就觉得不妥,建议他改一个。那人说,有个很有名的作家写了个小说,就叫《过把瘾就死》,怕侵犯版权,我只用了其中的两个字。想生见作家都这样写,只好由他去了。就问小李:"不会抓人吧?"小李说:"影碟和放映机肯定是要收缴的,按规定罚款也是必须的,人嘛,我也要带走拘留些日子,对这种人要严加训诫,以儆效尤。"想生说:"那你执行公务吧,我不耽误你。"当下就跟小李握手告别。小李说:"按道理我也要追究你的责任,这次就免了吧。不过,你也要注意,鱼庐里的鱼不好管,来吃鱼的人更不好管。"想生只好频频点头,连连称是。站在一旁看热闹的珍妮一直在偷笑,等小李走后,竟扑哧一下笑出声来。想生问她为什么笑,珍妮说:"你让我翻的文章不是说,让人做爱给鱼看,是催情吗,那人做爱给人看呢,不也是催情?"想生狠狠地瞪了她一眼,转身就走,这回他真是生气了,觉得珍妮这丫头别的还好,就是有时候疯疯癫癫,说话太没正形。

少年行

少小无端惯放狂，骄骑沙牯战牛郎。
探得湖山开洞府，便教人鬼捉迷藏。

——定场诗

一、下湖路上

川儿一趴上他家那条水牯的背，小卵子就硌得生疼。

人家的牛走起路来，像戏台上的县官，四平八稳；川儿家的水牯一出村，就一路疯跑。

走得快一点的肉猪，被他吓得哼哼乱叫，也跟着疯跑。拖儿带女，慢悠悠地走着的猪娘，怕她的儿女被踩着了，只好带着队伍往路边避让。还有那避让不及，腾挪不开的，就像下饺子一样，扑扑啦啦地都掉到路边的秧田里去了。

秧田里的头季稻正在灌浆，就要成熟。掉下去的猪儿晕头晕脑，不辨方向，往秧田中间冲了一段，见猪娘还在岸上，又挣扎着想爬回去，田里的青秧顿时倒伏一片。

就听见下湖的队伍里有人开骂，骂么事，谁也没听清楚，无非是骂川儿没把自家的牛看好，再就是骂川儿家的水牯发疯，骂完了人就骂畜生。村里的男人女人，哪个不是张口就骂，骂人是一日三餐，家常便饭。

再说，骂的人也不是认真生气，都知道这样倒伏的秧，很快又会长回来，何况这秧田又不是白家的，骂几句就图个嘴巴快活，闭了一夜的嘴，都闭臭了，这一开一合，吸几口凉气，也是蛮舒服的。

川儿也不理会，只顾在牛背上调整自己的姿势。

水牯的背宽，川儿的腿短，除了一根牛索，又没个抓挠，调整起来十分困难。

眼见得脚下的大猪小猪纷纷乱窜，耳边的骂声叫声此起彼伏，自家的水牯，却像杀红了眼的李逵，只顾挥动板斧排头砍去，挺起双角一路狂奔，哪管得了脚下磕着了谁碰着了谁。

川儿想，像这样下去，只怕自己的卵袋子要被颠破，只好张开双臂，紧紧抱住水牯的脖颈，又用胸口牢牢贴着水牯的前脊，再把下半身抬起来，像倒立的蜻蜓，跷起双腿，随着牛背的起伏上下簸动，死活不让张开的裤裆碰着了牛背。

终于赶上了元贞家的母牛。

一靠近母牛，川儿家的水牯就迫不及待地抬起两条前腿，搭上母牛的后背。紧接着，元贞的身后，就发生了一阵剧烈的冲撞，等骑在牛背上的元贞回过头来，才发现川儿家的水牯正在跟自家的水沙（母牛）爬骚。

元贞就冲着川儿大喊，下来，下来，快下来，水沙一颠屁股，就要把你摔死。

川儿往下一看，自己已被上半身挺立着的水牯悬在半空当中，上不得上，下不得下。

水牯的身子不停地耸动，川儿抱不紧也贴不住，只好闭上眼睛，死死地拽着那根救命的牛索不放。

谁知这一拽，竟把水牯的脑袋从水沙背上拽弯了过来，正在兴头上的水牯突然哞地叫了一声，一甩脑袋，牛索带着川儿，就像一粒泥丸一样，从半空中被抛到秧田里面，半天爬不起来。

元贞见状，也从自家的牛背上往下跳，冲过去把川儿从泥水里拉起来，一边拉一边埋怨川儿说，叫你跳，你不跳，你看险不险，要是掉到水牯的胯裆下面，公的母的，手忙脚乱，踩也要把你踩死，没听老人说吗，宁挨千刀万万刀，不惹公母爬骚。

末了还要补上一句说，你家的水牯真骚。

川儿说，你不撩，它也骚不起来。

元贞就笑，说，你说清楚啊，我没撩，是我家水沙撩。

两人就这样站在路边，你一句我一句地等着这一公一母把那事做完，才又骑上各自的牛背，相跟着朝湖堤那边走去。

被堵成了一条长龙的下湖的队伍，也开始缓缓移动，像后河的积水打开了闸门。

二、骑在牛背上打仗

翻过湖堤，是一片湖滩。

湖滩很大，像画上画的草原。

湖滩外面，是一片湖水，水面更大，像书上说的海洋。

湖水一半是从后河顺流下来的山洪，一半是从长港倒灌进来的江水。

湖滩被流过的后河切成两半，一半在东，一半在西。

东边有一段湖堤，叫东坝；西边也有一段湖堤，叫西坝。

住在东坝的人和住在西坝的人，世世代代守着这片湖水和湖滩过日子，睦邻友好，相安无事，两边的人，还有许多谁也说不清楚的亲套亲友绊友的关系，平日里来往频繁，不分彼此。

只是每次淹了大水之后，为了重新划定湖滩的边界，东坝和西坝都会有一次抢滩的争斗，那是祖辈留下来的规矩，慢慢地就成了一种习俗。

就是抢滩的时候，两姓人也顾着面子，都用长裤反包着头脸，从上面剪两个洞看人，像电影里的三K党，俗话说，人怕抵面，树怕剥皮，反正也不知道对方是谁，就是姑爷娘舅，也敢放手争抢，这就叫翻脸，翻脸不认人，抢起来才尽兴。

虽然在抢滩的时候，有时候也会发生一些意外，却从来也没有伤着和气，抢完了，又各自守着新的边界捕捞放牧，直到下一次淹水之后。

到了川儿和元贞他们长大的时候，已不兴抢滩，说那是宗族械斗，严令禁止，但各家大人却喜欢把抢滩的故事当作饭桌上的谈资。

有那参加过抢滩的老人，或见过抢滩的父辈，更是这个故事的主角，抢滩的过程和细节，由他们添油加醋地说得天花乱坠，这其中，自然也免不了要夸大自己的本领和作用，让这帮小辈子一听就想起说书的猪娘嘴说的，燕人张翼德，常山赵子龙。

不论真假，除了恨自己晚生了几年，这帮听故事的小辈子，都只能张着嘴巴点头，心悦诚服地拜倒在这些英雄脚下。

也有那不满足于听故事的，也想像大人那样过一下抢滩的瘾，东西坝都有这样的孩子。

不知从什么时候开始，东西坝骑牛下湖的孩子，过了湖堤之后，都不解牛鼻券，也不收牛索，都把自家的牛当战马，要骑在牛背上打一仗，才把牛放开。

打赢了的，就是这天的大王，要坐金銮殿，让打输了的下跪磕头。

仗打完了以后，不论输赢，还是以湖滩中间流过的后河为界，各到各的半边湖滩放猪放牛，打草挖菜，就像大人抢滩过后一样。

堤下面正好有一片空场，堤坝上有防洪时筑的几座土牛，参差排列，错落有致，显得峰回路转，山峦起伏，看上去，就像连环画上画的战场一样。

要打仗，总得有个领兵的头儿，东坝的孩子就公推国梁。

国梁是个哑巴，听说是小时候生病吃错了朱砂，在东坝这群孩子中，国梁最大，辈分最高，川儿和元贞他们都叫他叫叔。

国梁不光年龄大辈分高，而且讲义气胆子大，村里的孩子，有什事，都是他出头，有时候，大人有些事，也要找他，都说他认哑理，没有人争得过他。

其实，这只是村里人的一个说道，国梁连话都不会说，还能跟人争个么事，村里人主要是看中了他那个一根筋认死理的脾气，他答应了的事，就没见有办不到的，不达目的，决不罢休。

有一次，有人差元贞的爹卖猪儿的钱不给，元贞的爹找到国梁，国梁就天天跟在那人背后讨要，那人走到哪，他就跟到哪，最后竟坐在那人家门口不走，直到这家人觉得实在丢不起这个脸，才给了钱打发他走人。

事后，村里人都说，这就叫哑人讲哑理，也只有用这种哑法子，才能治得了这种人，国梁于是名声大振。

国梁带的东坝的队伍，有十多头牛，下了湖堤之后，就在湖堤下边的空场子上，一字儿排开，等着西坝的孩子骑牛过来，一会儿，西坝的牛队果然也排成一字朝这边走来。

看看两支牛队将要靠近，国梁举起手中的木棍一挥，就带着队伍冲了上去。

往日接上火以后，就是一场混战，不分兵将，也不讲打法，只是各自骑在牛背上，挥动手中的棍棒竹片，在对方阵中横冲直闯，挡不住的一方，就往后退，退到湖水边上了，就得认输。

东坝的孩子因为经常占着上风，从来没把西坝的牛队放在眼里，往往不到一泡尿工夫，西坝的牛队就溃不成军，一败涂地。

这天的架势跟往常一样，国梁在前，川儿和元贞紧随其后，其他孩子依次呈楔形展开，跟着他们朝西坝的牛队冲去。

西坝的孩子看他们冲过来了，并不迎战，而是掉转牛头便走。

东坝的孩子以为他们抵挡不住，像往常一样，在后面紧紧追赶，想把他们一口气追到湖水边上。

谁知他们没追多远，就看见前面不远处升起一股浓烟，瞬间就有一条火龙擦着地面朝这边滚来。

国梁见状，赶紧勒住牛索，指挥队伍后退，西坝的孩子却趁势掩杀过来，东坝的牛队顿时阵脚大乱，没等西坝的孩子追到水边，都纷纷跳下牛背，束手就擒。

西坝的孩子终于得了一次胜利，就要东坝的孩子下跪磕头。

东坝的孩子说，这个不算，你们用了计谋。

西坝的孩子就笑，说，哪有打仗不用计谋的，打仗不用计谋，要诸葛亮搞么事。

两边正吵得不可开交，国梁突然冲过去，把西坝的孩子一个一个拉到土牛边上，把他们扶在土牛上一一坐定，然后纳头便拜。

东坝的孩子见国梁拜了，只好跟着下跪。

西坝的孩子乐得在土牛上跳起来欢呼，一点儿也没有想到，现在他们是大王，正坐在金銮殿上。

拜过了，川儿就问西坝的一个孩子，这主意是哪个出的。

西坝这孩子就用手一指不远处站着的一个瘦瘦的男孩说，哪个，除了他，还有哪个，就他的鬼点子多。

川儿说，他这摆的是火龙阵哪，我听猪娘嘴说书说过，火龙阵就是这样摆的。

那孩子就不作声。

川儿见那孩子不说话，以为他觉得赢得不光彩。又说，说实话，不是他，你们也赢不了，他真是你们的智多星哪。

谁知那孩子听了，嘴巴一撇，鼻子一哼说，还智多星呢，狗屁，我看是个害人精。

见川儿满脸疑惑地看着他，又把嘴巴往西坝那边一挑，说，你自己去看吧，把人家挖了半个月的霸路根，烧了个精光，人家攒在那里，今天正要一起拉回去，这下好了，又要害得人家挨打饿饭。

川儿就顺着他的嘴巴指的方向看过去，就见那边的堤坝下面，刚燃过的火龙，正冒着青烟，周边的草地，已烧成一片灰烬，灰烬场上，似乎有个人正在扒拉着什么，就拉起身边站着的元贞说，走，看看去。

两人就相跟着朝那边跑过去。

三、挖霸路根的女孩

在灰烬场上扒拉东西的，是个女孩。这女孩名叫玉霞，是元贞的表妹。

元贞的姆妈是西坝人，玉霞的爹是元贞的亲舅。元贞小时候，跟他姆妈去他舅家走亲戚，常跟玉霞在一起玩耍。

后来，玉霞的姆妈死了，她爹又给她找了个后姆妈。玉霞的后姆妈带了个男孩过来，她只爱自己的儿子，不爱玉霞，动不动就打她骂她，有时候还不给饭她吃。

玉霞的爹心疼女儿，但老婆太恶，他也没有办法。

有这样的一个恶嫂子，元贞的姆妈就很少上门，元贞也就有好几年没见着玉霞了。

元贞最后一次见到玉霞的时候，玉霞还只有五岁。玉霞的姆妈就是那年得病死的。

元贞跟着他姆妈去他舅家吊丧的时候，玉霞吓得像只受惊的小兔子，躲在房门背后不敢出来，元贞的姆妈要走的时候，才在房门背后找到她，元贞的姆妈一把把她拉到怀里，哭得连元贞的眼泪都掉下来了。

按元贞的年龄算，玉霞也该有十来岁了，要不是她眉心的那颗美人痣，元贞差点就认不出她来了。

看到眼前这番景象，不用问，元贞和川儿就知道是么回事。

元贞和川儿都听元贞的姆妈说过，玉霞的后姆妈是从后山嫁过来的，烧惯了山柴，嫌稻草煮饭不熬火，就要玉霞到坝上去挖霸路根。

霸路根紧贴着湖堤河坝生长，细长的根须像铁丝一样，扎在湖堤河坝深处，上面的茎叶也硬如铁线，细如丝网，密密麻麻地覆盖着路面，除了经常有人畜过往的地方，所有的路面都被它霸占了。

湖区的人都知道霸路根熬火经烧，就是挖起来费力，锄头铁锹都使不上劲，得用铁耙先把泥沙扒开，让细长的根须露出一截来，再用木棍绕住，像纳鞋底一样，用力往外拉扯，有时候扯断了，还要伸出手去，绕在手腕上帮忙扯，扯多了，玉霞的手腕上就留下了道道血印子。

夏天上晒下烤，冬天趴冰卧雪，过路的人看着都心疼，知情人没人不骂那个狠心的后姆妈。

元贞心疼他表妹，就说，你为么事要让他烧，他又不是你的亲弟，你这样惯着他，迟早他也不把你当人。

元贞说的那个不是玉霞的亲弟的孩子，就是西坝的孩子指给他看的那个瘦瘦的男孩，这男孩叫春树，是玉霞的后姆妈带来的。

玉霞说，也不能怪他，总是你们赢，他好不容易想出这个赢你们法子，你们也让他们赢一回。

元贞只好摇头说，好好好好，你说的也在理，就让他们赢一回。

又放心不下说，你好不容易挖了半个月的霸路根，都让他烧了，你回去么样交代。

玉霞若无其事地说，就再挨一顿打，饿几餐饭呗，说完，又用手上的铁耙在面前的草灰中乱扒。

元贞就问她扒么事，玉霞说，我早上没吃饭就出来了，刚才看见一个烧熟了的野蒿芭，我想看看还有没有，他们烧的，不光是我挖的霸路根，还有平时从湖里扯上来的蒿芭秧。

元贞实在看不下去了，就把身上带的吃食都拿出来，交给玉霞。

又问川儿，带了吗。

川儿说，带了，也把自己的吃食拿出来，给了玉霞。

下湖的孩子中午都要在外面吃一餐，大部分是湖里的出产，有时候也从家里带点吃食出来。

回到自己的队伍那边，东西坝的孩子都散了，牛也野放了，都在湖滩上自由自在地吃草。

元贞和川儿就把刚才见到的，都跟东坝的孩子说了，东坝的孩子都很气愤，有的就想去把那个瘦猴揍一顿，帮元贞的表妹出口气。

元贞也想趁机教训教训这个拖油瓶，省得他以后欺负玉霞。湖滩上找个没人的地方，打了算鬼打的，谁也不晓得。

国梁是后天的哑巴，人哑心不哑，元贞他们的话，他都听明白了，当下就连连摇头，表示不可，又指指画画地用手比了半天，意思是我们回去拿铁耙来，帮玉霞挖霸路根。

大家你望望我，我望望你，觉得还是国梁的这个主意实在，能够救急，就暂时饶了那瘦猴，日后有的是机会收拾他。

湖滩离村子不远，东坝的孩子很快就从各家取来了铁耙木棍，在湖堤上摆开架势开挖。

西坝的孩子起先不知道东坝的孩子在玩么事鬼把戏，等到他们看明白了，也跑回家去，拿来铁耙木棍帮忙。

傍晚时分，东西坝的孩子把挖好的霸路根打成捆，送到玉霞身边。

春树过来帮忙把一捆一捆的霸路根都绑到自家的牛背上，又把玉霞扶上牛背，让她骑在牛背上，自己牵着牛索在下面走，就像玉霞的跟班一样。

川儿说，这还像个弟弟。

元贞说，狗屁，他这是怕挨打，做给我们看的。

川儿说，你也不要把人想得太坏了，他姆妈对玉霞不好，未见得他也对玉霞不好，我看玉霞这个瘦猴弟弟还不错。

·少年行·

四、元贞跟春树成了好朋友

元贞不喜欢春树,他舅喜欢。

玉霞的姆妈只生了玉霞,她爹早就想要个男孩,现在有了个现成的儿子,就把他当宝贝,出出进进,走到哪里都带着他。

元贞的三哥结婚,玉霞的爹过来吃喜酒,也带着春树。

东西坝离得又不远,吃完了喜酒,玉霞的爹还要和春树留在元贞家过夜。

元贞家有个木楼,元贞的姆妈就要春树跟元贞在楼上睡,元贞不愿意,元贞的姆妈就拿眼睛横他,元贞只好带着春树上楼。

楼上只有一张大竹床,元贞本来打算一人睡一头,后来又怕闻春树的臭脚,就挤在一头睡了。

元贞家的房子很老,撑房子的列架都是黑的。湖区的房子都有列架,列架就像人身上的骨架,把皮肉撑起来,列架也撑着做房子的砖瓦。

湖区常发大水,大水来的时候,把列架用木桩和铁丝固定,只把屋顶盖的布瓦揭下来,把墙上砌的石砖拆下来,等大水过去之后依样还原。

年数长的列架,像年纪大的人一样,身上有很多故事,说半夜里听见列架里风吹浪打,那是常事,说听见有人呼叫,也不在少数。

到了该换列架的时候,换列架的人家从拆下的旧列架里发现的东西,就更加稀奇古怪了:列架的柱脚里,是黄鳝泥鳅乌龟甲鱼理想的藏身之所;列架的缝隙中,也常有蛇蝎蜈蚣蝼蚁蜂虫出没;高处的梁柱,低处的榫头间,说不定就勾住了几样随水漂下来的金银首饰丝绦玉挂。后山的富人多,山洪来了,只顾逃命,这些平时的宝爱之物,也就任其随水漂散,流落寻常人家。

元贞最怕在列架里做窝的老鼠,平时一个人睡在木楼的竹床上,半夜里醒来，突然看见一双眼睛，在枕头边上一动不动地直愣愣地盯着他，把他的魂都吓掉了，有时候，这些小东西还把元贞的脑袋当了油壶灯盏，在油壶灯盏上没舔够，就到元贞的脸上舔，害得元贞一年四季，不论春夏秋冬，睡觉都用被子蒙着头。

这天早晨，天蒙蒙亮，屋顶上一块暗黄的亮瓦，向木楼里透着微光，元贞正想起来拉泡尿，再睡个回笼觉，眼睛还未睁开，就感到有个凉丝丝的东西，从额头上滑过，元贞以为又是那些小东西在作怪，心想，天都亮了，你也吓不倒我，就想翻身起来，哪知他刚一侧过脑袋，就看见枕头边上，一个长条的东西，嗖一下卷成一个小饼，窝在那里一动不动，再定睛一看，原来是一条拇指粗的花蛇，刚才从自己的额头上滑过的，就是它。

元贞大气也不敢出，一边直挺挺地躺着身子，一边在被子底下轻轻地推了春树一下，春树正好是侧面朝着元贞睡的，眼睛一睁，就看见了蛇饼。

元贞正要叫他小心，却见春树从被窝里一跃而起，伸手就抓那块蛇饼，没等元贞反应过来，蛇尾巴已到了春树手里，蛇被他倒提着，抖成了一根直直的面线。

元贞长出了一口气，也翻身起来，想下楼去拿个火钳，把蛇夹了丢出去。

春树说，莫丢，莫丢，这是一条家蛇，就让他在你家养着吧，你不是怕老鼠吗，家蛇专门捉老鼠，吃老鼠，比猫还厉害。

又把已经抖晕了的那条蛇，顺手挂到屋梁上，说，它一会就醒了，醒了就让他自己回窝吧。

元贞觉得奇怪，自己怕都怕不过来，春树还说要放家里养着，你就不怕它哪天咬你一口吗，虽说水蛇咬个疱，一边走一边消，蛇终归是蛇，又不是人，养在家里总有点吓人。

见元贞觉得奇怪，春树就说，我们后山，家家都养家蛇，有的还不只养一条，家蛇不用喂食，有几条是几条，你不赶它走就行，家蛇也不咬人，跟人很亲热，像这样卷成个饼，在你枕头边上睡觉，是常事，闻惯了你的气味，还不愿意换人，就像你老婆一样。

又嘻嘻一笑说，你身上沾了蛇气，到哪里都有蛇找你，我猜你家这条蛇是来找我的，我怕吓着你，才把它抖晕了，它醒了还要怪我太不讲客气。

经过这件事，元贞便对春树刮目相看，以后春树再到他家来，无论有事无事，都要留他过夜，也不用他姆妈叫，就拉着春树上楼睡觉，两人渐渐地就成了好朋友。

元贞对那条小花蛇又怕又爱，心里一直想着那条小花蛇，后来却一直没有见着它，有一次就问春树是么回事。

春树说，它一定是见了我的怪了。

五、春树带元贞钻山洞

湖边的孩子都没进过山，只会玩水，不敢钻山。

湖中间有一座山，不高，也不大，秋冬季节，落水的时候，看上去像一座山。春夏季节，涨水的时候，远远望去，就像菜盘子里摆的一条听话鱼，一点山的样子也没有。

元贞和春树成了好朋友，春树就带元贞去山上玩。

这天上午，元贞摇着自家的小船，和春树来到小山脚下。

元贞从来没有靠近小山，以为小山就像一棵树，根长在水底下，身子露出在水面上，只要靠近它，就可以攀住树上的枝杈往上爬，就像平时上树翻老鸹窝一样。

到了小山脚下，他才发现，小山是漂在水面上的，就像自己划的小船一样，只不过底下多了一个托盘，这个托盘就是山脚下的一圈沙滩，沙滩上铺了一层白色的细沙，像过年蒸粑时蒸锅外沿围着的一圈白布。

从船上下来，踏上这片沙滩，元贞就感到脚底下麻痒痒的，像踩着了稻场上的谷子，很快就听到春树在喊，山洞，山洞，走，到洞里去看看。

顺着春树手指的方向看过去，元贞果然看见山脚下有个洞口，两人就一前一后朝洞口跑过去。

进了山洞，春树才发现，这个山洞和他们后山的山洞不一样，后山的洞里，石头都是黑色的，这里的石头都是白色的和黄色的，后山的山洞里石头是卡在山缝里的，这里的石头是吊在半空中的，后山的山洞里没有水，这里到处都是水淋淋的，后山的山洞空荡荡的，像一间大房子，这里的山洞挂满了石头，密密麻麻，七歪八扭，像连环画上妖怪的迷宫。这些石头长得也怪，有的像山上长的笋，有的像庙里挂的钟，有的像猪马牛羊，有的像男人女人，也有的像柱子，像镰刀，像葫芦，像麻花，外面有什么，这里就像什么，好像照着长的一样。

春树觉得新奇，元贞是第一次钻洞，更感新奇，两人相跟着在洞里转悠，这儿拍拍，那儿摸摸，石头上光溜溜的，滑腻腻的，像抓着无鳞的黄鳝和泥鳅一样。

洞里光线很差，靠近洞口的地方，还有一些光亮，再往里走就看不到路了，一不小心就要撞到吊着的石头上，春树就对元贞说，你等等我，我去去就来，说完这话，春树就不见了人影。

不一会工夫，春树回来了，手里还举着两支火把，元贞问他在哪儿弄的，春树笑笑说，山里的孩子都会扎火把，山上有庙，在菩萨面前的油灯上点着就行了。

两人举着火把就朝黑魆魆的山洞里头走去。

走过了一段羊肠小道，又爬上了一个高坡，从高坡上下来，沿着一条水沟走了一阵，过了水沟，又是一些岔道，春树拉着元贞走了一条石柱不那么多的小道，走到尽头，忽然发现面前有一块空地，这块空地有村里的稻场那么大，元贞抬头一看，上面是一个圆顶，顶上不停有水珠子往下落，像家里的破茅屋正在漏雨，周围像被水冲过的烂泥墙，疤疤癞癞的，跟癞蛤蟆的背一个样。

元贞正想着从哪儿穿过这片空地，突然听见春树在喊，快来看，快来看，这里有个地窖。

元贞跑过去一看，原来这块空地的尽头有一个大坑，坑很深，里面黑洞洞的，什么也看不清，好像还有呼呼的风声和哗哗的水流声，春树用火把一照，才发现坑里乱七八糟堆满了东西，像家里堆杂物的柴房一样。

元贞正想从旁边的一个斜坡下去看看，春树突然指着远处的暗影说，鬼火，鬼火，快别下去，下面有鬼。

元贞一向怕鬼，听春树这样一叫，就停住了脚步，抬头一看，果然见远处的暗影中，有麻麻匝匝的光亮在忽闪忽动，元贞见过鬼火，清明前后，放牛回来晚了，从畈上的坟地经过，总有星星点点的鬼火像萤火虫一样四处飘荡，元贞赶上自家的牛，一路飞跑，真像有个恶鬼在后面追着。

春树说下面有鬼，元贞就不敢停留，赶紧招呼春树快走，两人就沿着来路往回飞奔，没跑出多远，元贞就听见身后呼呼风响，好像有一群恶鬼从坑里跳出来了，正在他们后面拼命追赶，鬼群带着阴风，凉飕飕的，吹着他们的后背，差点把他们手中的火把吹熄了，元贞好像还听见这些鬼一边跑，一边在恶狠狠地叫着，吃了你，吃了你。

好不容易跑出了山洞，元贞呼的一下扑倒在沙滩上，口里还不停地喊着，我的个姆妈呀，吓死我了，吓死我了。

叫了半天，见身边没有动静，元贞好生奇怪，就撑起身子四面察看，这才发现春树没有出来。明明是跟我一起往外跑的，跑得比我还快，怎么就不见了呢，莫不是跑迷了路，找不到洞口，要不就是被鬼抓住了，拖回到坑里去了，元贞越想越怕，禁不住哇的一声哭了起来。

哭了一会儿，天快黑了，元贞怕春树真的出了事，回去不好交代，就捡起火把想进洞去找，还没到洞口，又感到害怕，只好在洞口晃动火把，想给洞里的春树打个信号。

过了一会儿，春树果然从洞里出来了，不跑也不跳，不哭也不叫，就这么呆呆地往外走，手里的火把也不见了，见了元贞，也不打招呼，就像没看见他一样，径直从他身边朝停在沙滩边的小船走去。

元贞以为春树生他的气，就跟在春树后边不停地解释，春树也不理他，自己到船上坐下了，元贞只好操起双桨，把小船划到湖岸边，带着发呆的春树回到了自己的家。

六、山洞的故事

春树到家后就病倒了，起先是不想吃饭，只想睡觉，睡了一会儿，就开始发烧，烧到半夜，就说胡话，说什么，也听不清楚，元贞的姆妈就有点着急，担心她弟和弟媳怪罪，她和这个新弟媳的关系本来就有点疙疙瘩瘩，弄不好会伤了两家人的和气。

元贞的爹说，不怕，冇得事，他这是受了惊吓。

又到畈上去扯了些安魂草，煎水让春树喝了，第二天，春树的烧就退了，只是身上没劲，元贞的爹就让他躺在床上不要起来，正好天下雨，田里没事，他就坐在春树的床边跟他讲故事。

元贞的爹讲的，就是这个山洞的故事。

说是很久很久以前，这里都是山，没有湖，也没有东坝和西坝，东坝西坝是两个山尖尖，湖是两山中间的一个大山洼，另外还有一座小山，就长在这个山洼的中间。

后来江水改道了，把山洼冲成了一片湖，慢慢地也削平了这些山尖尖，东边和西边的两座山，就剩下一些高台子，再后来在高台子上就筑了防水的堤坝，就是今天的东坝和西坝。

山洼中间的那座山本来也该削平了的，奇怪的是两边的山都变成了防水坝，这座山却站在湖中间纹丝不动，只是个子比以前矮了许多，就像一个人站在齐胸深的水里，只有肩膀和脑袋露在外面。

有人说，这是神仙有意留下的，好在过湖的时候踏个脚；有的说这座山的山神土地很厉害，湖里的龙王斗不过他们；也有的说这座山下面有很多洞，水都从这些洞里穿过去了，就没有伤着山的身子。

直到有一年发山洪，后山的村村寨寨大集小镇被冲得七零八落，一些富户人家的房梁屋架，箱笼桌柜，金银珠宝，有的都沿着后河漂到湖里，山洪过后，一些富户就打发人到湖里来打捞，打捞的人很快就发现，这些从后山冲下来的东西，多半都在山洞里搁住了，山洞是个回水湾，吸水又吸风，里面高坡低坎，坑坑洼洼，冲下来的东西，进去了就出不来，据说也有些富户真的在里面找到了一些财物，至于这些财物是不是自家的，就说不定了。

再后来，附近的村民也想发点外财，就成群结队地进洞捡落，只是后来又传出话来，说洞里有鬼，有人听见鬼叫，有人看见鬼火，有人面对面跟鬼撞了个正着，却看不清鬼的样子，像撞着了一个人影子，也有的说，这些鬼还吃人，有人带进洞去的孩子，不明不白地就不见了。

再再后来，就没有人敢进洞了，有那大胆的孩子想进洞去玩，大人就吓唬他说，洞里有猫胡子，小心吃了你。

春树就问，猫胡子是个么东西。

元贞的爹接着说，猫胡子本来该叫麻胡子，我们这地方的土话麻猫不分，麻胡子就叫成了猫胡子。

春树又问，麻胡子又是个么东西。

元贞的爹到下江去卖过猪儿，听扬州人讲过麻胡子的故事，就笑着说，麻胡子是个人，不是个东西。

说是隋炀帝修运河的时候，有个管事的将军叫麻叔谋，麻叔谋长了一脸大胡子，所以人家又叫他麻胡子。这麻胡子有一次得了一种病，要小羊羔的肉做药引子，当地的小羊羔都被他吃完了也不见好，巴结他的人就想别的歪心思，有个财主为保自家在河道上的祖坟不被搬迁，就偷了一个小孩杀了当羊肉煮给麻叔谋吃，麻叔谋并不知情，却觉得这个财主献的羊肉，味道鲜美无比，此后就专门要吃这种羊肉，老百姓只好把孩子藏起来，当地找不到孩子，他手下就到别的地方去偷，结果闹得远近皆知，人心惶惶，后来大人就拿麻胡子来吓唬爱哭闹的小孩，说你再要哭闹，小心麻胡子来了，把你抓去吃了。

见春树和在旁边听着的元贞都有点紧张，元贞的爹就笑了笑说，莫怕，莫怕，这都是前朝后代的事，离我们都很远，我们这地方的人忌讳说猫，因为猫是吃鱼的，下湖打鱼的人见到猫是不吉利的，有人对下湖打鱼的人说猫，那是他在咒你，说山洞里有猫胡子，既吓了小孩，也挡了大人，所以东西坝的人平时都不敢单独进洞，你们好大的胆子，竟敢进洞去玩，也不怕猫胡子把你们抓着吃了。

元贞的爹正这么数落着，春树突然冒出一句话说，我见到猫胡子了。

元贞的爹一听，就吼了春树一嘴说，莫瞎说，这伢烧糊涂了，尽说胡话。

七、东西坝的孩子都想去山洞捉迷藏

元贞和春树进山洞的事，东西坝的孩子很快都知道了。下湖的时候，打完了仗，两边的牛都野放了，就围坐在湖滩上，要元贞和春树讲讲是么回事。

· 少年行 ·　　　　225

元贞起先死活都不肯讲，因为他想起来还有点后怕，东西坝的孩子就说他是裤裆包的，见不得人也见不得鬼，又用激将法激他，说山洞里哪有么事鬼，自己是个胆小鬼，还要说被鬼追着跑。

元贞经不住东西坝的孩子冷嘲热讽，软磨硬泡，终于说出了那天他和春树见鬼的经过，说完了，又要春树做证，春树却淡淡地说，我没见到鬼，只晓得被鬼追着跑。

东西坝的孩子原来都想听元贞说说，鬼到底是个么样子，见他说了半天，不过是山洞么样大，洞里么样暗，石头么样多，么样怪，洞里的坑么样深，坑里的鬼火么样闪，阴风么样响，么样冷，他和春树么样被鬼追着跑，说来说去，还是不晓得鬼是个么样子，东西坝的孩子都很失望，都说他在瞎吹牛，瞎骗人。

元贞还想分辩，坐在一旁的川儿却说，这还不简单，进洞去看看不就晓得了，鬼住在山洞里，又不会跑，元贞碰得到，我们也碰得到。

说到进洞，东西坝的孩子都有些害怕，刚才还叽叽喳喳地在发议论，这时候突然都不作声了。

川儿又说，鬼怕人多，两个人，鬼敢追，人多了，鬼就不敢追了，我妈说鬼就是个影子，转不了身也弯不了腰，我们躲起来，他就抓不到我们了，我们就在洞里跟鬼捉迷藏。

说到捉迷藏，东西坝的孩子顿时又来了兴致，以前，他们也玩过捉迷藏，多半是在湖荡里，夏天，荷叶芦苇长起来了，一望无涯，铺天盖地，他们就钻进这绿叶丛中，躲的躲，藏的藏，寻的寻，找的找，有时直到天黑了，才出来拴上自己的牛骑着回家。

在湖荡里捉迷藏有个好处，就是随时随地都能找到吃的，水面是莲蓬菱角，水下是芦根藕带，无论是藏的还是找的，嘴都不会闲着，坏处就是藏的人容易被发现，动作稍大一点，就会带动荷叶芦苇，找的人抬头一望便知。

想到要到山洞里去捉迷藏，鬼不鬼的先不说他，就是元贞说的山洞里的那些怪石深坑、迷宫暗河，也让东西坝的孩子感到好奇，激动不已，当下就议定了一个日子，到时候邀上想去的孩子，摇上两条小船，先后出发，进洞后，老规矩，西坝的孩子藏，东坝的孩子找。

一直在一旁听着不出声的国梁，这时候却站起来，伸出两手比比画画，口里还嗷嗷叫着配合两手的动作，听了半天，大家都明白了，原来他要大家都带上干粮，洞里不是湖荡，什么吃的都没有，玩的时间长了要挨饿，又要大家带上棍子和绳子，见到鬼就用棍子打，捉到鬼就用绳子捆。

带点吃的进洞，大家都觉得国梁说得有理，想得周到，至于用棍子打鬼，用绳子捆鬼，东西坝的孩子都没有这个胆量，不过国梁的话还是让他们觉得胆壮，敢不敢打鬼捆鬼是一回事，洞里七弯八绕，爬坡上坎的，带上棍子绳子，到时候说不定还能派上用场。

商议停当之后，东西坝的孩子都不约而同地把目光投向一直坐在圈子外面的玉霞，元贞说鬼，儿伢们嚷嚷的时候，玉霞一直没有作声，但她那双漂亮的眼睛却一刻也没有闲着，一时紧张，一时惊恐，一时兴奋，一时期待，脸上的表情也在随着变化，儿伢们嚷得越起劲，玉霞脸上的表情变化得越快，就像湖面上跑过一场阵头雨，大大小小的雨点激起一片密密麻麻的水花。

玉霞虽然是个女伢，但东西坝的孩子平日里的活动却少不了她，骑牛比赛的时候，她是挥舞布帘子的司令官；轮到打仗的时候，她又成了宣布胜负的裁判员；捉迷藏的时候，两边都迷失了方向，只要穿着大红布裙子的玉霞从绿叶丛中站起身来，东西坝的孩子就找到了自己的方位，这时候的玉霞，就是万绿丛中的一朵鲜艳的荷花，乡下的孩子不知道女神这个说法，玉霞就是他们心中的女神，所以平日里，无论有事无事都护着她，帮着她，玉霞的姆妈去世后，玉霞更成了东西坝的孩子眼里的观音菩萨。

见东西坝的孩子都拿眼睛看着她，玉霞就朝他们轻轻地一点头，这些孩子就像挨了一炮铳，顿时从地上跳起来，发出一阵杂乱的欢呼。

八、山洞里的迷藏（一）

听说要到山洞里捉迷藏，西坝有个孩子就自告奋勇地要求当向导打头阵，说他爹进过山洞，知道一个容易藏人的地方，这地方进不好进，出不好出，从外边看不到进口，也找不到出口，躲在里面，别说是人，老鼠也难找得到，他晓得这地方在哪儿，愿意在前面带路。

这孩子的大名叫祖光，另有一个外号叫二糊（读瓠），叫祖光没人知道，叫二糊无人不知无人不晓，盖因他做的浑事实在太多，比如把人家的窗户纸捅个洞，上人家的屋顶揭片瓦，在人家的牛屁眼里塞一个草把子等等，称得上是"无恶不作"，但也有一个好处，就是胆子大，遇到难事敢出头，所以村里的大人虽然烦死了他，在孩子堆里，关键时刻却少不了他。

当下，西坝的孩子就驾起一条小船，招呼东坝的孩子随后出发。按约定，是西坝的孩子先进洞，半个时辰以后，等西坝的孩子藏好了，东坝的孩子再进洞去找。

那几日，天气闷热，听说后山已下了几场暴雨，有几股大大小小的山洪，已顺着后河呼啸而下，却没有带来丝毫凉意，只是湖水见涨，西坝的小船到达山脚下的时候，湖水已把山下的沙滩淹了一大半。

二糊说的好藏人的地方，在山洞的一条岔道边上，临出发前，他爹告诉了他一个大致的方位，说他在那儿留了一个记号，这记号就是在一个人形的石头上，用一根绳子套住了人形石的脖子，把绳子的另一头拴在上面的一块石头上，看上去就像一个人正在上吊，他爹称他留的这个记号叫吊颈鬼，说你找到了吊颈鬼，就找到了要找的地方。

　　吊颈鬼并不难找，进洞后没走多久，绕几个弯子，就上了那条岔道，在岔道边上，果然看见一个人，头悬石脚踏地地吊在那里，听春树说山洞里的光线很暗，这次西坝的孩子就没有让他去扎火把，而是有备而来，临出发前，带了几盏马灯，马灯的光亮照在吊颈鬼身上，忽闪忽闪的，照出了许多疤疤癞癞的暗影，像一条剥了皮的癞皮狗。

　　西坝的孩子都有些害怕，二糊说，莫怕，莫怕，吊颈鬼是假的，又用手指着旁边的一条水沟说，你们看，水沟那边是不是有张嘴，看得见上嘴唇，看不到下嘴唇，上嘴唇露在水面上，下嘴唇藏在水下面，像含着一口水，不吞也不吐。

　　西坝的孩子一看，二糊说的确实是像，就有个孩子说，像又么样，嘴里又不能躲人，春树插进来说，我晓得了，从嘴里钻进去，里面一定是个大洞，躲进洞里就找不到了，二糊于是就招呼大家进洞。

　　洞前的水沟不宽，水流虽然很急，水却不很深，儿伢们都脱得精光，把衣服和吃食顶在头上蹚水过沟，玉霞不能脱衣服，春树也不好意思脱衣服，就一手顶着吃食，一手拉着玉霞的手，跟着过沟。

　　沟那边的水下，果然有一个高台，踏上高台，低头从露在水面的上嘴唇下进去，爬一个坡，就是一片空场，空场很大，上面石柱林立，撑着一个比空场更大的石顶，像草台班子搭的戏台下面立着的密密麻麻的木桩子。

　　进了这片空场，西坝的孩子就像孙大圣带着他的那群猴子猴孙进了水帘洞一样，眨眼工夫，就四散开来，跑得不见人影，难怪二糊的爹说这地方好藏人，别说不容易进来，就是进来了，要找到一个人，也不是那么容易。

　　说是空场，其实一点儿也不空，除了中间的石柱子，周围还有许多深深浅浅的水凼子，大大小小的石屋子，曲里拐弯的石弄子，西坝的孩子各取所好，各占一处，有的找个深水凼子玩水，有的躲在石屋子里吃东西，有的在石弄子里你追我赶，你藏我捉，在大迷藏里玩起了小迷藏。

春树和玉霞喜欢安静，在刚进来的大嘴旁边看见一处高台，就捡了几个石子，爬上高台，面对面地坐着抓石子。

只有二糊特别，不玩水，不吃东西，也不跟别的孩子打闹，却像一个跑到人家屋里的小贼一样，瞪着一双贼眼睛，四处瞎逛，连一些犄角旮旯都不放过，时不时还要用手里的木棍这儿戳戳，那儿敲敲，西坝的孩子都知道他这个怪种脾气，也不去理会，依旧各玩各的，任由他像游魂一样在山洞里晃荡。

九、大水冲来的财喜

二糊在山洞里晃荡，是找一样东西，这东西是一口棺材，棺材里面有一些金银珠宝，找到了他爹就能发一笔大财。

听说村里的孩子要去山洞里捉迷藏，一天晚上，二糊的爹把二糊叫到房里，关上房门，跟他说了这笔大水冲来的财喜。

说是解放前那几年，到处都很乱，后山有一股土匪占山为王，为首的名叫杨林，号称靠山王，这靠山王出身贫苦，年轻时在土匪捅破天手下当过小喽啰，后来又当了一个小头目，再后来捅破天死了，就拉起队伍，自立山头，占山为王，趁着那几年乱，打家劫舍，拦路抢掠，积聚了不少钱财。

解放了，大军进山剿匪，攻下了杨林的山寨，却让杨林一干人逃脱了，也不见了他抢来的那些财宝，几次三番派人进山明察暗访，也没个结果。

忽然有一天，有个乡民来报，说他的一个表哥，前些时被山上的残匪劫走了，劫匪还带走了他表哥的一个独生儿子，说要他表哥去帮忙做一件事，事成了就放他父子回家，不成，就杀了他的独子。

他表哥是个老实人，被逼无奈，只得答应下来，谁知这事答应起来容易，做起来却比上天还难，他表哥下山行事之前，特意到他家来告知原委，说万一他父子被害，年老的爹娘还要托他照顾。

这人问他表哥，这些土匪现在何处，他表哥却连连摆手说，莫问，莫问，他们行踪不定，我也是被他们蒙着眼睛拉上山又送下山的，我儿子还在他们手里，万一走漏了风声，他的小命就没了。

接待的干部就问，土匪绑你表哥去，到底要他帮忙做么事。

那人说，说来话长，就把他表哥说的和从乡民那里听来的故事，拢了拢，说给接待干部听了。

原来解放以后，这杨林自知好景不长，剿匪大军攻破山寨是早晚的事，自己身首异处，也在所难免，既然干上了这一行，走了这条黑道，也就把脑袋吊在裤腰带子上了，掉不掉，么时候掉都由不得自己，只是可惜了那些钱财，好不容易东家抢西家夺地聚到一起，让政府拿走了实在于心不甘，虽说自己未必有命受用，留给弟兄们，也算没白在自己手下厮混一场，后人说起来，也不枉我做了这场山大王，于是就在山里找了一个木匠，让他用上好的楠木做了一口棺材，把这些金银珠宝都放进棺材里面，外面又用烂木做旧，看上去像埋在地下有些年头。事情完了以后，又把这木匠杀了灭口。

这事本来就这样完了，谁知天不遂人愿，棺材刚装好不久，还没来得及择地掩埋，有一日天降暴雨，下了一天之后，半夜里便惹发了山洪，突发的山洪把杨林藏身的山洞冲得个七零八落，杨林一干人等也被洪水卷走，不知去向。

洪水过后，剩下的头领想寻找杨林的尸首，无奈山林上下，沟底崖畔找了个遍，却不见踪影，有人就说，兴许顺着后河漂到下面的湖里去了，山洪过后到下面的湖里找东西，是常有的事，只是山下风声正紧，也不敢派人下山，这事就这样搁下来了。

找不到杨林的尸首，就想着那口棺材，这事本来就只有杨林信得过的几个头领知道，当下有个知情的头领便说，为今之计，只有找个水性好的人，顺着后河找下去，兴许能找到那口棺材，后河要是没有，就一定是漂到湖里去了，就是钻到湖底，把湖底的烂泥翻个儿，也要把它找到。

大山里头，找个会爬山的容易，找个水性好的，却是难上加难，偏偏这头领的运气好，说找还就找到了，这人就是这个来报告的乡民被土匪绑去的表哥。

说来也巧，他表哥这天正在一口深潭下祭龙，祭龙是当地的一个习俗，后山虽然常发山洪，但没有山洪的日子，却常闹旱灾，旱灾来了，就靠发山洪时积聚的潭水浇地活人，所以对管水的龙王就格外巴结，每年都要在选定的日子下潭祭龙，这祭龙的法子，就是派一个水性好的后生，带上献祭的三牲，用渔网兜着，潜入潭底，把祭品送到潭底的龙宫供龙王享用，当地人称干这事的人叫祭龙师，这人的表哥家世代都干这献祭的营生，练就了一身在水底下憋气换气的本领，在龙宫里一待就是半个时辰，直到上面的人磕头打拜完了，龙王收下了祭品才浮出水面。

这人的表哥这天刚浮出水面，就被在人群中看热闹的头领看了个正着，第二天便被绑上山了。

这事都是后来下山的土匪跟这人讲的，这股遭遇山洪的残匪被解放大军围困久了，断了粮草，又不敢下山，便零零碎碎地潜逃回家，这村里有在这股土匪队伍里混过的人，便把这些事当故事讲给村里人听，这人听后，很为表哥的性命担忧，就跑来报告政府。

地方政府把这事转告部队以后，剿匪部队也派人顺着这人提供的线索，提审了在押的头领，又派人沿着后河河道找下去，还组织沿湖的渔民在湖中打捞，都没有结果，这人的表哥因而生死未卜，那一棺材的金银珠宝也下落不明。

剿匪部队搞了这么大的动静，自然会惊动当地的老百姓，沿湖的乡民便都去湖中寻宝，结果真像那个头领说的，把湖里的烂泥都翻了个个儿，也没有找到宝贝，有人就指着湖中间的那座小山说，没说的，就只能在山洞里了，山洞是个回水湾，后河漂下来的东西，八成都搁在山洞里，于是众人又一窝蜂地扑向山洞。

二糊的爹就这样也跟着进了山洞，众人很快便把山洞的犄角旮旯找了个遍，仍然不见棺材的踪影。

山洞中间有一条沟，水流很急，二糊的爹见众人都在干地上寻找，就想着棺材里的财宝多，身份重，兴许在这个回水湾里转着转着，就沉到了沟底，于是趁着众人不注意的时候，就跳进沟里摸索，想吃个独食。

二糊的爹下去只走了几步，就觉得头顶上有一股阴风掠过，侧身一看，见是一片断崖，样子像一个人张开大嘴，一半在崖面上，像半边嘴唇，用脚一探，水底下还有一半，那股阴风就是从这个大嘴里吐出来的，就琢磨着，里面一定是个空洞，空洞的那头应该还有个口，不然不会兴出这股阴风，于是就踮起脚尖，把头伸进嘴里去看了一看。

这一看不打紧，二糊的爹从此便认定这口棺材是藏在这个大嘴之内，因为他在这个大嘴的另一边，果然看见了一个进口，像一座石门，对，那口棺材一定是从那儿漂进来，藏在这个大嘴里的什么地方，既然外面的洞里面找了个遍，都不见棺材的踪影，难不成它还能飞上天去不成，一定就在这没人知道的洞中洞里藏着。

二糊的爹本来想爬进嘴里去找一找，这时候却听见有人在大声喊叫，走了，走了，再不走，就要碰到鬼了，二糊的爹就想到在洞里看到的许多牲口和死人的尸骨，虽然带着马灯，暗处还是看得到麻麻匝匝的鬼火，也不敢久留，就从嘴里缩回头来，跟着众人走出山洞。

大嘴里的棺材从此就成了二糊他爹的一块心病。

十、山洞里的迷藏（二）

半个时辰以后，国梁带着东坝的孩子，划着一条小船，也到了山下。

湖水一直在涨，山洞前的沙滩，只剩下一片月牙，国梁的小船停靠的地方，已经到了洞口边上。

元贞进过洞，知道洞里的情况，就在洞口对同来的孩子作了分工，又说，洞里坡坡坎坎、坑坑洼洼很多，到处都是曲里拐弯的岔道，要大家脚底下都留点心。

知道同来的孩子跟他一样，怕鬼，就特别嘱咐说，莫怕，莫怕，鬼怕灯火，碰到鬼不要惊慌，把你手上的马灯举起来一照，他就吓跑了。

就有孩子说，你上次不是也有火把吗，怎么鬼还是追着你跑。

元贞就笑，说，那是我胆小，其实鬼早就吓跑了，是我自己吓自己，阴风追着我跑。

国梁见他们还在说话，就拉过元贞，指指洞口，又指指湖水，口里哇哇哇哇地叫着，显得很急的样子。

元贞知道国梁是担心湖水涨得太快，不赶快把西坝的孩子找到，湖水要是封了洞，到时候藏的人和找的人都出不来了。

元贞想想也是，就一挥手让大家进洞，赶快分头去找，不管找得到，找不到，湖水进洞了，听见喊叫，东西坝的孩子都要出来，这次捉迷藏的游戏就算打个平手。

平日里在湖荡里捉迷藏，东坝的孩子也是找人的一方，时间长了，就想出了一个在湖荡里找人的法子，这法子很简单，就是把自家的泥铳带出来，架在船头上，朝四面八方放上几铳，就能见到动静。

泥铳是打排铳时惊飞野鸭大雁的，排铳不能平射，平射打不中目标。停在水上的野鸭大雁，先得想法子让停在水上的野鸭大雁起飞，在起飞的那一瞬间用排铳，才能打落一片。离野鸭大雁群近的时候，丢块泥巴石头，离远了，就要用泥铳发送泥丸，泥丸虽然不能伤人，打在身上还是有点痛的，藏在荷叶芦苇丛中的孩子怕泥丸落到自己身上，听到铳响，就免不了会有点动静，东坝的孩子眼尖，摸上去就抓个十拿九稳。

这个法子在山洞里用不上，东坝的孩子就只有硬找。找了半天，都回说没有找到，元贞便重新分配人手，从不同的路线继续寻找，这一次不但没找到西坝的孩子，还丢了一个自己人，集合的时候，发现川儿不见了，元贞和东坝的孩子都很着急。

正在着急的时候，川儿却又自己跑回来了，元贞见他浑身水淋淋的，就问他跑到哪里去了，川儿这才上气不接下气地说，找到了，找到了，都在水沟那边。

听说找到了，元贞就问是么回事。

川儿说，他刚才找人的时候，不小心掉到了一个水沟里面，水沟的水很急，他还没有反应过来，就被大水冲着拐了几个弯，七拐八拐，就拐到一个石门面前，水流刷的一下，把他摔到了门边的一个石柱上面，他顺手抱住石柱，才从沟里爬了上来。

等他抱住石柱再往门里一看，原来里面是个空场，空场周围是一圈石壁，空场上白汪汪的都是水，水面翻着白花，像煮开的一锅米汤，周围的石壁上有一些人，有的抱着石柱，有的趴着石坎，有的蹲在高台上，像庙里的罗汉。

川儿觉得他们好像在喊叫，水声太大，回音太强，又听不清他们在喊些么事。

原来西坝的孩子都躲在这里，洞里比洞外的地势低，一定是湖水进洞了，他们躲在这个洞中洞里不知道，等到水头涌进来了，水涨高了，又不敢迎着水头往外冲，就只好爬到石壁上逃生，他们嘴里一定是在喊救命。

听了川儿的话，元贞的第一反应便是救人。

国梁的耳朵不聋，见元贞在分派人手，就指指画画地要大家用随身带来的绳子拴上木棍，意思是救人的时候，让对方抓住木棍，再拽住绳头把人拖过来。

又带着东坝的孩子去洞里找了一些被洪水冲进来的破烂家具房梁屋椽门板树桩，拖的拖，抬的抬，扛的扛，跟着川儿来到了他先前落水的沟边。

沟里的水流果然很急，川儿把东坝的孩子带到他上岸的那个石门旁边，大水已封住了小半截石门，再往里面一看，就见有人正从石壁上面往水里跳着。

都在湖边长大，西坝的孩子水性也好，放在平时，这样跳下来，倒无大碍，站在水闸顶上比赛往下跳，是东西坝的孩子常玩的一个游戏，可眼下不同，石壁下不是一汪平静的湖水，而是翻着浊浪打着旋儿的洪涛，这一跳下去，不知深浅，没着没落的，说不定就被漩涡浪头卷到什么犄角旮旯里去，死了连个尸首都找不到。

见此情形，元贞和国梁就指挥东坝的孩子，推着抱着划着搜集来的废旧木器，从石门口顺水冲进水场，一边让石壁上跳下来的孩子，迅速向他们靠拢，抓住木棍，把他们拖上来，一边又招呼还没跳的孩子瞄准目标，尽量跳到靠近他们的地方，一时间，山洞里就像开水锅里下饺子，哗哗啦啦地砸得水花四溅。

东坝的孩子在救人的时候，元贞一直在搜寻春树和玉霞，玉霞会水，虽然是个女孩，他倒不太担心，春树却是个旱鸭子，别说跳水，就是不小心掉到水里，也必死无疑。

正在这时，国梁突然指着对面的一个高台，一边比画着，一边哇哇哇哇地要元贞快看。

顺着国梁手指的方向看过去，果然在一处高台上面，看到了春树和玉霞。

当下,元贞就对着高台大喊,叫他们在上面不要乱动,等他过来接他们下来。

元贞和国梁这时正把一个破衣柜当船划着,两人用手中的木棍边划边撑,还时不时要下水去推一推,拉一拉,转一转方向,好不容易到了高台边上,元贞就叫玉霞先跳到水里,再扒住衣柜拉她上来,然后把绑好绳子的木棍丢给春树,让他在上面找个石坎固定,自己再顺着绳子慢慢溜到衣柜上。

春树起先还有些害怕,想想也无别的办法,就横下一条心,闭着眼睛,顺着固定好了的绳子手脚并用地往下溜。

高台下的水很急,从石门进来的水流,像撒开的一部旋网,沿着石壁转圈儿,冲得衣柜七颠八倒,想靠近石壁,却怎么也靠不稳。

国梁怕春树双脚踏空,就伸出双手,想把春树的下半身接住,正在这时,衣柜突然翻了个个儿,把春树和国梁都掀了下去,元贞和刚爬上衣柜的玉霞也被掀到水里,不知从哪里跑出来的二糊正趴着翻过来的柜沿,吓得脸色煞白。

十一、玉霞说,快救春树,他不会划水

衣柜翻过来的时候,川儿正抱着一块门板在附近救人,看见春树和国梁他们落水,赶紧游了过来,抛出手中的木棍,想把他们从石壁旁边拉到空场中间来,空场中间水流不急,站住了,就可以救他们上来。

春树落水的时候,国梁正抱着他的下半身,卡在石坎中的木棍承不住两个人的重量,叭的一声断成两半,春树和国梁也就像汤锅里下油面,哧的一声都掉下来了。

国梁落水之后,就觉得自己的两条腿像被人抓住了,死命地往下拽,

像要从脚底下把他拽出去。

　　国梁落水的地方，正在西坝的孩子从水沟进洞来的那张大嘴边上，平日里，沟里的水常从大嘴灌进洞里，洞里的水涨起来了，又通过大嘴往水沟里倒灌，拽他出去的，就是这股往水沟里倒灌的水流。

　　国梁见过后河的涵洞吸人，知道像这样被水吸着，脚底下不稳，就会被水吸走，这一瞬间，他想起了他爹教他的骑马桩。

　　国梁的爹是个教师爷，国梁跟他爹练过几天功夫，知道怎么站骑马桩，骑马桩稳当，桩子稳了，水流就难得拽动他的下半身。

　　就在国梁挫下身子，勾住脚趾，弓着膝盖，站成骑马桩想稳住下半身的时候，他的上半身突然被人猛拽了一下，等他抬头一看，才发现春树在那头抓着折断了的木棍，正被水流冲到大嘴正中，像一根鱼刺卡在上下嘴唇中间，被水流冲得呼呼啦啦地乱摆，他手里的木棍还连着国梁手中的绳头，那头一摆，这头也跟着摆了起来。

　　春树和国梁对摆的时候，川儿正在石壁旁边转着圈儿追赶玉霞，玉霞从高台上跳到水里，刚爬上衣柜，不想衣柜却突然翻了过来，当下就被卷进石壁边的漩涡里面，沿着石壁的边沿兜圈圈，川儿见状，赶紧推着门板去救玉霞，玉霞这时候也看到春树被卡在大嘴中间，就从漩涡中冒出头来，冲着川儿大喊，别管我，快去救春树，他不会划水。

　　玉霞正喊着的时候，春树被水流冲得站立不稳，下半身已被大嘴吞了进去，就在这千钧一发之际，国梁突然大吼一声，就着骑马桩的架势，上身往后一倒，想把春树从大嘴里拽将回来，哪知用力过猛，自己的脚下虚了势，竟被春树拽着，一下子都从大嘴里被吐了出去。

　　川儿听见玉霞的喊声，正想转身去救春树，却见春树和国梁都被水流冲走了，就丢下门板，手脚并用地扑过去。

　　快到大嘴边上，他面前却呼地一下出现了一堵人墙，原来是二糊带着西坝的孩子赶了过来，扎成人墙，堵住了大嘴的出口，川儿撞到人墙上面，又被弹了回来。

　　这时候，被水流冲开的元贞也招呼东坝的一帮孩子，把扎好的一个木排推了过来，东坝的孩子进洞救人的时候，元贞就想把他们找到的废旧木料连在一起，扎成一个木排，一来方便救人，万一湖水一时间退不下去，还可以暂时在上面歇息一阵，就叫东坝的孩子一边救人，一边互相靠拢，等靠到一起了，又用手中的绳索木棍，捆的捆，绑的绑，扎成了晒筐大的一个木排，元贞听猪娘嘴说过赤壁大战的故事，知道曹操听了一个叫庞统的人的主意，把战船连成一片，虽然后来被周瑜和诸葛亮烧了个精光，但庞统的这个主意此刻拿来救人，还是个好主意。

　　等东西坝的孩子纷纷爬上木排，就在一起商量出去的办法，有的主张推着木排从石门冲出去，有的又说，水流太急，石门太窄，只怕是冲不上去，冲上去也出去不了，万一把木排撞散了，都掉到水里，又会冲得七零八落。

　　元贞这时候急的不是怎么出去，而是回去了怎么跟爹娘和舅舅舅娘交代，舅舅好不容易得了个儿子，把春树当成心肝宝贝，捧在手上怕摔了，含到口里怕化了，这下好，被他带出来玩丢了，生死未知，下落不明，他爹不要他偿命，也要把他打个半死。

　　玉霞爬上木排，一直在哭，两个大活人，一眨眼就不见了，她从没见过这样怕人的事，吓也把她的眼泪吓出来了。

　　又想到自己的弟弟就这样没了，她的眼泪更不打一处来，自己的这个弟弟虽然不是一个姆妈生的，却比一个姆妈生的对自己还要好；平时有点什么好吃的，总要背着他姆妈偷偷地给自己留一点；他姆妈要自己干的脏活重活，他都要找个借口抢过去；她挨打挨骂的时候，他总是护着她，站在她一边帮她说话；有时候他姆妈不给饭她吃，他就把自己的饭端给她，自己宁可饿着肚子不吃，爹和他姆妈都宠着他，拿他也没有办法。

玉霞一边哭，一边想，越想越伤心，越哭越起劲，最后干脆扯开嗓子放声大哭，这一哭，东西坝的孩子都乱了套，事情到了这个地步，东西坝有些孩子本来就是要哭不得嘴巴扁，玉霞的哭声就像点着了的炮引子，顿时引得哇哇一片。

只有川儿稍微冷静一点，他一边安慰玉霞和身边的孩子，一边观察水流的变化，他发现石壁边的漩涡突然不见了，先前像开闸放水的石门，现在水流也平缓了许多，再跳下木排用脚一探，竟踩到了地面，就招呼东西坝的孩子从木排上下来，手拉着手，蹚着膝盖深的水经过石门，攀着门边的石柱，爬上了沟那边的高地。

外面一片漆黑，借着剩下的几盏马灯微弱的光亮，勉强还能看得清出洞的路，东西坝的孩子就在元贞和川儿的带领下，走出山洞，摇起各自的小船回村去了。

十二、会动的棺材

第二天，东西坝的大人都提着马灯举着火把到山洞里找人。

山洪来得快，去得也快，山洪一停，湖水就退下去了，人说山底下是空的，果然不假，水退了以后，洞里的地面都露出来了，只有沟里的水，还在哗哗地流淌。

村里人在干地上找了一遍，没有找到春树和国梁，都集中到水沟边上，就有人说，一定是被沟里的水带走了。

沟那头石门里的空场，已经找过了，元贞还带着村里人到国梁和春树落水的地方，细说了事情的经过。

元贞没说二糊弄翻了衣柜的事，只说是不小心掉下去的，他知道二糊不是故意的，二糊后来告诉他，他从石壁上跳下来以后，被水流冲得晕头转向，突然发现面前有个衣柜，就扒住衣柜边沿想爬上去，谁知一使劲却弄翻了衣柜。

二糊回家跟他爹说了实情，他爹就觉得儿子欠了人家两条人命，心想，无论如何也要把春树和国梁找到，活要见人，死要见尸，就是豁出自己这条命去，也在所不惜，虽然口里不说，找人的时候，却比谁都上心，也比谁都仔细。

在找人的队伍中，只有他知道这条沟的秘密，被大嘴吐出去的春树和国梁既然不像川儿那样，转了半圈又冲到石门边上，那就只能是冲进了一条岔道，他知道这条沟往石门方向，有好几个岔道，他那次从沟里上来，就是走的其中的一个岔道，虽然当着众人的面，他不好意思说那次想吃独食的事，却是乌龟吃萤火虫，心里有数。

当下，二糊的爹就自告奋勇地跳进水沟，说要到一个岔道前面去找，东西坝的人从来没见二糊的爹对别人家的事这么上心，都十分感动，又叮嘱他小心，让他找不到赶快回来，别把自己也搞丢了。

正在众人七嘴八舌地朝二糊的爹嚷嚷的时候，二糊的爹却看见岔道的那头有一条船，正朝他这个方向逆水而来，他怀疑自己的眼睛看花了，这山洞里哪会有船呢，就算有船，船上没人撑篙划桨，也只能顺水漂流，走不了逆水，等他揉揉眼睛再仔细一看，原来不是船，而是一口棺材。

见到棺材，二糊的爹禁不住心中怦怦乱跳，就顺着水流朝棺材迎过去，走到近前一看，发现棺材盖是翻过来扣在棺材上的，棺材盖上躺着两个人，正是春树和国梁。

春树和国梁静静地躺在棺材盖上，身上盖着一张渔网，像睡着了一样。

二糊的爹正想招呼众人过来，没等他喊出声来，东西坝的人也看到了，便围了过来，像看天降异物一样，指着漂来的棺材不停地打喷嚏，那年，湖上起龙卷风，把别个地方的水车刮到自己村里，众人都觉得没这事稀奇。

二糊的爹见众人只顾了看稀奇，却忘了棺材上躺着的人，就招呼几个年轻的后生下来抬人，二糊的爹正想找根绳子把棺材固定，却发现棺材在众人围拢来的时候，已经停下了，好像约好了的，在等着他们抬人一样。

等众人七手八脚地把春树和国梁抬上干地，二糊的爹就想看看棺材盖底下，到底有些么事宝贝，等他用力掀开棺材盖子一看，却发现里面是个空洞，连棺材底也不知哪里去了，二糊的爹正觉得丧气，面前的棺材却一下顺水冲了出去，眨眼工夫，便不见了踪影。

春树和国梁都捡回了一条命，国梁醒过来后，便对众人指指画画，意思是说，他落水后，就撞到了一块石头上，撞昏了，就么事也不晓得了，反正晓不晓得，他都说不清楚，众人便转向春树，问他是不是看到了么事。

春树便说，其实，我也跟国梁一样被石头撞昏了，后来好像有人给我喂水喝，又给我口里塞了点东西，我嚼了嚼，吞下去，也试不到味道，再后来就睡着了，么事也不晓得了。

众人便觉得奇怪，春树和国梁肯定是被什么救了，但这救人的，到底是人是鬼，却说不好，说是鬼吧，鬼是漏下巴，不吃东西，也不喝水，自己不吃喝，哪来东西喂人呢，说是人吧，那这人也好生了得，救了人，又把人放在棺材上面，逆水送了回来，送回来后，又不露面，从水底下回去了，这一来一去的，都在水下行走，少说也有半个时辰，难不成这世上真有虾兵蟹将海底龙王。

就有人想起去年寻宝的事，说那次听部队上的人说，后山有个土匪头子叫靠山王杨林，杨林当土匪攒下了一棺材财宝，却无福受用，连人带棺材都被山水冲走了，他的手下咬定棺材沿后河冲了下来，就派一个水性极好的人下来寻找，说找不到就别回去，还把他的一个独生儿子押在手上，空手回去也要把他儿子杀了。

这故事大家都听过了，讲的人无非是说，救人的人，就是土匪派下来寻宝的那个人，听说这人是个祭龙师，只有他，才有这么好的水性。

又有人说，这都解放一两年了，后山的土匪也剿干净了，听说这人的儿子也被解放军救出来了，找不到财宝，也没有土匪杀他，他也早该回去了。

二糊的爹突然说，回去个屁，他躲在山洞里，解放不解放，有没有土匪，也没人告诉他，他么样晓得能不能回去呢，他敢回去吗，要像土匪先前说的，他要是空手回去了，他跟他的宝贝儿子，都注定性命难保。

又自言自语地说，我就纳闷了，棺材里空空的，么事都冇得，那一棺材财宝都到哪里去了呢。

元贞的爹好像看透了他的心事，就走过去拍拍他的肩膀说，别想歪心思了，我晓得财宝到哪里去了，一定是打棺材的木匠知道土匪没安好心，打棺材的时候做了手脚，安了个机关，寻常时节，棺材盖是打不开的，除非把棺材砸了，才拿得到棺材里的东西，我听说过这种机关，后山的人都叫它鬼门关。

乡下人都晓得木匠下镇的事，但凡请到家里来做工的木匠师傅，若是菜饭没招呼好，或茶水有些怠慢，往往会在箱笼桌柜或房梁屋架上放个镇物，装个机关，轻则招灾惹病，重则房歪屋倒。

二糊的爹便说，照你这样说，难不成那人把棺材砸开了，取走了财宝。

元贞的爹说，那倒不是，钱财再贵，也贵不过他父子俩的性命，他若是拿了财宝，也会交给土匪，不敢自己独吞，一定是棺材从后河冲下来的时候，一路上磕磕碰碰，撞到石头上，砸开了机关，财宝都从棺材底下漏出去了。

二糊的爹说，要是这样，那就太可惜了。

元贞的爹读过几天私塾，就随口拽了句文辞说，不义之财，得之何益。

十三、春树说，其实我见过那个人

这事过去之后，东西坝的人都为洞里的这个人操着心，就有上山捡柴的人，常常看见有人到庙里偷吃菩萨面前的供品，想跟上去看个究竟，一会儿又不见了人影，有一次，有人一直跟到了山洞里面，说是亲眼看见他跳进一个又大又深的水坑里面，半天没有出来。

再后来，就没有这个人的音讯了，有的说是死在洞里了，有的说是他老家有人找来了，把他接回去了，东西坝的人也就渐渐地忘了这件事。

再再后来，玉霞做了川儿的媳妇，元贞和春树都成了川儿家的亲戚，元贞是玉霞的老表，春树是川儿的小舅子。

川儿和玉霞结婚那天，春树又跟着他爹到东坝来喝喜酒，晚上睡在元贞家的竹床上，又说起那次捉迷藏的事，春树说，其实救我的人我见过。

元贞就问他么时候见过。

春树说，你还记得我们第一次进洞吧，那天我跑失了向，火把也搞丢了，在洞里兜来兜去，就是找不到洞口在哪边，正急得没法，突然听见有人在我耳边说，莫怕，跟我走。

洞里黑，看不清说话人的脸，只模模糊糊地见他戴着斗笠，穿着蓑衣，披着渔网，像个打鱼的，我不敢多话，就跟他走，快到洞口，见到亮光了，那人一眨眼就不见了，我就昏昏沉沉地出来了，总听人说，鬼吓人，不现形，人吓人，吓掉魂，我那天就是被这人吓掉魂的。

元贞说，你当时怎么不说呢。

春树说，我当时哪晓得他是人是鬼呢，直到这次他救了我和国梁以后，又喂水，又喂东西吃，还把渔网盖在我和国梁身上，我才想起来，他一定是个人。

男孩胜利漂流记

  余少时尝读《说岳全传》，知岳飞出世，孽龙作祟，洪波滔天，岳母抱飞坐花缸漂流，有鹰鸟护持其上。后人敷衍其事，以为神异。忽忆吾乡男孩胜利，昔年漂流故事，多与此类。始知世间特异之人，特异之事，皆不悖于情理，因制为小说，以彰好生之德而发解魅之思。

一月三十日小记

一

  胜利的娘就要给胜利生一个小妹了。
  胜利的一家都不知道胜利的娘生男生女，只有胜利想要他娘给他生个小妹。
  胜利一想起这事，就高兴得睡不着觉，常常半夜里爬起来，翻到铺的那一边，打着盘腿坐在娘隆起的肚皮旁边，一动不动地盯着看，好像娘肚子里的小妹随时会从那里面蹦出来一样。
  胜利的娘四脚八叉地躺在铺上，睡得很沉，还打着很响的呼噜。胜利觉得这呼噜一定吵得小妹睡不着，就轻轻地推了娘一下。娘像被蚊子咬了，只轻轻地动了一下身子，就又睡着了，呼噜声接着又响起来了。
  胜利娘的呼噜没吵着肚子里的小妹，却把铺那边的弟弟们都吵起来了。胜利一共有三个弟弟，他是抗战胜利那年出生的，所以叫胜利。以后，他娘每隔一年多一点就给他生一个小弟。一个叫建国，一个叫和平，还有一个叫解放。

这些名字都是村里的私塾先生起的。私塾先生有个表弟在县城教中学，常常拿些报纸给他看，所以他知道很多国家大事。只要看见胜利的娘肚子又鼓起来了，他就天天到胜利家来念叨那年的国家大事。等胜利的娘肚子瘪下去了，他念叨的当年的国家大事就成了胜利这些弟弟的名字。

胜利的娘很喜欢私塾先生给自己的孩子起的这些名字，觉得叫起来响亮，又很有学问。胜利的爹却说，么事狗屁学问，就胜利和解放是捡现成的，1945年抗战胜利了，就叫胜利，1949年全国解放了，就叫解放。胜利的娘生了解放以后，肚子瘪了好几年，这年突然又大起来了。胜利的娘天天盼着私塾先生来家，可私塾先生却好久没来胜利家念叨这年的国家大事。

这年是1954年，七月里发了一场大水。

从六月起，雨就下个不停。起先，从后山下来的水沿着后河往后湖里灌，后湖里的水沿着长港往长江里灌。后来，就倒过来了，长江里的水沿着长港往后湖里灌，后湖里的水沿着后河想往后山里灌，却被后山下来的水挡了回来，只好转过身来在沿湖的田畈里打转。转了几天，就把沿湖的十里八村分割成了一个个小岛。又过了几天，小岛也不见了，打着旋儿的水爬墙上壁，把屋里住的村民都赶上了屋顶。站在屋顶上一望，四周黄汤汤的一片，像一锅滚开的豆浆。

胜利的一家也在自家的屋顶上安了家。

胜利的爹在屋顶上搭了个草棚子，顺着瓦楞铺上木板，垫上稻草棉絮，就成了床铺。在铺前架个破水缸做的缸灶，埋锅造饭，就可以过日子了。

在屋顶上过日子很不方便，可也有许多好处。揭开几片布瓦，就可以把预先吊在屋梁上的一应生活用品一件一件地拿上来。柴米油盐酸菜腐乳锅瓢碗盏菜刀砧板一件不缺，一样不少。用不着挑水，从屋沿边顺手扯上一桶，打上明矾，半天就可以饮用。吊在屋梁上的柴火虽然湿了点，用吹火筒一吹，照样烧得着。只是烟太大，呛得人喉咙痛。胜利喜欢这种烟笼水绕上不着天下不着地的日子，觉得好像爹在故事里说的神仙。

胜利的爹也喜欢这样的日子，他觉得这是一个难得的收获季节。

每次大水到来之前，胜利的爹早早地就把一排挂钩拉在他家门前的两棵柳树中间，等到大水一来，就会有许多随水漂来的物件挂在这些挂钩上。这些物件大到箱笼桌柜农具水车，小到衣裳被褥日用器皿，有死猪死牛死羊死兔，也有死鸡死鸭死猫死狗，间或也会钩住一具浮尸。胜利的爹每天都要解下系在屋沿边的木船，去收捡这些被挂钩钩住的物件，用不着的就让它随水漂走，用得着的就放进船舱。遇上浮尸，胜利的爹总要在船头烧上纸钱点上香，不论男女老少，一律磕三个响头，然后轻轻摘下挂钩，在死者身上挂上一块条石，让他沉入水底，等大水过后，再就地掩埋。胜利的娘反对胜利的爹捡这些浮财，但对收葬这些浮尸，却赞赏有加，说是积德行善，日后必有好报。

胜利从不跟他爹去捡这些浮财，他怕看那些死物，尤其是浮尸，看了他晚上会睡不着觉。他喜欢和建国和平解放守在娘身边，带他们用一个草把子钓黄鳝。发大水的时候，秧田里的黄鳝在洞里憋不住，都跑出来到处游荡，遇到胜利抛在水里的草把子，就钻进去当了安乐窝。不到半天工夫，一个篮球大的草把子里就钻满了黄鳝。胜利和建国和平解放把钻满黄鳝的草把子扯上来，把钻到草把子里的水蛇择出去丢了，就把黄鳝倒进桶里养起来。胜利喜欢吃娘做的黄鳝炒韭菜，觉得那是世界上最好吃的下饭菜。建国和平解放也吵着要吃黄鳝炒韭菜。胜利的娘就对胜利的爹说，这会儿让我到哪里去找韭菜，自家园里的都淹了，你就到镇上去买一把吧。胜利的爹就撑起自家的小船去后山脚下的镇上买韭菜。

胜利的爹走后没多久，胜利的娘就挺着大肚子剖黄鳝。胜利帮着把黄鳝的肠子从剖开的黄鳝肚子里扯出来，再用砖头把黄鳝的身子砸扁，切成段就等着爹买韭菜回来。

　　做完了这些事，胜利的娘就坐到铺上做针线活，她拿起一件蒲扇大小的婴儿上衣，一针一针地缝着。胜利觉得好奇，就问他娘，我家小妹么时出世呢。胜利的娘停下手中的针线活，笑着回答胜利说，你么样晓得是个小妹呢。胜利说，我喜欢小妹。胜利的娘就问，为么事喜欢小妹呢。胜利说，不为么事，小妹漂亮。水生和树生家都有小妹。水生和树生是邻居家的孩子，常和胜利在一起玩，总带着他们的小妹。胜利有几次想去牵牵他们的小妹，水生和树生却拉起他们的小妹说，走，女伢儿，别跟男伢儿玩。胜利很扫兴，也很羡慕他们，就想他娘给他生个小妹。

　　看着娘手上缝的小衣服，胜利觉得他娘还是为小弟准备的。就说，娘，我要个小妹。胜利的娘就挺起肚子对胜利说，你自己看吧，是小弟还是小妹。胜利真的就把脸贴到他娘的肚皮上，睁大眼睛朝肚子里看，却隔着一层厚厚的肚皮，什么也看不见。正失望地抬起头，却发现他娘的肚子里好像有什么在动，接着就听见隐隐约约地传来一阵婴儿的哭声。这哭声好像是从娘的肚子里传来的，又好像是在远处的水面上。胜利的娘也觉得奇怪，低头看了看自己的肚子，又摇摇头说，不是，不是。正自言自语地说着，却见胜利像弹簧一样从铺上蹦起来，口里喊了一声，小妹，就扑通一声跳进屋下浑黄的水流中，打着鼓球朝门前的两棵柳树游过去。等胜利的娘反应过来，胜利已游到了柳树旁的挂钩边。

　　胜利的爹不在，建国和平解放都小，邻居都在各家的屋顶上，隔得远，看不见也听不见，胜利的娘这时候真是叫天天不应，叫地地不灵，只好大声地朝胜利喊，快爬到树上去，别下来，你爹一会就回来。

　　建国和平解放也在一旁帮着喊。胜利家养了一条大黄狗，这时候也冲着胜利汪汪乱叫。胜利的娘和建国和平解放喊了半天，胜利好像什么也没听见，他也没听见大黄狗的叫声。

隔着朦胧的水汽，胜利的娘看见胜利好像在从挂钩上往下摘一个钩住的木盆。木盆被水流冲得摇摇晃晃，胜利用力摘了几次，都没摘下来。胜利的娘就着急地喊，别摘了，别摘了，快上树，等你爹回来接你。

胜利听不见他娘的叫喊，他在用力把挂住木盆的钩子摘下来。挂住木盆的钩子不止一个，他摘掉了这个，那个又被挂上了，水流推着木盆打转，胜利趴在木盆沿上，像趴在转动的磨盘上，停不住，又使不上劲。突然，一个浪头打来，把木盆的一边掀了起来，木盆就势脱去了所有的挂钩，顺水漂了出去。胜利的娘在远处的屋顶上大喊了一声，像响了一个炸雷。胜利什么也没听见，就趴着木盆沿子漂走了。

就在胜利趴着木盆沿子漂走的这一瞬间，胜利看见他家养的那只大黄狗，嗖的一声，像箭一样，从他娘身边冲出来，冲到屋沿下的水流里，露出半个脑袋，朝他游过来。胜利一边随水漂流，一边大声喊着，大黄，快点，快点，到我这里来，到我这里来。可是，水流得太急，大黄游得太慢，一会儿工夫，胜利就连大黄的影子也看不见了。

胜利趴住的木盆其实是一个装谷子的扁桶，胜利认得，他家里就有一个，椭圆的，像剖成两半的冬瓜，桶沿比洗澡的脚盆高，里面可以睡一个半大小孩。他跟弟弟们捉迷藏，有时候就往这桶里躲，盖上盖子，很难找得着。刚才只顾了摘钩，没仔细往桶里看，现在他看清楚了，原来里面睡着个小女孩，头上扎着两根小辫，穿着一身花衣服，黑黑的，瘦瘦的，模样儿很好看。胜利刚才在屋顶上听到的，就是她的哭声。许是刚才吓着了，这会儿她不哭了，只把一双大眼看着胜利，好像等着胜利跟她说话。胜利就趴在扁桶沿上，一边随水漂流，一边逗她说话。胜利啊啊啊啊地逗着，小女孩却没有回应，依旧睁着大眼望着他。胜利就想，她大概还不会说话，就想找个东西逗她玩。在桶里翻找了半天，除了一个小夹被和一些花花绿绿的衣裳大大小小的尿片子，什么好玩的东西也没有。回头一看，满田畈的野花野草，这会儿也看不见了，全泡在黄汤汤的水底下。胜利就使出自己的绝活，像小时候逗解放那样，做出各种怪相来逗她。逗了半天，小女孩依旧没有反应。胜利正束手无策，突然一个浪头扑到桶沿上，水花溅了他一头一脸，也溅到了小女孩身上。胜利一边伸手抹脸，一边在小女孩身上拍打，小女孩突然咧开嘴笑了。透过眼前朦胧的水花，胜利觉得这小女孩的笑容，就像画上的仙女一样。他禁不住伸手在小女孩的鼻子上轻轻地刮了一下，口里说，你坏，你真坏，小女孩又咯咯咯咯地笑了。

胜利觉得这笑声他很熟悉，好像很久以前就听过一样。又盯着小女孩黑瘦的小脸看了半天，然后自言自语地说，是她，是她，就是她，她就是我娘肚子里的小妹。

二

扁桶越漂越远，胜利已望不见自家的屋顶，也见不到屋顶上的娘和建国和平解放。再望望漂过的水面，大黄也不知道跑到哪儿去了。

胜利四五岁的时候他爹就带他下湖打鱼，水是他童年游戏的世界，趴在船沿边练习打鼓球，是他爹教他学游泳的绝活。他喜欢这样趴着扁桶沿顺水漂流，就像小时候娘让他趴着摇窝沿摇弟弟们睡觉一样。现在，弟弟们都长大了，不睡摇窝了，轮到他们的小妹睡了。他是大哥哥，又该摇他们的小妹睡觉了。

建国出生的时候胜利还小，胜利的娘就让胜利和建国睡一个摇窝，一头一个。后来和平出生了，和平就睡了胜利的位置，让胜利下来摇两个弟弟睡觉。再后来解放出生了，解放又睡了建国的位置。本来应该轮到建国摇摇窝，胜利的娘说建国比胜利小，还是让胜利摇和平和解放睡觉。家里的地凹凸不平，大大小小的泥巴坨硬邦邦的，像一个个鹅卵石，密密麻麻地缀满地面。摇窝在地面上摇得哐当哐当地响，就像推着鸡公车走在高低不平的山路上。有一次，摇窝被地上的泥巴坨子托住了，胜利一个人摇不动，建国就过来帮忙。兄弟俩一起使劲，结果把摇窝掀翻了，把和平和解放都从摇窝里掀出来了。和平和解放躺在地上哇哇大哭，胜利和建国怕娘骂，吓得在一旁不敢吱声。胜利的娘从地上抱起和平和解放，拍了拍身上的灰，又把他们塞回被窝，一边塞一边对站在一旁的胜利和建国说，儿伢子，摔一下不怕，再摇，使劲摇。

水面比胜利家的地面平，不用胜利使劲，风吹浪打就让扁桶在水面上轻轻摇晃。遇到一个大点的浪头，扁桶就像跳过一道门槛，过去了又是和风细浪，又在轻轻摇晃。有时候，水面也会出现一个漩涡，像磨盘一样，推着胜利和扁桶团团乱转。转着转着，一会儿又把胜利和扁桶从漩涡边上送出来了。胜利趴在扁桶沿上，尽力避开随水漂来的杂物，遇到淹死的动物和浮尸，就推着扁桶远远地绕开。胜利怕这些死物和浮尸，他也不想让睡在扁桶里的小妹受到惊吓。

随水漂了半日，胜利觉得乏了，就趴在桶沿上睡着了，突然扑通一声，自己的双手从桶沿上掉了下来，整个身子也被水流从桶边冲开了。胜利赶紧划到桶边，紧紧抓住桶沿，趴着桶沿看小妹的动静。他发现小妹也像他一样睡着了，在睡梦中还咂巴着小嘴，像吃着什么好吃的东西。

一想到吃，胜利好像听见自己的肚子在咕咕乱叫，就想着自己已经大半天没吃东西了。本来想等爹从镇上买韭菜回来，让娘弄黄鳝炒韭菜吃，这下好了，连爹娘也见不着了。还有建国和平解放，也不知道他们这会儿怎么样了。爹回家没见了我，还不知要急成什么样子，一定会骂我娘没看好我，还要骂建国和平解放没拉住我。可这都不关他们的事，是我自己跳下水的，小妹在哇哇地哭，我不能不去救她。

正这样想着，胜利突然发现，小妹不知什么时候醒来了，正睁开双眼看着他，小嘴还在一吮一吮地咂巴着。胜利把自己的手指伸到小妹嘴边，小妹张开嘴就咬住了，像含着娘的乳头使劲地吸起来，胜利费了好大的劲才把手指从小妹嘴里拔出来。胜利知道，小妹像他一样，也饿了。得给小妹找点吃的东西，要不，会把小妹饿坏的。

到处都是黄汤汤的水，到哪儿去找吃的东西呢，胜利趴着桶沿四处张望。突然，他发现不远处有一条淡绿色的带子在随水摆动，就打着鼓球用力推着扁桶前进。到了绿带附近，胜利才看清，绿带是沿着水沟长的一排蒿芭叶，就想到爹摘给他吃过的野蒿芭。野蒿芭生吃很甜，想起那种甜丝丝的滋味，胜利的口水都出来了。他把扁桶推到蒿芭旁边，一手扒着扁桶沿子，一手去扯蒿芭叶，蒿芭已被大水冲得七歪八倒，用手轻轻一扯，就起来了。摘下上面的蒿芭，胜利情不自禁地对小妹说，好了，好了，有蒿芭吃了，饿不着了。说着，就把一个蒿芭放在口里嚼烂了，用嘴唇抿出汁来，口对口地喂到小妹嘴里。胜利见过娘用米汤这样喂三个弟弟，他也学着娘的样子，用蒿芭汁喂自己的小妹，自己就用嚼烂了的蒿芭渣充饥。

桶里的小妹一口接一口地吸着胜利喂的蒿芭汁，胜利趴在桶沿上嚼也嚼不赢，一连嚼了十几个野蒿芭，胜利的嘴都嚼麻了。看看桶里的小妹，还在张着嘴要喂。胜利就想，小妹肯定是没吃饱，又想，光靠这些蒿芭汁要让小妹吃饱，肯定不行，得找点顶饿的东西。胜利就想起过年吃的芝麻糖米泡糖，还有平时吃的花生米枯蚕豆，夜饭吃的糍粑豆丝，可眼下到哪儿去找呢，再说，小妹还没长牙，找到了也不能吃呀。

正在犯难，胜利的后背突然被撞了一下，回头一看，原来是一棵柳树。胜利正想用双脚蹬开树干，自己却被水流冲开了。这棵柳树旁边还有一棵柳树，两棵树挨得很近，正好把胜利和扁桶卡在里面。胜利拽了几次拽不出来，只好趴在桶沿上喘气。桶里的小妹却在望着他笑，好像笑他没本事。胜利就冲小妹做了一个鬼脸，说，笑么事笑，你来试试，小妹咯咯咯咯地笑得更欢了。

小妹的笑声惊动了树上的鸟儿，胜利听见头顶上有扑棱棱的声音，抬头一看，原来他撞上的那棵柳树上，有一个喜鹊窝，刚才是一只大喜鹊从窝里飞走了。胜利就想起爹常常带自己到门前的柳树上掏喜鹊窝，捡喜鹊蛋。捡回的喜鹊蛋娘用猪油蒸了，吃起来跟蒸鸡蛋一个样。有时候，爹从树上送下来的喜鹊蛋自己没接住，掉在地上摔破了，爹怕浪费了，就叫他生的吃下去。胜利生吃过好几个喜鹊蛋，觉得吞下去就像娘在热天用蛤蟆叶做的凉糕一样。想到这里，胜利就想爬上树去捡几个喜鹊蛋给小妹当饭吃。

胜利在家里爬过树，都是背着娘偷偷爬的。有一次被娘发现了，还挨过一顿打。打完了以后，胜利的爹说，爬墙上树，是男伢儿的本事，你打他搞么事，胜利以后就跟着爹学爬树。胜利爬到喜鹊窝边上的时候，发现窝里没有鸟，就从碗口大的门洞伸手进去找喜鹊蛋。爹说喜鹊是最喜欢做窝的鸟，窝也做得讲究，外面看上去像一堆乱柴，里面却有顶有墙，有门有梁，有泥抹的地面，有茅草铺的地铺。地铺摸上去很软和，像过年时来拜年的表哥们在堂屋里睡的地铺一样。喜鹊蛋就搁在这茅草铺成的地铺上。

胜利伸手进去，一下子就摸到了五个喜鹊蛋，再伸手进去，蛋没有了，却摸到一个肉乎乎的东西，拿出来一看，原来是一只毛茸茸的小喜鹊。胜利想把它放回窝里，又怕一些坏鸟伤了它。胜利的爹说，小喜鹊的爹娘经常不住在窝里，一些坏鸟像草斑鸠野八哥，趁小喜鹊的爹娘不在，就到窝里去偷喜鹊蛋吃，有时还会伤了小喜鹊。胜利把喜鹊蛋放进裤兜里，又小心翼翼地把小喜鹊揣进怀里，就踩着树枝下去。还没下到一半，突然，脚下的一根树枝折断了，胜利手上没抓住，就扑通一声掉到水里了。胜利憋足了气往下沉，一只手护着裤兜里的鸟蛋，一只手捂住胸前的小鸟，直到这口气憋不住了，才哗的一声冲出水面，游回扁桶旁边。

回到扁桶边，胜利从怀里取出小喜鹊，轻轻地放到小妹身旁。又在小妹睡的小棉絮旁边，为小喜鹊造了一个碗大的窝。等小喜鹊睡舒服了，胜利就从裤兜里掏出一个喜鹊蛋，用牙轻轻地咬开一个小口子，又在另一头咬开一个小洞，就一点一点地喂给小妹吃。胜利见过娘做空蛋挂，娘说，要把蛋里头的蛋黄蛋白倒出来，要在蛋壳上打上两个孔，打一个孔倒不出来。小妹吧嗒着嘴，吃着胜利喂的喜鹊蛋，两只小腿不停地上下乱蹬，很开心的样子。一会儿工夫，小妹就吸进了胜利喂的两个喜鹊蛋，正等着吃第三个，胜利却哄着小妹说，再不吃了，再吃下去，你肚子里就会长出三只小喜鹊，你肚子小，住不下的。

有一次，家里炖脚鱼吃，胜利一口气吃了一个脚鱼头加三个脚鱼腿，正要吃最后一个脚鱼腿，胜利的娘说，快别吃了，再吃，你肚子里就会长出一只整脚鱼，到时候会疼死你的。胜利打算把那三个喜鹊蛋留给小妹明天吃，小妹明天还没东西吃呢。听了胜利的话，小妹果然不再吧嗒嘴，翕上眼迷迷糊糊地睡着了。

胜利在喂小妹的时候，小喜鹊在一旁一直叽叽叽叽地叫，好像在说，我也饿了，我也要吃东西。胜利就把两个空蛋壳放在手心揉碎了，把碎末子一点一点地喂到小喜鹊口里，又把剩下的蒿芭渣子喂了一点给小喜鹊，小喜鹊张开嫩红的小嘴，津津有味地吃着蛋壳末和蒿芭渣，一会儿也低下头去不作声了。

这时候，太阳已经落到水面上了，黄汤汤的水面顿时铺上了一层金红的颜色，就像胜利的娘做的豆花上撒上了一层辣椒粉。看着熟睡中的小妹和小喜鹊，胜利想，今晚就要在这里过夜了。一想到过夜，胜利就想，像这样敞开扁桶，小妹和小喜鹊都要着凉，要是下雨，小妹的衣服和被子都会打湿的。得想法子给他们搭一个凉棚，就像小喜鹊的爹娘给他搭的窝一样。想到喜鹊窝，胜利就跟熟睡中的小喜鹊商量说，小喜鹊，我想把你的家借用一下，给你和小妹睡的扁桶搭个凉棚好吗。没等小喜鹊答应，胜利就转身抱住树干，嗖嗖嗖地又爬到喜鹊窝旁。喜鹊窝看上去不大，但要想搬下去，可不那么简单。有时候，家里冬天缺柴，胜利的爹上树去搬一个废弃的喜鹊窝，要费大半天的工夫，拆下来的树枝在灶门口堆得像山一样。爹用砍刀砍断喜鹊窝下的树杈子，喜鹊窝就哗啦一下掉下去了。胜利也想像爹那样，可是手里却没有砍刀。胜利就抓住树枝使劲地摇，摇了半天，却摇不下来。胜利急了，就爬到喜鹊窝上，抱住喜鹊窝往下跳。放在平时，胜利绝对不敢，眼下，水已经把树淹了半截，喜鹊窝离水面不高，胜利才敢大着胆子往下跳。村里人都叫胜利小胖墩，浑身都是肉疙瘩，喜鹊窝下的树杈承不住胜利的体重，咔嚓一声折断了，胜利就趴在喜鹊窝上掉到水里了。这回有喜鹊窝托着，胜利虽然没有扎进水里，却被喜鹊窝上的树枝戳破了衣服，划破了皮肉，流出血来了。胜利顿时感到一阵钻心的疼痛，就像在菜园里摘菜被刺棵子拉开了一样。

有了喜鹊窝的树枝，胜利就开始在小妹和小喜鹊睡的扁桶上搭盖凉棚。喜鹊是鸟类的能工巧匠，比鲁班的手还巧，它建造的房子可不是那么好拆卸的。幸好这个喜鹊窝是带着胜利从树上掉下来的，虽然是掉在水面上，但也摔散了架。胜利就把这个散了架的喜鹊窝上的树枝，一根一根地抽出来，又在柳树上折了几根大点的树枝做支架，把喜鹊窝上的树枝一根一根搭在小妹和小喜鹊睡的扁桶上。

天渐渐黑了下来，借着天上的星光和月光，胜利一边搭着凉棚，一边看着水面上的动静。扁桶卡在两棵柳树中间，是不会随水漂走的，他今晚只能在树杈子上过夜了。胜利夏天乘凉在树杈子上睡过，树高风大，蚊子少，常常睡到天亮才回家。夜半时分，胜利的凉棚搭好了，用去了喜鹊窝的所有树枝，乍看上去，也像一个喜鹊窝，只不过别的喜鹊窝是搭在树上，胜利搭的喜鹊窝却漂在水面上。搭完了凉棚，胜利伸头进去看了看小妹和小喜鹊，发现他们睡得正香，小喜鹊把自己的小脑袋紧贴着小妹的身体，小妹的一只手也搁在小喜鹊身上，就像手里抓着一个毛茸茸的玩具。胜利把小妹身边的一个薄薄的小夹被轻轻盖在小妹和小喜鹊身上，又用脚顶着树干用力推了推扁桶，确信扁桶不会随水漂走，才爬上树去，找了一个大点的枝杈舒舒服服地躺下了。

　　胜利喜欢躺在树上看星星，风吹树叶，发出窸窸窣窣的响声，从树叶的空隙望上去，天上的星星像铃铛一样，好像也在随风摆动，发出好听的声音。胜利就伴着这好听的声音沉沉地进入梦乡。在梦中，他看见水生和树生带着他们的小妹过来了，他们看见胜利，拉起自己的小妹，转头就走，一边走，一边说，走，女伢儿，别跟男伢儿玩。胜利说，不跟我玩就不跟我玩，我也有小妹。水生和树生又转过头来说，吹牛，你有小妹，你的小妹在哪里。胜利就指着树下的扁桶说，我的小妹正在睡觉。水生和树生就说，睡觉，在哪里睡觉，怕是你自己睡觉，在说梦话吧。胜利就想让他们看自己的小妹，低头一看，却发现树下的扁桶已经随水漂走了。胜利大叫一声，吓出了一身冷汗，差点从树杈上掉下来了。再往下一看，扁桶还牢牢地卡在两棵柳树中间，这才放心大胆地睡去。

三

　　第二天早晨，天刚蒙蒙亮，胜利就被鸟叫声吵醒了。抬头望天，高处的树枝上一只鸟儿都没看见，仔细一听，原来叫声是从下面传来的。等他低头一看，下面的景象让他大吃一惊。不知是什么时候，在他昨晚搭的凉棚上，歇满了各色小鸟。这些鸟儿像蜂巢上的马蜂，密密麻麻地挤在半圆的凉棚上，把凉棚挤成了一顶绒线帽。胜利知道，发大水了，平畈的树林子被冲得七零八落，这些鸟儿像人一样，都从家里被赶出来了。胜利不忍心惊动这些无家可归的鸟儿，就轻轻地从树上溜到水里，又悄悄地游到扁桶旁边，探头朝里边望了望。小妹醒来了，小喜鹊也醒来了，小妹瞪大眼睛看着凉棚顶上的树枝，好像在听着凉棚上的动静。小喜鹊张大嘴巴，发出叽叽叽叽的叫声，好像在回应棚顶上的鸟叫。只是这声音太小，棚顶上的鸟儿听不见，小喜鹊只好闭上嘴把头低下了。

胜利把昨天留下的三个喜鹊蛋喂给小妹吃了，又给小妹换了尿湿的片子。给细伢换片子，胜利会做。解放出生后，他在家帮娘做过。小妹好像有点拉稀，片子上有一些黄巴巴，发出一阵难闻的臭气。胜利把这些沾着屎尿的片子从小妹身上扯下来，丢到水里，又从小妹脚头拿起一块干净片子给小妹换上了。胜利给小妹换片子的时候，小妹伸出手来，不停地抓他的头发，又把手指头伸进他一边的耳朵孔，不停地挖着，胜利知道，这是小妹不好意思了。娘说，细伢儿不懂人事，不好意思的时候，就爱抓人推人。解放在细伢的时候，也不愿意人家动他的小鸡鸡，娘给他换片子的时候，解放就不停地在娘脸上抓，有一次还把娘的脸抓破了。胜利就对小妹说，我是你哥，哥给你换片子，有么事不好意思的。你看看这片子上又是屎又是尿的，再不换，就要长蛆了。换上了干净片子的小妹一定是舒服了，果然不再乱抓，一会儿就闭上眼睛睡着了。

给小妹换完了片子，胜利又给小喜鹊喂了一点剩下的蒿芭渣，就憋足气钻到扁桶底下去，用肩膀拱着扁桶底，想让扁桶从卡着的两棵柳树中间脱离出来。拱了几次，没有拱动，胜利就想起小时候爹逗他玩儿，常常仰躺在床上，用双脚顶着他的肚皮，让他在空中打转转，像把戏班子玩把戏一样。就再次憋足一口气，潜到水下，倒转身来，用双脚去蹬，蹬了几次，扁桶果然松动了一点，再一用力，扁桶就悄没声儿地从两棵柳树间漂了出来。胜利从水里冒出头来，长出了一口气，就又跟着扁桶随水漂流。

从胜利的家往东，是一条狭长的平畈，平畈被水淹了，就成了一条宽宽的河流。胜利昨天从自己的家门口漂流出来，就顺着这条大河往东，一路上，除了像昨天那样，偶尔遇到被水淹了半截的大树，就见不到别的露出水面的东西。胜利以前跟爹办年货时走过这片平畈，平畈尽头，翻过一个名叫卧牛岗的山坡，就是爹去买韭菜的后山脚下的小镇。小镇上有百货公司，供销社，铁匠铺剃头铺，饭铺肉铺豆腐铺，还有小学中学卫生所，区政府也在镇上。胜利最喜欢吃镇上的臭豆腐，每次跟爹到镇上，爹都要给他买几块。从胜利的家到镇上，有几十里路，曲里拐弯，走起来要花大半天时间。现在好了，成了一条直不笼统的大路，好走多了。好走是好走了，可是，扁桶在水上漂流，走不了直线，一直都是绕着弯弯走，有时候绕到这边，有时候绕到那边，比走旱路拐的弯还要多。

太阳已经升到头顶上了，临近中午，水面上冒起了热气，凉棚上的鸟儿也不叫了，小妹和小喜鹊都睡着了，四周静悄悄的。胜利的身子在水里一浪一浪的，发出噗噗噗噗的响声，这响声一会儿就传到胜利的肚子里，胜利的肚子里又发出了咕咕咕咕的叫声，就想到该吃中饭了。自从昨天下午吃下那些野蒿芭，胜利就一直没有吃别的东西。早晨起来忙着给小妹换片子，喂小妹和小喜鹊吃东西，自己却什么也没吃。一听到自己的肚子在叫，胜利就闻到了一股淡淡的香气随风飘来。这香气混杂在蒸腾的水汽中，像煮熟了的猪食，又像豆腐铺的黄浆，馋得胜利的口水都要流出来了。人饿了容易犯困，闻着这股香气，胜利趴在桶沿上，也像小妹和小喜鹊一样睡着了。睡梦中，胜利远远地看见爹摇着小船回来了，一手扶桨，一手举着一把绿油油的韭菜。建国和平解放高兴得在屋顶上跳起来，娘把切好的鳝鱼放进油锅里，就要爹赶快洗韭菜。爹把韭菜洗好了，切好了，倒进锅里，嗤的一声响过，胜利就闻到了一股他和建国和平解放都熟悉的奇香，都围到娘身边吵着要吃娘做的黄鳝炒韭菜。娘把炒好的黄鳝炒韭菜添到碗里，还没等爹接过去，建国和平解放就伸手去抓，爹躲着建国和平解放，把碗举到头上，跟建国和平解放兜圈子。突然，爹脚下一滑，那碗黄鳝炒韭菜就从爹手里飞出去了，像撒种子一样，都散落到水面上，水面上顿时飘起一股黄鳝炒韭菜的异香。

受了这股异香的刺激，胜利一个激灵醒了过来，就吸着鼻子四处寻找。突然，在他的背后，他看见一个倒扣着的饭桌，上面插着一面小旗，四脚朝天，正跟着扁桶一起朝前漂流，再仔细闻闻，觉得香气好像就是从那里飘出来的。这样想着，就拽着扁桶朝倒扣着的饭桌游去。等到胜利靠近了饭桌，才看清原来饭桌的背面，确实摆了一些吃食，有糍粑有豆丝，还有米泡。这些吃食分装在三个大盘子里，堆成三堆，排成了个"一"字。在这一字排开的三个食盘前面，有一个香炉，里面插着三根线香，正冒着袅袅的轻烟。香炉旁边还有一个泥壶，好像装了茶水。

　　饿急了的胜利也来不及细想，就拖着扁桶游过去扒住倒扣着的饭桌的边沿，把三盘吃食都拖到自己手边。糍粑是熟的，切成一条一条，摆成一个豆腐块。豆丝也是熟的，却没有切开，整张整张地卷成筒，堆成了一个宝塔尖。米泡虽然也炒熟了，却在上面蒙了一层白菜叶，炒熟的米泡轻，大概是怕风吹跑了。胜利就想起，有一次，爹在门前下的挂钩上，也钩住了一个倒扣的饭桌，饭桌上除了这三样东西和茶水，还有些别的吃食。爹说那是有钱的人家做善事，给那些随水漂流的灾民送的吃喝。爹把钩住的饭桌又放走了，害得胜利建国和平解放馋了半天。此刻，胜利庆幸自己碰上了这样的好事，心想，要是爹当时扣下了那张饭桌，就有灾民要像自己和小妹小喜鹊这样，一直挨饿。

　　看到这些吃食，胜利已不觉得饿了。他先小心翼翼地把米泡上的菜叶子掀开，又一把一把把米泡抓到口里，轻轻地嚼成一个小团，然后一点一点喂到小妹嘴里。小妹很喜欢吃这样的米泡，一边吃一边又像昨天那样，用力蹬着两条小腿，好像也在帮着嘴上用力。喂完了小妹，胜利又嚼几口米泡去喂小喜鹊。喂完了小喜鹊，自己才抓了一块糍粑，一张豆丝，胡乱往口里塞着，又拉过泥壶，灌了一通茶水，才用双手倒钩着桶沿，把自己放平了躺在水面上。胜利平时吃完了饭，也喜欢这样躺在自家床上，他觉得这水面和他家的床一样舒服。

　　胜利在喂小妹和小喜鹊的时候，凉棚上的鸟儿闻到了米泡的香味，都跳到倒扣的桌面上，在啄上面的米泡。胜利见它们翘着尾巴，收紧翅膀，脑袋一点一点地，就想起娘每天清早给鸡喂食，家里养的那群鸡吃食，也是这个样子。一会儿，米泡吃完了，糍粑和豆丝也被这些鸟儿撕成了碎片，啄成了马蜂窝，只剩下一些残渣。有些鸟儿还在恋恋不舍地吃这些食物的残渣，胜利就翻过身来，用双手的手掌推出一片水帘，想赶开它们，让它们回到凉棚上去歇着。夏天在河里洗澡，胜利就像这样用手掌推水跟弟弟们打水仗。一些鸟儿飞走了，有几只小鸟却纹丝不动地站着，对着迎面扑来的水帘，睁大眼睛，不停地摇晃着脑袋，好像在接受劈头盖脑的冷水浴。

　　胜利正无可奈何，突然觉得自己的后背有一阵凉风掠过，接着就是一个黑影从头顶俯冲下来，叼起一只小鸟就走。胜利知道这是一只鹞鹰，他家的小鸡在稻场上找食的时候，经常被这些鹞鹰叼走。这些鹞鹰不朝鸡群下手，专叼那些离群的小鸡，这几只离群的小鸟就成了攻击的对象。就在这只鹞鹰俯冲下来的那一瞬间，胜利顺手折断绑在桌腿上的旗杆，嗖的一声，朝鹞鹰砸去。那只鹞鹰受了惊吓，爪子一松，小鸟就从空中掉下来了。

　　胜利从水里捞起小鸟，正小心翼翼地把它放回凉棚，突然又有一只鹞鹰从半空俯冲下来，去叼饭桌上别的小鸟。胜利只好回过身来，一边踩水，一边挥动双手，去赶这只鹞鹰。哪知这只鹞鹰还未赶走，又飞来了一只鹞鹰。先前被赶走的那只鹞鹰好像也飞回来了，三只鹞鹰围着饭桌打转，不停地在胜利的头顶上盘旋。胜利只好一耸身冲出水面，爬到倒扣的饭桌上，与这些鹞鹰周旋。

　　胜利在家里也赶过叼鸡的鹞鹰，有时候砸土，有时候敲锣，有时候是让大黄追着这些鹞鹰吼叫。要是大黄在就好了，它冲着这些鹞鹰一叫，准把它们吓得飞跑。正这样想着，胜利突然发现，远处又有几只鹞鹰在朝这儿飞来。这些鹞鹰大概是饿急了，发现了一个猎食对象，闻到了一点腥味儿，都朝这儿集中。

　　看着从四面八方飞来的鹰群，胜利就想起在电影里看到的敌机轰炸，心里感到格外紧张。他脱下身上的汗衫，在空中抡成一个圆圈，想抵御这些鹞鹰的攻击，谁知这些饿急了的鹞鹰根本不把胜利的反击放在眼里，照样一轮一轮地朝下俯冲，有几次竟撞到胜利身上，在胜利的前胸后背，抓开了几道血痕。

见胜利这儿不能得手，有几只鹞鹰就去攻击凉棚上的鸟儿，凉棚上顿时一片混乱。小一点的鸟儿吓得扑扑乱飞，大一点的鸟儿，就与鹞鹰展开搏斗。看着凉棚顶上纷飞的羽毛，听着凉棚顶上传来的嘶叫，胜利禁不住血往上涌，手中的汗衫也抡得呼呼生风，像哪吒三太子手上的乾坤圈一样。

就在这时候，胜利好像听到了大黄的叫声，正要回头去看，只见眼前一道白光闪过，果然是大黄，不知从哪儿冒了出来，带着一身晶亮的水珠，呼的一下，突然冲上倒扣的饭桌，站在胜利身边，对着天上的那些鹞鹰狂叫。鹞鹰见大黄越叫越凶，有时还要跳起来扑咬，就纷纷散去。

等到鹞鹰飞远了，胜利才蹲下身子抱住大黄的脖子，用脸贴着大黄的脑袋，像见到久别的亲人一样。大黄也用脑袋蹭着胜利的肚皮，发出呜呜呜呜的叫声，像对胜利诉说，又像在嘤嘤哭泣。自从昨天上午大黄从屋顶上冲下来以后，胜利就没有见到大黄。他知道大黄的水性好，爹有时候撑着溜子出去打铳，大黄跟在后面，一游就是半天，连口气都不歇。可是，从昨天上午到现在，已经过去一天一夜了呀，大黄一直都泡在水里，这黄水汤汤的，大黄是在哪里过夜的，吃过东西没有，碰到水蛇了吗。胜利知道大黄怕水蛇，有一次，一条拇指粗的水蛇缠住了大黄的腿，把大黄吓得团团打转，满地乱跳。胜利越想越心疼大黄，禁不住抱住大黄的脑袋亲了一口。

大黄没有回应胜利的亲热，却冲着远处的水面汪汪乱叫，接着嗖的一下从胜利的怀抱中挣脱出来，扑通一声跳到水里，朝远处游去。远处是小妹和小喜鹊睡的扁桶，正随着浪头在一颠一簸地漂流，看上去像一顶黑色的帐篷。那些受惊的鸟儿又飞回到了凉棚顶上，有的在蹦蹦跳跳地选择落脚的地方，有的张开翅膀在凉棚上盘旋，好像电影里的侦察机在巡逻放哨。胜利刚才只顾了与鹞鹰大战，扁桶却不知什么时候已随水漂走了。他顾不得多想，朝着大黄游去的方向喊了一声，大黄，等等我，也扑通一声跳到水里，打着鼓球朝远处游去。

四

有大黄做伴，胜利胆壮多了，也不觉得冷清。大黄虽然不会说话，却听得懂胜利的话，胜利把自己的心思说给他听，他都要呜呜呜呜地发出回应。胜利说，我现在有小妹了，她也是你的小妹，我俩都可以带小妹出去玩了。水生树生不让他们家的小妹跟我们玩，我们就跟自家的小妹玩，他们要牵我们的小妹，我们就拉上小妹回家，气死他们。大黄呜呜呜呜地叫着，好像同意胜利的话。胜利又说，往后小妹长大了，你要天天送小妹上学，不准那些男伢儿欺负小妹，小妹走累了，你就帮小妹背书包，你不会背，就用嘴叼。大黄还是呜呜呜呜地叫着，好像在说，这些我都能做得到。胜利就把大黄拉到自己身边，让它的两条前腿也趴到桶沿上，胜利说，看见了吗，这就是我们的小妹，你以后就天天跟她一起玩。又对睁着大眼的小妹说，这是我们家的大黄，它比你大，不用叫哥，就叫它大黄，叫名字亲热。小妹依旧睁着大眼看着大黄。大黄突然摆摆头汪汪地叫了几声，好像对胜利不让小妹叫它叫哥有意见。大黄头上甩出的水珠像雨点一样溅到小妹脸上，小妹张开嘴咯咯咯咯地笑开了，胜利摸摸大黄的脑袋，也嘻嘻嘻嘻地笑了。大黄在桶沿上趴了一会，趴不住了，就放下前腿，回到水里，跟着胜利朝前游去。

天色渐渐晚了，灰色的云层像一床破旧的棉絮，覆盖在头顶。黄汤汤的水面变成了一缸浑浊的酱汤，远处的景物也渐渐模糊起来，看不清轮廓，也分不出颜色，像包裹在一个麻袋之中。胜利刚刚看到远处有一个山包，好像就是他跟爹去后山小镇经过的卧牛岗，翻过卧牛岗，就是爹去买韭菜的小镇。卧牛岗不大，横躺在这片平畈的尽头，像通天大道上躺着的一头老牛，绕不开，也赶不走。胜利就想，这会儿要是漂到卧牛岗上岸就好了，我就可以带上小妹回家了。胜利有个堂姐嫁在卧牛岗的岳家湾，只要找到了堂姐，姐夫一定会用船送我们回家。

正这么想着，胜利发现，刚刚还看得清的卧牛岗，怎么一会儿就不见了，就睁大眼睛四处寻找。天已经断黑了，四周灰蒙蒙的，什么也看不见。突然，在灰蒙蒙的前方水面上，胜利发现了一线光亮。这光亮像元宵节的灯笼，又像清明祭祖的野火，在水面上一闪一闪地漂动。再回头一看，在他身后，也有一片光亮，忽闪忽闪的，从远处向他包抄过来。看到这些光亮，胜利就像走了很长的夜路，突然看到自家的灯光一样。有一次，他跟爹下湖打鱼，回来晚了，到处黑咕隆咚的，爹突然看到前面有一点灯光，就说，好了，到家了，你娘一定急坏了。

前面的光亮越来越近，已经听得见有人说话的声音了。大黄听到人声，就冲着水面汪汪乱叫，胜利也用双脚不停地拍打水面，用力推着扁桶前进。前面越来越亮，胜利已经看清了那是一排渔船，船上的人举着火把，正缓缓地向他靠拢。就在胜利快要接近那排渔船的时候，尾随胜利的那片光亮，好像也在向他逼近，不用回头，胜利也听得见喧闹的人声和火把燃烧的声音。身前身后的火光把胜利周围的水面照得通红，胜利感到自己像小人书上写的火烧赤壁一样，一下子陷入了一片火海之中。胜利从未见过这样的场面，吓得在水中团团乱转。大黄也转着圈儿朝火光汪汪乱叫，凉棚上的鸟儿受了惊吓，扑扑扑扑地四处乱飞，只有小妹和小喜鹊像没事人儿一样，依旧在扁桶里睡得香甜。

前面船上的人后面船上的人会到一起了，他们把胜利和小妹小喜鹊睡的扁桶，都抬上了一个高高的木架，连大黄也被他们抱上了木架，让它趴在胜利脚下。胜利坐在高高的木架上，像戏台上得胜回朝的将军。这种木架胜利坐过，就是闹元宵时扎的抬子，抬子上抬着庙里的菩萨，戏台上的关公，抬着面做的猪马牛羊，大箩小筐的五谷六米和活鸡活鸭，还有穿得红红绿绿，擦了胭脂水粉的男伢女伢。各村都有这样的抬子队，后面跟着舞龙的，耍狮的，划旱船的，打连响的，举花灯的，连起来总有里把两里路。胜利有一年也被选去坐抬子，娘给他换上了一身新衣服，后来嫁到卧牛岗的堂姐在他脸上擦了粉，还抹了好多胭脂，打扮得像女伢儿一样。胜利坐在抬子上，让村里的大人们抬着他，听着喧天的锣鼓，看着满眼的灯火，还有烟花爆竹，心里说不出有多高兴。

这会儿，胜利坐到抬子上，却一点也高兴不起来。他不知道这是些什么人，也不知道他们要把他抬到哪里去。他怕他们吓着了小妹和小喜鹊，又怕他们把小妹和小喜鹊就这样带走了，再也见不到了。他想跟大黄商量商量怎么办，大黄趴在他脚边呼哧呼哧地喘气，好像睡着了。

走了好长一段路，快进村了，胜利看见村口的水塘边摆着一个香案。这香案胜利见过，就是大年初一出天方用的。爹把香案摆在大门口，在香案前烧了黄表纸，插上香，就开始拜四方。胜利看见香案前站着一个白胡子的老人，这人总怕有上百岁的年纪。老人手里也像爹出天方时一样拿着几根香，香头上冒着红火青烟。看见抬子走近，老人就朝抬子拱手叩拜，口里好像还在说着什么。胜利听不清他说的话，只觉得脑袋里像进了一只瞌睡虫，困得连眼睛都睁不开，就想眯上眼睛睡一会儿。正在这时，胜利突然听见有人叫他的名字，胜利，胜利，胜利想站起来看看，却怎么也站不起来。朦胧中，胜利看见抬子前面有一群人在拉拉扯扯，中间有一个人，高高大大的，好像是他爹。胜利正要张口喊爹，抬子却进了一个高大的门楼，胜利和小妹小喜鹊睡的扁桶又被人架到一个高高的台子上，台下站了很多人，都在踮起脚尖往台上看。刚才在村口拱手叩拜的那个白胡子老人，又站到台前说话。胜利听不懂他说的话，只听见台下的人口里喊着恩公，恩公，呼啦跪成一大片。胜利正月十五跟娘到和尚庙里进过香，大殿前面也像这样跪满了人。胜利不知道这些人为什么要向他下跪，也听不懂恩公是什么意思，就用手拍拍趴在脚下的大黄，大黄却冲着台下汪汪汪汪地叫个不停，就听见台下哄地发出一阵笑声。胜利也想笑，眼睛却被糨糊黏住了，怎么也睁不开，干脆就这样迷迷糊糊地睡过去了。

　　胜利一觉醒来，已是第二天中午。堂姐家正在吃中饭，堂姐的一家人都在，爹也在。堂姐夫也从学校回来了。堂姐夫在县城中学教书，跟村里私塾先生的表弟在一个学校。堂姐见胜利起来了，就招呼胜利吃饭。胜利问，小妹和小喜鹊呢，堂姐就把他带到自己房里，指着床上的花被窝说，你自己看吧。胜利看见小妹和小喜鹊头挨头地睡得正香，就放心了。出门的时候，又看见小妹和小喜鹊睡的扁桶也放在房门后边，连他搭的凉棚也没动。大黄像卫兵一样守在桶边，见胜利走过来，就扑到胜利身上。胜利拍了拍大黄的脑袋说，不错，不错，像个做哥哥的样子。

　　堂姐说，他们都吃过了，就你没吃，饿坏了吧，快上桌吃饭。胜利坐下来拉过饭碗就吃，吃了几口，这才想起，爹怎么也在这里呢。爹说，我就知道你会漂到卧牛岗上岸，一发大水，这里就成了个回水湾，要找漂失的家人、漂散的财物，就得到卧牛岗岳家湾来。堂姐说，村里有个每天驾船在水上捞浮财的，昨天一大早就跑回村里对太爷爷说，他看见水上漂着一个扁桶，扁桶上还搭着凉棚，凉棚顶上有很多鸟儿护着，正向村里漂来。他怕是神物，不敢靠近，也不敢乱动，特来向太爷爷禀报。岳家是个大姓，传说是岳飞的后人，什么事都是太爷爷说了算。太爷爷说，有神鸟护着在水上漂流，那必定是岳王爷转世，岳王爷当初就是坐在一口花缸里，从河南省汤阴县漂到河北省大名府的，花缸上就有许多鸟儿搭着翅膀，像凉棚一样护着岳王爷。太爷爷对那人说，这是他老人家投胎转世，来看我们来啦，你这是遇到贵人了。贵人哪，千载难逢的贵人哪。太爷爷就要村里人准备船只吃食，备好香案抬子迎接。太爷爷说，护着帐篷的鸟儿都是神鸟，不把岳王爷送到地头，它们是不会飞走的，不要随便惊动它们。所有迎接护送的船只都不准靠近，只能远远尾随在后，还要顺水放些吃食下去，不要饿了贵人和那些神鸟。堂姐指着刚从灶屋里出来的老人说，我公公一早就跟村里人驾船到上游去放吃食。胜利他们吃的那些东西，就是村里人用倒扣的饭桌从上游放下去的。堂姐的公公也说，他们放下去好几桌吃食，胜利只吃到一桌，其他的都顺水漂走了，正好也救了别的灾民。

　　胜利听大人们说了半天，有些听明白了，有些听不明白。堂姐夫就说，这都是《说岳全传》闹的，听多了打鼓说书，把书上的事都当成真的了。胜利就要听《说岳全传》的故事，堂姐夫说，吃完饭再讲，现在好好吃饭。

　　吃饱了喝足了，又听了堂姐夫讲的岳飞出世的故事，胜利心满意足地跟着爹坐船回家。回到家里，建国和平解放围着小妹看个没完，娘说，我肚子里的小妹还没生呢，你就给我带个小妹回来了。爹说，你肚子里的小妹没有这个小妹金贵，人家是岳王爷转世。胜利就说，小妹又不是男伢儿，我不要小妹当岳王爷，我要小妹当我的小妹。胜利的娘就说，好好好，当你的小妹，当你的小妹。到了晚上，娘让胜利建国和平解放都挨着小妹睡，小喜鹊和大黄也睡在胜利旁边，娘还是睡在铺的那一边，爹说要下暴雨了，他要加固一下屋顶上的草棚，搞完了再睡。胜利就闭上眼睛舒舒服服地进入了梦乡。

　　睡到半夜，胜利突然听到天崩地裂的一声巨响，接着就是倾盆大雨劈头盖脸地从天上泻下来。一会儿工夫，洪水就漫上了屋顶，把胜利一家都卷到水里。胜利看见爹娘和建国和平解放都在水中挣扎，小妹和小喜鹊都不见了，大黄也不知道跑到哪里去了。胜利正大声呼救，却见养在桶里的黄鳝都跑出来了，眨眼间变成了一条条黑色的巨龙。这些巨龙在水面兴风作浪，把天地间搅得一团漆黑。就在这一团漆黑之中，胜利突然看见远方有一道金光，接着就是一只长着金色翅膀的大鸟从天边飞了过来。胜利知道，那就是堂姐夫的故事里讲的大鹏金翅鸟，岳王爷就是它变的，它准是搭救我们来了。大鸟越飞越近，胜利又看见在它的翅膀下，护着一个圆形的花缸，胜利心想，岳王爷就该坐在这花缸里面。胜利正奋力向花缸游去，突然听见花缸里传来小妹的哭声。原来花缸里坐的不是岳王爷，而是他的小妹。胜利就喊，小妹，别怕，别怕，哥救你来了。大鹏鸟听到胜利的叫声，把一只翅膀伸了过来，说，快点上来，我救你和小妹出去，胜利就说，我爹我娘，还有建国和平解放大黄小喜鹊呢，大鹏鸟说，都在我身上。胜利抬头一看，果然他们都在。胜利的娘朝着胜利大声说，多亏了大鹏鸟，救了小妹，也救了我们一家。胜利的爹扯着喉咙埋怨胜利的娘说，早就叫你把这些黄鳝都炒了韭菜吃了，你偏要留给胜利回来吃，现在好了，都变成黑龙了，要吃我们了。胜利游到大鹏鸟的翅膀底下，攀住大鹏鸟的翅膀尖就往上爬。还没爬到一半，大鹏鸟的翅膀突然忽闪了一下，又把胜利甩落到水里。水面是一条黑色巨龙，正张开利爪在等着胜利。胜利大叫一声，顿时惊醒过来。

醒来一摸，胜利就知道有人尿床。不知是谁在床上拉了一泡热尿，把身子底下垫的棉絮全都打湿了。建国的一只胳膊也不知什么时候甩到了胜利的脸上，把胜利的半边脸打得生疼。胜利再欠身一看，自己的下半身还压着建国的两条腿。建国的另一只胳膊甩在和平脸上，和平的一条腿横在建国的肚子上，另一条腿却顶着解放的屁股，解放的头歪在小妹胸前，小妹的手抓着解放的头发，像横七竖八的树枝交叉在一起。胜利想抽身起来，却被这些树枝卡住了，一动也不能动。

娘还在铺那边四脚八叉地睡着打呼噜，爹加固了草棚还没睡，正对着水面坐在铺沿上抽烟。烟头上的光亮一闪一闪的，缕缕轻烟一阵一阵地从爹的肩头冒出来，像庙里坐着的土地菩萨。

这年大水过后，胜利的妈又给胜利生了一个小弟。村里的私塾先生又来家了，还带来了一张报纸，胜利救小妹的事上了报纸。文章是岳家湾的堂姐夫写的，上面的事都是胜利那天说给堂姐夫听的。胜利的娘又要私塾先生给胜利的小弟起名字，私塾先生想都没想就说，今年的国家大事就是抗洪，什么事也没有抗洪的事大。

胜利的小弟就叫了抗洪。

鱼得水变身记

第一回 鱼得水变身大鱼国

鱼得水的脖子卡在一个鱼庐口上，进不去，也出不来。

大鱼湖涨水的时候，村里人为了防止湖水漫进来，就用很多木板挡在湖堤外边，木板外边又打了很多木桩，防备木板被水冲走了。

时间久了，这些木板和木桩腐烂了，就有很多鱼在里面做窝，村里人把这些窝叫鱼庐。

鱼得水的脖子就卡在这样的鱼庐口上，头在里边，身子在外边。想往后退，脑袋大了，退不出来，想往前进，肩膀宽了，又挤不进去。就像古时候的犯人戴着一个大木枷。

鱼庐口上有一圈长长短短的木刺，像长着一圈牙齿，动一动，就往肉里扎，疼得鱼得水想咧嘴又不敢咧。

鱼得水是憋着一口气进来的，这口气已经快用完了，他爹以前教过他水下换气，这会儿也忘了怎么换。

怪只怪自己贪心，本来把鱼庐口的几条鱼捉了，就该浮到水面上去，没想到把手伸进鱼庐一摸，发现里面还有很多鱼，就想把这些鱼都掏出来捉走。

鱼庐太深，掏了前面的鱼，后面还有鱼，够不着，就把脑袋钻进去，想把手伸得更远一点，往鱼庐里掏得更深一点。

脑袋往里伸的时候，顶着鱼庐口的木片，木片被挤开了，脑袋就进去了，脑袋进去后，挤开的木片还原了，就把脖子卡住了。

卡在鱼庐口的鱼得水想,这下完了,我要死了,就鼓起腮帮子,想把肚子里的最后一点气提上来,缓缓劲再挺个一会儿。

正在这时候,鱼得水忽然听见耳边有一阵响动,这响动很怪,像水声,又不像水声,听起来腻腻糊糊的,像有人用手在一桶糨糊里搅动。

鱼得水想睁开眼睛看看,鱼庐里光线很差,水又涩眼,看不清楚,只见眼前有一团黄色的光晕,恍恍惚惚的,在不停地晃动,还时不时发出咕咕的叫声。

鱼得水从小就跟他爹下湖,认得很多鱼,也知道很多鱼的习性,看到这一团黄色的光晕,听到咕咕的叫声,他就知道自己是碰上了一群王角鱼。

王角鱼头上长着三只角,顶上一只,两腮两只,像戴着一顶金色的王冠,所以村里人都叫它王角鱼。

戴王冠的王角鱼,皮肤也是黄色的,像绸缎一样滑腻。

王角鱼喜欢扎堆,又喜欢趴窝,也像养尊处优的皇帝,整天躲在宫里不想出来,鱼庐就是他们的宫殿。

鱼得水要捉的,就是这些王角鱼。

这时候,鱼得水已经昏迷过去了,想动动不了,想喊喊不出,好像灵魂已经离开了自己的身体,到了另一个世界。

迷迷糊糊中,鱼得水听见有说话的声音,这声音不像人在说话,不知为什么,鱼得水却听得懂。

就听见这声音说,快,快,快去拿龙涎膏来,把他的衣服脱了,涂上龙涎膏,他才进得来。

接着,鱼得水就觉得自己身上的衣服像被风刮走了一样,眨眼工夫就褪得干干净净,然后,又觉得浑身上下黏糊糊的,像刷了一层浓浓的米汤糊。

再以后,就像睡着了一样,什么也不知道了。

不知过了多长时间，鱼得水又听见很多声音在喊，进来了，进来了。

鱼得水好像一下子恢复了知觉，觉得自己的身子被拽着从鱼庐口拖出来，脚不沾地地站起来，真的到了另一个世界。

再一看，身上刷的米汤糊都变成了黄颜色，紧绷绷的，成了浑身上下长着的皮肤，自己的身材也变得跟拽他进来的王角鱼一模一样，只是头上少了三只角。

第二回 鱼得水改名鱼自游

鱼得水被一群王角鱼簇拥着，来到了一间屋子。

屋子很大，布置得像绘本上画的金銮殿一样，有个身子肥胖的王角鱼坐在上面，看样子年纪很大，左右嘴角还长着几根长长的胡须。

见鱼得水进来了，坐在上面的王角鱼就问，你是谁，怎么跑到大鱼国来了哇。

鱼得水回答说，我叫鱼得水，我在鱼庐里掏鱼，不知道这是大鱼国，也不知道怎么就进来了。

坐在上面的王角鱼说，既然进来了，你就是我们的客人，我们大鱼国很好客，你就安心在我们这里住下来吧。

说完，又指着身边站着的一个年轻的王角鱼说，那就让小王子带你去住下吧，以后，你就跟着小王子，有什么事只管说，不必客气。

鱼得水这才知道，坐在上面的，是大鱼国的国王。

这天晚上，国王设宴招待鱼得水，说是要给异邦来的客人接风。

酒桌上的菜肴很丰盛，都是些鸡鸭鱼肉，鱼得水看着眼熟，仔细一看，又觉得跟他过年吃过的鸡鸭鱼肉不像，就问小王子。

小王子说，这都是湖里的泥和草做的，别看不是真的，吃起来跟真的味道一样。

又指着端上桌的菜肴说，这是红泥烧肉，这是黄泥焖鸡，这是白沙泥鹅，这是乌泥肉丸，还有稀泥豆腐和各种各样的湖草做的汤菜，满满一桌，比年饭菜还多。

鱼得水发现没有鱼做的菜，就问小王子。

小王子说，我们不吃同类。

宴席上，国王宣布了一个重大决定，他决定聘请鱼得水当小王子的老师，说小王子现在年纪还小，生性憨直，懵懂无知，需要有人教导他成才，将来才能顺利继承王位，当好大鱼国的国王。

又向来宾介绍说，我请的这位老师，品德高尚，学问渊博，人生经验十分丰富，相信他会把小王子教导成一个合格的国王。

听了国王的话，鱼得水觉得很不好意思，心想，虽然自己平时读了不少书，在学校当过三好生，也考过第一名，在家里帮娘做过家务，跟爹干过农活，但也不像国王说得这么好，就谦虚地低下头不作声。

谁知国王却话题一转，吞吞吐吐地说，不过，老师的名字好像，好像，我直说了吧，好像土了点，我们大鱼国崇尚自由，我想把老师的名字改成鱼自游，从此在我们大鱼国自由自在地生活，自由自在地遨游，不知老师觉得如何。

鱼得水想想，也是，就爽快地点了点头，来宾都站起来鼓掌欢呼。

从此，鱼得水便改名鱼自游，大家都这么叫他，他也觉得这名字挺好。

国王当即就称他为鱼自游先生，又向他简单地介绍了一下大鱼国的情况。

国王说，我们大鱼国的疆域很广，整个大鱼湖都在大鱼国的国土范围之内。大鱼国有很多鱼类，这些鱼类各有各的家族，这些家族都归属我这个国王管辖。

又说，大鱼国的国王不是选出来的，也不是你争我夺地打出来的，而是大家认定的。

大鱼湖的鱼类都认为我们气质高贵，形象威严，很有帝王的样子，就公推我为国王。

虽然也有的家族不服气，但既然绝大多数家族都这样认为，也就这样定下来了。

别国的使者到大鱼国来访问，也只找我们这个家族，认为我们才配做大鱼国的主宰。

第三回 鱼自游教小王子认字

当了老师的鱼自游，就开始履行自己的职责，他要做的第一件事，便是教小王子认字。

鱼自游把小王子带到一个沙滩上，用一根草棍在沙滩上写了一个王字，跟小王子说，这是国王的王。

小王子说，老师，记住了，王。

鱼自游就要他把这个王字写一遍，小王子就用草棍在沙地上照着写了一遍。

鱼自游说，写一遍不够，要写一百遍。

小王子嫌太多了，不愿意写。

鱼自游说，你不写就不教你认别的字。

小王子灵机一动，就找了根树枝，把树枝当尺，在沙地上并排画了三根平行的横线，然后就在这三根横线上不停地画着短竖，一会儿工夫，一百个王字就写完了。

鱼自游觉得小王子太会偷懒了，但又不能说他写得不对，就又写了一个川字，要小王子也写一百遍。

小王子更高兴了，就把横着的树枝摆过来，竖着画了三道平行的长线，就对老师说，写完了。

鱼自游一看，说，这只能算一个川字，还差九十九个。

小王子只好找了一枝荷叶，在这三根长长的竖线上，一截一截地把划开的痕迹横着抹平，分开成一个一个的小段，分了半天，才分出一百个川字。

鱼自游说，看到吗，不是每个字都能图简便的，就又写了一个大鱼国的国字，要小王子也写一百遍。

小王子就照先前的办法，先用树枝当尺画了一个四方的框子，然后又在方框子中横着比画竖着比画想写出那个王字，写完了王字，还要用草棍子在王字上面戳出一个小点。

这样画完了，小王子已累得满头大汗。

接下来，还有九十九个国字要这样画出来，小王子觉得受不了，就躺在沙滩上耍赖，不写了。

鱼自游让他坐起来，说不写也行，我跟你讲个故事。

小王子听说要讲故事，就坐起来要老师快讲。

鱼自游说，从前有个小男孩，喜欢吃莲蓬，他奶奶就摘了很多莲蓬给他吃。

他看见莲蓬上有很多莲子，不知道从哪儿下口。

他奶奶就叫他把莲子一个一个从莲蓬上抠出来，然后剥去外面的皮，摘去里面的苦心子，再放到口里吃。

小男孩嫌这样太麻烦，就把一整个莲蓬都放进口里，像吃包子那样咬着吃，结果怎么咬也咬不碎，偶尔咬碎了一个莲子，里面的莲心又苦得小男孩直摇头，最后只好放下不吃了。

讲完了故事，鱼自游就问小王子，你说小男孩做得对不对。

小王子知道自己错了，就说，老师，我知道了，莲子要一个一个地吃，字要一笔一笔地写，我再也不偷懒了。

鱼自游就跟小王子说，莲蓬是由一个一个的莲子组成的，字也像莲蓬一样，是由一个一个的笔划拼起来的，少一划不行，多一划也不行，还要按顺序一笔一笔地写，不能性急，慢慢地就熟练了。

从此，小王子就跟着鱼自游老老实实地认字写字，字认得多，写得熟练了，鱼自游又跟他讲字是怎么来的，小王子都当故事听，听得津津有味。

鱼自游说，字最早是照着万事万物画出来的。比如说日头的日字，就是照着我们头顶上的太阳画出来的，月亮的月字也是这样。

后来要造的字多了，除了照着画，还用了别的方法，比如说太阳出山的早晨，太阳落山的傍晚，就不好画，就要用别的方法。

鱼自游一边说，一边把早晨和傍晚写在沙滩上，跟小王子讲这几个字是用什么方法造出来的。

小王子一见，马上就从地上跳起来说，老师，不对，傍晚的傍不应该是人字旁，也应该是日字旁，

鱼自游觉得奇怪，就问小王子，为什么呀。

小王子说，你看，早晨的早字和晨字上面都有日字，傍晚的晚字旁边也有日字，傍字也应该是日字旁呀。

鱼自游只好摇头笑笑说，聪明倒是聪明，就是太会将就，真把你没办法。

第四回 小王子与小乌头比武

大鱼国王城的护卫，是乌头家族的乌头。

乌头家族的成员，个个都生得彪悍，滚圆的身材，像一条大蟒，尖尖的脑袋，像一把铁锥，密密的牙齿，像一排锯齿，扁扁的尾巴，像一支船桨。

乌头卫队在王城的护城河里密密麻麻地围成一圈，黑乎乎的，像一条钢铁的锁链。

乌头卫队平时喜欢在大鱼湖的湖水中演练，有时候练习走队列，有时候练习冲锋防守，有时候也练习单兵动作，翻转腾跳，进退闪躲，引来很多游鱼围观。

小王子也喜欢看乌头卫队演练，鱼自游就常常带他去看，看多了，小王子也想练几招。

鱼自游就在卫队中找了一位乌头当教练，请他教教小王子。

小王子学得很快，没多久，就学会了一些招式，在跟鱼自游读书习字之余，常常要练几招给老师看看。

鱼自游见小王子一板一眼地做得有模有样，就顺口夸奖了他几句，小王子听了十分高兴。

有一天，小王子突然跟鱼自游说，他觉得他的武艺已经很高强了，不比乌头卫队的卫士差，就想找个机会跟他们比试比试。

鱼自游觉得小王子太自高自大了，这才几天，刚学了点皮毛，就想跟高手比试，也太自不量力了。

鱼自游不同意，小王子就缠住老师不放，读书习字也不专心，不是摇头摆尾，张口振鳍，就是拿笔当剑，拿书当盾，自顾自地比画起来。

鱼自游被缠得没法，只好同意了小王子的要求。

他怕本领太高的乌头不小心伤着了小王子，就在乌头卫队中找了一个跟小王子差不多大的小乌头，不说是比武，就说是请他陪小王子练功，跟小王子切磋切磋武艺。

比试那天，也有很多游鱼围观。

上来第一个回合，小乌头就使了一个雷公钻山的招式，用他那个铁锥一样的尖脑袋，直挺挺地朝小王子冲去，好像要把小王子的身子钻个洞，从这个洞里面穿过去。

小王子往旁边一闪，虽然躲过了正面，还是被小乌头撞得翻了一个跟斗。

第二个回合，小乌头使的是乌龙摆尾，像头一个回合一样，小乌头直挺挺地冲到小王子面前，突然一转身，使出浑身力气，用尾巴朝小王子横扫过去，小王子被扫得晕头转向，不停地转圈儿，半天站不稳。

　　第三个回合，小乌头使的是蟒蛇缠腰，只见小乌头一上来就逼近小王子的身子，伸开滚圆的身段，忽的一下就缠在了小王子的半腰，又用力一甩，把小王子甩到半空，扑通一声，在几丈远开外，才落了下来。

　　比完了这三个回合，鱼自游就知道小乌头要使出他最后的杀手锏了，这个杀手锏就是用他的钢牙咬碎小王子的头。

　　鱼自游想，这时候他如果再不想办法，小王子就性命难保，就把小王子叫到一边，如此这般地跟小王子叮嘱了一番。

　　第四个回合开始后，小乌头果然一上来就张开大口，露出细密的钢牙，冲过来就想咬住小王子的脑袋。

　　小王子见势，并不回避，反而把脑袋伸向前去，忽的一下钻进小乌头的口里。

　　观众顿时发出一阵惊呼，正在这时，忽然听见小乌头也发出一声尖叫，接着就见小乌头低下脑袋，不停地摇摆。

　　小王子像被挂钩挂在小乌头的嘴里，也像荡秋千一样，随着小乌头的脑袋，不停地摇摆。

　　担任裁判的乌头卫士上前一看，说，小王子的三只王角挂在小乌头的嘴里了，小乌头的嘴巴挂破了，正在流血。

　　这一个回合，小王子胜，小乌头败。

第五回　小王子鳡王洞遇险

　　小王子虽然最后一个回合胜了小乌头，但前三个回合都败了，不得不承认小乌头的武艺比他高强，要不是老师最后教他一招，他的脑袋差点就被小乌头咬碎了。

小王子从此再也不说他比乌头卫队的卫士本领高了。

鱼自游见小王子对小乌头心悦诚服，就请小乌头当了小王子的卫士，平时跟着小王子进出，有空也陪着小王子练习武艺。

这天，小王子想去金银滩游玩，一早就跟小乌头出发了。

金银滩在大鱼湖的西边，从大鱼国王城过去，中间要经过一个叫鳡王洞的地方。

鳡王洞里住的是巨鳡家族，这个家族的成员都很凶悍，号称万鱼之王，大鱼湖的鱼族谁也不敢招惹他们，连国王也奈何他们不得。

巨鳡家族的成员也像乌头家族一样，体形修长，身体健壮，尖头扁尾，行动敏捷，孔武有力。

最可怕的是，巨鳡家族的成员，都生着一张血盆大口，谁要从鳡王洞前经过，他们会冷不丁冲出来，一口把你囫囵吞下去，连尸骨也不留。

一路上，小乌头小心翼翼地观察四周的动静，到了鳡王洞的地界，果然看见一排巨鳡挡在前面，就冲上前去用身子护着小王子。

那排巨鳡便冲上前来与小乌头搏斗，小乌头被巨鳡阵围住了，左冲右突，都无法杀出重围。

小王子见这势头，也冲上前去，想给小乌头解围，谁知巨鳡阵里冲出来一条巨鳡，张开血盆大口，迎面向他扑来。

情急之中，小王子想起老师教他的那个绝招，就闭上眼睛，张开王角，硬着头皮朝巨鳡的大口冲去，想像上次那样，挂在巨鳡口里，让他脱身不得。

正这么想着，小王子忽然听见耳边呼呼风响，觉得自己的身体像被什么东西吸住了一样，忽的一下，就钻进了一个滑腻腻的洞里，落在一个软绵绵的毯子上。

小王子定睛一看，见四周都是肉乎乎的，上面还带着一些猩红的血管，周围有一些没消化的鱼骨鱼肉和食物的残渣，就知道自己是被巨鳡吞进肚子里了。

小王子想，这下完啦，关在这个肉笼子里，叫天天不应，叫地地不灵，一会儿消化了就没命了。

小乌头见小王子被巨鳡吞了，就纵身一跃，跳出重围，跑回去搬救兵去了。

没一会儿，一大群乌头卫士就跑来了，小乌头让一部分卫士围住巨鳡群厮杀，一部分卫士去救小王子。

去救小王子的卫士把那个吞了小王子的巨鳡团团围住，用脑袋轮番向巨鳡的肚皮发动进攻，巨鳡的肚子被这些尖尖的脑袋撞得翻江倒海，恶心得想吐，终于忍不住哇的一声把小王子从口里吐了出来。

小乌头见小王子得救，就招呼乌头卫士收兵回城。

回到王城，小王子把他遇险的经过跟老师说了，又说老师教他的绝招这次没有见效，如果不是小乌头及时搬来救兵，差点就死在巨鳡的肚子里了。

鱼自游听了，哈哈大笑，说，幸好有惊无险，以后记住，就是绝招，也不是用在什么地方都会灵验，要看是什么对象，什么情况，不能生搬硬套。

又跟他讲了之所以不见效的原因，说巨鳡的嘴比乌头的嘴大，张开后，里面空荡荡的，你那三只小王角根本够不着，所以这一招用在巨鳡身上就不灵。

小王子点点头说，嗯，老师，我知道了。

第六回 小王子金甲村看淘金

没有去成金银滩，小王子觉得很可惜，就要小乌头陪他再去一次，说这次换一条路线，绕开鳡王洞。

小乌头正想着该不该答应，刚好小王子收到了一封邀请信，请他和他的老师去金银滩做客。

邀请信是位于金银滩的金甲村送来的，说金甲村要举行一个披甲仪式，给成年的金鲤披挂金甲。

小王子接到邀请信，就问鱼自游，什么是披甲仪式。

鱼自游说，金鲤出生以后，身上的鳞甲会渐渐变黄，到了成年的时候，就完全变成金黄色了。

这时候就要举行一个披甲仪式，表示一个金鲤已经成年，实际上也就是一个成年礼。

在成年礼上，金甲家族的族长要给所有成年的金鲤披上一件金甲。

金甲是用几百个黄金的甲片做成的，披上后，金光闪闪，十分耀眼。

小王子说，我也想要一件金甲。

鱼自游说，金甲不是这么好要的，得自己到金沙滩上去淘金，把淘到的金沙，通过熔化冶炼，做成一个一个的甲片，再按自己的身材穿在一起，才能成为一件金甲。

又说，你要一件金甲也行，到时候得自己去淘金沙。

小王子说，行，淘金沙一定十分好玩。

到了金甲村以后，小王子和他的老师，还有护送他们去的小乌头，都受到了热烈的欢迎，一会儿，族长就带他们到金沙滩上去看小金鲤淘金沙。

金银滩的细沙一半是金色的，一半是银色的，金色的一半属于金甲村，银色的一半属于银甲村。

金甲村淘金的小金鲤都分布在半边金色的沙滩上。

小王子走到他们中间仔细观看，见那些还未成年的小金鲤一个个低着头，弓着背，口里吞吐着沙滩上的细沙，遇到金沙就吞下去，不是金沙就吐到一边。

小金鲤都分得出哪是金沙，哪不是金沙，吞下去的金沙回去后都要一粒一粒屙出来，普通的沙子就堆在沙滩上。

金沙很难找，常常是吐出了一座座沙堆，还吞不进一粒金沙，偶尔吞进一粒，小金鲤就高兴得叫起来，引来淘金的小金鲤一片欢呼。

小王子问其中的一个小金鲤，做一件金甲要淘多少金沙。

小金鲤说，淘多少我说不准，我只知道从记事开始，就到滩上来淘金沙，族长说，直到我快要成年了，淘的金沙才够做一件金甲。

小王子说，就没有别的简便的办法，像你这样老盯住一个地方吞吞吐吐的多没劲。

小金鲤说，没有，族长说，要想淘到金沙，就得盯住一个地方不放，金沙滩的沙子里到处都有金子，就看你下不下工夫。

小王子和小金鲤说话的时候，天就黑了，淘金沙的小金鲤都陆续收拾东西回家，小乌头也陪着小王子在沙滩上慢慢地往回走。

一会儿，月亮升起来了，整个沙滩都沐浴在淡淡的月光之中，这时候，小王子突然发现前面不远处有一片亮光，忽闪忽闪的，像一群萤火虫。

小王子和小乌头走近一看，原来亮光是从水下的沙粒中发出来的，沙滩上的水很浅，看上去金晃晃的，好像水底下的沙粒一下子都变成了黄金。

小王子和小乌头都感到奇怪，小乌头扒开水下的细沙想看个究竟，结果发现沙粒下面，真的铺着一层薄薄的金沙。

小王子发现金沙的消息，很快就传遍了金甲村，村里的长辈都不相信，说这是千百年来没有遇见过的奇事，族长却说小王子洪福齐天，这是小王子给金甲村带来的好运气。

这年的披甲仪式，族长特地要小王子讲讲发现金沙的经过。

小王子在讲话中说，淘金不光要苦干，还要巧干，这儿没有就换那儿，那儿没有就再换一个地方，不要老盯住一个地方，要到处走走，走着走着，说不定也能像我这样发现一片金沙。

鱼自游觉得小王子这样讲不合适，连小乌头也对小王子说的话有看法，就要鱼自游及时提醒一下小王子。

鱼自游却笑笑说，不急，等到了银甲村再说。

第七回 小王子银甲村学拉风箱

与金甲村临近的银甲村在小银鲫成年的时候，也要举行一个披甲仪式，不过披的不是金甲，而是用银子打造成的银甲。

银甲村听说金甲村请了小王子参加披甲仪式，就在仪式结束后，也派使者到金甲村来请小王子和他的老师，小王子就和鱼自游带着小乌头来到了银甲村。

银甲和金甲一样，也是从沙子里面提炼出银子，打造成一个一个的甲片，再按自己的身材穿在一起做成的。

不同的是，制作金甲要先从普通的沙子里面淘出金沙来，然后再对金沙进行熔化冶炼，从里面提炼出金子来。

制作银甲却不需要从普通的沙子里面淘出银沙，银子的成分就包含在那些银色的沙子里面，只需要对那些银色的沙子进行熔化冶炼，就能从中提炼出打造甲片要用的银子来。

所以制作银甲的功夫，就全在对那些银色的沙子进行熔化冶炼。

炼银的工具是一个大熔炉，熔炉下面有一个大风箱，银甲村从老辈子传下来的规矩，一个银鲫在成年之前，都要到炼银炉前去拉风箱，每天要拉九九八十一个来回，一共要拉九九八十一天，炼出来的银子才够做一件银甲。

小王子想要一件银甲，也不例外，否则，做出来的银甲穿在身上颜色发暗。

这天，小王子和鱼自游带着小乌头来到炼银炉前，看见一群小银鲫正在排队等着拉风箱，小王子就上前去向他们请教风箱怎么拉。

一个小银鲫说，拉风箱，一要桩子稳，二要腰肢活，三要肚皮硬，少一样都不行。

小王子就问，什么叫桩子稳，什么叫腰肢活，什么叫肚皮硬。

小银鲫说，桩子稳就是脚要站稳，腰肢活就是腰要活动，肚皮硬就是腹部要有力。

小银鲫一边说着，一边从另一个小银鲫手里接过风箱的拉手，示范给小王子看。

小王子见小银鲫弓步站立，双手贴着肚皮，紧握风箱拉手，腰部随着双手的推拉前后扭动，像推磨一样很有节奏。

小王子也想试拉几下，小银鲫就把风箱拉手交给他，让小王子照他的样子拉。

小王子接过风箱拉手，刚一用劲，脚下就站立不稳，往后拉了一下，没拉出多少，就被风箱吸住了，身子禁不住往前一冲，差点撞到风箱上面，腰上的劲和肚子上的力，都使不出来了。

小银鲫说，拉风箱的功夫不是一朝一夕练得出来的，要不，怎么要拉九九八十一天，每天要拉九九八十一个来回，拉到最后，才能摸到一点诀窍。

族长说，一个银鲫，不管从什么时候开始，拉满九九八十一天才配穿那身银甲，才能参加成年礼。

小王子听了，心里觉得十分惭愧，就对鱼自游说，老师，我也要来练九九八十一天，回去就跟父王说，不练到穿上银甲，决不回去。

鱼自游说，你知道金甲银甲来之不易就好，不一定非要来拉八十一天风箱，就跟他讲了小猫钓鱼和铁杵磨针的故事。

鱼自游说，小猫钓不到鱼，是因为他一时想抓蜻蜓，一时想捉蝴蝶，三心二意，用心不专。

铁棒可以磨成绣花针，全靠一点一点地用力磨，天长日久，就磨成了。

金甲村的小金鲤淘金沙炼金，银甲村的小银鲫拉风箱炼银，也是这个道理。

淘金沙光靠运气不行，得一粒一粒专心去淘，东游西逛是淘不到金沙的。

拉风箱也是这样，一个来回没拉到位，缺一天没拉足，就炼不出足够的银子来。

小王子后来虽然没去银甲村拉风箱，但他觉得这次到金银滩来，收获最大的，就是懂得了老师说的这些道理。

第八回 小王子勇救彩鳞姑娘

从金银滩回大鱼国王城，这次走的路线，要经过一个名叫彩鳞荡的地方。

彩鳞荡里住着彩鳞家族，彩鳞家族的成员，个个都长得精致，又喜欢穿五彩衣裳，在水中成群结队地游动，像天上的云霞一样。

彩鳞家族有个彩鳞姑娘，长得出奇地漂亮，大大的眼睛，圆圆的脸蛋，弯弯的嘴角，高高的鼻梁，银白的裙子镶着花边，缀着红色的璎珞，停在水中，像一片花瓣，游走起来，像孔雀的羽毛在风中飘动。

彩鳞姑娘能歌善舞，有月亮的晚上，她喜欢在草丛中边唱边舞，她的歌声在水面上激起一圈圈好看的波纹，水草也随着她的舞姿在水中起伏，像在为她伴舞一样。

太阳明亮的中午，她喜欢跟姐妹们在水荡里一起跳舞，日光照在她们身上，忽闪忽闪的，像舞台上打着聚光灯。

小王子早就听说彩鳞姑娘长得漂亮，能歌善舞，总想有机会见一见，跟她交个朋友，正好这次从这儿路过，就把这心思跟老师说了。

鱼自游说，这是好事呀，男孩子喜欢跟男孩子交朋友，但也可以跟女孩子交朋友哇，友谊不分男女，都是美好的感情。

彩鳞荡里住着一个长虫家族，长虫家族里有个外号叫赤膊蛇的年轻后生，长得很是英俊，身材修长，体态灵动，跳起来像根弹簧，跑起来跟射箭一样。仗着自己的这点优势，赤膊蛇就想娶彩鳞姑娘为妻，几次托媒提亲，彩鳞姑娘都不答应。

原因是赤膊蛇是个花花公子，品行不端，见到漂亮姑娘就缠住不放，有时还伸出长钩一样的猩红舌头吓唬人家，样子十分可恶，对彩鳞姑娘也是这样。

这天中午，彩鳞姑娘正跟一群姐妹在一起跳舞，赤膊蛇又不知从哪儿钻出来了，还没等他靠近，姐妹们都跑开了，彩鳞姑娘也想跟着逃走，却被赤膊蛇冲过来用尾巴缠住了。

彩鳞姑娘一边挣扎，一边拍打水面呼救，赤膊蛇却弯过身子，把嘴巴凑近彩鳞姑娘，又吐出他那长钩一样的猩红舌头，想吓唬彩鳞姑娘。

正在这时，彩鳞姑娘突然听见一声大叫，别怕，我来了。

喊声未落，彩鳞姑娘就见一道黄色的闪电从眼前掠过，朝赤膊蛇直冲过来。

赤膊蛇见状，也把脑袋掉转过去，张开嘴巴，用长钩一样的舌头迎敌。

闪电的速度很快，还没等赤膊蛇的舌头接近，就见赤膊蛇张开的嘴巴合不拢去，那根长钩一样的舌头也挺不起来，鲜血从上面一点一点地滴下来，染红了水面。

见这一招不灵，赤膊蛇就松开尾巴，用身子来缠闪电，谁知这闪电身子很滑，没办法缠住，只好放过彩鳞姑娘带着伤口逃走了。

这时候，彩鳞姑娘才看清楚，那道黄色的闪电，竟是大鱼国的小王子。

彩鳞姑娘跟她父亲一起参加过国王举办的宴会，在宴会上见过年轻的小王子，小王子英俊潇洒，温文尔雅，给她留下了很深的印象。

见彩鳞姑娘得救，鱼自游和小乌头都很高兴，鱼自游夸奖小王子见义勇为，说朋友有难，就应该出手相助，这才是交友之道。

彩鳞姑娘也对小王子表示由衷的感谢，欢迎他以后常到彩鳞荡来玩。

小王子说，会的，我也欢迎你到王城去，国王和王后都会喜欢你的。

说这话的时候，小乌头看见小王子的脸都红了。

一路上，小乌头都在夸小王子，说小王子的武功大有进步，还没等他看明白，就把赤膊蛇给打跑了。

小王子说，我那也不是什么武功招数，不过是临时的对付办法。

我见他张开嘴巴，伸出舌头，就想着不能正面冲锋，正面冲锋，要么像上次遇见巨鳡一样，被他的大口吞进去，要么被他的长钩一样的舌头伤着。

我要是从他的嘴巴里横着穿过去，他既吞不了我，我的王角上有齿，还可以就势割伤他的舌头，就这么个野路子，你别见笑。

小乌头见小王子说得头头是道，就说，见招拆招，才是高招，我得向你学习。

鱼自游见小王子有进步，也很高兴，但他只是笑笑，没有夸他，怕他又盲目骄傲。

第九回 小王子黄泥湾调解纠纷

小王子打败赤膊蛇救了彩鳞姑娘的消息，很快就传遍了大鱼国，大鱼国上下都说小王子了不起。

这件事后来越传越神，有的说，小王子是武曲星下凡；有的说，不，小王子也是文曲星；有的又说，小王子能文能武，智勇双全。

传到最后，小王子就成了神，一些家族遇到什么危难险急的事，都来找他，好像他什么问题都解决得了。

大鱼湖最西边有个黄泥湾，黄泥湾住着青衣、黛背、白肚、胖头四大家族。

这四大家族的祖先，都是从大鱼湖的东边迁游过来的，迁来的时候，黄泥湾还是一片寸草不生的黄泥。

为了把黄泥变成乌泥，便于后代子孙在这里生长，四大家族的祖先不辞辛苦，每天从有水草的地方吃饱了水草，经过长途跋涉赶到黄泥湾来排泄。

排出的粪便中，消化了的水草，就变成了黑色的泥土，没消化的草籽，来年就长出了水草。

就这样，一年又一年，不知经过了多少年，黄泥湾的黄泥果然变成了乌泥，又长出了丰茂的水草。

四大家族的子孙从此就在这里安家落户，和睦相处，过上了衣食丰足的好日子。

有一天，青衣家族的族长突然来找小王子，说邻居黛背家族侵占了他们的领地，请小王子去主持公道。

一会儿，黛背家族的族长也来了，也说青衣家族侵占了他们的领地，也请小王子去主持公道。

正说着，白肚家族的族长又来了，说的也是邻居胖头家族侵占了他们领地的事，也要小王子去主持公道。

三个族长还没有离开，胖头家族的族长也赶来了，也气势汹汹地说白肚家族侵占了他们的领地，要小王子去主持公道。

四个族长最后吵成一团，都说左邻右舍侵占了他的领地。

听了四个族长的诉说，小王子不知道怎么办才好，等他们走了以后，就去向老师请教解决的办法。

鱼自游说，你就按他们的要求，去帮他们把领地平均分配一下，划出界线，以后谁也不许越界，越界了就要受罚。

小王子不理解老师的意思，说陆地上的土地可以分开，黄泥湾的水怎么分得开呢。

鱼自游说，你先在水面上划个界线试试。

小王子就按老师说的，亲自去黄泥湾，召集四大家族的族长，在水面上拉起绳子，把黄泥湾的湖水平均分成四块，四大家族各占一块，今后各自在自己的界内活动，谁也不许越界。

过了不久，青衣家族的族长又来了，说邻居黛背家族水面上的浮萍漂到自己的领地来了。

一会儿，黛背家族的族长也来了，说青衣家族的莲藕从泥底下长到自己的领地来了。

正说着，白肚家族的族长也来了，说的也是邻居胖头家族的水鸟飞到自己领地来了的事。

三个族长还没有离开，胖头家族的族长也赶来了，也说邻居白肚家族的水波涌到自己的领地来了。

四个族长最后吵成一团，都说左邻右舍不守规矩，越过了小王子划的边界。

小王子听完他们的诉说之后，就跟四个家族的族长说，你们回去以后，就把各自领地水上的浮萍都捞起来，把泥底下的莲藕都挖出来，把天上的飞鸟都赶走，以后水波荡漾也不准越过边界。

小王子的态度很严厉，四个族长不敢违抗小王子的命令，回去以后只得照着做了。

这以后，黄泥湾果然安静下来了，四个族长也不告状了。

有一次，鱼自游和小王子到大鱼湖西边去拜访一位朋友，从黄泥湾路过，发现黄泥湾水面波浪不兴，天上没有飞鸟，水上没有浮萍，连莲藕也不生长，到处死气沉沉的，没有一点原来那种生气勃勃的样子。

等他们从朋友家回来以后，青衣家族的族长就跟过来了，说这日子没法过，还是原先那样好。

一会儿，黛背家族的族长也来了，也说这日子没法过，还是原先那样好。

正说着，白肚家族的族长也来了，说的也是这日子没法过，还是原先那样好。

三个族长还没有走，胖头家族的族长也来了，也像前三个族长那样，说这日子没法过，还是原先那样好。

小王子笑笑说，那你们就回去把界线撤了，恢复原先的样子吧。

四个族长走后，鱼自游就问小王子，你是怎么想到这个解决办法的。

小王子说，老师要我跟他们划界线，不就是要我这样做吗。

老师经常跟我讲物极必反，凡事要顺其自然的道理，我要是跟他们评理，公说公有理，婆说婆有理，没办法说清楚。

既然说不清楚，那好，就照你们说的办法办，让你们把事情做到极点，看看结果会怎么样。

鱼自游点点头说，你做得对，人为的界线是好分的，空气、水波、泥土和天上的飞鸟、水下的生命，是无法分开的。

黄泥湾本来就是他们祖辈创造的共同家园，要和睦相处，共同守护才对。

第十回 大鱼国发生叛乱

小王子成年的时候，国王已经老了。

有一年，国王病重，小王子代理国王处理国家大事。

巨鳡家族对王角家族担任大鱼国的国王，本来就心怀不满，他们占据鳡王洞，自立为王，平时招兵买马，联络亲信，只等时机成熟，就起兵造反。

这时候，见国王病重，小王子刚刚掌权，根基不稳，就认为时机已到，于是联合长虫、尸曼、单于、尼酋等家族发动叛乱，想推翻国王，自立为王。

叛军在一个月黑风高的夜晚，将大鱼国王城团团围住，一面让巨鳢军主力缠住乌头卫队，拼命厮杀，一面派长虫、尸曼、单于、尼酋联队，利用他们善于打洞的优势，挖掘地道，从地下潜入王城。

不到几天工夫，叛军联队就挖通了地道，从城里杀上地面，攻击乌头卫队的后背。

乌头卫队猝不及防，腹背受敌，很快便败下阵来。

叛军联队打开城门，里应外合，占领了王城。

叛军占领王城的时候，鱼自游让小乌头迅速组织起一个精锐小队，保护病中的国王和小王子突围。

城里城外都是叛军，把四门把守得严严实实，像铁桶一般，插翅难飞。

小乌头指挥小队从东门突围，把守东门的是巨鳢军的主力，第一个冲锋，打头阵的敢死队就被巨鳢军的血盆大口吞噬。

小乌头指挥小队从南门突围，把守南门的是长虫家族的军队，长虫军列成长队，扭动着身躯，伸出长钩一样猩红的舌头，喷射着毒液，小队一靠近就被熏倒在地，死伤惨重。

小乌头指挥小队从西门突围，把守西门的是尸曼家族的军队，尸曼家族是吃死尸长大的，最喜欢钻进死者的五脏六腑，见突围小队冲了过来，就围住小队的乌头，用尖牙利齿在他们身上打洞，片刻工夫，就让突围小队遍体鳞伤。

小乌头只好把突围的希望寄托在北门。

把守北门的是单于、尼酋家族的军队，突围队伍到达的时候，他们已围成了一个圆圈，摆开了一个连环套的架势。

见这阵势，鱼自游就跟小王子和小乌头说，看来这次我们只能智取，不能力敌。

又指着面前的连环套说，你看这圆圈，上下两层，上层是身材长的单于军，下层是个子短的尼酋军，上层缠头，下层咬尾，冲入阵中，就动弹不得，如何突得出去。

小王子和小乌头都说，这如何是好。

鱼自游说，不急，我有办法，就如此这般地跟他俩讲了一通。

小王子和小乌头都说，事到如今，也只有这样了。

到了阵前，鱼自游就要小王子向单于军和尼酋军喊话，说我们知道，你们也想头上长出王角，变成高贵的王角家族，我们愿意送给你们一些龙骨粉，让你们加到龙涎膏里，涂在身上，等你们头上也长出了三只王角，我们就是一家人了。

单于军和尼酋军听了都很高兴，单于军和尼酋军的头领怕其中有诈，就要小王子把龙骨粉送过去，说，等我们把加了龙骨粉的龙涎膏涂到身上了，就放你们出城。

小王子就派小乌头带人把一包龙骨粉送过去了。

单于军和尼酋军把龙骨粉加到龙涎膏里以后，都抢着往自己身上涂抹，圆圈阵顿时大乱。

小乌头见状，就要指挥队伍冲杀过去，鱼自游说，不急，再等一会儿。

过了一会儿，鱼自游见刚才还乱糟糟的队伍，这时候却一点声音也没有，估摸着单于军和尼酋军都涂上加了龙骨粉的龙涎膏了，就叫小乌头赶紧指挥队伍突围。

小乌头把手一挥，大队人马如入无人之境，很快就顺利地穿过了圆圈阵，回头一看，单于军和尼酋军东倒西歪，都像睡着了一样。

第十一回 龙涎膏的来历

突围出来以后，小王子和小乌头都问鱼自游，你是怎么知道龙涎膏的事。

鱼自游笑笑说，你们去问国王吧，我也是那天在欢迎我的宴会上，听国王说的。

国王见已突出重围，心情放松了许多，就跟他们讲了龙涎膏的来历。

国王说，盘古开天辟地的时候，在地上挖出了许多湖泊和河流，湖泊和河流里流着清亮亮的水，什么也没有，显得很冷清。

盘古就在地上抓了一把树叶、树皮、树枝和草棍，随手往水里一撒，这些树叶、树皮、树枝和草棍，顿时就有了生命，变成了各种各样的鱼类。

树叶、树皮、树枝和草棍的形状变成了鱼的形状，有圆形的，有椭圆的，有长条的，有扁平的。

树叶、树皮、树枝和草棍的经络变成了鱼的骨骼和刺，有粗的，有细的，有疏的，有密的，有一根到底的，有密密麻麻地交错在一起的。

树叶、树皮、树枝和草棍粗糙有齿的表面，变成了鱼鳞和鱼鳍，光滑的表面变成了鱼皮，有的背上还长出了壳，肚子上也生了硬甲，像铁饼一样。

湖泊和河流里有了这些生命，从此就不再冷清了。

鱼类一多，在水里游走，就难免发生摩擦，造成冲突。

盘古又召来青黄黑白四大龙王，让他们吐出唾沫，按不同的配方，熬制成龙涎膏，有原色，有间色，分发给各个鱼类家族，让他们世世代代涂抹，以后在水里游走，即使碰到一起，因为身上有涎，表面滑腻，就不会发生摩擦，造成冲突了。

不同颜色的龙涎膏还可以区分不同的家族，不容易混淆。

为了从这些鱼类中，选出一个高贵的家族，让这些鱼类日后尊他为王，盘古又特意叮嘱黄龙王，说在配给黄龙涎制作的龙涎膏的鱼类中，有一种金字体形光滑无鳞的鱼类，可以选作万鱼之王。

盘古让黄龙王在配给他们龙涎膏的时候，额外送给他们一些龙骨粉，让他们涂抹的时候加在龙涎膏里，他们头上就会长出像龙角一样的王角来。

黄龙王照着盘古的意思做了。

这个被盘古选中的鱼类，在涂抹加了龙骨粉的龙涎膏以后，头上果然长出了三只角，看上去形象高贵，仪态威严，很有点帝王的样子。

这个被盘古选中的家族，就是我们王角鱼家族。

也有些鱼类涂抹了黄龙涎制作的龙涎膏，因为没有添加龙骨粉，只是浑身皮肤发黄，头上却没法长出王角来，单于、尼酋就是这样的鱼类。

龙涎膏有麻醉作用，涂在身上，要沉睡一会儿才能发生效果，变成鱼涎，单于、尼酋和王角三个家族一起领到龙涎膏涂在身上，醒过来一看，只有王角家族的头上长了角，单于和尼酋家族都没有。

单于、尼酋家族不敢去质问盘古，却对王角家族心怀嫉妒和怨恨，这次巨鳡王造反，就站到叛军那一边去了。

国王正说着，就听在后面掩护突围的小乌头派一个小王角来报告，说是有大队的单于、尼酋家族的军队从后面追上来了。

小王子说，一定是单于、尼酋的军队醒了，发觉自己上当，才追杀过来的。

小王子就请鱼自游护着国王快走，自己断后迎战追兵。

国王笑笑说，不碍事的，你们放心，他们是来投奔我们的。

小王子和鱼自游正对国王的话感到奇怪，就见小乌头果然带着单于、尼酋家族的军队，从后面追了上来。

来到跟前一看，单于、尼酋家族的军队，头上果然长起了王角，身体也变成了王角家族的模样。

单于、尼酋家族的族长对国王说,既然我们现在成了一家人了,就该同心协力,跟你们一起平息叛乱。

于是就跟王角家族合兵一处,继续赶路。

第十二回 国王路遇伏兵

突出重围的大鱼国国王,一面感到庆幸,一面又有些担心,这么大一支军队,不能到处游荡,总得找个安身之处。

要平息叛乱,夺回王城,也得有地方养精蓄锐,积聚力量。

当下就找小王子、鱼自游和小鸟头商量。

商量的结果,是联络黄泥湾的四大家族,以黄泥湾为据点,从西边发起反攻。

黄泥湾地势险要,粮草丰富,可攻可守,适宜作为反攻的据点,就派小鸟头前去联络。

小鸟头回来说,四大家族很乐意迎接国王的到来,愿意听从国王的命令,跟着小王子平息叛乱,夺回王城。

小王子于是就带着队伍向西挺进。

西边沙丘起伏,道路曲折蜿蜒,坎坷难行。

有一天,队伍正走在两座沙丘之间,鱼自游一看地势,就对小王子和小鸟头说,这儿要是埋伏一支伏兵,从两边夹击,我们很难冲得出去,就要大家小心。

正说话间,就听两边的沙丘上像射箭一样,发出一阵嗖嗖嗖嗖嗖的响声。

鱼自游抬头一看,就见天上果然有无数箭头从沙丘深处飞射出来,黑压压的一片,铺天盖地,像蝗虫一样。

鱼自游说，不好，有埋伏，就叫小王子保护国王，自己和小乌头指挥队伍往沙丘背后隐蔽。

正在这时，小王子发现半空中突然出现了一道屏障，像盖了屋瓦一样，那些纷纷落下的箭头打到屋瓦上，发出砰砰砰砰的响声，然后就落到水底，一动不动。

小王子从水底捡起箭头一看，就知道这是麻矢家族设的埋伏。

麻矢家族身材矮小，浑身多肉，形如箭头，平时伏在沙窝深处不动，一有动静，就飞射出来，像流弹一样。

再一看头上的屏障，只见有无数圆圆的伞盖密密麻麻地挤在一起，停留在半空之中，每个伞盖下都有四只脚爪在划动，像安了四个轮子。

小王子知道这是大龟家族的军队前来救驾，就对着头上的伞盖，大声向大龟家族的族长表示感谢。

大龟家族是大鱼国最古老的家族，也是大鱼湖最古老的鱼类，传说有人类在地上居住的时候，就有这个家族。

这个家族不但古老，还很神秘，能知天文地理，过去未来，吉凶祸福，远古的时候，人要做什么重要的事情，都得事先向这个家族问卜。

大龟家族的背部和腹部都生有很厚的甲壳，古人用火烤死去的大龟的腹甲，听响声看裂纹，就能知道吉凶祸福，所以这个家族在人类那儿，也很受尊崇。

有一年，大鱼湖一带连日暴雨，湖水猛涨，大鱼国许多家族都要求国王组织力量排水，说湖水再涨下去，我们都要漂流四方了。

会打洞的单于、泥酋和尸曼家族，甚至不经国王的同意，就擅自行动，在湖堤上钻了许多小洞。

国王觉得这件事要慎重对待，就去问大龟家族的族长，族长当着国王的面烤了一块龟甲，就对国王说，暴雨夜半便停，明日起烈日当空，大旱将至。

此时的湖水宜蓄不宜排，此时排水，不久湖中水族将成涸辙之鲋，无异自杀，切记，切记。

国王听了大龟族长的话，回去后就通令全国，严禁打洞排水。

这天夜半，暴雨果然停了，第二天烈日当空，连月大旱，大鱼湖的水族因此得救，都感谢国王的英明善断。

国王说，这都是大龟家族的功劳，要感谢你们去感谢他们吧。

从此，国王对大龟家族更加敬重，大龟家族的族长也说，摊上这么个好国王，大鱼湖的水族有福了。

这次，听说巨鳡家族发动叛乱，就号令全族，准备随时兴兵，参加平叛。

后来又听说国王向西转移，知道这两边都是沙丘的峡谷是必经之地，又料定巨鳡王必在这里设下伏兵，就预先带兵埋伏在沙丘下面。

过了几日，果然见国王的队伍从这里经过，哨兵说埋伏在沙丘上面的麻矢家族正准备发动突袭。

大龟家族的军队迅速从沙丘下一跃而起，在半空中筑成一道铜墙铁壁，麻矢家族的军队肉乎乎的身体，撞上这道铜墙铁壁，瞬间便一个个晕倒在地。

第十三回　国王夜宿彩鳞荡

国王的军队继续向西，过几天，便到了彩鳞荡的地界。

彩鳞家族听说国王来了，老远就列队欢迎，又置办丰盛的酒席劳军，为国王接风洗尘。

这天晚上，国王和他的队伍都驻扎在彩鳞荡。

鱼自游怕叛军偷袭，加了双倍的岗哨，彩鳞姑娘又带着彩鳞家族的娘子军，在驻地周围巡逻。

自从那次遭受赤膊蛇的骚扰之后，彩鳞姑娘为了自卫，也为了保护族中的姐妹，就组织大家练习武艺。

在她的带领下，彩鳞家族已经练出了一支娘子军，这支娘子军号称女子自卫队，专门对付赤膊蛇这样的邪恶歹徒和来犯之敌。

女子自卫队有一项独门绝技和秘密武器，就是她们身上的鳞光。

彩鳞家族的彩鳞本来就有灵气，当初是用五色龙涎涂抹出来的，彩鳞姑娘在训练中，让她的姐妹白天迎烈日，夜晚对明月，在日光和月华中修炼，久而久之，吸足了天地的灵气，日月的精华，身上的彩鳞就能发出一种奇异的光芒。

这种光看上去平淡无奇，里面却含有一种神奇的力量，遇上祥和之物，温柔如水，遇上邪恶的对象，如闪电穿空，万箭齐发，触之必死。

叛军见麻矢家族设伏不成，又听说国王驻军彩鳞荡，就决定趁夜偷袭国王的大营。

听说要偷袭国王的大营，赤膊蛇就自告奋勇地打头阵。

他又想用上次攻占王城的里应外合之法，就找了他的表弟癞蛤家族的军队作内应。

癞蛤家族是生活在彩鳞荡的又一个邪恶家族，这个家族的成员个个长相丑陋，圆鼓鼓的身材，嘴大眼凸，浑身长满了大大小小的疙瘩豆，麻麻癞癞的，看上去就像个小刺球。

癞蛤家族喜欢在阴暗潮湿的地方生活，白天害怕太阳，多半在黄昏和夜间出动，最适合在污泥草丛中潜伏。

这天，癞蛤家族的军队趁着夜色，借着草丛的掩护，绕过双重岗哨，从水荡岸边的污泥中，潜入驻军的营地，在营帐周围埋伏下来。

赤膊蛇和他的癞蛤表弟约定，在他率部发动进攻的时候，埋伏在营帐周围的癞蛤军便转动他的鼓眼，用强光照亮营地。

癞蛤的鼓眼里能发出探照灯一样的光芒，把驻军的营地照得如同白昼，好让赤膊蛇带领长虫军冲入营地，围住营帐，各个击破。

夜半时分，赤膊蛇按照约定从营地外向国王的军队发起攻击，原以为这时候营地内会强光四射，谁知癞蛤鼓眼里发出的光，只像星星眨眼一样闪了一下，就熄灭了。

原来就在癞蛤军躲过第一道岗哨的时候，正带队巡逻的彩鳞姑娘，就从身上的鳞光中，照见了在草丛和污泥中蠢蠢蠕动的癞蛤军队，她暂时不想惊动他们，就不动声色地放他们过去了。

等到他们躲过了第二道岗哨，围住了一个个营帐，彩鳞姑娘就指挥女子自卫队的姐妹，也把他们包围起来。

长虫军冲进来的时候，癞蛤军以为时机已到，就鼓起凸眼，向夜空发光。

谁知癞蛤军从鼓眼里发出的光还未射到半空，就遇到女子自卫队的鳞光在头顶上闪烁，金晃晃的一片，像太阳一样。

这时候，就听得一阵噼啪乱响，癞蛤军鼓眼里发出的光，就像打到钢板上的子弹，又都弹回去了。

紧接着，又听见一阵噼啪乱响，癞蛤军的鼓眼都像玻璃爆炸一样，一个个都裂得粉碎，营地顿时漆黑一片。

冲进来的长虫军不辨方向，被国王的军队从营帐里杀出来，瞬间便杀得片甲不留。

赤膊蛇躲在草丛中，才侥幸逃脱。

第十四回 小王子喜结良缘

小王子上次来彩鳞荡的时候，彩鳞姑娘就给他留下了深刻的印象，这次见彩鳞姑娘如此英姿飒爽，足智多谋，更增加了对她的爱慕之情。

彩鳞姑娘对小王子原先也有很好的印象，后来又蒙小王子搭救，更感谢他的救命之恩，也对小王子产生了不一样的感情。

鱼自游见小王子和彩鳞姑娘你有情我有意，就建议国王，让小王子娶彩鳞姑娘为妻。

国王也觉得他俩很般配，就请鱼自游带上聘礼，到彩鳞家族去求亲。

彩鳞家族的族长十分高兴，彩鳞姑娘的父母也觉得荣幸，就定下了这门亲事，只等平叛结束，小王子回到王城，就择日完婚。

为了庆祝这次反夜袭战斗的胜利，也为了庆祝小王子和彩鳞姑娘订婚，彩鳞家族的族长决定举行一次彩鳞会，让大家在一起热闹热闹。

彩鳞会是彩鳞家族祖辈传下来的庆典，也是生活在彩鳞荡的众多家族的狂欢节日，每到这个节日，彩鳞荡的各个家族都身着盛装，前来参加，像赶庙会一样。

到时候，还要搭起舞台，各个家族都要上台献舞。

彩鳞荡是大鱼湖的一块神仙宝地，这里，水草丰茂，鱼族众多，春有杨柳，夏有荷花，秋有芦荻，冬有暖泉，到彩鳞荡看彩鳞会，是大鱼湖鱼族的一个梦想。

彩鳞会的舞台搭在水荡的中央，舞台的台面由密密麻麻的水草簇拥而成，水草的长茎在台面下摇摆，绿幽幽的，像一片黑色的森林。

舞台四角有四根由青色的芦苇扎成的台柱，台前还有一个芦苇扎成的拱门，台柱和拱门上缀满了各种野花，台面上也撒满了各种颜色的花瓣。

第一个登台表演的，是绿娃家族的一群年轻的绿娃姑娘，这群绿娃姑娘表演的是她们家族最拿手的舞蹈，草尖舞。

草尖舞的跳法是脚尖轻点台面，碰着簇拥在台面上的草尖，就迅速弹起，跳向另一根草尖，如此这般，变幻出各种花样。

绿娃姑娘表演的第一个舞蹈，是一个独舞，只见一个绿娃姑娘凌空而起，跳到舞台正中，四脚还未落地，又像弹簧一样跳起，然后就高低上下，前后左右，一时直线，一时斜线，一时翻滚，一时旋转，一时快如疾风吹劲草，一时慢如纺车抽棉线，看得观众眼花缭乱。

接着一大群绿娃姑娘奔上前来，跳起了群舞，这群绿娃姑娘的动作十分整齐，弹起来如绿云升空，遮天盖地，落下去如珠落玉盘，清脆有声，忽而朝东，如风吹杨柳，忽而朝西，如雨打芭蕉，穿插时如斜风吹细雨，腾跃时如群鲤跳龙门，但见一团绿影在面前飞动，却不见绿娃姑娘身在何处。

跳完了草尖舞，就该玉弓家族的小伙子表演他们家族拿手的长弓舞了。

表演前，玉弓家族的小伙子都藏在台上的水草里面，演出开始后，齐刷刷地从水草丛中忽的一下弹跳出来，然后就弯起腰肢，伸开手脚，像一张张晶莹剔透的玉弓一样，朝四面八方向天空发射各种流矢。

这些流矢有莲米，有芡实，有菱角，有慈姑，还有水草、芦苇和荷叶编成的丝带，也带着箭头发射到天空，一时间，天空便布满了他们射出的这些果实和丝带。

过一会儿，这些果实和丝带又纷纷洒落下来，好像天女散花一样。

这时候，台下的观众便从水中跳起来仰头去接，水面上顿时水花四溅，热闹非凡。

就这样，台上不停地射，台下不停地接，台上台下，欢腾一片。

正看得热闹，突然有个派出去打听叛军消息的探子回来向小王子报告，说叛军大队正开向金银滩，要在金银滩与国王的军队展开决战。

小王子立即与鱼自游和小乌头商议对策，决定抓住这个战机，在金银滩消灭叛军的主力。

第十五回 决战金银滩（上）

连续经历过两次失败，叛军的元气大伤，但巨鳡王还不死心，想趁国王的军队到达黄泥湾之前，把国王的军队拦截在金银滩，一举全歼。

先行到达金银滩的叛军，分别从金沙滩和银沙滩两个方向包围了金银滩，留下金沙滩和银沙滩交界处的一个缺口，让国王的军队通过。

叛军布了一个口袋阵，摆开了一个瓮中捉鳖的架势。

鱼自游以前在绘本上见过这种口袋阵，就把自己破阵的想法，跟小王子和小乌头如此这般地说了一遍，小王子和小乌头都觉得这个破阵的方法高明。

听说要跟叛军决战，彩鳞家族和绿娃家族都要求参战，小王子和鱼自游商量了一下，决定由这两个家族派出两支娘子军，让他们当先锋，到阵前去迷惑敌人。

玉弓家族的小伙子也摩拳擦掌，要上阵杀敌，还说他们有个表亲巨蟹家族，也住在彩鳞荡，他们的那些表兄弟也愿意跟随小王子去杀叛军。

鱼自游和小王子早就听说过巨蟹家族的厉害，知道他们有一双粗壮有力的巨臂，两只大手张开来，像两把巨大的铁钳，一遇强敌，便钳住不放，挣脱不得。

鱼自游也让玉弓家族和巨蟹家族的小伙子们跟在队伍后面，说到时候自然派得上用场。

鱼自游又派小乌头潜入金银滩，去找金甲村和银甲村的族长，让他们的金甲武士和银甲武士到时候配合作战。

金甲村和银甲村的族长都觉得跟着小王子平叛，责无旁贷。

布置停当，小王子就率部出发。

小王子率部到了金银滩，却不忙着前进，而是在金沙滩和银沙滩的交界口停了下来，让打先锋的两支娘子军到阵前去挑战。

守在交界口的叛军见小王子的队伍不进口袋，却派来了两支娘子军，以为小王子已无兵可派，让她们来充数送死，就不把她们放在眼里。

一队叛军的头领对彩鳞家族的娘子军说，你们这些小丫头，就会拿镜子照人，癞蛤家族怕你，我们可不怕你。

说着，就指挥队伍冲了上去。

彩鳞家族的娘子军却不迎敌，而是呼的一声朝四面散开，叛军只好分兵追击，一直追到天黑，直到彩鳞姑娘身上的鳞光变成了萤火虫，忽闪忽闪的，渐渐看不见了，才收兵回营。

另一队叛军的头领见绿娃家族的娘子军走起路来，蹦蹦跳跳，就哈哈大笑说，我当是谁呢，原来是些砂锅里炒的碎豆子，你蹦呀，蹦呀，看你能蹦多高。

说着，也指挥队伍冲了上去。

绿娃家族的娘子军也不迎战，而是齐刷刷地蹦到叛军头上，踩着叛军的脑袋，像跳草尖舞一样，从这个叛军的头顶，蹦到那个叛军的头顶。

叛军挥舞大刀长矛，朝自己的头顶乱砍乱戳，不是削了自己的头发，就是戳破了自己的头皮，拿绿娃姑娘毫无办法。

叛军头领又让大家分成两队，互相朝对方的头顶砍杀，结果没伤着绿娃姑娘，反倒互相杀伤了不少。

正纠缠得不可开交，忽然听得绿娃姑娘在叛军的头顶发出一阵呱呱呱呱呱的叫声，没等叛军反应过来，绿娃姑娘就呼的一下从叛军的头顶跳下来，蹦蹦跳跳地朝四面八方散去。

叛军见状，就呼啸一声跟在后面追赶，无奈绿娃姑娘蹦跳得太快，叛军没追上绿娃姑娘，反倒把自己的队伍搞得七零八落。

小王子见两支娘子军已把叛军的前锋引开，叛军布下口袋阵的袋口已经撕破，就指挥队伍前进。

第十六回 决战金银滩（中）

走不多远，就见一支叛军从口袋底迎了上来，领头的正是赤膊蛇和他的长虫军。

原来赤膊蛇见他们布下的口袋阵，已被彩鳞和绿娃家族的娘子军撕开了袋口，就从口袋底分兵两路，成钳形攻势，左右夹攻，想把小王子的队伍团团围住，再次装进口袋之中。

赤膊蛇的左翼冲入金沙滩的时候，就碰上了等候在那里的金甲武士。

金甲武士见长虫军冲过来了，就假装往沙堆后面躲避，引得长虫军在后面紧追不舍。

金沙滩上淘金留下的沙堆成千上万，密密麻麻地堆积在沙滩上，像平地耸立的崇山峻岭。

金甲武士引着这些长虫军转了一会儿，这些长虫军就晕头转向，不辨东西。

这时候，金甲武士突然出现在沙堆上，朝沙堆下面晕头转向的长虫军喷射沙粒。

一时间，沙堆上吞吐有声，金色的细沙从金甲武士的口里喷射出来，像遮天盖地的虫蚁，到处乱钻。

长虫军顿时眼不能睁，口不能张，鼻子也不能呼吸，只好纷纷逃离。

冲入银沙滩的长虫军右翼，在银沙滩也碰上了埋伏在那里的银甲武士。

银甲武士把炼银的风箱抬过来，在银沙滩上一字儿摆开，出风口都对着长虫军冲过来的方向，像一排巨炮。

长虫军冲到近前，见不到埋伏在风箱后面的银甲武士，只看见一排箱子整整齐齐地摆在面前，就纷纷上前，想打开箱子，看看里面装了些什么好东西。

刚刚靠近，长虫军就感到有一股飓风从箱子里面冲了出来，一眨眼，就把自己送到了半空之中。

吹到半空中的长虫军想卷起身子逃跑，无奈风力太大，平时卷曲的身子已被吹成了一根抻直的面条，像水草一样不停地在半空中摇摆。

这时候，悬在半空中的长虫军才看清，原来那一排箱子是炼银炉的风箱，风箱后面，正有一队银甲武士，像铁链一样连成长串，在用力拉动风箱，呼呼的风声从风箱口传出来，像山呼海啸一样。

见长虫军已被送上半空，银甲武士突然停止了送风，长虫军又从半空纷纷跌落到沙滩上，顿时变成了一摊烂泥。

赤膊蛇见左右两翼进攻失利，就亲自率领中军冲了上来。

小王子见赤膊蛇带着一队长虫军冲了上来，就把跟在后面的玉弓家族的小伙子调到队伍前面，让他们用手中的弓箭射住长虫军的阵脚，不让长虫军继续前进。

等赤膊蛇的中军停下了，小王子就冲上前去，单枪匹马迎战赤膊蛇。

接受上次的教训，赤膊蛇再也不敢张口吐舌去蜇小王子了，而是将自己卷成一个圆饼，像车轮一样向小王子滚过去，想滚到小王子跟前，趁小王子不备，再张开大口，伸出长舌去袭击小王子。

小王子知道长虫家族在草丛中潜伏的时候，都喜欢卷成一个圆饼，见赤膊蛇又使出这一招，正想着如何对付，就见巨蟹家族的小伙子，突然从自己身后冲出来，横在赤膊蛇面前，挡住了赤膊蛇的去路。

赤膊蛇见无法接近小王子，干脆伸开了头尾，与巨蟹家族的小伙子搏斗。

仗着体长的优势，赤膊蛇昂头挺身，尾巴乱摇，像啄木鸟一样不停地用他的尖嘴和长舌朝巨蟹身上敲击。

巨蟹一边用身上的硬壳抵挡，一边张开两只大钳，寻找攻击的机会。

就这样僵持了好一会儿，终于，一个巨蟹小伙子趁赤膊蛇探头的机会，突然伸出巨钳，夹住了赤膊蛇的脖颈，赤膊蛇的身子顿时像瘫痪了一样，停止了摆动。

巨蟹家族的小伙子一拥而上，夹头的夹头，夹尾的夹尾，夹身子的夹身子，瞬间就把赤膊蛇夹得牢牢实实，像上了一串铁锁一样。

小王子喝令把赤膊蛇带下去，就带着队伍冲出了口袋阵。

第十七回 决战金银滩（下）

冲出口袋阵的小王子，没走多远，突然发现巨鳡王的军队拦住了去路。

原来就在小王子突破口袋阵的时候，巨鳡王却带着他的军队突袭了黄泥湾。

黄泥湾的四大家族正等着国王的军队到来，没有防备，被打得个措手不及，四大家族的族长也做了巨鳡王的俘虏。

巨鳡王把四大家族的族长押到阵前，要求小王子释放赤膊蛇，否则，他就要把四大家族的族长当众处决。

四大家族的族长毫不畏惧，都在阵前向小王子喊话，请小王子不要怕巨鳡王威胁，我们都愿意为国王去死。

说罢，都争先恐后地说，要杀，先杀我吧。

小王子听了以后，十分感动，也于心不忍，就问鱼自游该怎么办。

鱼自游说，你在这里按兵不动，我去跟巨鳡王谈判，他不是要救赤膊蛇，而是想寻找机会，趁乱发动攻击。

临走之前，鱼自游塞给小王子一个锦囊，说里面有我的破敌之策，我走之后，你才能拆开观看。

鱼自游到了巨鳡王的大营，就跟巨鳡王说，你扣了四大族长，就为了交换一个赤膊蛇，你觉得赤膊蛇就这么值钱吗，你用四个换一个，不觉得亏吗？

巨鳡王说，那你想怎么办。

鱼自游说，你把四大族长放了，我留下来当人质，一个换一个，这才公平。

巨鳡王知道鱼自游对小王子来说，举足轻重，比四个族长加起来还值钱，觉得这笔生意合算，就答应了鱼自游的条件，把四大族长放了。

四大族长来到小王子这边，就跟小王子说，我们被巨鳡王扣了杀了，都无所谓，大鱼国不能没有鱼自游老师呀。

小王子说，别担心，老师自有办法。

放走了四大族长以后，巨鳡王就知道自己上当了，照这样办，小王子的老师最后也交换回去了，自己只换回一个败兵之将，那岂不是太亏了，就不同意交换，扬言要把鱼自游永久扣留在军营。

鱼自游被扣在巨鳡王那边，起先是一言不发，整天不说一句话，巨鳡王向他请教对付小王子的办法，他也不理睬。

巨鳡王再三请求，还答应他如果帮他出个主意，打败了小王子，就放他回去，也不需要与赤膊蛇交换了。

鱼自游这才跟巨鳡王献上了一条对付小王子的计策。

鱼自游说，大王的巨鳡军勇猛无比，但可惜只会进攻，不会防守，小王子的军队如果发动进攻，守不住阵脚，再会进攻也没有用。

巨鳡王就问鱼自游，有什么办法能增强巨鳡军的防守能力。

鱼自游就建议巨鳡王把他的士兵，分成十个一组，首尾相接，后面的一个咬住前面一个的尾巴，连成一条长链，再把这些长链排成方阵，这些方阵一个一个连在一起，就成了一条战船，进可攻，退可守，小王子的军队绝对奈何不得。

巨鳡王觉得这个计策果然高明，就在他占领的黄泥湾日夜训练士兵，等到他觉得这些巨鳡军结成的战船可以作战，就向小王子下了战书。

鱼自游走后，小王子就拆看了他留下的锦囊，知道了老师的计谋，当时就派小乌头潜入敌后，去联络隐居在黄泥湾的一个特殊家族。

这个隐士家族名叫脊锯家族，祖先也是涂过加了龙骨粉的黄龙涎的，因为涂的时候心存杂念，不小心混进了一些杂质，结果头上没能长出三只王角，背上却长出了一排锋利的锯齿，身上的黄色也杂入了一些黑斑。

对比王角家族，这个家族的祖先感到羞愧，就在黄泥湾隐居下来，潜心修炼，希望后世子孙能成正果。

小乌头来到脊锯家族，对族长说明来意，族长说，巨鳡王发动叛乱，皆源于杂念，杂念丛生，必遭大患，如此祸乱大鱼国，我等岂能坐视不管。当下便同意发兵，从水下潜入巨鳡军营，大破巨鳡军结成的战船。

两军对阵那天，小王子的队伍一上阵便发动攻击，巨鳡王正得意洋洋地挥动令旗，指挥他的战船抵挡，却发现身边没有一点动静。

等巨鳡王回头一看，却见他的战船早已四分五裂，断成碎片，鲜血染红了水面。

原来脊锯家族潜入水底之后，便用背上的巨锯锯断了巨鳡军结成的肉链，巨鳡王辛辛苦苦打造的战船，瞬间瓦解。

小王子指挥大队掩杀过去，巨鳡王只好撤出黄泥湾，退守王城。

第十八回　鱼自游献计再变身

逃回王城的巨鳡王紧闭四门，坚守不出。无论小王子的队伍怎么叫阵，都不应战。

国王就问鱼自游有什么破城的办法。

鱼自游想了想，说，大鱼国王城跟大鱼国其他家族的领地不同，不是泥窝草丛，也不是沙滩水荡，而是木板和木桩围成的，四周还有厚厚的土圩护卫，十分坚固。

这些木板、木桩和土圩，是人力所为，没有人力，是攻破不了的。

国王说，在大鱼国，哪儿去找人呢。

又笑笑说，你是人，可惜已变身成鱼。

鱼自游说，那就请国王把我再变回去，我一定帮国王攻破王城。

国王说，再变可不是那么容易，得褪掉你身上的龙涎膏，脱去你身上的黄皮，才能伸开你的手脚，让你恢复人形。

鱼自游说，那就请国王让我变吧。

国王说，再变可不是像你们人类脱件衣服那么容易，要褪去你身上的龙涎膏，脱去你身上的黄皮，得在硫黄水里浸三遍，在盐水里泡三遍，再在清水里洗三遍才行。

鱼自游说，为了大鱼国的安宁，我愿意，请国王下令吧，浸泡多少遍都行。

国王就命小王子和小乌头把鱼自游带到一个湖汊里，湖汊里冒着浓浓的白烟，翻滚着黄色的泡沫，弥漫着刺鼻的硫黄气味，像一口沸腾的开水锅。

小王子和小乌头让鱼自游的整个身子都浸泡进去，鱼自游顿时觉得奇痒难耐，感到一股锥心的疼痛。

一会儿，就觉得自己的皮肤像干旱的土地，正在一块一块地裂开。

就这样浸泡了三遍，皮肤像快要脱落的鳞甲一样，稀稀拉拉地挂在身上。

小王子和小乌头又把他引到另一个湖汊。

这个湖汊是浓浓的盐水，水面泛着幽幽的蓝光，深不见底。

鱼自游听说盐水是死亡之液，动植物的生命都不能在里面存活，干涸了就是一片白生生的盐土，寸草不生。

小王子和小乌头又像先前那样把鱼自游放进盐水里，刚刚开裂的皮肤，经过盐水一泡，就开始一块一块地脱落，瞬间便疼得鱼自游失去了知觉。

泡完了三遍，小王子和小乌头把鱼自游从盐水中拉出来，鱼自游发现，自己的身上已现出了肉红的颜色，手脚也伸展开来了。

最后，小王子和小乌头又把鱼自游带到一个清水汉内，让他冲洗身上的盐液。

第一遍冲洗，鱼自游觉得自己的血液恢复了流动。

第二遍冲洗，鱼自游觉得自己的毛孔都张开了。

第三遍冲洗，鱼自游发觉汗水已从毛孔中渗出来了。

冲洗了三遍，鱼自游就完全恢复了人的知觉，变回了人的模样，赤裸裸地站在小王子和小乌头面前。

小王子和小乌头把鱼自游带到国王面前，国王说，恭喜你再变为人，你还叫鱼得水吧，鱼自游的名字就留在大鱼国了。

国王又让人取过他的衣服说，你进来的时候，我就让他们把你的衣服保存起来了，幸好当时没让他们在龙涎膏里添加龙骨粉，没让你长出三只王角，你现在穿上衣服就可以回去了。

小王子和小乌头把鱼自游送到鱼庐口边，让鱼自游自己用手扒开鱼庐口上的木板，从鱼庐口钻出去。

小王子说，出了这个鱼庐口，我们的法术就不灵了，你在我们大鱼国总共只待了半天时间，现在回去天还没全黑。

鱼自游说，怎么只有半天呢，我觉得就好像过了好几年一样。

小王子笑笑说，这就对了，俗话说，世上方一日，湖中已十年，你这半天就是我们的五年哪。

鱼自游说，我只听说，洞中方七日，世上已千年，没听过世上方一日，湖中已十年。

小王子说，你说的那是神仙洞府，我们没这样的道行，道行越高，时间过得越慢，神仙比人的道行高，人比鱼的道行高，所以神仙的时间比人的慢，人的时间比鱼的慢。

鱼自游这才恍然大悟。

临分别的时候，小王子和小乌头都恋恋不舍，围着鱼自游一圈一圈地游着，不愿意离开。

鱼自游觉得眼眶里热辣辣的，想说点安慰的话，又说不出来，只好挥手对他们说，回去吧，我们还会见面的，说着，两行热泪顿时从眼眶里掉了下来。

小王子和小乌头的眼里也含着泪，小王子说，我不想你再变身成鱼了，变身一次太痛苦了。

鱼自游扒开鱼庐口，正要钻出去，忽然又扭过头来说，那我们就在梦中相见吧。

第十九回 鱼得水毁庐破王城

鱼得水回到家里的时候，天已经黑了，家里人问他到哪里去了，怎么回来得这么晚，说村里下湖摸鱼的孩子早就回来了。

鱼得水也不答话，就到自己的房间里，拉过被子，蒙头睡下了。

睡到半夜，鱼得水就开始发烧，到了下半夜，越烧越厉害，就开始说胡话了。

鱼得水说的胡话，他家里人都听不懂，只听得他一时大鱼国，一时国王，一时鱼自游，一时小王子，一时小乌头的，还有些这个那个的，模模糊糊，断断续续的，完全听不清楚。

清早起来，烧退了，鱼得水的爹就问他，你昨晚到底说的是什么呀，莫不是中了邪了吧。

鱼得水说，爹，我没有中邪，你们快去救救大鱼国吧，就把他在大鱼国的经历，跟他爹说了一遍。

他爹一听，更感到吃惊，就带鱼得水去看医生。

医生做了检查后，对鱼得水的爹说，孩子没病，是不是看多了网上的东西，精神受了刺激，胡思乱想。

鱼得水没有手机，也没有电脑，家里不能上网，村里也没有网吧，他爹就跑到学校去问老师。

鱼得水的老师听了鱼得水他爹说的情况后，就说，看样子不像是孩子胡编的，真要是他编的，也太有想象力了。

老师对鱼得水的爹说，你儿子是个好学生，学习成绩好，读了很多书，有这样的想象力也不奇怪。

又说，你要是不相信，我们就到现场去看看，湖堤下是不是有个鱼庐，像不像孩子说的大鱼国王城。

鱼得水的爹就扛着铁锹，带着老师和鱼得水，一起来到了湖堤边。

根据鱼得水的指点，鱼得水的爹下到水里，果然摸到了一个鱼庐，鱼庐周围有许多木板木桩，都埋在湖堤底下，就像是鱼得水说的，外面有土圩子围着的一座王城。

老师就让鱼得水的爹把手伸进鱼庐，看看里面有没有鱼。

鱼得水的爹就挽起袖子，把手伸进了鱼庐。

鱼得水的爹刚把手伸进鱼庐，就被一条鱼咬住了，这条鱼的牙齿十分锋利，鱼得水的爹觉得已经被他咬出血来了，再看水面，果然有血水翻了上来。

鱼得水见他爹被鱼咬伤了，就知道是巨鳡王干的，当时就跳到水里，从他爹手里接过铁锹，用铁锹把去捅鱼庐。

一会儿工夫，就把鱼庐捅得稀烂，只见里面的鱼群蜂拥而出，像逃荒的难民一样。

一条凶猛的大鳡鱼从鱼群中跳出来，冲入湖水之中，瞬间就不见了踪影。

见鱼庐捅开，鱼群都跑了，鱼得水的爹又帮他用铁锹挖开了鱼庐边的堤土，把那些陈年的木板木桩都取出来，填上新土，父子俩才从水里上来，跟老师一起回去了。

走在路上，鱼得水的爹像自言自语，又像是对鱼得水说，可惜今天没带网来，把这么多鱼都放跑了，那条鳡鱼少说也有二三十斤，剐了做鱼丸子可以办一桌酒席。

鱼得水听了，没有作声。

鱼得水此刻在想，小王子和小乌头见王城破了，一定在发动攻击，巨鳡王发动的叛乱平息了，国王又可以回到王城了。

又想，爹把鱼庐都填上了，大鱼国不就没有王城了吗，这该怎么办呢。

第二天上学，老师让鱼得水把他在大鱼国的经历，讲给同学们听听。

同学们听了，都很感兴趣，觉得比那些瞎编的故事好玩。

后来，有一位有爱心的出版家知道了，就找上门来，要鱼得水把他讲的故事写下来，他给出版出来，让更多的孩子可以看到。

老师就帮鱼得水把他讲的故事，按书的样子，一回一回地整理出来，又起了一个书名叫《鱼得水变身记》。

老师觉得国王给鱼得水起的名字很好听，也有意义，就把鱼自游做了鱼得水的笔名。

第二十回　鱼得水梦回大鱼国

故事整理完了，鱼得水还是忘不了大鱼国，更忘不了小王子和小乌头。

有一天晚上，鱼得水做了一个梦，梦见自己又回到了大鱼国。

找不到原先的王城，鱼得水就到处打听，这天碰到了彩鳞荡的一个彩鳞姑娘，彩鳞姑娘说，王城已经迁到黄泥湾了，就自告奋勇地带他去黄泥湾。

鱼得水觉得自己好像在哪儿见过这个彩鳞姑娘，时间长了，一时又想不起来是谁，就跟着她向王城走去。

带路的彩鳞姑娘很热情，一路上跟他讲了许多他走后发生的事情。

彩鳞姑娘说，王城迁到黄泥湾以后，我们家族的彩鳞姑娘就和小王子完了婚。

举行结婚典礼那天，大鱼国各个家族都来祝贺，国王赦免了巨鳡王和赤膊蛇的罪行，让他们改恶从善。

巨鳡家族、长虫家族和参与叛乱的其他家族也得到了赦免，国王表示只要他们今后与其他家族和睦相处，就既往不咎。

典礼的现场气氛空前热烈，场面空前隆重。

婚礼由深居简出的大鱼国老国相长须公主持，长须公坐在一只巨大的老鼋身上，身后跟着大队的翘嘴白条吹着螺号，就像国王出巡一样。

国王和王后坐在正中，有金甲武士银甲武士列队护持，接受新郎新娘的朝拜。

长须公宣布婚礼开始，鼓乐齐鸣，欢声雷动。

一名玉弓少年，一名绿娃姑娘分列左右，担任傧相，伴着新郎新娘走出婚帐。

小乌头举着彩球，在新郎新娘前面导引，带着新郎新娘缓缓走向婚礼舞台。

带路的彩鳞姑娘正说着，不知不觉已到了城门附近。

鱼得水见进出城门的鱼族见到彩鳞姑娘，都纷纷行礼问安，有的还大声喊着，王后万福。

鱼得水正感到不解，又见小乌头从城门飞奔出来，到了彩鳞姑娘面前，也行礼问安，说国王让我来迎接王后省亲归来。

鱼得水见小乌头对他毫不理睬,就大叫一声说,小乌头,你不认识我了,我是鱼自游哇。

　　小乌头还是不理睬,径直跟着彩鳞姑娘进城去了。

　　这时候,鱼得水就听见他爹娘在耳边说话。

　　他爹说,这孩子又说胡话了。

　　他娘说,又没发烧,说什么胡话。

　　他爹说,那就是在说梦话。